사국지

3

사·국지 3

문무대왕·1 삼한일통(三韓一統)

하응백 역사소설

1판 1쇄 발행 | 2026. 2. 17

발행처 | **Human & Books**
발행인 | 하응백
출판등록 | 2002년 6월 5일 제2002-113호
서울특별시 종로구 삼일대로 457 1409호(경운동, 수운회관)
전화 | 02-6327-3535~6, 팩스 | 02-6327-5353
이메일 | hbooks@empas.com

ISBN 978-89-6078-827-5

사국지

하응백 역사소설

3
문무대왕 · 1
삼한일통(三韓一統)

Human & Books

I

임오년[1] 진평왕은 이찬 용춘(龍春)을 대궁으로 불렀다.

"내가 그대를 오늘 내성(內省) 사신(私臣)으로 임명하려 한다. 월성의 일을 비롯하여 나라 살림의 대소사를 모두 그대가 관장하여 내 뜻에 추호도 어긋남이 없도록 하라."

"폐하, 황송하오나 명을 거두어주소서. 신의 능력으로는 감당하기가 어렵나이다."

"아니다. 그대의 능력은 내가 잘 알지. 그대는 귀신도 부리지 않느냐?"

"폐하, 그건 그저 젊었을 때의 놀이였지요. 폐하께서 사실을 잘 아시지 않습니까?"

"하하하. 내가 농을 해보았다. 돌아서면 세월이 흘러간다더니 내 나이가 쉰여섯이다. 요즘은 어제 다르고 오늘 다름을 느낀다. 그대는 몇인가?"

"마흔셋이옵니다."

---

1) 622년

"마흔셋? 그래 딱 좋은 나이다. 그대가 알다시피 나는 더 이상 아이를 생산하지 못한다."

"폐하! 그게 무슨 말씀이옵니까? 말씀을 거두소서. 남자야 환갑이 지나고 일흔이 되어도 밭만 있으면 얼마든지 아이를 생산할 수 있지 않습니까?"

"그렇기는 하다만…… 지금 와서 내가 아이를 기대하고 나라를 흔들리게 할 수는 없어. 하늘을 봐야 별도 따는데, 내가 요즘은 하늘을 쳐다보기도 싫어."

"폐하, 그러시면 아니 되옵니다."

"나도 알지. 그러나 싫은 걸 어떻게 하나, 도리가 없지. 동생들이 가고 나니 모두 허망해. 백반(伯飯)과 국반(國飯)이 어이 그렇게 허망하게 간단 말이냐. 참으로 황망하구나."

진평왕 재위 44년의 일이었다. 왕은 정월에 황룡사로 가서 두 동생, 백반과 국반의 극락왕생을 빌었다. 그러고 난 뒤에도 한동안 우울함에 빠져 잠도 깊이 자지 못했다. 손아래 두 동생이 앞서거니 뒤서거니 하여 열흘 사이에 저세상으로 떠났다. 큰 병도 아니었다. 기침을 심하게 하더니 열이 났다. 어의도 흔한 고뿔 정도라고 말했다. 얼마 지나지 않아 둘 다 기어코 이승을 떠나고 말았다. 석가족의 아들이었으니 서방정토로 잘 갔다고 믿지만, 손아래 동생의 죽음은 허망하고 허망했다. 갑작스러운 죽음이었으니 진평왕이 받은 충격은 더욱 컸다.

진평왕의 할아버지 진흥왕은 아들 둘이 태어나자 이름을 동륜(銅輪)과 사륜(舍輪)으로 지었다. 진흥왕의 큰아버지 법흥왕은 불법(佛法)의

나라를 천명했다. 반대하는 신하들은 박이차돈의 죽음을 계기로 모두 억눌렀다. 불가에서 전하는 말에 의하면 세상 모든 나라를 정복하고 불법을 펼쳐 백성을 구제하는 왕이 바로 전륜성왕이었다. 전륜성왕은 세상에서 가장 위대한 왕으로 한 분이 아니었다. 금륜, 은륜, 동륜, 철륜 네 명의 왕이 차례로 나타난다고 했다. 법흥왕이 시작이니 당연히 첫째의 금륜왕이었다. 다음 대를 이은 진흥왕이 은륜왕이었다. 은륜왕의 두 아들은 당연히 동륜왕과 철륜왕이 되어야 했다. 철륜은 발음이 어렵다. 신라말로 철은 쇠다. 그래서 부르기 쉽게 쇠륜왕으로, 더 쉽게 사륜왕이라 했다. 그렇게 동륜왕과 사륜왕이 형제로 나타났다.

신라는 진흥왕 대에 이르러 백제와의 관산대전에서 승리하고 가야의 모든 나라를 병합하여 크게 나라를 넓혔다. 가야와 한수와 중원을 차지한 신라는 동륜태자가 이어받아 더욱 굳건하게 다스려야 했건만, 동륜태자는 아버지 진흥왕보다 먼저 저세상으로 가버렸다. 동륜의 아들이 셋이 있다 해도 진흥왕이 돌아가셨을 때 아직 어렸다. 장남 백정이 겨우 열 살이었다. 상대등 거칠부는 죽은 태자의 아들이 아직 어리기에 태자의 동생 사륜이 왕이 되어야 한다고 주장했다. 상당히 많은 진골 귀족들은 사륜의 왕위 승계를 원하지 않았다. 그들은 힘에 밀려 노골적으로 거칠부에게 반기를 들 수 없었다. 이사부에 이어 신라의 군권은 거칠부가 장악하고 있었다. 진흥왕 사후에 거칠부의 말은 곧 법이었다.

거칠부의 강력한 후원으로 사륜이 왕이 되었다. 진흥왕의 뒤를 잇는 왕이라는 뜻으로 사륜을 진지왕(眞智王)이라 불렀다. 진지왕은 내실있는 정사를 펼치기보다는 천성적으로 놀기를 좋아했다. 특히 여자를 탐했다. 그것도 남편이 있는 여자를 좋아했다. 신라의 정사를 좌지우지하던 거칠부가 진지왕이 즉위하고 3년 만에 죽었다. 거칠부의 보호 덮개가 사라지자 동륜태자를 따르던 일부 진골 귀족이 움직이기 시작했다. 그들은 노리부를 꼬드겼다. 거칠부가 죽자 노리부(弩里夫)가 신라 군부의 일인자가 되었다. 노리부는 남가야 구형왕의 첫째 아들이자 남가야의 태자였던 노종(奴宗)이 신라에 귀부하면서 개명한 이름이었다. 노리부는 관산대전에서 동생 무력과 함께 큰 공을 세웠다. 이후에도 백제의 침공을 여러 차례 막아내면서 신라 군부의 일인자로 부각했다. 김후직(金后稷)과 같이 진흥왕에게 충성했던 신라 군부의 강직한 장군들도 부도덕한 진지왕을 지켜만 보고 있을 수는 없었다. 동륜을 따르던 진골 귀족과 노리부의 부관 김후직은 노리부를 설득했다.

노리부도 강직한 사람이라 진지왕이 마음에 들지 않았다. 노리부는 가야에서 귀부한 사람이라 누가 왕이 되든 큰 이해관계가 없었다. 노리부는 스스로 나서서 왕을 탄핵하진 않겠지만, 탄핵을 반대하지도 않겠다고 후직에게 말해주었다. 후직을 비롯한 여러 서라벌 귀족들은 노리부의 묵인하에 이구동성으로 왕을 탄핵했다. 진지왕이 노리부의 보호를 받지 못한다는 소문이 돌자 가차 없이 폐위되었다. 왕은 작은 절에 유폐되었다가 울화가 치밀어 곧 죽어버렸다.

귀족들의 추대로 열세 살이 된 동륜의 첫째 아들 백정(白淨)이 왕위를 승계하였다. 백정이라는 이름은 석가모니의 아버지 이름이었다. 네 명의 전륜성왕을 거친 다음 석가족의 출발은 백정이라야 했다. 백정으로 다시 시작함은 신라 왕가의 또 다른 천년의 시작이었다. 백정 다음에는 마침내 천년 왕국을 다스릴 석가모니 부처 왕이 나타나 신라를 불국(佛國)의 완성으로 이끌 터였다. 그러하니 백정, 즉 진평왕 다음 왕이 매우 중요했다.

　백정왕이 왕위에 오르고 난 직후 서해 건너 중국에는 큰 변화가 일어나기 시작했다. 수나라가 건국되더니, 백정왕 10년 기유년[2] 수나라가 중국을 통일했다. 백정왕의 나이 스물셋, 청년이 된 백정왕은 대륙의 통일이 어떤 의미인지 재빨리 파악했다. 그것은 첫째 고구려를 견제할 수 있는 절대 세력이 나타났다는 의미였다. 신라 조정은 시급히 수나라와 우호 관계를 맺기로 했다. 수나라에 사신을 보내니 수나라에서 바로 반응이 왔다. 백정왕 16년 수나라 임금이 사신을 보내 백정왕을 신라왕(新羅王)으로 봉한다는 조서를 내렸다. 새로 나라를 건국한 수나라는 지지하는 국가가 많으면 많을수록 좋았다. 신생국의 체면이 걸린 문제였다. 수나라는 신라의 사신을 쌍수를 들고 반겼다.

　중국의 강력한 국가 수나라와 신라가 우호적으로 지낸다니 고구려와 백제는 상당히 불쾌했다. 심지어 신라는 수나라에 고구려를 정벌해달라는 국서를 보내기도 했다. 백제도 가만히 있을 수는 없었다. 수나라와 사신을 주고받더니, 수나라에 고구려를 정벌해달라고 했다. 백제는 한술 더 떠 만약 고구려를 정벌한다면 길 안내 역을 맡겠다고까지 했다. 백제와 신라 모두 새롭게 나타난 강대국 수나라의 힘을 빌려 고구려를 견제하려 했다.

　백정왕은 수나라로 사신을 보낼 때 왕의 이름을 백정이라 할 수는 없었기에 진평(眞平)이라는 대외적으로 사용할 수 있는 이름을 새로 지었다. 진평이란 이름은 진흥왕의 장손자로 진흥왕이 넓혀놓은 신라의 강역을 잘 다스린다는 의미였다. 이후 왕은 백정이라는 이름보다는 진평

---

2) 589년

이라는 이름을 더 좋아했다.

수나라는 양제(煬帝) 때 나라의 위세를 크게 떨쳐서 대륙을 가로지르는 대운하를 완공하고 고구려를 네 번이나 공격했지만 모두 처참하게 실패했다. 병참선이 길어진 게 가장 큰 원인이었다. 고구려 원정 실패는 대륙 각지의 반란으로 이어져 결국 수나라는 건국 후 불과 40년도 지탱하지 못하고 망하고 말았다. 고구려와의 전쟁이 망국으로 가는 지름길이었다. 수나라에 이어 당나라가 들어섰다.

진평왕은 왕이 된 지 43년째인 신사년[3], 당나라의 개국을 축하하는 사절을 파견했다. 당고조는 답례로 그림과 병풍을 주고 채색 비단 3백 필을 보냈다. 신라로서는 수나라를 대신한 당나라와 계속 친하게 지내야 했다. 바로 지난해의 일이었다.

진평왕은 열세 살에 즉위하였으나 즉위할 때부터 나이답지 않게 체구가 컸다. 그는 어질고 지혜롭고 부지런해 정사를 잘 돌보았다. 다만 사냥을 자주 다녔다. 백성들과 군사들은 왕의 사냥 나들이를 싫어했다. 진평왕의 두 남동생 백반과 국반 역시 석가모니 삼촌들의 이름이었다. 진평왕의 백정이라는 이름은 석가모니의 아버지 이름이니 진평왕이 맞이한 지어미도 석가모니의 어머니 이름인 마야부인이라야 했다. 진평왕은 복승(福勝)의 딸을 맞이하여 비로 삼으면서 마야부인(摩耶夫人)이라는 새로운 이름을 부여했다.

신라는 법흥왕 때부터 나라 밖으로 국토를 넓히고, 나라 안으로는 흥륜사와 황룡사를 비롯한 여러 대찰을 건립하여 불법으로 백성들의 마음을 하나로 합쳐가고 있었다. 석가모니에 해당하는 왕자만 태어나면

---

3) 621년

신라 왕실에서 오래도록 꿈꾸어왔던 불국토가 완성될 판이었다. 그렇기에 마야부인은 사내아이를 반드시 생산해야 했다. 그 아이는 불국토 신라를 다스리는 왕이면서 석가모니 부처의 현신(現身)이 된다. 그는 불국(佛國)의 주인이 되어 사해에 걸친 원만(圓滿)한 정토(淨土)를 다스린다. 그렇게 되기만 한다면 백제와 고구려와 왜와 같은 사해의 모든 나라가 신라의 석가모니를 경배하여야 한다. 나라 간의 쟁투는 사라지고 동방정토(東方淨土)가 신라에서 완성될 터였다. 죽어서 가는 저승의 서방정토가 아니라 이승에서 맞이하는 살아서 숨 쉬는 동방정토, 그게 바로 법흥왕 때부터 시작한 신라의 꿈이었다. 동방에서 전쟁이 사라지고 백성들이 전쟁에 대한 두려움 없이 편안하게 사는 평화로운 땅을 이룩하겠다는 꿈을 신라의 석가모니 왕이 완성해야 했다.

모든 일은 계획이나 바람대로 흘러가지 않는다. 나라의 일도 그렇고 백성의 일도 마찬가지다. 신라의 지존인 왕 진평도 그러했다. 무엇보다 진평왕의 첫 아이는 왕자가 아닌 공주였다. 진평왕은 그 아이 이름을 덕만이라 했다. 아이야 또 낳으면 된다. 왕도 왕비도 젊었다. 하지만 마야부인은 딸 덕만을 낳고 출산 후유증으로 곧 서방정토로 떠나버렸다. 진평왕은 이별의 슬픔을 이겨내고 다시 아내를 맞이했다. 성별은 부처님도 어쩌지 못하는지 진평왕의 간절한 기대에도 후비(後妃) 승만부인(僧滿夫人) 역시 아들을 낳지 못했다. 대신 공주 천명(天明)을 낳았다. 그것으로 끝이었다. 진평왕은 여러 부인을 얻었지만, 그 뒤로는 아이가 생기지 않았다.

진평왕은 어릴 때부터 사냥을 좋아했다. 사냥으로 잡은 기름진 육고기를 좋아했고, 사냥을 가지 못할 때라 하더라도 늘 기름진 고기를 먹었다. 그의 몸집은 우람해서 월성의 돌계단이 왕의 몸무게를 못 이겨 내려앉기도 했다. 백성들은 우람한 체구의 왕을 오히려 우러러보았다. 진평왕은 폐위된 그의 삼촌 진지왕과 달리 색을 그다지 좋아하지 않았다.

진평왕은 자신에게서 사내아이가 태어나지 않자, 자신의 남동생 백반과 딸 덕만을 혼인시키기로 했다. 삼촌과의 혼인은 신라 왕가에서는 아주 흔한 일이었다. 일찍이 법흥왕은 자신에게서 사내아이가 태어나지 않자, 동생인 사부지갈문왕과 자신의 딸인 지소를 결혼시켜 진흥을 얻었다. 이번에도 그렇게 하여 진평왕은 왕의 대를 잇고자 했다. 하지만 무슨 조화인지 덕만은 아이를 출산하지 못했다.

진평왕은 긴 생각에서 빠져나와 용춘에게 말을 이어갔다.

"용춘, 그대는 나의 마음을 헤아려야 한다."

"폐하, 무슨 말씀이신지……"

"무슨 말인지 모르겠나? 왕은 항상 다음 왕을 염두에 두어야 한다. 그래야 왕이다. 나중에 닥쳐올 일일지라도 나라의 혼란을 생각해서 미리미리 대비해야 하는 게 왕이다."

"폐하의 말씀이 지당하옵니다."

"그래, 내가 오늘 당장 죽으면 누가 왕이 되겠느냐?"

"폐하, 어찌 그런 무참(無慘)한 말씀을 하십니까? 돌아가신다니요. 말씀이라도 그리하시면 아니 되옵니다."

"아니다, 한번 해보자꾸나. 내가 죽고 내 동생 백반이나 국반이 살아 있었다면 그 둘 중 하나가 왕이 되겠지. 그들이 다 갈문왕이었으니 당연해. 그러나 그 녀석들이 죽고 없어. 내가 죽으면 이제 내 아버지 동륜태자 자손 중에 남자는 없어. 불알 찬 사내는 없단 말이야."

"……"

"왜 말이 없나, 용춘. 그럼, 나의 삼촌 진지왕의 자식 중에 사내가 있다면 그가 왕이 되어야지."

"폐하, 어찌……"

용춘은 진평왕의 말에 부들부들 떨었다. 등줄기로 식은땀이 흘렀다. 용춘의 안절부절못하는 모습을 지켜보면서 진평왕은 천천히 말을 이었다.

"당연하지 않은가. 진흥왕 할아버지의 아들은 둘이야. 내 아버지 동륜태자와 그대의 아버지 진지왕, 둘밖에 없어. 그러니 내가 죽으면 남자는 그대만 남지. 그대가 왕이 되어야 해."

"폐하, 무슨 얼토당토않은 말씀을 하십니까? 저를 죽이시려 합니까?"

"왜? 그대는 자격이 없나?"

"없습니다, 없고 말고요. 우리 신라는 아버지만이 아니라 어머니까지 조상에게 고해져야 혈통이 인정됨을 아시지 않습니까? 저의 아버지가 진흥왕의 둘째 아들이라 하나 저의 어머니가 정식 부인이 아닙니다. 아버지가 돌아가신 후 여염집에서 저의 어머니가 뱃속의 저를 왕의 자식이라 하지 않았습니까? 그때 저의 어머니 말을 믿고 폐하께서 저를 거두어주셨지요. 서라벌 사람들은 저의 어머니 말을 긴가민가 의심했습니다. 그런 저를 거두어 폐하께서 사촌 동생으로 인정하고 궁에서 길러주시지 않으셨습니까? 저는 자격도 없고, 왕재도 아니고, 더군다나 제가 하고자 할 마음도 없습니다."

"그런가, 용춘?"

"그렇습니다. 저는 애당초 무엇을 만들고 짓고 하는 일을 좋아합니다. 폐하께서도 잘 아시지 않습니까? 왕은 저에게 맞지 않는 거추장스러운 옷입니다. 그 무거운 옷을 입기 싫습니다. 폐하께서 저를 모르시옵니까?"

"그런가?"

"그렇습니다."

"그래, 그렇지만 그대는 또 내 사위이기도 하지. 내 외손주 춘추의 나이는 올해 몇인가?"

"열여덟입니다."

"열여덟이라, 그럼 내가 죽고 왕이 되면 딱 좋은 나이일세."

"폐하, 어찌 그런 말씀을 또 하십니까? 제가 자격이 안 되는데 어찌 제 자식이 자격이 있다 하십니까?"

"왜 안 돼? 춘추는 내 딸 천명의 자식이기도 해. 나의 핏줄이야. 그렇지 않은가?"

"폐하, 감히 제 생각을 말씀드려도 될까요?"

김용춘의 말에 진평왕은 대답하지 않았다. 용춘은 왕이 말은 하지 않아도 눈으로는 어서 말을 하라고 재촉하는 느낌을 받았다.

"폐하, 덕만공주님을 세우셔야 합니다."

"덕만은 여자가 아닌가?"

"여자라고는 하나 지혜롭고, 또 오래도록 폐하의 곁에서 왕업을 쌓았습니다. 누가 공주님을 거역하겠습니까? 누가 공주님만 하겠습니까? 공주님이 왕이 된다면 바로 성조황고(聖祖皇姑)에 해당합니다. 성스러운 왕이며 큰어머니란 뜻입니다. 누가 성조황고를 거역하겠습니까?"

"그래? 성조황고라고? 좋은 말이로다. 하지만."

"알고 있습니다. 여자가 왕이 될 수 없다고 불만을 품는 귀족들이 있을 수 있겠지요. 그들은 눌러버려야 합니다. 감히 석가족에 대한 도전을 그냥 둘 순 없지요."

"그런가? 그 생각이 그대의 진심인가?"

"저를 추호도 의심하지 말아주십시오. 제 나이가 이미 마흔둘입니다. 폐하께서 강령하시온데 어찌 제가 다른 마음을 품겠습니까?"

"그래도 나라 사람들이 여자라서 따르지 않으면 어떡하나?"

"폐하, 작년에 우리가 이미매(伊彌買)를 왜국에 사신으로 보내지 않았습니까?"

"그랬지."

"이미매가 왜국에 다녀온 뒤 보고하기를 왜국의 왕은 추고(推古)라는 여왕이고, 벌써 29년이나 왜국을 다스리고 있다고 하였습니다."

"그랬지. 왜국에서도 처음에는 백성들이 이상하게 받아들였지만 2, 3년이 지나자 혈통이 성스럽기에 당연히 왕으로 받아들인다고 했지."

"폐하께서 그걸 아시고 이미매를 보내지 않으셨습니까? 소신은 폐하의 심중을 감히 엿보았습니다. 잘하셨다고 생각하고 있었습니다."

"그래? 정말 그렇게 생각하는가?"

"폐하, 당장이라도 제 속을 갈라서 보여드리고 싶은 심정입니다. 소신은 폐하의 은덕으로 여기까지 와있습니다. 폐하께서 제가 핏덩이일 때 저를 죽이셨다 해도 누가 폐하를 거역하겠습니까? 소신은 폐하께서 거두신 목숨이옵니다. 저를 의심하지 말아주십시오."

"용춘, 정말 그러하냐?"

"그러하옵니다."

"허허, 용춘. 내가 그대를 믿는다. 내가 그대를 내성사신으로 임명하려 한 까닭이 바로 여기에 있다. 알겠느냐? 월성의 일과 나라 살림의 대소사를 관장하여, 물 한 방울 새지 않도록 해야 한다. 알겠느냐?"

"폐하, 성심을 다하겠사옵니다."

2

 그날 용춘은 퇴궐하여 아내 천명부인에게 궁에서 왕과 나눈 이야기를 들려주었다. 대개 밖의 일은 말하지 않은 용춘이었다. 하지만 이번 일은 말하지 않을 수 없었다. 왕이 자신의 딸 덕만공주를 다음 왕으로 점찍고 있다는 말은 뺐다. 혹시라도 아내가 자신의 언니가 왕이 된다고 하면 어떤 반응이 나올지 알 수 없었기 때문이다. 이야기를 듣고 나더니 천명부인이 웃으면서 조용히 말했다.

 "조심해야겠습니다. 내 아들이 왕이 된다는 말입니다."
 "아니, 부인 그게 무슨 말이요? 춘추가 왕이 되다니?"
 "생각해보십시오. 내 아버님의 씨앗 중에 남자는 없습니다. 덕만 언니가 지금 나이가 몇입니까? 나보다 두 살 많으니 올해 서른여덟이지요? 게다가 남편이 돌아가셨지요. 그러니 남자아이를 만들자면 새로 시집을 가야 하는데, 그게 가능하겠냐구요? 어느 세월에 시집을 가서 어느 세월에 아이를 만들어. 호호. 국반갈문왕도 돌아가셨으니 그쪽도 딸 하나밖에 없단 말입니다."

"승만(勝蔓)공주 말이요? 부인 어머니 이름과 같아서 내가 부르기가 좀 쑥스럽기는 하네."

"뭐 어때서요. 하여간 승만공주도 시집을 간 지가 언제인데, 아직 아이가 없답니다. 덕만공주보다 다섯 살 아래이니, 승만도 이제 서른셋이란 말입니다. 스물에 없던 아이가 서른이 넘어 생기겠어요? 생긴다 해도 아버지가 자격이 없지요. 아버지가 알천장군의 아들입니다. 그러니 승만이 혹 아들을 낳아도 아무 소용이 없단 말이지요."

"소용이 없다니. 알천도 지증왕의 후손이란 말이요."

"아니 지금 모르시고 하는 말씀은 아니시지요? 신라의 법도에서 왕이 되자면."

"알지요. 알고 말고요. 법흥태왕, 진흥태왕의 직계 자손이라야 한단 말이지 않소."

"그렇지요. 알천의 아들과 결혼했으니, 승만이 아들을 낳아도 해당이 없습니다. 아니 못 낳을 게 분명합니다. 그러니 자격이 되는 직계 중에 사내를 찾는다면 서방님과 내 아들 춘추밖에 더 있습니까?"

"나는 아니오. 부인."

"아이고, 서방님은 어머니가 자격이 없다 하나, 내 아들은 어머니가 폐하의 딸입니다. 내가 폐하의 딸이란 말입니다. 내 아들은 자격이 충분하단 말입니다."

"하지만 내가 자격이 없으니 나라 사람들이 내 아들도 자격이 없다고 할 수도 있지요."

"아니 무슨 말을 그렇게 합니까? 내 아들이 자격이 없다면 도대체 누가 자격이 있습니까? 내 아들의 아버지는 용춘공이고, 용춘공의 아버지는 사륜왕자이고 내 아들의 어머니는 나 천명이고, 천명의 아버지는 지금 폐하이신데 왜 자격이 없어요?"

그 말에 용춘은 갑자기 큰 소리로 대답했다.

"허허, 큰일 날 소리. 그런 소리 하지 마시오."

용춘의 목소리에는 노기가 서려있었다. 용춘의 갑작스러운 태도 변화에 천명은 깜짝 놀랐다. 소리 한 번 치지 않았던 사람이다. 더군다나 천명에게는.

"아니, 왜 소리를 지르시고 역정을 내십니까? 서방님이 다른 분으로 보입니다."

용춘의 얼굴이 벌겋게 달아올랐다. 용춘은 몇 번 심호흡하더니 말하기 시작했다.

"부인, 내 말 잘 들어보시오. 나의 아버지는 사륜왕자가 틀림없소. 그러나 정사를 돌보지 못하고 색만 밝힌다고 해서 나라 사람들이 쫓아냈지요. 내가 알기로는 상대등 거칠부가 정사를 잘 돌보다가 연로하여 돌아가시고 난 뒤, 내 아버지가 바로 쫓겨났다고 합니다. 그 후 아버지는 울분에 차서 술만 마시다 돌아가셨지요. 그때 아버지를 쫓아낸 대소신료들의 후손이 아직 우리 신라 조정에, 대궁이나 양궁이나 사량궁에 많이 있단 말입니다. 그 사람들이 우리 춘추가 왕이 되는 걸 바라겠소? 폐위된 왕의 후손이 왕이 되는 걸 바라겠냐 이 말이오. 만약 춘추가 왕이 되면 그들을 가만히 두겠소? 설사 춘추가 그렇게 하지 않는다 해도 그들이 안심하고 춘추를 믿을 수 있겠소?"

"아니 세월이 벌써 얼마입니까? 그 일이 있고 43년이 지났습니다."

"그렇기는 하지요. 그래도 부인, 세상일이란 모르는 겁니다. 춘추가 왕이 되기를 바라는 사람보다 바라지 않는 사람이 훨씬 더 많을 거요. 그러니 춘추가 왕이 되려면 춘추가 스스로 잘해야 합니다. 나라 사람들이 춘추를 보고 과연 왕재(王才)라고 해야 왕이 되는 겁니다. 아시겠소? 내 아버지의 허물을 춘추가 스스로 덮어야 왕이 될 수 있소. 하지만 지금은 폐하가 살아계시니 폐하의 의중이 중요합니다. 폐하의 마음은 부인 언니에게 있습니다."

"아니, 언니라니, 그럼 덕만 언니에게? 여자가 왕이 되다니요? 그게 말이 됩니까? 내 아들이 열여덟이란 말입니다. 아버님께서 당장 승하하셔도 내 아들이 뒤를 이을 수 있는 나이입니다."

"어허, 그래도 그런 말씀을 하시는구려. 제발 그런 말씀 그만하시오. 작년에 왜국에 왜 사신을 보냈는지 아시오? 지금 왜국에는 여자가 왕이란 말이오. 거의 30년이나 여자가 왕인데도 왜국은 아무 일도 없고 무사태평하오. 그걸 일부러 사신을 보내 확인하였소. 남당회의 때 신하들도 다 알게 하였소. 그게 무슨 말이겠소? 폐하는 덕만공주에게 마음이 가 있는 게 확실하오. 내가 덕만공주를 말하니 폐하의 음성이 밝아지셨소."

"그렇군요. 폐하께서 그런 줄은 짐작은 했습니다만, 그래도 언니는 여자라서 설마 했답니다."

"설마가 아니오. 그러니 우리 아들 이야기는 입도 벙긋해서는 안 되오. 아니면 오히려 나나 부인이나 내 아들이 죽어요. 내가 아는 건 세상도 압니다. 부인이 아는 건 세상도 압니다. 지금 진흥왕의 직계 혈통 중에 사내는 나와 폐하와 내 아들밖에 없다는 걸 모르는 나라 사람이 누가 있소? 그러니 더 조심하고 근신하여야 합니다. 아시겠소? 부인. 아니면 죽습니다."

"하하하. 서방님께서 욕심이 없게 보이는데 사실은 아니군요. 나조차도 속였군요. 무서운 분······ 잘 알겠습니다."

"무섭다니오? 부인. 나는 아버지 없이 폐하의 궁에서 자랐습니다. 폐하께서 내가 불쌍해서 나를 살리려고 거두었다고 보십니까? 내가 만약 궁 밖에서 자라나 어른이 되었다면, 어떤 일이 벌어지겠습니까? 무서운 일이 일어났을 겁니다. 누군가가 나를 앞세워 왕에게 반역을 도모했을지도 모르지요. 그걸 방지하기 위해 폐하께서 나를 궁으로 들이신 겁니다. 나는 궁에서 자라면서도 늘 감시의 대상이었습니다. 내 맘대로 할 수 있는 게 없었습니다. 내가 살아남으려면 어떻게 했겠습니까? 내 마음을 부인은 아시겠습니까? 나의 지난 세월이 어떠했는지 부인은 아시겠습니까? 부인을 만나 살면서, 부인이 내 아이를 낳고서야 나는 살았구나 했습니다. 부인의 아버지는 무서운 분입니다. 나를 죽이지도 않고 궁 밖에 방치하지도 않았습니다. 심지어 나에게 딸까지 주었지요. 폐하의 뜻이 무엇인지 나는 압니다. 하지만 더 조심해야 합니다. 내가 잘해야 합니다. 부인도 잘해야 합니다."

"서방님, 미안합니다. 그것도 모르고 제가 철부지 소리를 했습니다. 조심하겠습니다. 아이가 왕이 되느니 하는 소리는 절대 입 밖에 내지 않겠습니다."

"부인은 부인의 아버지이니 폐하가 늘 인자하게 보이는 게 당연합니다. 내가 열 살 무렵의 일이오. 신해년[4] 때의 일입니다. 그때 수나라가

---

4) 591년

왕성해져서 고구려를 치려고 하고 있었지요. 고구려는 왕의 사위 온달을 보내 우리 북쪽 변경을 쳐들어왔지요."

"그건 저도 이야기를 들었습니다. 온달이 우리와 싸우다 죽었다고 알고 있습니다. 온달이 죽고 시신을 담은 관이 움직이지 않았다고 하지요. 고구려 공주가 와서 가자고 하니 운구가 움직였다는 이야기 말입니다."

"그렇소. 바로 그때요. 고구려는 왜도 움직였습니다. 왜병이 우리를 치려고 했소."

"왜병도요? 그 말은 처음 듣습니다."

"아니요. 당시 왜군 2만이 축자(築紫)섬5)에 와서 바다를 건널 준비를 하고 있었소. 그런데 갑자기 이듬해 왜왕이 시해되고 말았소. 그러고는 군사를 물리고 말았지."

"그런데요? 그게 뭐 어째서요? 왜국 사정이겠지요."

"허허, 그렇게 생각하시오? 그때 왜국 왕을 시해한 쪽은 소아(蘇我) 씨요. 원래 백제 사람인데, 폐하께서 왜국에 사람을 넣어 소아씨와 접촉했소."

"그럼, 아버님이?"

"그렇소. 그게 내 생각이오. 그때 왜병 2만이 신라로 쳐들어왔다면 우리가 얼마나 괴로웠겠소? 백제와 고구려와 왜국까지. 사면에 적이요. 그러니 폐하께서 잘하신 거지."

"서방님이 무슨 말씀을 하시는 줄 알겠습니다. 폐하께서는 나라와 왕위를 지키기 위해서는 무슨 일도 할 수 있다는……"

"그렇소. 바로 그거요. 폐하는 그런 분이요. 그러니……"

"우리도 조심해야 한다는 말씀이지요, 아직은. 잘 알겠습니다. 저의

---

5) 현재의 일본 후쿠오카

생각이 짧았습니다."

"고맙소."

"고맙기는요, 그보다 이제 서둘러야겠습니다."

"부인, 무엇을 또 서둘러요?"

"춘추는 아직 열여덟이나 보만은 스물둘입니다. 더 늦기 전에, 딴소리가 나오기 전에 짝을 지어야지요."

"춘추의 혼사 말이군요. 국반갈문왕께서 돌아가신 지 얼마 되지 않았으니, 올해는 힘들 거고, 혼사를 한다 해도 내년이나 내후년에 해야 할 거요. 이게 부인 마음대로 할 수 없는 거라."

"아닙니다. 이건 내가 아버님께 말씀을 드리면 될 겁니다. 보만을 누구에게 시집보내겠습니까? 춘추밖에 없습니다. 월명부인께서도 그걸 잘 알고 계십니다."

"월명부인께서 알고 있다니 그게 무슨 말인지?"

"월명부인께서 국반갈문왕이 돌아가시기 전에 우리 집에 놀러 왔습니다. 부인께서 하신 말씀이 국반갈문왕께서 병이 들기 전에 당신의 막내딸은 춘추에게 시집을 보내고 싶다고 하셨답니다."

"그래? 그런 말씀을 하셨어? 그땐 왜 나에게 알려주지 않았소? 그건 매우 중요한 일인데."

"제가 깜빡했습니다. 월명부인께서 우리 춘추가 풍채가 좋고 잘 먹는다고 너무 좋아하셨지요. 그때 꿩을 1백여 마리나 가지고 왔기에 그걸 장만하고 어쩌고 하다가 그만 잊어먹은 거지요."

"맞아, 그건 나도 기억이 나는구려. 월명부인께서 꿩을 가지고 왔다고 해서 잘 먹었지."

"우리 춘추가 워낙 잘 먹는다고 서라벌에 소문이 자자하게 났습니다.

잘생기고 키도 크고 풍채도 좋지요. 서라벌 최고의 신랑감입니다. 내 아들이라고 해서 하는 말이 아닙니다. 월명부인도 좋아할 수밖에 없지요. 어쨌거나 내가 잊어먹고 서방님께 말을 못 했지 뭡니까?"

"하하, 그래도 그런 걸 나에게 말을 하지 않으면 곤란하지. 잊어먹을 게 따로 있지."

"그러게 말입니다. 까마귀 고기를 삶아 먹지도 않았는데, 참 내가 그때 비단에 혹해서 그랬습니다."

"비단이라니?"

"작년에 당나라에서 비단 3백 필을 보내주었다고, 그 비단 2필을 월명부인께서 가져오셨지 뭡니까?"

"그래? 그런 일이 있었어요? 그것도 나에게는 말하지 않았어요."

"비단이 어찌나 좋던지, 그만. 그걸 우리 아들 결혼할 때 사용하려고 장롱 깊숙이 넣어두었지요."

"잘했소. 하여간 우리 춘추나 보만의 혼사는 부인들끼리 좋다고 해서 될 일이 아니요. 이거야말로 국반갈문왕께서 폐하와 의논하고 내린 결정입니다. 우리 혼사는 지아비, 지어미의 일도 아니고 한 집안의 일도 아니요. 그야말로 신라 왕실의 일이요. 나에게 의논도 안 하고……"

"그러고는 갈문왕께서 병이 깊어지고 돌아가셨으니, 지금쯤 화답을 해도 늦지 않았습니다."

"그렇기는 하네. 그럼, 부인은 당장 내일이라도 월명부인을 만나 입궁하여 폐하께도 아뢰시오. 월명부인과 같이 입궁해도 좋겠구만."

"그게 좋겠습니다. 가서 그렇게 해야겠습니다."

"그래, 좋아, 좋아. 그렇지."

용춘은 혼잣말하며 웃다가 무릎을 탁, 쳤다.

"아니, 이 양반이 갑자기 실성하셨나, 뭐가 그리 좋단 말이요? 며느리를 볼 생각을 하니 그렇게 좋소?"

"그게 아니요. 춘추를 생각해보시오. 어머니는 천명공주이고, 아내는 보만공주. 그러면 모두 동륜태자의 핏줄이 아니오. 폐하께서 분명 그것까지 생각하셨을게요."

"아니 또 그건 무슨 말씀입니까?"

"오늘 나에게 그러셨소. 왕은 항상 다음 왕을 생각한다고. 그게 왕이라고. 지금 폐하께서 생각하는 다음 왕은 덕만공주요. 하나 그다음까지 내다보신 게 틀림없소. 그러니 나에게 덕만공주가 잡음 없이 왕이 될 수 있게 앞장서라는 거요. 그다음은 내 아들이 왕이 될 거니까. 참, 춘추는 어디 갔소?"

"친구들과 공부하러 갔는데, 곧 돌아올 시간이 되었습니다."

그날 밤 용춘은 사랑방으로 춘추를 불렀다.

"아버님, 찾으셨는지요?"
"그래, 내가 긴히 할 말이 있다."
"어떤 말씀이옵는지요?"
"네 나이가 올해 열여덟이지?"
"그렇습니다."
"이제 어른이구나. 그럼 이야기를 하나 해주마."
"……"

"나는 아버지의 얼굴도 모르고 태어났다. 아버님이 돌아가셨을 때 나는 어머니의 배 속에 있었다. 그걸 유복자라 하지."

"알고 있습니다."

"내가 태어나자, 폐하께서 나를 월성으로 데려갔다. 이름을 용수(龍樹)라 지어주셨지."

"수라 하셨습니까? 춘이 아니구요?"

"그래, 수라 했다. 왜 그랬던 줄 아느냐?"

"모르옵니다."

"용수(龍樹)는 서역의 스님 이름이지. 석가모니 이후 공부를 많이 하고 불법을 닦아 석가모니의 불법을 잘 받든 분이다."

"그러하옵니까?"

"그렇다. 폐하께서 나에게 그 이름을 내린 이유를 모르겠느냐? 폐하께서는 석가모니의 아버지인 백정이고, 덕만공주를 낳은 왕후께서는 마야부인이다. 물론 덕만공주는 석가모니에 해당하지."

"아, 그렇군요. 그럼 아버님이 석가모니를 모시는 신분이란 말씀이군요."

"그렇다. 바로 그거다. 폐하께서는 아직 태어나지도 않을 자신의 자식을 모실 신분이다, 하고 나의 이름을 용수로 지은 게다. 물론 나에게 그런 말을 한 적은 없다. 갓 태어난 아이에게 설명할 이유도 없지."

"그렇군요."

"그렇다. 그 말은 절대로 왕 자리를 넘보지 말라는 뜻도 된다."

"알겠습니다. 무슨 뜻인지 알겠습니다."

그때 춘추의 눈에 눈물 한 방울이 돌더니 주루룩 하고 얼굴 위로 미끄러졌다. 용춘은 아들의 눈물을 보며 말했다.

"너의 눈물을 보니…… 내 아들이 바로 내 말을 알아듣는구나. 그래, 나는 어렵게 자랐다. 나의 일거수일투족은 늘 폐하께 보고되었다. 내가 열다섯 나이에 화랑이 되었을 때도 감시가 심했다. 그러면 그럴수록 나는 나를 따르는 낭도들을 데리고 밤새도록 춤을 추고 술을 마시고 장난을 치고 그랬다. 무예를 연마하기보다는 춤추고 노래하고 시내를 건너는 다리를 놓고 놀았지. 내가 성장하면서 나를 보는 주위의 눈은 이미 달라지고 있었어. 나는 그 감시의 눈을 느꼈지. 만약 서라벌 귀족 중에 누군가 욕심이 있는 자가 나에게서 왕재(王才)를 발견한다면, 그건 크나큰 문제가 될 터. 내가 왕의 재목이라면 죽느냐, 왕이 되느냐 둘 중의 하나였겠지. 하지만 난 그런 모험을 하기 싫었어. 나는 스스로 다짐했지. 욕심을 부리지 않겠다고 말이야. 그 후로 나는 사람들 앞에 나서서 하는 일을 하지 않았어. 다리를 만들고 집을 짓고 탑을 세우는 일을 더 열심히 했지. 그것이야말로 의심을 받지 않고 사는 방법이고, 내가 편안히 살아갈 수 있는 길이란 걸 깨달았지. 그걸 확실하게 깨닫게 해준 사람이 있다. 그 사람이 누구인 줄 아느냐?"

"그런 분이 있었다구요?"

"있었다. 바로 병부령을 지낸 이찬 김후직(金后稷)이다."

"김후직이라면 북천 너머 간묘(諫墓)에 계신 그분?"

"그렇다. 20여 년 전 폐하께서 사냥 가시다가 묘에서 곡소리가 나서 알아보니 바로 이찬 김후직의 무덤이었지."

"그 이야기는 저도 잘 알고 있습니다."

진평왕은 왕이 된 이듬해 상대등 노리부의 천거로 김후직을 병부령으로 삼았다. 왕이 어렸으므로 병부령 임명은 사실상 노리부의 선택이라 해도 좋았다. 김후직은 지증왕의 후손으로 정실에 얽매이지 않고 바른길을 추구하는 곧은 사람이었다. 노리부는 김후직의 품성을 잘 알고 있었다. 원래 후직(后稷)이라는 이름은 농사를 관장하는 주나라 시조의 이름이었다. 김후직의 아버지는 후직을 낳고 후직이란 이름을 지으면서 농사와 유학(儒學)을 강조했다. 후직은 아버지의 바람대로 불법(佛法)보다는 유학에 심취했다. 부처의 가르침은 삶과 죽음 전체의 광대무변한 세계를 관장하지만, 공자의 가르침인 유학은 현실 세계를 통치하는 기본 원리라고 후직의 아버지는 이해했다. 신라가 백제나 고구려에 뒤처져 있는 이유는 유학이 제대로 확립되어 있지 못하기에 그렇다고 생각했다. 그는 아들과 이웃에 사는 아들 친구인 문첨(文劍)에게 스승을 붙여 유학을 가르쳤다. 문첨은 왕후의 친척인 박씨 성을 가진 아이였다. 문첨과 후직은 사서삼경을 공부하고 나서 더욱 유학에 갈증을 느꼈다. 스승의 학문이 깊지 못해 더는 그들에게 가르쳐줄 수 없었기 때문이다. 문첨은 유학을 더 배우겠다고 일찍이 진나라로 떠났다.

　　후직은 문첨이 서라벌을 떠난 후 홀로 유학 서적을 공부하면서 성장했다. 그가 강직하고 성격이 올곧다고 소문이 나면서 화랑이 되었다. 이후 노리부의 휘하에서 여러 전공을 세웠다. 진평왕이 왕좌에 앉자마자 노리부의 천거로 병부령이 되었다. 그의 공평무사한 성품을 모두 잘 알기 때문에 신라의 군부는 물론이고 귀족들도 후직의 병부령 임명에 반대하지 않았다.

　　열세 살에 등극한 왕은 처음에는 철이 없었다. 진득하게 앉아 학문을 익히기보다는 말을 타고 활을 쏘고 나돌아다녔다. 사냥을 특히 좋아했다. 사냥은 많은 군사가 동원되는 군사 훈련이기도 하지만 너무 자주 하면 군사들의 피로도도 높아진다. 사냥터 인근 백성의 삶은 말할 수 없이 피폐해진다. 사냥에 재미가 들린 왕은 농사철에도 사냥을 나섰다. 추수하는 철이라 많은 백성이 눈코 뜨기 힘들 정도로 바쁠 때도 왕은 수시로 사냥을 준비하라 명했다. 이에 후직이 유학의 여러 책에 있는 예를 들면서 왕이란 천명(天命)을 받아 부지런히 정사를 돌보아야 한다고 간했다. 아울러 신하의 직간(直諫)을 받아들여야 한다며 왕의 행동에 제약을 걸었다. 왕이 매와 사냥개를 풀어 꿩과 토끼들을 몰면서 산과 들을 휩쓸고 다니니, 그렇게 하다가는 나라를 망친다고 말했다. 진평왕은 후직의 간언을 무시하고 사냥길에 나섰다. 후직은 그때마다 간절하게 말렸다. 왕은 듣는 척하다가 후직을 따돌리고 사냥 나가기 일쑤였다. 나이 든 할아버지가 손자를 아무리 달래도, 말 안 듣는 손자가 마음대로 하는 형국이었다.

궁중에서는 진지왕의 사생아 김용수가 길러지고 있었다. 용수는 열다섯에 화랑이 되었다. 용수가 화랑으로 임명되자마자 진평왕은 바로 후직을 불렀다. 왕은 후직에게 용수의 화주(化主)가 되어 용수를 살피면서 돌보라고 명했다. 화주는 화랑의 후견인으로 신라 조정의 중신(重臣)이 맡는 게 관례였다. 화주는 화랑과 낭도들을 재정적, 행정적으로 지원하고 정신적으로도 스승 역할을 해야 했다. 한 명의 화랑과 천여 명의 비슷한 또래의 낭도들을 교육하고 조직화하는 실질적인 책임자는 화주였다. 진평왕은 후직의 강직함을 알았기에 용수를 책임지게 했다. 후직 또한 진평왕이 자신에게 왜 용수를 맡겼는지 잘 알고 있었다. 진평왕과 용수의 위계가 확실하여 질서가 바로잡히면 그게 바로 신라의 안정이 된다. 후직은 화주의 자격으로 용수에게 나라를 다스리는 기본 원리는 바로 유학이어야 한다는 점을 여러 번 강조했다. 강하고 평화로운 나라가 되려면 질서가 가장 중요하다고 말했다. 그 질서를 함양하는 원리가 유학이라 했다. 충성이 신하의 가장 중요한 덕목이라고도 가르쳤다. 후직은 용수에게 순응과 충성을 가르쳤다. 비명횡사하지 않으려면 질서에 순응하라 했다.

"병부령은 나에게 이름도 바꾸라고 했지."
"이름을요?"
"그렇다. 병부령은 춘추로 바꾸라고 했지."
"춘추라면 제 이름이잖습니까?"
"그렇다. 나는 용이라는 이름 자는 바꾸기 싫었어. 용은 왕의 아들이라는 뜻이니까. 그래서 용수에서 용춘으로 한 자만 바꾸었지."

김후직은 용수에게 용춘으로 개명을 하라면서 춘추(春秋)에 대해 말했다. 춘추는 봄과 가을이란 뜻도 있지만, 그보다는 공자가 편찬한 노나라의 역사서 제목이라고 했다. 춘추라는 책은 유교의 대의명분을 강조한 역사서여서 유학의 기본을 담고 있다. 춘추에서 빌려와 이름자로 정하여 유학을 삶의 등불로 삼으려는 자세를 보여주라고 했다. 억울함이나 욕망을 억누르고 진평왕에게 충성을 다하라고 했다. 나이가 들면서 용수가 아버지 진지왕의 폐위와 죽음을 억울하게 생각하여 딴 마음을 먹을까 봐 김후직은 미리 쐐기를 박아 놓고 싶었던 게 분명했다.

"그래서 나는 개명하기로 하고 나의 뜻을 폐하께 말씀드렸다. 유학에 정진하면서 폐하께 충성된 마음으로 살아가겠노라고 말씀드렸다. 하지만 춘추라 하지 않고 이름 한 자만 바꾸었다. 왠지 아느냐?"

"잘 모르겠습니다."

"용(龍)은 내 아버지 진지왕의 핏줄이라는 뜻이라 그것마저 바꾸는 건 내 자존심이 허락하지 않았어. 대신 수를 춘으로 바꾸어 폐하에게 충성을 표시하기로 했지."

"그러셨군요."

"그렇다. 대신 네 이름을 춘추로 지었다. 왠지 아느냐?"

"저도 충성된 마음으로 살아가라는 뜻으로 지으신 겁니까?"

"너는 그렇게 생각하느냐?"

"잘 모르겠습니다."

"잘 모르겠다? 그래 잘 모를 수밖에 없지. 나는 너에게 춘추라는 이름을 지어주면서 다른 생각을 했다. 내가 병부령의 권유로 사서삼경을 읽고 춘추나 사기와 같은 역사책을 공부하다 보니, 유학이 얼마나 무서운 학문인가를 알았다. 하늘 아래 땅이 있다. 임금은 그 하늘을 대신해 땅, 즉 백성을 다스려야 한다. 그게 바로 유학의 가르침이었다. 유학은 다스림과 복종의 학문이야. 국가란 그래야 하지 않겠어? 왕이 백성을 다스린단 말이야. 하지만 석가모니의 가르침은 국가의 통치에는 적당하지 않아. 석가모니는 죽이지 말라 하지. 그런데 살생하지 않고 어떻게 전쟁을 하나. 전쟁에서는 적을 죽여야 내가 살아. 유학에서는 왕을 위해서는 적을 죽이라고 해. 그게 충성이야. 살생도 정당해. 국가를 위해서라면. 그게 훨씬 더 나에게 와 닿았어. 그런 유학으로 너를 세워서 다스림의 방법을 마련해야 한다 생각했지. 그래서 너를 춘추라고 했다."

"다스림의 방법이요?"

"그렇다. 나는 다스려지며 살았지만 너는 다스리고 살아야 한다. 나의 춘(春)과 너의 춘은 그렇게 다르다."

"아버님!"

"오늘 폐하께서 나를 내성사신에 임명하셨다. 나를 왜 내성사신에 임명한 줄 아느냐?"

"당연히 아버님이 적임자니까……"

"아니다. 나와 약속을 하자는 뜻이다."

"약속을요?"

"그렇다. 덕만공주로 보위를 잇겠으니, 나에게 협조하라는 뜻이지."

"덕만공주를요?"

"그렇다. 덕만공주 다음은 너다."

"네?"

"덕만공주를 잘 보필한 다음 그다음에 왕재를 증명하여 왕을 하고 싶으면 하라는 뜻이야."

"무슨 말씀이신지…… 어안이 벙벙합니다."

"그럴 테지. 당연히 그렇겠지. 오늘 나의 말은 발설하지 말고 너 혼자만 알아야 해. 보위에 오르는 날까지 가슴 깊이 새겨두어라. 반드시 명심하여야 한다."

"……"

"왜 대답이 없느냐? 내 말이 안 들리느냐?"

"아닙니다. 너무 엄청난 말씀을 하셔서 가슴이 진정되지 않아서 그렇습니다."

"그렇구나. 그럼 천천히 생각해보아라."

"잘 알겠습니다."

"참, 그리고 네가 간묘 이야기는 알고 있었다고 했지?"

"김후직 어른의 무덤 이야기는 익히 알고 있습니다."

후직의 친구였던 문첨은 진나라로 유학을 공부하러 떠났다. 그는 우연히 불법의 한 종파인 성실종(成實宗)의 스님에게서 강설을 듣다가 크게 깨우친 바 있어 불교로 개종을 하고 원광(圓光)이라는 법명을 얻었다. 이후 문첨은 원래의 이름보다는 원광이라는 이름으로 알려졌다. 원광법사는 열심히 정진한 결과 진나라에서 법명을 날리는 스님이 되었다. 수나라가 진나라를 흡수하여 전국을 통일하자 원광의 명성은 수나라에서도 널리 퍼졌고 이는 곧 신라에도 전해졌다.

병부령 후직은 수나라에서 신라인 원광법사의 명성이 널리 퍼지고 있다는 말을 들었다. 혹시나 해서 알아보았더니 원광법사가 자신의 죽마고우이면서 동문수학한 문첨이었다. 후직은 뛸 듯이 기뻐하며 바로 왕에게 원광법사가 귀국하면 여러모로 나라에 쓸모가 있을 거라고 그의 귀국을 건의했다. 왕은 경신년[6]에 수나라에 사신이 간 김에 원광법사를 모셔오도록 했다. 20대에 떠나 30년이 지나서 58세가 되어 원광법사는 왕의 초청으로 귀국했다. 아무리 중이 되었다 해도 세속의 인연을 다 물리칠 수는 없다. 죽마고우이자 동문수학했던 후직을 만나면서 원광법사는 귀국하길 잘했다고 새삼 생각했다. 왕의 전격적인 배려로 원광법사는 가실사(加悉寺)에 주석(住錫)하면서 불법을 강론했다.

후직은 화랑들을 체계적으로 양성하겠다는 생각으로 당시의 화랑인 귀산(貴山)과 추항(箒項)에게 원광법사를 찾아가게 했다. 귀산과 추항은 화랑이 종신토록 교훈 삼을 수 있는 좋은 말씀을 달라고 했다. 이에 원광법사는 후직의 의도를 짐작하여 유교의 이념을 가미해 알기 쉬운 다

---

6) 서기 600년(진평왕 22년)

섯 계율을 그들에게 내려주었다. 임금에게 충성하고, 어버이에게 효도하고, 벗을 믿음으로 사귀며, 전장에서 물러나지 말고, 가려서 죽여라.[7] 이 다섯 중 마지막 하나만 빼면 다 유교의 가르침이다. 귀산과 추항이 오계를 받아와 화랑들의 계율로 삼은 이듬해 가을 8월[8]에 백제의 무왕이 크게 군사를 일으켜 아막성(阿莫城)[9]을 공격해왔다.

신라는 건품(乾品), 이리벌(伊梨伐) 무은(武殷)을 비롯한 여러 장군과 병사를 보내 백제군을 막았다. 귀산과 추항은 무은의 부관으로 참전했다. 무은장군은 선봉으로 싸우다 승기를 잡았다. 도망가는 적을 추격하다 백제군의 함정에 빠져 무은장군이 사로잡혔다. 귀산과 추항은 목숨을 걸고 분전하여 무은장군을 구출했다. 무은장군이 도망갈 시간을 주기 위해 귀산과 추항은 물러섬이 없이 힘껏 싸웠다. 다른 병사들이 귀산과 추항의 용기에 힘입어 힘을 내니 오히려 전세가 뒤집혔다. 이어 신라의 주력부대 본진이 들이닥쳤다. 시간이 흐르자 백제군의 시체가 들판에 가득했다. 백제군은 한 필의 말, 한 대의 수레도 고향으로 돌아가지 못했다. 하지만 죽을힘을 다해 싸운 귀산과 추항은 온몸에 칼을 맞고 돌아오는 중에 죽고 말았다.

왕은 그 소식을 듣고 둘의 시체 앞에 이르러 통곡했고 그들에게 벼슬을 추증하였다. 바로 그때부터 원광법사의 오계(五戒)는 신라 화랑의 실천적 덕목이 되었다. 적 앞에서는 절대로 물러서지 말라는 화랑의 전통이 그때부터 시작되었다.

후직은 친구 원광법사가 마련해준 오계를 매우 흡족해했다. 오계는 원광의 가르침이라 하나 사실상 후직의 의도가 담긴 가르침이었다. 후

---

7) 사군이충(事君以忠), 사친이효(事親以孝), 교우이신(交友以信), 임전무퇴(臨戰無退), 살생유택(殺生有擇)
8) 602년(진평왕 24년)
9) 현재 전북 남원시 운봉읍 할미산성으로 추정.

직은 아막성 전투 이후 병부령에서 은퇴하고 집에서 안분지족(安分知足)하게 살다가 세상을 떴다.

그는 죽기 직전 아들 셋을 불러다 유언을 남겼다. 죽거든 진평왕이 사냥 다니는 북천 너머 길목에다 자신의 무덤을 마련하라고 했다. 또 왕이 농사철에 사냥 가면, 먼저 무덤에 가 있다가 통곡하라고 했다. 혹 왕이 그들을 찾아 왜 통곡을 하느냐고 물으면, 자신의 유언이었다고 말하라고 했다.

후직이 죽고 난 이듬해였다. 추수가 시작되었을 때 왕은 또 사냥을 나갔다. 그 소식을 접한 후직의 아들들은 미리 아버지의 무덤에 가서 기다리고 있었다. 그들은 왕의 행렬이 지나갈 때쯤 통곡을 했다. 마침 지나다가 곡소리를 듣게 된 왕은 그들을 불렀다. 그들은 아버지의 유언을 왕에게 말해주었다. 죽어서라도 왕을 깨우치고 싶으니, 꼭 유골을 왕이 사냥하러 다니는 길목에 묻고 왕이 지날 때 통곡하라는 게 아버지의 유언이었다고 말했다. 왕은 그 말을 듣고 회한의 눈물을 흘렸다. 후직의 충성심이 이렇게도 깊은데 자신이 충신의 간언을 듣지 않았다고 후회했다. 진평왕은 그날 이후 죽을 때까지 다시는 사냥 다니지 않겠다고 맹세했다. 그 이후로 북촌 너머에 있는 김후직의 무덤을 서라벌 사람들은 간묘(諫墓)라 했다. 충언을 임금께 간(諫)한 후직의 무덤이라는 뜻이었다.

"병부령 후직의 충성심은 유학에서 나왔다, 춘추야."

"이제 알겠습니다. 아버님의 말씀을 듣고 많이 깨달았습니다. 무엇보다 유학의 중요성을 알았습니다."

"또 하나 말하겠다. 서현공의 아들 유신을 아느냐?"

"유신을 모르는 서라벌의 젊은이는 없겠지요. 저보다 나이가 많아 만

나서 사귀지는 못해도 여러 번 만나기는 했습니다."

"그래, 유신이가 너보다……"

"아홉 살이 위입니다."

"아홉이면 형님이나 친구처럼 지내면 되겠구나. 유신의 아버지 서현 공이 나보다 열 살이 위지만 친구처럼 지낸다. 술친구이긴 하지만, 하하 하. 유신과 네가 만나 유학도 공부하고 같이 동지처럼 지내야 한다. 내 가 일전에 서현공에게 말해놓았다. 곧 만나게 될 거야."

3

"내가 서현공을 진짜로 좋아하는 이유를 아십니까?"
"아니, 내성사신께서 왜 이러시나? 뭔 고백을 하시게."

용춘의 내성사신 임명을 축하하는 모임이 파하자, 용춘은 서현에게
딱 한 잔을 더 하자며 서현을 자신의 집으로 모셔왔다. 용춘의 아내 천
명부인은 두 사람이 편안하게 술을 마실 수 있도록 배려해주었다. 술꾼
에게 편안한 술자리란 술과 안주를 마련해주고 술꾼들끼리 마시도록 내
버려두면 된다. 그다지 어려운 일은 아니었다. 서현은 낫살깨나 먹은 사
람이 남의 집에까지 와서 술이나 마신다고 천명부인이 흉볼까봐 내심
걱정했다. 천명부인은 시집을 왔다 하나 왕의 딸이 아닌가. 서현은 천명
부인이 술상을 봐주고 사라진 뒤에 용춘과 마주 앉으니 편안해졌다.

"서현공, 한잔 쭉 드십시다. 내가 아시다시피 친한 친구도 없습니다.
서현공께서 저를 이렇게 보살펴주십니다."
"보살펴주다니, 그게 무슨 말인가. 내가 도움을 받았으면 받았지."

"아닙니다. 이렇게 저와 대작해 주시니 저는 그저 감읍입니다."

"허허. 나야말로 서라벌에 친한 친구가 있어 좋지. 하하하."

서현과 용춘은 열 살이나 나이 차가 있었지만 젊은 시절부터 흉허물 없이 친구처럼 지내며 우정을 다져왔다. 서현은 진골이긴 하나 뿌리를 따지면 가야에서 귀부를 했기에 서라벌 진골 귀족 사회에 편안하게 진입할 수 없었다. 아버지 무력은 변경의 장수로 임지에서 근무할 때가 많았다. 서현 자신도 만노군과 같은 지방의 태수를 지낸 적이 많아 서라벌이 낯설었다. 임지에서 돌아와 서라벌에 머물 때면, 서현은 용춘을 찾았다. 서라벌의 소식도 듣고 서로의 안부도 묻곤 했다. 용춘 역시 태생이 태생인지라 친한 친구가 없었다. 궁중에서 자라나서 더욱 그러했다. 용춘은 서현의 시원시원하고 대범한 성격이 좋았다.

처음 용춘과 서현을 맺어준 사람은 병부령이었던 김후직이었다. 김후직은 용춘이 화랑이었을 때 화주로 인연을 맺은 후에도 용춘의 후견인 역할을 자처했다. 그게 진평왕의 뜻이기도 했지만, 용춘은 개의치 않았다. 후직은 처음에는 노리부 휘하의 장수였기에 노리부의 동생인 무력과 무력의 아들인 서현을 진작부터 잘 알고 있었다. 후직은 서라벌의 젊은 인재나 화랑에게 늘 유학의 중요성을 강조한 터라, 용춘과 서현을 만나게 하면서 나이 차이는 좀 나더라도 유학을 같이 공부해보라고 권유했다. 후직이 추천한 몇몇과 함께 용춘과 서현은 유학을 공부했다. 그들이 배운 유학은 깊이가 있지는 못했다 하더라도, 공자가 지은 춘추나 사마천이 지은 사기는 여러 번 읽어 역사 지식에는 능통했다.

"저는 서현공의 배짱에 감탄했습니다."

"뭔 이야기를 하려고 그러시나."

"아무리 그래도 그렇지 만명공주가 누구입니까? 진흥태왕의 친동생인 숙흘종(肅訖宗)의 따님 아닙니까?"

"아, 그 이야기. 뭐 그렇기는 하지만 사랑이 어디 계산을 해서 하나. 청춘 남녀가 눈이 맞으면 그뿐이지. 안 그런가."

"그래도 조마조마하셨을 텐데요. 숙흘종께서, 저에게는 작은할아버지인 셈인데, 호락호락 따님을 내어주실 리가 없는데 말입니다."

"조마조마하다 뿐이요. 지금이야 웃으면서 말하지만, 그때는 하루하루가 여삼추(如三秋)요, 아니 일각(一刻)이 여삼추였지. 내가 아무리 진골이라고는 하나 내 뿌리는 가야가 아니오. 그러니 숙흘종께서 우리의 결혼을 인정하기가 쉽지 않았소. 얼마나 화가 났으면 장인께서 공주의 임신을 알아채자 집안에 가두어버렸겠소. 혹 저러다가 죽이기라도 하나 해서 내가 얼마나 노심초사했는지. 내가 숙흘종을 찾아가 차라리 나를 죽이라고 한 적도 있어요."

"아, 그래요? 서현공이 숙흘종 할아버지를 찾아갔다구요?"

"그렇지. 모르는 척할 수는 없지요. 찾아갔더니 얼마나 화가 단단히 나셨는지 나를 만나주시지도 않더라고. 문전박대를 당하고 쫓겨났습니다."

"그랬군요. 그래도 나중에는 인정하셨지요."

"배가 점점 불러오니 어쩌겠나. 천둥 벼락이 치고 비 오는 날, 집사를 시켜 딸을 몰래 내 집으로 보냈지."

"바로 그겁니다. 결국 서현공의 야합이 숙흘종 할아버지를 이기신 겁니다."

"야합이?"

"그렇지요. 야합이 이겼지요."

"에끼, 무슨 말을 그렇게 하시나. 내성사신께서 야합을 운운하시다니. 허허허."

"그래도 야합이 좋은 걸 어떡합니까? 아니, 제가 서현공을 좋아하는 이유가 바로 야합이라니까요."

"아니, 내성사신께서 농이 지나치십니다. 자꾸 야합을 들먹거리시고. 날 놀리자는 거지요?"

"아닙니다. 서현공, 오해하지 마시고 제 말 좀 들어보십시오."

"한번 들어봅시다."

"공자님의 아버지도 야합했다고 합니다."

"나도 어디서 읽은 기억이 있습니다."

"사기에 나오지 않습니까? 사기에 공자님의 아버지가 안 씨의 딸과 야합하여 아들 공자를 얻었다고 되어 있지 않습니까?"

"맞아, 그랬어. 사기에 그렇게 되어 있었지."

"아니, 그럼 그것도 생각하지 않았단 말입니까? 야합의 당사자께서."

"에이, 내성사신께서 날 놀리는구만. 내가 야합을 했다고 말이야."

"놀릴 리가 있겠습니까? 그래 야합의 재미는 어땠습니까? 하하하."

"하하하, 놀리는 게 분명하군, 내성사신. 나야 좋았지. 뭐랄까, 조마조마 가슴이 터지지. 아슬아슬하고, 심장이 오그라들지. 그땐 나도 어렸으니. 아니 그런데 야합 때문에 나를 좋아하다니 그게 말이 되나?"

"말이 되지요. 사실은……"

갑자기 내성사신 용춘의 얼굴이 어두워졌다. 급기야 눈물이 한두 방울 용춘의 눈가에 맺혔다. 서현은 당황스러워하다가 드디어 알아챘다.

"혹시 아버님이, 아니 진지왕께서……"

"그렇지요. 바로 그겁니다. 저의 아버님이 뭘 잘못했습니까? 아버님이 왕이었을 때 백제가 크게 군사를 일으켜 쳐들어왔지요. 그때 세종장군을 보내 대승을 거두었습니다. 그러고는 오히려 백제로 쳐들어가서 알야산성을 빼앗기도 했습니다. 그런데도 내 어머니 도화(桃花)를 사랑했다는 이유로 폐위시키고 감금했지요."

"나는 그때 어려서 자세히 모른다네. 열 살짜리가 뭘 알았겠나. 하지만 억울하지. 왕께서는 채 3년이 되지 않았을 거야. 보위에 있었던 해가."

"그렇습니다. 겨우 3년 남짓하지요. 과부댁 도화녀를 탐한다는 죄목이지요. 아내였던 지도왕후의 질투도 큰 역할을 했습니다."

"그렇다고 들었네. 그보다는 지금의 폐하가 왕이 되어야 편했던 사람들이 많았지. 아하, 그렇네. 그렇구만. 그래서."

그제야 서현은 용춘의 속마음을 알아내었다. 용춘은 아버지 진지왕의 야합으로 태어났다. 자신도 만명과 야합을 하여 유신을 낳았다. 그렇다면 공자와 용춘과 자기 아들 유신은 다 야합의 결과물이 아닌가.

"하하, 내성사신. 이제야 알았네. 이해가 가네. 나야 뭐, 왕이 아니니 내 아들도 크게 상처 입을 일이 없었지만, 내성사신의 마음고생은 내가 미루어 알겠구만. 고생하셨네. 자, 우리 잔을 채워 다시 한잔 드세. 야합을 위하여."

"하하하 서현공, 이제야 아셨습니다, 제 마음을. 한잔 들이켜지요. 야합을 위하여."

"이제야 알았네. 나야말로 진골이라고는 하지만 가야에서 귀부한 처지가 아닌가. 그런데도 내성사신께서 젊어서부터 나를 잘 대해주셨어. 그때 우리가 후직장군의 권유로 같이 유학을 공부하지 않았나. 늘 나에게 호의를 가지고 있다는 걸 알 수 있었지. 그게 다 야합 때문이었어. 하하하.”

“그렇습니다. 하지만 그땐 말할 수가 없었지요. 서현공의 큰 아버님이 노리부장군이었으니까요. 노리부장군이 내 아버지를 몰아내는 데 주동이 된 줄 알았습니다.”

“그렇게 생각할 수가 있겠네. 내 큰아버지는 정치를 잘 모르는 장군이네. 여러 귀족이 그렇게 지금의 폐하를 옹위하면서 내 큰아버지에게 들러리를 서게 했지. 망한 나라에서 귀부한 사람은 대세를 따를 수밖에 없어. 그래야 생존하니까.”

“지금 생각하니 그렇습니다. 하지만 그때는 노리부장군을 오해했지요. 그러니 내가 서현공에게 호의를 가졌다 해도 마음을 다 보이면서 접근할 수는 없었습니다.”

“이해가 가네. 그럼 지금은?”

“지금은 다르지요. 폐하가 보위에 오르신 지 44년입니다. 무엇보다 아들이 없지 않습니까?”

“소문은 덕만공주를 다음 보위에⋯⋯”

“그렇습니다. 덕만공주를 보위에 올리겠다는 게 폐하의 뜻입니다. 하지만.”

“하지만?”

“그다음은 누구이겠습니까?”

“내성사신? 아니 춘추?”

“서현공, 공의 아들 유신이 서라벌의 젊은이들에게 신망이 두텁다고 합니다."

"그래? 아비로서는 기쁜 일인데…… 근데 왜 갑자기 유신을?"

"유신이 신망이 두터우니 기쁜 일이지요. 하하하."

"유신이 신망이 두터워 기쁘다?"

"그렇습니다."

"그렇다고 유신이 왕이 될 것도 아니고."

"꼭 왕이 되어야 합니까? 왕을 만들면 안 됩니까?"

"왕을 만들어? 하하, 이제야 알겠네. 내성사신께서 이렇게 에둘러 나를 깨닫게 하다니. 내가 부끄럽소. 내가 어떻게 해야 하나."

"뭐, 우리가 할 일보다는 우리 아이들이 할 일이 많을 겁니다. 아이들도 다 컸으니 그들이 인연을 맺게 도와야지요. 그게 우리의 일입니다."

"참 곧 내성사신 댁에 혼사가 있다는 말을 들었습니다."

"그렇습니다. 춘추가 곧 성혼합니다."

"돌아가신 국반갈문왕의 둘째 딸 보만과 한다구요?"

"그렇습니다. 다음 달 보름날입니다."

"그거 잘 되었습니다. 춘추의 지위가 한결 높아지는 성혼입니다."

서라벌에 큰 잔치가 벌어졌다. 내성사신의 아들 춘추와 진평왕의 동생인 국반갈문왕의 둘째 딸 보만의 결혼은 왕가에서 오랜만에 벌어진 잔치였다. 소문난 잔치답게 음식 차림이 많고도 화려했다. 서라벌의 거지들도 한 상 거나하게 얻어먹을 수 있을 정도였다.

진평왕에게 춘추는 딸 천명공주의 아들이니 외손주에 해당했다. 보만은 동생의 딸이니 조카에 해당했다. 왕실 잔치 중에서도 매우 큰 잔치였다. 근 한 달이나 지속하던 큰 잔치가 끝났다.

결혼하고 열 달이 지나자 경사가 났다. 보만이 결혼하자마자 임신하여 많은 이들의 축복 속에 출산했다. 딸이었다. 하지만 지독한 난산으로 보만부인은 출산 후 바로 저세상으로 떠나버렸다. 신랑 춘추는 도무지 뭐가 뭔지 정신을 차릴 수 없었다. 황망하기도 했고 꿈같기도 했다. 보만부인의 죽음이 도무지 현실로 받아들여지지 않았다. 하지만 아이를 보면 분명 현실이었다.

고타소(古陀炤)라고 이름을 붙인 딸은 어미의 죽음에도 아랑곳없이 유모의 젖을 먹고 토실토실 젖살이 붙어 잘 자랐다. 백일이 지나면서 아버지를 보면 눈을 맞추고 방긋방긋 웃으니 그때마다 김춘추는 기가 막혔다. 4살 연상의 보만. 사랑다운 사랑도 못해본 채 먼저 저세상으로 갔다. 춘추의 마음은 쓰라릴 대로 쓰라렸다.

이때 춘추를 자주 찾아온 사람이 바로 유신이었다. 때로는 춘추가 유신을 찾아가기도 했다. 둘은 바둑을 두기도 했고 그것도 답답하면 저잣거리의 술청을 기웃거리기도 했다. 밤이 되면 가끔은 천관사(天官寺)로 말을 몰았다. 천관사는 절이 아니라 점도 치고 굿도 하는 굿당이었다. 인가와는 떨어진 으슥한 곳에 있어 세인들의 이목을 피해 찾기는 좋았다. 춘추는 유신을 만나면 큰형을 만나 기대는 것처럼 마음이 푸근해졌다. 아버지에게는 말할 수 없는 고민거리라도 유신에게는 편하게 말할 수 있었다. 천관사에 가면서 춘추가 유신에게 물었다.

"유신공, 말이 천관사로 갔다고 말 대가리를 잘랐다는 이야기가 진짜요?"

"하하하하, 그럼 진짜지, 그게 가짜겠소?"

"아니 나는 아무리 생각해도 믿기질 않소. 유신공이 아무리 무공이 뛰어나다 해도 말 대가리를 자르기는 힘들지. 술도 취했을 텐데 말이오."

"하하하하, 내가 소싯적에 중악의 석굴에서 난승(難勝)이란 도인을 만나 검술을 배웠소. 모르시오?"

"하하하하, 내 그 이야기도 들었소만, 그것도 믿기지 않더이다. 사실을 이야기해주시오."

"아니, 춘추공은 의심이 많구려. 어찌 믿지 못하시오?"

"유신공도 함께 공부했지만, 공자께서 눈으로 보지 않으면, 믿지 말라고 하셨잖소?"

"에이, 공자께서 어디서 그런 말씀을 하셨소? 난 읽지 못했소."

"유신공, 왜, 공자 제자 자로가 죽음이 무엇이냐고 물어보니, 공자께서 삶도 모르는데 어찌 죽음을 알겠느냐고 대답하셨잖소. 그게 그 말이지요."

"허허, 그렇기도 하군요. 천관사 들어가서 목이나 좀 축이고 답하리다."

천관사 안주인 천관녀가 유신 일행을 반갑게 맞이했다. 불교가 정착되기 전에 서라벌에는 당집이 많았다. 당집에서는 무녀가 별점을 쳐서 길흉을 판단하고 여러 귀신에게 복을 빌어주었다. 많은 서라벌의 백성들이 귀천을 막론하고 당집을 찾았다. 당집에 따라서는 술도 내어놓고 가벼운 유흥을 즐길 수 있는 곳도 있었다. 천관사가 그러했다. 흥륜사가 들어서고 황룡사를 비롯한 여러 절이 지어지면서 점차로 왕가나 귀족들은 절에 가서 부처님께 무병장수와 만복을 빌었다. 보통 백성이나 귀족의 부녀자들은 여전히 무녀를 찾아 길복(吉卜)의 점을 치고 굿을 했다. 그중 천관사는 일반 백성들의 출입은 거의 없었다. 소수의 귀족만 출입하던 은밀한 당집이었다.

유신은 어머니 만명부인이 재수굿을 할 때 따라갔다가 당집 무녀의 딸과 눈이 맞아 정분이 났다. 후일 만명부인이 그 일을 알았다. 부인은 천한 계집 꽁무니나 따라다닌다고 유신을 호되게 나무랐다. 공명(功名)을 세워 나라에 영예로운 사람이 되기를 바랐건만, 싹수가 노랗다고 했다.

유신이 춘추에게 말했다.

"내 아버님과 어머님이 부모 허락도 없이 야합하여 나를 낳았소."

"하하하하, 그러셨다고 들었습니다."

"그러니 내 어머님이 더욱 난리를 치신 게지요. 나마저 아버님 닮아 재주도 좋다나요. 그렇지만, 천한 계집은 안 된다고 합니다. 서라벌 사람들이 흉본다나요."

"그래서 유신공이 말의 목을 쳤나요?"

"그럴 리가 있나요. 화랑 때부터 나를 따르던 낭도가 있어요. 비령자라고. 비령자에게 말을 몰고 저 멀리 서라벌 밖으로 가서 키우라고 보내버렸지요."

"만명부인에게는 무어라고 하셨나요?"

"말 목을 쳤다고 했지요. 그리고는 몇 년이나 여기 발길을 끊었답니다."

"정말 발길을 끊긴 끊으셨군요."

"하지만 여길 다시 올 수밖에 없었답니다."

유신은 천관녀에게 말했다.

"군승(軍勝)을 데리고 오시오."

천관녀는 대여섯 된 사내아이를 데리고 들어왔다. 한눈에 보아도 김유신의 아들이 틀림없었다.

"오호, 그러셨군요. 씨도둑은 못 한다더니 정말 그러하군요. 유신공을 빼다 박았습니다."

"허허, 춘추공께서도 나를 놀리십니다."

"아닙니다. 이제야 다 알겠습니다. 인연이 그러한데 어쩌겠습니까? 만명부인은 아십니까?"

"이제 아시지요. 뭐 어쩌겠습니까? 아이까지 있으니, 요즘은 별말이 없으십니다."

"그렇게 되었군요. 근데 이름을 군승이라 함은……"

"우리 집안이 할아버지 때부터 장군을 지냈지요. 이 아이는 서자이니 장군이야 되지 못한다 해도 군문(軍門)에 들어가면 늘 승리하여 공을 세우라는 뜻으로 그렇게 지었습니다. 그게 이 아이의 살길이지요."

"그러하군요. 그럼 도인에게 검술을 배웠다는 것도……"

"허허, 그건 사실이오. 그런 분에게 검술을 배우기는 했지요."

"그럼 배우기만 했다는 거지요?"

"춘추공, 장군이 도인에게서 도술이나 검술을 배웠다는 건 병사들에게 큰 위안이 된다오."

"그렇군요. 정말 그렇겠습니다. 더 이상 묻지 않겠습니다. 하하."

"내가 칼을 뽑기만 하면 적의 십만 대군도 추풍에 낙엽이지요. 병사들이 그렇게 알고 있어야 합니다. 하하하."

그러면서 유신은 눈길을 군승으로 보내다가 천관녀에게 한마디를 했다.

"내년부터는 군승에게도 글공부를 시켜야겠소. 내가 적당한 사람을 찾아보겠소. 역사책 한 줄이라도 읽어야 사람 구실을 하겠지."

군승이 나가고 난 뒤 둘은 본격적으로 술잔을 주고받았다. 술이 취해 둘은 여러 이야기를 나누었다. 신라는 불교보다는 유학을 받아들여 나라 질서의 근간으로 삼아야 한다는 이야기부터 시작해서 여러 말을 나누었다. 춘추는 아내를 떠나보내고 혼자 있는 적적함을 토로하기도 했다. 천관녀는 그들의 자리를 지켰다. 서라벌의 밤이 깊어갔다.

4

달포가 지나서였다. 이른 아침부터 유신에게 누이동생 문희가 와서 언니에게 꿈을 샀다고 자랑을 했다. 유신이 문희에게 말했다.

"문희야, 그게 무슨 말이냐. 자세히 이야기해보렴."

"글쎄, 오라버니. 오늘 아침 보희 언니가 꿈 이야기를 하지 뭐예요. 언니가 서형산 꼭대기에서 오줌을 누었는데, 그 오줌이 넘쳐 흘러서 금방 서라벌에 가득 차더란 말이지 뭐예요."

"그래서?"

"언니는 흉측하다고 했지요. 그래서 내가 그 꿈을 사겠다고 했더니 언니가 지난번 당나라에서 온 비단으로 만든 그 비단 치마를 주면 팔겠다고 해서 샀지요."

"보희도 비단 치마가 있지 않아?"

"있지만 색이 다르지요."

"너는 왜 꿈을 샀느냐?"

"뭔가 좋은 꿈 같아서요. 하하, 저도 잘 모르겠습니다, 오라버니."

"그래? 알았다."

유신은 문희를 보내놓고 곰곰이 생각했다. 늘 어리다고 여겼던 문희
도 다 커서 성숙한 여자티가 완연히 났다. 스물한 살이니 그럴 만도 했
다. 유신의 아버지 서현공과 어머니 만명공주는 금슬이 좋아, 유신을 낳
고 남동생 흠순과 그 밑으로 여동생 보희와 문희를 낳았다. 문희는 유신
과 열 살 터울 막내였다. 유신은 자신에게 늘 살갑게 구는 문희를 귀여
워했다. 보희는 문희보다 두 살 많은 언니라도 늘 어머니 만명공주를 대
신하여 맏딸로서 집안의 기강을 잡으려 했다. 집안의 하인들도 보희를
가장 어려워했다.

유신은 한참을 골똘히 생각하더니 자리에서 벌떡 일어나 집사를 불
렀다.

"지금 당장 춘추공의 집에 다녀오너라. 오늘 햇빛도 좋으니 신시(申
時)[10]쯤에 축국(蹴鞠)을 하시자고 일러라. 집 앞에 너른 공터가 있으니
이리로 오시라고 해라."

고구려에서 유행하던 축국이 신라의 귀족 자제들 사이에서도 퍼지고
있었다. 축국은 양가죽으로 만든 공을 발로 차는 놀이였다. 공 안에는
털실로 채워 제법 무거웠다. 발힘이 있어야 멀리 날아갔다. 상대방의 둥
근 구문(毬門)에 공을 넣으면 이기는 놀이였다.

남산 자락에 홍엽이 가득하더니 겨울이 다가오는지 흐린 날에 며칠
북서풍이 몰아쳤다. 마침 아침부터 햇빛이 좋아 어디 나들이라도 하고

10) 오후 3시에서 5시

싶던 차에, 유신 집사의 전갈을 받고 춘추는 잔뜩 신이 났다. 전갈을 받고 나니 일각이 여삼추였다. 당장 달려가고 싶었다. 춘추는 일찍 출발하여 뒷짐을 지고 어슬렁거리며 일부러 걸어갔다. 유신 집 동네 어귀에는 말도 달리고 활도 쏘는 너른 공터가 있었다. 노송들이 우쭐우쭐 키를 자랑하는 아래 터가 공을 차기 알맞았다.

공놀이가 시작되었다. 유신과 춘추는 유신네 호위무사 두 명과 각각 짝을 지어 서로 상대방의 구문에 공을 넣기 위해 안간힘을 썼다. 놀이라 하더라도 이기기 위해 땀을 뻘뻘 흘리며 공을 차고 뛰어다니며 한참을 놀이에 열중했다. 덩치가 큰 춘추는 헐떡거리며 뛰어다니느라 옷고름이 풀어졌다. 가까이 있던 유신이 공을 빼앗다가 그만 춘추의 옷고름을 밟아버렸다. 춘추의 옷이 쭉 찢어져버렸다. 순식간에 벌어진 일이었다. 잠시 공놀이가 중단되었다. 아무리 사내라 하더라도 어른 체면에 옷이 쭉 찢어져 너풀거리니 보는 사람이 민망했다.

"이런이런, 춘추공, 다친 데는 없소이까?"

"하하, 유신공이 지고 있으니 일부러 이런 거지요? 괜찮소이다. 옷이야 아무려면 어때요."

"아닙니다. 춘추공. 아무래도 보기가 민망합니다. 이대로 가시기는 어려울 듯하니 집으로 가서 옷을 꿰매서 입고 가도록 합시다. 내 옷을 드려도 좋으나 춘추공에게 맞질 않겠소이다."

"하하, 나야 좋습니다. 안 그래도 좀 뛰었더니 목이 마릅니다. 유신공댁에 가서 목이나 축이고 가야겠습니다."

유신은 집에 들어서자 바로 술상을 차리라 했다. 문희를 부르려고 하다가 멈칫하더니 보희를 불렀다. 보희는 오라버니의 부름에 황급히 들어서다가 문지방에 걸려 넘어졌다. 다 큰 처녀가 귀한 손님 앞에서 넘어지는 실수를 저지르자 본인이 스스로 부끄러워 자기 방으로 도망가고 말았다. 유신은 혀를 차면서 다시 동생 문희를 불렀다.

문희가 차분한 발걸음으로 오더니 방문을 열었다. 옅게 화장한 문희는 얇은 비단옷을 입고 사뿐히 걸어 들어왔다. 그 자태가 눈부시게 아름답고 환해서 오라버니인 유신마저 자신의 눈을 의심할 정도였다. 그 모습을 본 춘추는 입꼬리가 올라가더니 입을 다물지 못했다.

"문희야, 인사 올려라. 춘추공이시다."
"문희라고 하옵니다."
"춘추라고 합니다. 처음 뵙는데 이렇게 실례를 합니다. 옷도 제대로 입지 않구요."
"제가 꿰매 드리려고 바늘과 실을 가지고 왔습니다."
"허허, 고맙소. 부탁하오."

춘추는 연신 헛기침을 하면서 안절부절 어쩔 줄을 몰라했다. 눈치를 챈 유신은 잠시 문희에게 나가 있으라고 했다.

"춘추공, 할 말이 있으시오?"
"하하, 유신공, 제가 졌습니다. 유신공의 동생 문희를 저에게 주십시오."
"지다니, 그게 무슨 말이오. 또 달라니, 저 아이가 물건도 아니고 말이오. 저 아이는 스스로 결정합니다. 그것이 무엇이든 간에요."
"그래서 제가 졌다지 않습니까? 저도 알았습니다. 유신공이 제 옷고름을 밟고 유신공 집에 데려올 때부터 유신공의 누이를 제게 선을 보이려 하는구나 하고 짐작했지요."

"하하하, 눈치채셨군요. 내가 서툴렀나 봅니다. 진짜처럼 하려고 했는데 말입니다."

"저도 속으로 유신공의 누이를 행여 볼 수 있을까 하고 기대하고 있었습니다. 그런데 문희 아가씨를 보는 순간, 뭐라 할까요. 내 눈이 멀었다고 할까요. 문희 아가씨는 내 평생의 짝입니다. 문희 아가씨와 성혼하도록 해주십시오. 내 일생을 걸고 하는 말입니다. 평생 나의 정처(正妻)로 삼아 어느 순간에도 존중하고 사랑하겠습니다."

"그래요? 공의 뜻은 잘 알겠습니다. 공이 빈말은 하지 않지요. 내가 알고 있습니다."

"문희 아가씨도 나를 선택하겠지요?"

"아마도 그렇겠지요. 그 아이가 오늘 옷을 입은 걸 보니 이미 공에게 마음이 있습니다. 하하하, 하지만."

"하지만?"

"공의 어머님이나 아버님이 받아들이실까요? 폐하께서 허락하실까요? 공은 폐하의 하나밖에 없는 외손주가 아닙니까? 아무리 나의 가문이 나라에 공을 많이 세웠다고는 하나 뿌리를 보면 망한 나라 가야의 후손이 아닙니까? 가야에서 신라에 귀부한 가문이란 말입니다. 춘추공은 진지왕의 후손이자 폐하의 후손입니다. 신라에서 최고로 고귀한 분입니다. 그런데 감히 유신의 가문과 혼사를 허락하시겠습니까?"

"하하하, 유신공, 걱정 마십시오."

"걱정을 말라니, 어찌 오라비가 그걸 걱정 안 하겠습니까?"

"유신공, 저를 혼내지 마십시오."

"혼내다니요?"

"방법이 있습니다. 확실한 방법이."

"그게 뭡니까?"

"유신공 아버님께서 사용한 방법이지요."

"허허, 춘추공이 농을 하시는 게요?"

그때였다. 춘추공이 갑자기 일어나더니 유신에게 무릎을 꿇었다.

"아니, 이게 무슨. 왜 이러시오, 춘추공."

"유신공, 저를 살려주십시오. 문희 아가씨를 보는 순간 제가 와르르 무너졌습니다. 체면이고 뭐고가 없습니다. 뭐든지 하겠습니다."

"춘추공, 일어나세요. 이러지 마시고. 민망합니다."

"허락하지 않으면 일어날 수 없습니다."

"그래, 알았소. 어서 일어나세요. 내 허락하리다."

춘추가 일어나 다시 정좌하자, 유신이 정색을 하며 말했다.

"사실은 나도 그 방법을 생각하고 있었소이다. 내가 잠시 춘추공을 떠보았습니다. 결례를 용서하십시오. 춘추공 말대로 야합, 그 방법이 최선이요. 저질러 놓고 봅시다."

"고맙습니다, 유신공. 내 절대로 유신공의 기대를 배반하지 않겠소이다."

5

서라벌이 환히 내려다보이는 남산 북쪽 끝자락이었다. 석수장이 몇
몇이 작은 석굴을 파내 석불을 조성하고 있었다. 으뜸 석수장이는 커다
랗게 솟아오른 바위 속을 파내서 실제 사람 크기만 한 돌부처 형상을 돌
출시키는 데 공을 들였다. 나라와 왕실의 안녕을 위해 왕께서 내성사신
김용춘에게 조성을 명했던 일이다. 왕께서는 이왕이면 곧 자신의 후계
자가 되어 보위에 오를 덕만공주의 형상을 한 돌부처를 원했다. 왕이 그
렇게 말하지는 않았다. 내성사신 용춘은 그렇게 알아들었다. 그 돌부처
는 서라벌이 한눈에 환히 내려다보이는 곳에 있어야 했다. 용춘은 남산
자락에서 맞춤한 바위를 찾아냈다. 으뜸 석수장이에게 부처님을 덕만
공주의 형상으로 조성하라고 지시했다.

"누가 봐도 덕만공주님을 떠올릴 수 있게 하란 말이다."

병술년[11] 봄이 되면서 석수장이는 마지막 정을 찍고 작업을 끝마쳤

---

11) 626년

다. 석수장이들이 먼저 어머니의 형상을 한 석가여래좌상에 삼배를 올렸다. 용춘은 왕에게 원만덕상(圓滿德相)의 석불이 남산 자락에 좌정했음을 보고했다.

"원만덕상의 석불이?"

"그렇습니다. 지혜가 가득 차서 모든 것을 이루는 모습의 석가여래상입니다."

"그래? 내성사신이 이번에도 큰일을 했구나."

"더군다나 여래상은 덕만공주님과 무척이나 닮았습니다."

"그래? 석수장이들이 공주의 얼굴을 보도록 했느냐?"

"그럴 리가 있겠사옵니까? 원만덕상의 부처님을 조성하다 보니 덕만공주님을 자연스럽게 닮게 된 거지요."

"그래? 그렇지. 내성사신의 말이 맞겠지. 그래, 그래야 하고말고. 내가 당장 가고 싶지만, 지금은 몸이 좋지 못하니 우선 덕만공주가 가서, 그 뭐라고 하나? 점안이라 하나? 그런 걸 해야 하지 않겠나?"

"봉불(奉佛)이라고 한답니다."

"그래, 그래. 봉불이라. 나는 나중에 가볼 테니 길일을 잡아 봉불을 하도록 하게. 나 대신 공주가 가야 제격이야."

남산 자락에 진달래꽃이 만발했다. 꽃을 보더니 덕만공주는 가마에서 내려 걷기 시작했다. 용춘 부자와 조정의 대신들과 궁녀들이 뒤를 따랐다. 공주를 호위하던 시위부 장수와 병사들도 함께했으니 일행은 얼추 3백여 명이 넘었다.

여래좌상이 조성된 석굴 앞에는 이미 서라벌 흥륜사와 황룡사에서 온 스님들이 봉불 의식을 위해 좌정해있었다. 주위로는 소문을 들은 백성들이 이미 가득해 병사들이 길을 내지 않으면 공주 일행이 석굴에 도달하기조차 힘들었다. 백성들 사이에는 남산에 새로 들어서는 부처님이 덕만공주와 빼다 박은 것처럼 닮았다는 소문이 퍼져있었다. 흉년이 들고 전염병이 생길 때마다 덕만공주가 앞장서서 백성들을 구제했으므로 백성들 사이에 덕만공주는 이미 석가여래의 현신이라는 소문이 나돌기도 했다.

향이 피워지고 수십 명의 스님이 일제히 목탁을 치면서 석가모니불을 염송하자 돌덩어리였던 여래좌상에 사람의 훈기가 들어가기 시작했다. 염송이 절정에 이르는 순간, 사람들의 염원이 최고조로 오르는 바로 그 순간, 여래좌상은 눈을 번쩍 떴다. 그때 덕만공주와 돌부처의 눈이 마주쳤다.

"나라고 해도 되겠어. 나야."

덕만공주가 혼잣말처럼 중얼거렸다. 공주 바로 옆에 있던 내성사신 김용춘이 공주의 말을 바로 받았다.

"그러하옵니다, 공주님. 이 부처가 바로 공주님입니다. 석가여래불이지요."

공주가 용춘에게 물었다.

"석공들이 나를 보았나요?"

"그럴 리가요. 그들의 염력이 만들어낸 거지요."

"하하하, 재미있습니다. 춘추도 그렇게 생각하느냐?"

공주는 갑자기 용춘 뒤에 말없이 시립해 있던 춘추에게 물었다.

"하하하, 그렇습니다. 그렇게 되어야 하구요."

그 말을 하면서 춘추는 호방하게 웃었다. 공주는 춘추의 웃음에 기분
이 좋아졌다. 왕이나 공주 앞에서 호방하게 웃기란 쉽지 않았음에도 춘
추는 거리낌이 없었다. 그렇다고 크게 예의를 벗어나게 행동하지는 않
았다. 덕만공주에게 춘추는 사적으로는 여동생 천명공주의 아들이니
조카이기도 했다. 자식이 없던 덕만공주는 활달한 춘추를 늘 아꼈다.

"그렇게 되어야 한다…… 하하하, 춘추가 맞는 말을 했구나."

용춘은 신라 왕실이 오래도록 꿈꾸어왔던 석가족의 완성이 이 돌부
처로 일단락된다고 생각했다. 법흥대왕 때부터의 꿈이었다. 하지만 꿈
은 꿈. 현실로 돌아오면 달라진다. 그 현실의 시작에 자신의 아들 춘추
가 있다. 완성은 끝이며, 끝은 늘 시작을 준비한다. 완성 다음엔 새로운
시작이다.

"내성사신께서는 왜 말이 없으신가요? 이게 다 내성사신의 업적입
니다."

덕만공주의 말에 용춘의 생각이 현장으로 돌아왔다.

"그럴 리가요. 다 왕실의 홍복(洪福)이지요. 폐하와 공주님의 큰 베푸심 덕입니다."

"그런가요. 그럼 우리는 산을 내려가야겠군요. 백성들에게도 부처님을 보여주어야지요. 백성들이 아래에서도 저렇게 올라오고 있습니다."

그때였다. 서라벌 흥륜사 북쪽 인가(人家)가 시작되는 곳에서 연기가 피어오르고 있었다. 불이 났나, 했더니 그건 아니고 누가 봉화처럼 장작더미에 불을 붙인 것으로 보였다. 먼저 공주가 반응했다.

"아니, 저기가 어디야, 불이 난 것 같지는 않은데……"

공주 주위 대신들 사이에 웅성거림이 있었다. 시녀 한 명이 여러 대신의 말을 듣고 공주에게 전했다.

"김서현공의 집에서 불을 피우고 있다 합니다."

"김서현공이라면? 만명고모할머니 집이 아니냐? 그 집에서 불이 왜 올라? 자세히 알아보아라."

잠시 후에 시녀는 대신들의 말을 종합하여 공주에게 아뢰었다.

"그 집의 딸이 결혼도 하지 않았는데 임신했다고 해서 그 집 아들 유신이 누이를 불태운다고 장작을 피우고 있다고 합니다."

"아니, 유신이? 그 무슨 말도 안 되는 소리냐. 그렇다고 아이를 불태워?"

"그렇다고 합니다."

"아니, 누구냐? 그 집 딸을 임신시킨 녀석이. 책임을 져야 할 녀석이 책임을 져야지, 왜 여자를 불태워? 도대체 누구냐?"

그때였다. 공주 바로 옆에 있던 춘추가 똥 마려운 강아지처럼 안절부절못하는 모습이 눈에 띄었다. 훤하게 잘생긴 얼굴은 귀까지 달아올라 온통 벌겋게 변해있었다. 장가가자마자 상처(喪妻)를 하여 안타깝게 여기고 있었던 춘추였다. 덕만공주는 바로 눈치를 챘다.

"춘추, 너로구나, 이 녀석."

춘추는 대답도 못 하고 어쩔 줄 몰라 고개를 푹 숙이고 있었다. 그 모습을 본 공주가 명을 내렸다.

"어서 가라, 춘추. 가서 여자를 구해라."

춘추가 부리나케 산에서 내려가자, 공주가 웃으면서 용춘공에게 말했다.

"내성사신께서 나를 부처로 만들었으니, 나도 춘추가 새장가를 들게 해야겠지요."

용춘은 대답 없이 미소를 지었다.

서현공의 집에서는 유신이 불을 피워놓고 연기를 피우며 목이 빠져라 소식을 기다리고 있었다. 연기가 덜 날까 봐 물을 적당히 부어가며 이제나저제나 할 즈음, 저 멀리서 춘추가 말을 타고 달려오고 있었다.

　"유신공, 유신공, 되었소. 공주님이 가보라고 하셨소. 아가씨를 살리라고 하셨소."

　커다란 춘추의 목소리가 몸보다 먼저 유신의 집에 도착했다. 이윽고 얼마나 서둘러 달려왔는지 춘추가 온통 땀범벅이 되어 헐레벌떡 집안으로 들어섰다. 유신은 그보다 먼저, 춘추가 말을 타고 오는 게 보일 즈음, 문희에게 술상을 부탁해 두었다. 춘추만큼이나 유신의 목도 타고 있었다.

6

기축년[12] 여름이 끝나가고 있었다. 들판 가득히 벼가 익어 바람 따라 황금빛 물결이 출렁거렸다. 지난해 가을 워낙 흉년이 심해 가난한 백성들은 자식을 내다 팔아 겨우 생계를 유지하는 형편이었다. 다행히 보리 수확은 괜찮은 편이었다. 많은 백성이 겨우 굶주림을 면했다. 하지만 벼를 심은 이후 비는 알맞게 내리고 큰바람도 없어 백성들은 벌써 대풍이라고 즐거워했다. 백성들에게는 먹는 게 하늘이었다. 먹는 게 가장 중요했다. 유신은 말 위에서 들판을 바라보면서 춘추의 집으로 가고 있었다.

"유신공, 어서 오시오."

"오면서 보니 대풍이 틀림없습니다. 추수도 얼마 남지 않았습니다."

"다행입니다. 작년 같은 흉년은 난생처음 보았습니다."

"춘추공, 그래도 굶어 죽은 백성은 없었습니다. 내성사신께서 귀족들을 설득해서 곡식을 많이 내어놓아 구휼을 잘하신 덕입니다."

"공주님이 발 벗고 나서서 그렇지요. 아버님도 애를 썼지만요."

---

12) 629년

"춘추공, 문희가 셋째를 또 가졌다구요? 금슬이 너무 좋습니다."

"하하, 유신공이 나를 놀리시는군요."

"놀리는 게 아니라 사실이지요. 첫해에 바로 법민을 낳았지요. 이태 후에 둘째 인문을 낳더니 한 해가 겨우 지나 셋째를 또 임신했다니, 금슬이 좋은 게 맞지요."

"하하, 유신공. 아들이 많으면 왕실이 튼튼해집니다."

"그렇습니다. 춘추공. 저도 기뻐서 드리는 말씀입니다. 그보다도 오늘은 제가 꼭 드릴 말씀이 있습니다."

"말씀하시지요."

"풍년이 들었으니 바로 군사를 내어 고구려 낭비성을 쳐야 합니다."

"낭비성을 치다니, 그게 무슨 말씀인지 차분히 말씀하시지요."

"춘추공, 지난 10여 년 동안 우리도 그렇지만 백제와 고구려도 당나라에 사신을 부지런히 보냈습니다."

"그랬지요. 3년 전인가, 그렇지요, 딱 3년이 되었군요. 당나라 사신이 세 나라를 다 돌았지요. 우리가 사신을 보내 고구려와 백제가 신라를 침략해서 당나라로 가는 길을 막는다고 하소연을 하니, 당나라에서 주자사(朱子奢)라는 사신을 보냈지요. 그 뒤로 고구려는 당나라 말을 듣는지 북쪽 변경에는 큰 문제가 없었습니다. 하지만 백제는 우릴 계속 괴롭혔지요."

"그렇습니다. 춘추공, 주자사가 떠나자 바로 백제 무왕은 사걸(沙乞) 장군을 보내 변경을 넘어서 우리 백성들을 붙잡아갔지요. 그것만이 아닙니다. 백제 왕이 얼마나 우리를 괴롭혔습니까? 우리 장수와 병졸들이 수도 없이 희생하면서 겨우겨우 지켜내고 있습니다. 백제 왕은 지난날 우리에게 빼앗긴 한수 일대 땅을 되찾겠다고 공공연하게 선포했습니다. 수만 군사를 일으켜 웅진까지 와서 우리를 위협했습니다."

"유신공, 그래서 우리 폐하께서 당나라에 급히 사신을 보내셨지요. 백제왕이 우릴 계속 공격한다구요. 심지어 백제 왕이 도성을 나와 동진하여 우리를 치려 한다고 했지요. 우리 사신이 당나라로 돌아간 주자사에게 황금과 인삼을 주면서 급히 당나라 임금에게 아뢰어 달라고 했습니다."

"황금과 인삼을요?"

"그렇습니다. 워낙 급했으니까요. 다행히 주자사는 자신이 세 나라를 직접 돌면서 당나라 임금의 명을 내세우며 싸우지 말라고 했는데, 백제가 콧방귀를 뀌면서 자신의 말을 무시하니 대단히 분개했지요. 바로 임금에게 주청을 올려 백제로 사신을 보내주었습니다. 그때 당나라 임금이, 아 참, 당나라에서 새로 임금이 들어섰지요. 이세민(李世民)이라는 새 임금인데, 바로 사신을 보냈답니다. 당나라 임금이 보낸 서신을 주자사가 우리에게도 보내주었지요. 당나라 임금은 백제 왕이 군사를 내어 신라를 공격한다 꾸짖었습니다. 무력만 믿고 잔인한 행위를 예사로 한다고요. 또 황제의 뜻을 받들어서 즉시 싸움을 멈추라고 했습니다. 새로 임금이 된 이세민이 무서운 사람이요. 아버지도 유폐시키고 형제도 죽이고 임금이 된 사람입니다. 백제도 잘 알고 있겠지요."

"춘추공, 저도 그 일은 어렴풋이 알고 있습니다. 우리 무장들은 백제를 방비하기 위해 다 준비를 하고 있었지요. 저도 삼년산성으로 갔었습니다."

"그랬었지요. 다행히 백제왕은 당나라에 사신을 보내 사죄를 하고 군사를 물렸습니다. 왕도 사비로 되돌아갔습니다. 하지만."

"하지만 언제 다시 올지 모르지요. 그렇지만 당분간은 아닙니다."

"유신공, 당분간은 아니라니, 그게 무슨 말씀이요?"

"백제가 작년 우리의 가잠성(椵岑城)[13]을 공격한 뒤에 내분에 휩싸인 듯합니다."

"그래요? 유신공, 자세히 말해 보세요."

"사비에 나가 있는 세작이 전했습니다. 백제는 지금 태자를 정하지 않은 채 무왕은 늙어가고 있지 않습니까? 맏아들 의자(義慈)는 나이 마흔이 다 되어 갑니다. 지금 왕비가 낳은 큰아들은 이제 갓 스물이라지요. 의자는 효성이 지극하고 예의가 발라 백제 백성들이 따르고 좋아하지만, 어미의 가문이 한미합니다. 사택씨 가문의 힘이 막강하니……"

"사택씨라면 재작년에 우리 변방을 쳐들어왔던 사택걸도 그 집안이 아니오?"

"그렇습니다. 게다가 왕비가 사택씨고 보니, 세력이 만만찮지요."

"그래서 의자를 따르는 쪽과 사택씨를 따르는 쪽이 싸우고 있다, 이런 거지요?"

"춘추공, 그렇습니다. 그런데 왕이 그걸 관망하고 있는 듯합니다."

"관망하다니. 그건 또 무슨 말이요?"

"양쪽 힘이 비슷하다 보면 결국 이기는 편은 어디겠습니까? 왕이 손들어주는 편이 이기게 되어있습니다. 그러니 양쪽 다 더욱 왕에게 충성합니다. 그러면서 왕이 원하지 않은 쪽은 서서히 힘을 빼겠지요. 이를테면 태자가 결정될 때까지는 사택씨에게 군권을 주지 않겠지요. 그럼 사택씨는 당연히 반발하겠지요. 이미 사택씨가 상당히 불만이 많다고 합니다. 당분간은 사택씨의 협조가 없으니 군사를 동원하기 어렵다는 말입니다."

---

13) 잘 알 수 없다. 충북 괴산군, 경기 안성군 죽산면, 충북 영동군 양산면 등의 설이 있다. 여기서는 양산면 설을 취했다.

"그래요? 유신공, 그렇다고 고구려를 치자는 건 또 무슨 말입니까? 우리 신라는 고구려를 먼저 공격한 적이……."

"없지요. 그러나 쳐야 합니다. 백제가 곧 태자를 정하면, 백제왕은 반드시 한수 일대를 차지하려고 우리를 공격할 게 분명합니다. 선왕들의 무덤이 있고, 또 우리가 당나라와 직접 교통하는 걸 막으려면 그 방법이 최선이니까요. 만약 고구려와 협공이라도 한다면, 우리는 완전히 사면초가입니다. 한수를 내어주고 예전처럼 죽령 이남으로 내려앉아야 합니다. 그렇게 되면 영토도 영토지만 당나라와의 교통로가 끊어집니다. 완전히 독 안에 든 쥐가 됩니다. 그렇게 쥐가 되면 얼마나 버티겠습니까? 숨통을 조여오면 곧 서라벌도 숨쉬기 힘들어질 겁니다. 고구려나 백제 어느 쪽이든 항복을 해야 할지도 모릅니다."

"아니, 유신공, 항복이라니요? 우리 신라가? 아무리 유신공이라도 그런 말씀을 하시면 내가 참을 수 없습니다."

"춘추공, 저도 그렇습니다. 그러나 냉정히 생각하면 그럴 수밖에 없습니다. 그러니 지금 백제가 내분 중일 때, 한수 북쪽으로 우리 영역을 확장해 놓자는 겁니다. 그게 바로 낭비성[14]입니다."

"낭비성?"

"그렇습니다."

유신은 품속에서 종이 한 장을 꺼냈다. 한수 일대를 그린 지도였다.

"춘추공, 여기를 보십시오. 낭비성은 북한산성을 지나 임진수와 대탄강[15] 바로 아래에 있습니다. 낭비성과 칠중성이 우리 손아귀에 들어온

---

14) 경기도 포천시 군내면 청성산에 위치한 반월산성으로 추정.
15) 현재의 한탄강

다면 임진수와 대탄강에서 고구려 군대를 막을 수가 있습니다. 만약 백제가 한수 남쪽으로 북상하고 고구려가 낭비성에서 남하하면 우리 신라는 북한산성에서 꼼짝없이 포위되고 맙니다. 칠중성까지는 아니더라도 우리 수중에 낭비성이 있다면 우리 영역이 두꺼워져서 북한산성을 지킬 수 있습니다. 그러면 당나라로 가는 당항성도 안전해집니다. 만약 낭비성을 빼앗고 여력이 되어 칠중성까지 확보하면 더할 나위 없이 좋구요.”

“그렇군요, 유신공. 세가 엷으면 당할 수 있겠지요. 유신공의 말이 맞습니다. 백제와 고구려가 혹시라도 협공할지 모르니 대비를 하자는 거지요. 맞습니다. 대비하여야 합니다. 내가 아버님께 바로 말씀드리고 폐하께 상주하겠습니다.”

“역시 춘추공이십니다. 그렇게 해주십시오.”

“만약 폐하의 허락이 있으면 유신공도 이번에 출전하시겠다는 거지요?”

“그렇습니다. 나라에 공을 세워야 목구멍으로 밥이 넘어가지요. 두 나라의 협공을 생각하면 잠이 오질 않습니다.”

“알았습니다. 알았습니다. 내가 내일 당장 궁으로 들어가겠습니다.”

진평왕은 용춘과 춘추의 설명을 듣고 고민에 빠졌다. 진평왕이 생각하기에 문제는 세 가지였다. 첫째는 당나라에 무슨 핑계를 대는가 하는 문제였다. 신라는 백제와 고구려가 쳐들어온다고 사신을 보내 늘 엄살을 부렸다. 당나라는 사신을 보내 세 나라를 돌면서 싸우지 말라고 했다. 동네 어른이 아이들 싸움을 말리는 형국이었다. 말려달라고 늘 울던 아이가 다른 아이에게 먼저 싸움을 건다면, 동네 어른이 어떻게 나올까? 둘째는 고구려가 이를 갈고 앞으로 보복 공격을 감행하면 어떻게 할까? 만약 당나라가 고구려의 신라 공격을 눈감는다면? 그것이야말로 난제가 아닐 수 없다. 마지막 고민은 과연 신라의 군대가 목적대로 낭비 성을 차지할 수 있을까? 전쟁의 승패를 누가 장담할 수 있나? 괜히 고구 려를 건드리기만 하고 낭비성 싸움에서 진다면? 그야말로 그건 소도 잃 고 외양간도 잃는 최악의 경우다. 더군다나 상대는 수나라 백만 대군도 물리친 고구려가 아니냐. 진평왕은 그 점을 설명하고 물었다.

"내성사신, 나의 고민에 대해 답해보라."
"폐하, 제가 답해도 되겠사옵니까?"

춘추가 아버지를 대신해 말했다.

"그럼, 내 손주가 대답해보라."
"폐하, 당나라와 당분간 사이가 안 좋아질 수 있습니다만, 우리가 얻 는 이득이 더 많다고 아룁니다. 새로 나라를 세운 당나라에 우리가 사신 을 파견한 게 8년 전이 처음입니다. 그해 스물다섯 나라가 당나라에 사 신을 보냈다고 합니다. 하지만 당나라가 답례로 사신을 보낸 건 신라가 유일하다고 했습니다. 당나라 임금이 폐하를 친한 이웃이라고 했습니 다. 그게 바로 고구려 때문이 아니겠사옵니까? 고구려는 지금 당나라와 사이가 좋다 하나, 두 나라가 서로 토끼처럼 귀를 쫑긋 세우고 잔뜩 상 대를 경계하고 있습니다. 만약 고구려가 조금이라도 약해지거나 틈새 를 보이면 당나라는 고구려를 정벌합니다. 당나라가 힘이 더 강해지면 질수록 수나라를 능가해야 하니까요. 우리가 고구려 남쪽을 공격하면 당나라는 오히려 틈을 찾으려 할 겁니다. 겉으로는 싸우지 말라고 했지만, 속으로는 우리와 고구려의 싸움을 즐기겠지요. 고구려도 그런 당나라의 속셈을 모를 리가 없겠습니다. 그러니 고구려는 서쪽 변경과 평양의 주력부대를 남하시키지는 않습니다. 하니 백제가 조용할 때 실리를 취하여야 합니다."

"실리를 취하라……"

"그러하옵니다."

"폐하, 그리고 또 하나가 있사옵니다."

"또 하나?"

"아래옵기 황송하오나, 앞으로 덕만공주님께 충성하는 병단을 꾸리셔야 합니다."

"춘추야, 그게 무슨 불충한 말이야, 그만 두지 못하겠느냐. 폐하께서 이렇게 연부역강(年富力强)하시거늘."

용춘은 춘추가 덕만공주를 보위하는 병단을 꾸미자는 말에 화들짝 놀라 바로 춘추를 제지했다. 듣기에 따라서는 다음 왕위에 오를 이를 위한 군대를 준비하는 건 현재의 왕에 대한 반역으로 들릴 수도 있기 때문이다.

"아니다. 내성사신. 연부역강이라고? 내가 날이 갈수록 젊고 힘이 강하다고? 기분은 좋다만 사실은 그 반대가 아니냐? 춘추가 솔직하게 잘 말했다. 백성들이 덕만을 부처님처럼 우러른다고는 하나 반대하는 녀석들이 분명 있을 테지. 어찌 여자가 군주가 된단 말이냐, 하고 역모를 꾸밀 녀석들도 분명 있다고 봐야지. 그러니 춘추 말대로 용감한 병사들을 뽑아 미리 단련해야 한다. 고구려성을 빼앗아 앞으로의 협공에도 대비하고 말이야."

"폐하, 아직 춘추가 어려서 함부로 말을 하옵니다. 용서를 비옵니다."

"아니야, 아니야. 내성사신. 나는 오히려 춘추가 고맙다. 내가 보위에 오른 지가 올해가 51년째다. 눈 깜짝할 새에 50년이 지났구나. 덕만이 이을 세상을 내가 마련하고 준비해야지."

"황공하옵니다, 폐하."

이번에는 춘추가 대답했다. 진평왕은 눈을 감고 깊은 생각에 잠겼다. 용춘과 춘추는 꿀꺽 소리가 날까 봐 침도 삼키지 않고 기다렸다. 찻물이 식을 정도의 시간이 지나갔다. 이윽고 왕이 눈을 뜨고 말했다.

"그래, 좋다. 마침 작년에 그렇게 흉년이더니 올해는 대풍이다. 군사를 일으켜라. 내성사신이 대장군이 되어 직접 출정하라."

"폐하, 저도 아버님을 수행하게 해주십시오."

"아니다, 춘추, 너는 서라벌에 남아야 한다. 왕족이 어찌 부자가 함께 전장엘 가려고 하느냐? 너는 관산대전 때 백제왕이 우리에게 사로잡힌 걸 모르느냐? 너는 절대로 함께 가선 아니 된다."

"그래도⋯⋯"

"폐하, 그렇게 하겠습니다. 제가 절대로 데리고 가지 않겠사옵니다."

춘추가 바로 수긍을 하면서 말을 이었다.

"폐하, 저는 가지 않더라도 김서현장군과 그 아들 김유신은 꼭 출정하게 해주십시오."

"그래? 음, 그렇지. 네가 새장가를 그 집으로 갔지. 그러니 믿을 만하다 이런 말이지?"

"그렇사옵니다. 게다가 김유신은 무공이 뛰어나니 쓸모가 있습니다."

"김유신? 서현의 아들이로구나. 알았다. 내성사신이 믿을 만한 장수를 뽑아 출정하라."

7

　대장군 김용춘은 서현(舒玄)을 중군 기마대장, 임말리(任末里)장군을
보병대장으로, 백룡(白龍)을 좌군대장으로, 대인(大因)을 우군대장으로
삼고 서서히 진군했다. 북한산성에서 병사들을 충분히 쉬게 했다. 임말
리와 백룡과 대인은 모두 용춘이 화랑이었던 시절부터 가까이 지내온
심복들이었다. 서현은 용춘보다 나이는 많다 하더라도 대장군 용춘의
지휘를 받게 했다. 용춘은 중군에 3천의 기마대와 3천의 보병, 좌·우군
에 각각 3천의 보병을 배치했다.

　낭비성은 마홀(馬忽)[16] 벌판 한가운데 조그만 산에 있는 성이라 김유
신으로부터 성 자체를 공략하기는 그다지 어렵지 않다는 보고를 받았
다. 성벽도 높지 않았고 성에 이르는 지형이 험하지도 않았다. 다만 낭
비성은 시야가 동서남북 모두 매우 좋은 천혜의 관측장소였다. 마홀 분
지로 접근하는 어떤 움직임도 낭비성에서 다 포착할 수 있다.

　북한산에서 임진수와 대탄강으로 가기 위해서는 낭비성을 경유하는
게 가장 빠른길이다. 성은 작지만, 교통이 사통팔달이며 농사짓기 좋은

---

16) 경기도 포천시

마홀 분지의 들판 한가운데 위치했다. 낭비성은 고구려로서도 전략적 요충지였다. 신라를 공격하기 위해서도, 또한 신라의 공격을 방어하기 위해서도 포기할 수 없는 성이었다.

　나에게 중요하면 상대에게도 중요하다. 이 낭비성을 두고는 신라는 고구려로 접근할 수 없다. 낭비성과 함께 낭비성 서쪽 산악지대에 고구려가 견고히 지키고 있는 칠중성을 신라가 장악하면, 신라는 임진수와 대탄수를 경계로 고구려와 마주 보게 된다. 신라의 군부에서는 칠중성을 먼저 공격하자는 의견이 제시되기도 했다. 하나 칠중성은 북한산성에서 두어 개의 큰 산을 넘은 다음에 공략해야 해서, 신라군으로서는 위험부담이 컸다. 반면 낭비성을 차지하여 대탄수 쪽으로 우회 서진하면 칠중성[17] 공략도 그다지 어렵지 않게 보였다. 대장군 용춘은 서현 등 여러 장수와 작전에 대해 협의한 결과, 김유신의 제안대로 낭비성 공략이 최선임을 확신했다. 다만 낭비성 공략은 기습이 거의 불가능했다. 적어도 보병 걸음으로 반나절 거리의 들판을 지나야 낭비성에 도달할 수 있다. 낭비성이 작은 성임에도 중요한 첫째 이유가 바로 그것이었다.

　결국 낭비성을 공격하는 방법은 힘으로 밀어붙이는 정공법밖에는 없었다. 1만 2천의 신라군은 충분히 휴식을 취하고 축령 고개를 넘어 행군을 시작했다. 고구려군이 밀어닥칠지 모르니 진영을 유지하면서 서서히 이동했다. 마침 가을 추수가 끝나 행군하기 좋았다.

　멀리 북쪽으로 들판 한가운데 조그만 산이 옆으로 누워있었다. 들판 한가운데 있지 않으면 그냥 자그마한 언덕으로 보일 터였다. 축령을 넘을 때 신라군 장수나 병사들은 멀리 보이는 낭비성을 보고 저 정도 성이야 한나절이면 밀어버리겠다고 생각했다. 하지만 낭비성에 다가갈수록

---

17) 경기도 파주시 적성면 구읍리 중성산에 있는 산성

병사들 낯빛은 점점 어두워져 갔다. 낭비성 남쪽 벌판에 수많은 나무 방책이 세워져 있었기 때문이었다. 고구려군은 신라군의 침입을 이미 알고 있었다. 성이 나지막하니 수천의 병사가 성 앞 남쪽 들판에 구덩이를 파내고 파낸 흙은 다져서 나무 방책을 심어놓았다. 수백 개의 방책이었다. 고구려 병사는 그 뒤에 질서정연하게 포진하고 있었다.

중군 선봉장 김유신이 먼저 말을 달려 적진 가까이 가서 적의 진영을 살펴보았다. 고구려군은 말을 탄 적군의 장수가 나타나도 전혀 동요하지 않았다. 김유신의 계산으로 얼추 7, 8천 병력은 되어보였다. 성안에도 1, 2천의 병력이 있다고 보아야 한다. 그럼 1만의 병력이다. 공격군이 1만 2천, 방어군이 1만이면 방어군이 훨씬 유리하다. 고구려군은 구덩이와 방책과 성을 의지하고 있다. 구덩이 속에는 죽창을 심어두었을지도 모른다. 전면의 창수 뒤에는 궁수와 기마병도 상당수 포진되어 있었다. 유신은 적진을 휘둘러보고 중군 지휘부로 말을 달려 대장군에게 적진의 상황을 보고했다.

용춘은 이미 해가 중천을 한참 지났으니 우선 진을 치라고 지시했다. 완벽하게 대비하고 있는 적진을 향해 무작정 돌격할 수는 없다. 일단 진용을 갖추고 방법을 찾아야 했다. 진지를 구축하니 밤이 왔다.

신라 병사 대부분은 행군의 피로에 잠이 들었다가 새벽 여명이 밝아올 때 구수한 밥 냄새에 이끌려 잠이 깼다. 장막을 나가니 고구려 진영에서 밥 냄새가 퍼져나왔다. 아울러 고구려 진영 여기저기서 자욱하게 연기가 피어올랐다. 고구려 진영 야전 아궁이에서 올라오는 연기였다. 고구려 군사들은 이른 새벽부터 아궁이에 걸려있는 시루에 갓 추수한 쌀을 찌고 있었다. 마침 약하게 부는 남동풍을 따라 구수한 밥 냄새가 신라군 진영까지 퍼져들었다. 신라 병사들은 구수한 밥 냄새에 콧구멍을 벌렁거렸다. 고구려군이 일부러 밥 냄새를 퍼뜨리는 게 분명했다. 밥 짓는 연기가 들판 가득히 피어오르자 신라 병사 상당수가 겁을 집어먹었다. 여기저기 들판 가득 피어오르는 연기로 보아 적군의 수가 의외로 많게 느껴졌기 때문이었다.

그때였다. 연기 뒤편에서 고구려 기마대가 갑자기 함성과 함께 나타났다. 고구려군의 기습이었다. 그때야 용춘을 비롯한 신라의 장수들은 고구려 군대가 밥 짓는 연기를 피운 이유를 깨달았다. 밥 냄새도 밥 냄새지만 남동풍이 부니 연기를 피워 기마대의 움직임을 감추려 함이었다. 갑자기 기마대가 나타나자 신라 군영 맨 앞에 포진했던 장창부대와 궁수들이 당황해 우왕좌왕 뒤로 물러서면서 도망가기에 바빴다. 그들은 아직 제대로 군장도 차리지 못한 상태여서 고구려 기마대의 공격에 속절없이 당했다. 기마대는 순식간에 장창부대를 돌파해 측면에서 장창부대를 공격했다. 장창부대의 가장 큰 약점은 뒤와 옆이었다. 장창부대 바로 뒤에 있던 궁수들도 고구려 기마대의 좋은 사냥감이었다. 순식간에 신라 중군 진영이 무너지려 하고 있었다. 그때 신라군 중앙에서 일대의 기마대가 나타났다. 김유신의 선봉 기마대였다, 김유신의 기마대가 전열을 정비하여 고구려 기마대에 맞서면서 전장은 호각지세(互角之勢)를 이루기 시작했다. 신라군 정면에서 일어난 일이라 처음에는 당황했지만, 백룡과 대인의 좌·우군도 중앙으로 달려들고 있었다. 고구려 기마대는 충분한 전과를 올렸다고 판단되었는지 서둘러 말머리를 돌렸다.

해가 완전히 떴다. 맑은 가을날이었다. 적은 돌아갔지만 다수 신라 병사들은 겁을 집어먹고 전의를 상실했다. 장창부대와 궁수대의 피해도 상당했다. 수백이 죽고 부상자도 그 정도였다.

적의 기마대 예봉을 겨우 막은 김유신은 급히 중군 지휘부로 갔다.

유신은 대장군 용춘과 아버지 서현 앞으로 나아갔다. 유신은 얼른 말에서 내려 투구를 벗고 한쪽 무릎을 꿇고 말했다.

"제가 목숨을 바쳐 평생을 나라에 충성하고 부모에게 효도하고자 하였습니다. 오늘이 바로 그날입니다. 튼튼하게 지은 집도 기둥 하나만 밀면 와르르 무너집니다. 제가 기필코 무너뜨리겠습니다."

말을 마치자 유신은 투구를 고쳐 쓰고 장창을 비켜찼다. 후퇴하고 있던 고구려 기마대로 벽력같은 고함을 지르며 단숨에 말을 달려 고구려 기마대의 후미에 이르렀다. 본진으로 돌아가다가 단기필마(單騎匹馬)로 달려오는 적장을 보고 고구려 기마대 장수 둘이 말을 돌려 유신에게 달려들었다. 신라 병사와 고구려 기마대 병사 모두가 목젖을 꿀꺽 삼키고 유신의 싸움을 바라보았다. 관전하는 양국 병사들의 눈에 다른 배경은 사라졌다. 그들은 오직 유신과 고구려 장수 둘이 겨루는 싸움에 집중했다. 서너 번 깊은 숨을 들이마실 정도의 시간이 지났다. 세 장수는 몇 합을 겨루었다. 말들이 다급한 울음소리를 내며 주인을 위해 멈추고 방향을 틀었다. 다시 세 명의 장수가 뒤엉켰다. 이번에는 유신의 창이 고구려 장수 허리를 치고 한 바퀴 돌면서 또 한 장수의 목을 정확히 찔렀다. 두 장수 모두 말에서 떨어졌다. 허리를 다친 장수는 싸울 엄두를 못 내고 달려서 도망쳤다. 한 장수는 절명(絶命)했는지 움직이지 않았다. 유신은 죽은 장수 목을 베어 장창 끝에 매달았다. 순식간에 벌어진 일이었다.

유신은 황급히 말을 돌려 신라 진영으로 달렸다. 신라 병사들이 잘 보이는 지점에 와서 창끝에 달린 고구려 장수의 목을 높이 들었다. 숨을 죽이고 광경을 지켜보던 신라 병사들이 일제히 함성을 질렀다. 병사들의 함성은 마흘 벌판에 가득 찼다.

유신은 고구려 장수의 목을 던져놓고 다시 적진으로 달려갔다. 이번에는 유신의 부관들도 합세해 몇 기가 같이 고구려 진영으로 달려갔다. 마찬가지로 고구려 진영의 기마병 몇몇이 분기가 탱천해서 유신을 맞받아쳤다. 하지만 이번에도 유신은 순식간에 상대를 제압하고 한 장수의 목을 장창에 꿰었다. 유신은 장창에 꿴 목을 높이 들고 신라 진영으로 말을 달렸다. 신라 병사들의 함성은 더욱 우렁차게 벌판에 울려퍼졌다.

유신은 멈추지 않았다. 힘차게 숨을 내쉬는 말을 다시 돌려 고구려 진영으로 들어갔다. 이번에는 유신의 기마대 일대(一隊)가 모두 함께 진격했다. 신라 중당(中幢) 기마대 깃발을 든 기수도 함께 유신을 따랐다. 고구려 진영에서도 깃발을 든 기수와 함께 아침에 신라 진영을 급습했던 기마대 전체가 달려들었다. 잠시 먼지가 일어나고 혼전이 벌어졌다. 하지만 그리 긴 시간이 필요하지는 않았다. 유신은 장수와 기수를 제압하고 깃발을 빼앗았다. 대부분의 고구려 기마대는 말에서 떨어지거나 목이 달아났다. 말에서 떨어진 몇몇은 달려서 고구려 진영으로 꽁무니를 뺐다. 유신은 빼앗은 깃발을 높이 휘날리며 본진으로 돌아오면서 크게 소리쳤다.

"이때다, 공격하라, 공격하라."

크게 사기가 오른 신라 병사들은 함성을 지르며 기마대를 필두로 적진으로 나아갔다. 신라군은 거대한 물결같이 고구려 진영을 휩쓸었다. 용춘과 서현은 중군을 독려했고, 백룡과 대인도 좌·우군을 몰았다. 순식간에 고구려군은 삼면에서 포위당한 형국이 되었다. 신라군은 파죽지세로 고구려군을 압박해 들어갔다.

고구려군에게 신라군의 창칼보다 공포가 먼저 엄습했다. 공포에 사로잡힌 군대는 이미 군대가 아니다. 추수가 막 끝난 마홀 들판은 고구려군의 피로 물들여지기 시작했다. 낭비성 앞을 흐르던 개천에도 고구려군의 피가 흘러 붉게 변했다. 낭비성을 지키던 고구려군은 바로 눈앞에서 고구려군이 몰살당하는 장면을 지켜보았다. 신라군은 개천을 넘어 낭비성 바로 아래까지 고구려군을 밀어붙였다. 눈앞에서 처절한 살육전을 지켜본 낭비성 병사들은 완전히 전의를 상실했다. 신라군은 낭비성 아래로 몰려들었다. 선봉장 김유신은 크게 소리쳤다.

"살고자 한다면 항복하라."

신라군의 전투를 지켜본 고구려 성주는 성안에 있는 1천여 명의 병사와 함께 사는 길을 택했다. 그들은 바로 백기를 들고 항복했다.

용춘은 병사들에게 전장을 정리하게 했다. 5천여 명의 고구려 병사가 영원히 고향으로 돌아가지 못했다. 성안에 있던 1천여 명이 포로가 되었다. 3천여 명은 걸음이 그들을 살렸다. 그들은 인근 벌판을 건너, 높은 산으로 도망을 쳤다. 칠중성으로 향할 터였다.

신라군의 대승이었다. 한나절의 전투 동안 김유신은 지옥에서 나타난 야차같이 싸웠다. 김유신은 온통 피 칠갑이었다. 병사 한 명이 물을 가져다주자, 유신은 물을 벌꺽벌꺽 마시고 숨을 크게 내쉬었다. 몸에서 긴장이 빠져나가면서 피로감이 몰려왔다. 하지만 해냈다는 자부심이 마음 저편에서 끓어올랐다. 강력한 쾌감이었다. 낭비성 공략이 유신에게는 전장에서의 첫 승리였으니, 그럴 만도 했다.

그날 밤 신라 원정군 지휘부는 낭비성에서 머리를 맞대었다. 다들 김유신의 분전(奮戰)으로 전세를 뒤집었기에 희색이 만연했다. 아버지 서현의 기쁨은 말로 표현하기조차 힘들었다. 하지만 서현은 냉정을 잃지 않고 표현을 조심했다. 대장군 용춘이 유신의 용기와 전공을 치하했다.

"유신이 말 그대로 나라에 큰 공을 세웠다. 내 폐하께 상주하여 관등을 높여주도록 하겠다."
"감사합니다, 대장군. 저의 공이라기보다는 병사들이 용감히 싸워주어서 승리했습니다."

이때 서현이 나섰다.

"대장군, 아직 논공행상하기엔 이릅니다. 애초에 낭비성 공략 후에 여력이 있으면 칠중성까지 도모하자는 계획이 있었습니다. 물론 대장군께서 결정하실 일입니다."
"나도 그 생각을 하고 있었소. 유신이 공을 세워 아군의 손실이 그다지 크지 않소. 수백 명밖에 전사자가 없고, 다친 자도 많지 않소. 또 우리가 군량을 많이 가지고 오지 않았지만 마침 낭비성에 우리 군사가 두 달은 먹을 군량이 비축되어 있소. 갓 추수한 거라 상태도 좋지. 이런 기쁜 일이 어디 있겠소."

임말리장군도 말을 보탰다.

"항복한 성주의 말을 들으니, 오늘 마흘에서 싸웠던 고구려 병사의 태반은 칠중성에서 왔다고 합니다. 도망간 고구려 병사들은 칠중성으로 틀림없이 갔습니다. 그들은 분명 겁을 집어먹었을 겁니다. 병사도 많이 도망쳤겠지요. 칠중성에는 기껏 3, 4천 정도밖에 없습니다."

백룡장군도 의견을 말했다.

"그렇습니다. 오늘 도망간 병사도 칠중성으로 다 간다는 보장이 없습니다. 군영을 이탈하여 고향으로 달아난 병사가 오히려 많습니다. 고구려가 원군을 보내기 전에 빨리 칠중성을 쳐야 합니다."

여러 장수의 의견을 듣고 대장군 용춘이 결론을 내렸다.

"여러 장수의 의견도 그러하니 날이 밝는 대로 출정을 하도록 합시다. 먼저 서현장군이 중군 5천으로 서둘러 떠나시오. 임말리장군과 대인장군은 우군 3천으로 낭비성을 지키고 일부 병력을 빼 포로들을 북한산성으로 바로 호송하시오. 백룡장군이 낭비성과 칠중성을 잇는 치중대(輜重隊) 역할을 하시오. 군량 수송을 빈틈없이 해야 하오. 여긴 우리가 낭비성을 격파했다 하나 적진이나 다름없으니 특히 기습에 대비해야 하오."

다음 날 아침 유신은 아버지와 함께 기병대를 이끌고 서둘러 낭비성을 떠났다. 중군대장 서현은 항복한 고구려 성주를 길잡이로 하여 강 둔덕을 따라가는 길을 택했다. 산길은 거리는 가까우나 매복에 당할 수가 있다. 낭비성 앞을 흐르는 개천을 따라 북상했다가 대탄수의 지류를 따라 서진하여 고개를 넘으면 임진수가 나타난다. 임진수를 따라 서진하면 바로 칠중성이었다. 매복을 염려하여 척후를 보내면서 행군을 했기에 신라군은 3일 만에 칠중성 앞에 도착했다. 칠중성은 낭비성만큼이나 나지막한 산에 포진해 있었다. 하지만 북으로 임진수가 넓게 열려있어 조망이 좋을 게 분명했다. 칠중성 동남쪽으로는 감악산이 두텁게 위치했다. 신라가 칠중성을 확보하면 임진수 건너편 고구려군을 감시할 수 있다. 칠중성 바로 앞의 임진수는 칠중하라고도 부르는 곳으로 여울이 이어져 장마 때가 아니면 배 없이도 도강이 가능한 곳이었다. 칠중성을 확보하면 확실하게 임진수를 경계로 고구려와 마주 볼 수 있다. 또 언제든지 임진수 건너를 공격할 근거지를 마련하는 셈이었다.

서현과 유신은 칠중성 주위를 둘러보며 공략할 방법을 찾았다. 그리 높지 않은 성이라 북쪽에서 힘으로 일제히 밀고 들어가도 함락할 수 있다는 판단이 섰다. 성의 규모로 봐서 병사가 많으면 2, 3천이 분명했다. 하지만 질서정연하게 고구려의 깃발이 성에 나부끼고 있었다. 쉽지 않은 싸움이 될 공산이 컸다.

"힘으로 밀고 들어가면 이기기는 하겠지만, 병사들의 희생은 피할 수가 없을 듯 보입니다."

"그렇겠지. 그렇지만 다른 방법이 있겠느냐?"

"병법에서는 싸우지 말고 이기라고 했습니다."

"그야 그렇지. 그러나 어떻게?"

"귀부를 시켜야지요."

유신은 길잡이 역할을 했던 고구려 낭비성주를 불렀다. 포로라고는 했지만, 결박은 하지 않고 말도 한 필 주어 자유롭게 길잡이를 하도록 했다. 성주는 도망칠 수도 있었다. 그는 김유신의 무공을 짐작했다. 도 망치다가는 분명 화살에 맞을 게 뻔했기에 아예 도망칠 엄두를 내지 않았다.

"낭비성주, 이름이 무엇이요?"

"성을 못 지키고 항복한 못난 놈의 이름은 알아서 무엇하게요."

"그래도 이름은 알고 싶소."

"도올이라고 합니다."

"도올? 어디서 많이 듣던 이름 같은데…… 도올장군께 부탁이 있소."

"저같이 못난 놈에게 무슨 부탁이 있소?"

"지금 우리 군과 저쪽 칠중성의 군세를 보시오. 도올장군, 승부는 이미 결정 났소. 그렇지 않소?"

"……"

"왜 대답이 없소? 고구려군에게 승산이 있다고 보시오? 나는 아군이나 적군이나 목숨이 아깝소. 그들 모두 누구의 지아비고 누구의 아들이 아니오. 도올장군을 풀어드릴 테니 성으로 가서 항복하라고 설득하시오. 신라는 항복한 장수들이라 해도 얼마든지 대우를 하오. 나도, 아버님도 사실은 가야에서 신라로 귀부한 처지요. 아시겠소? 우리도 원래 신라사람이 아니란 말이오."

"내가 장군의 무공을 알고 인품도 알겠소이다. 하지만 한 성을 지키는 성주가 목숨이 두려워 항복했소. 어찌 부끄럽지 않겠소. 내가 칠중성주도 잘 안다오. 내 친구니 잘 알 수밖에. 하지만 나라에 충성하겠다고 맹세한 놈이 목숨을 부지하자고 친구까지 항복하라고 할 수는 없소. 차라리 나를 죽이시오. 그렇게는 못 하겠소이다."

김유신은 한참을 생각하다 도올에게 말했다.

"맞소. 그대 말이. 가시오. 그대에게 항복한 치욕을 씻게 해주겠소. 성으로 들어가시오. 가서 우리가 공격할 때 열심히 싸우시오. 우리를 이겨보시오. 말을 타고 그냥 가시오."
"고맙소, 장군. 내 열심히 싸우다가 죽겠소. 죽어도 오늘의 은혜는 잊지 않겠소이다."

도올장군은 그길로 성으로 다가갔고, 이윽고 열린 성문으로 들어갔다.

"유신아, 괜한 짓을 한 건 아닐까? 저 도올이란 성주가 우리 군세를 다 보지 않았느냐? 그러니 맞서 싸우면 우리가 얼마나 불리해지겠느냐?"
"아버님, 염려 마십시오. 오히려 사기가 떨어질 겁니다. 낭비성이 함락되었고, 그 성주가 왔으니 그럴 수밖에요. 자중지란이 일어날지도 모릅니다. 바로 공격하지 말고 하루 이틀만 기다렸으면 합니다."
"좋다. 하지만 고구려 구원병이 오면 낭패다. 협공을 당할 수도 있으니 말이다."
"알았습니다."

그 무렵 칠중성 안에서는 갑론을박 장수들끼리 서로 다투고 있었다. 낭비성으로 파견되었다가 겨우 살아 도망쳐온 병사들은 신라군이 대단하다고 했다. 싸우면 죽을 게 뻔하니 항복하자고 했다. 하지만 성주를 비롯한 칠중성 수비장수들은 항복하면 신라로 끌려가 대부분 노비로 살아야 했다. 고향의 처자도 만날 수 없게 된다. 그럴 바에야 차라리 죽기 살기로 싸우자고 했다. 칠중성 성주는 마침 낭비성 성주였다가 항복한 도올을 불러 적장의 인품을 묻고는 타협안을 제시했다.

"낭비성이 깨어졌으니 칠중성이 견디지 못하는 건 당연한 이치다. 그러니 우리가 살아서 고구려로 돌아간다 해도 성을 못 지킨 책임을 면할 수는 있다. 하지만 항복하면 우리가 신라로 끌려가 노비가 되니 그건 못 하겠네. 여기 칠중성에 있는 장수와 병사 모두를 고구려로 무사히 보내주면 성을 비워주겠네. 자네가 적장에게 가서 우리의 타협안을 제시해보게나. 자네도 함께 가자고."

"아니야. 나는 패장(敗將)이고 항장(降將)이야. 모질지 못해 목숨만은 부지했지만 어떻게 낯짝을 들고 고국으로 돌아가겠나. 앞으로 신라로 가서 개처럼 살겠네. 그렇지만 적장에게, 김유신이라 하더라고. 그 자에게 부탁을 해보겠네. 우리 항복 조건이 받아들여지면 흰 기를 세 번 흔들겠네. 그러면 성에서 빠져나오게."

"혹 그래 놓고 우리가 철수할 때 공격하면 어떻게 하나?"

"그럴 수도 있겠지. 하나 적장의 인품으로 보아 그같이 얕은수를 쓰진 않을 걸세. 그런 속임수를 쓰는 장수는 자기 부하에게서도 신망을 얻을 수가 없어."

성주의 항복조건은 김서현 중군에게 최선은 아니라도 차선은 되었다. 이미 대승을 거두어 포로를 1천여 명이나 서라벌로 호송하는 중이었다. 아무리 포로가 다다익선(多多益善)이라 해도 그만하면 되었다. 아군의 피해를 줄이는 게 더 중요했다. 고구려군도 승산 없는 싸움보다는 병력을 보존하는 게 더 중요했다. 군사가 무사하면 성은 또 빼앗으면 된다. 김서현은 도올이 가져온 고구려군의 항복 조건을 수락했다. 유신은 도올에게 원하면 풀어줄 테니 고구려로 돌아가라고 했다. 도올은 신라 군에 남아 새로운 삶을 살겠다고 했다.

도올의 백기 신호에 따라 고구려군은 성을 빠져나와 임진강을 도강, 북으로 후퇴했다. 유신은 자기보다 두 살 어린 도올을 부관으로 삼으며 신라군과 같은 대접을 했다.

대장군 용춘은 좌·우군과 치중대와 함께 행군하다 보니 이틀이나 늦어졌다. 용춘이 칠중성에 도착했을 때 이미 성에는 신라의 깃발이 나부끼고 있었다. 용춘은 대단히 흡족했다. 자신이 대장군으로 출정한 첫 전쟁에서 완전한 승리를 얻었다. 1만 이상의 충직한 병사를 확보한 전쟁이기도 했다. 용춘에게 가장 큰 소득은 낭비성이나 칠중성이 아니라 바로 김유신이었다. 젊은 장수 김유신은 용맹과 지략을 두루 갖추었다. 그는 장래 신라 군부의 대들보가 확실했다.

마침, 비가 내렸다 개면서 무지개가 떴다. 용춘은 그 무지개가 아들 춘추의 앞날에 비치는 서광이라 짐작했다. 용춘은 서현 가문과 사돈을 맺은 게 그렇게 기쁠 수가 없었다. 유신이라는 장수가 바로 아들 춘추의 천군만마(千軍萬馬)였다. 게다가 아들 춘추는 유신의 누이동생 문희에게 새장가를 가서 벌써 아들 둘을 낳았다. 용춘에게 손자는 너무 반가웠다. 신라 왕가에 아들은 귀하디귀하지 않았던가. 더군다나 첫 손자 법민의 외삼촌이 용맹하게 공을 세운 유신이라니. 용춘은 덩실덩실 어깨춤이라도 추고 싶었다. 이 기쁨이 춘추와 법민에게로 이어지리라……

8

새해가 되면서 여왕이 주재하는 대당회의가 열렸다. 회의에서 당나
라에 사신을 보내기로 하였다. 여왕은 특별히 사신에게 신라의 토산물
을 가지고 가라고 일렀다. 임인년[18] 정월의 일이었다. 용춘이 대장군이
되어 김유신을 대동하여 고구려 접경의 낭비성을 비롯한 여러 성을 차
지한 지 13년째 되던 해였다. 13년 동안에 진평왕이 돌아가시고 덕만공
주가 보위를 이었다. 보위를 이으면서 왕명을 선덕이라 했다. 선덕여왕
은 당나라 국자감에 신라의 귀족 자제들을 여러 명 입학시켜준 데 대한
사의를 표명하고자 했다. 이번에는 당나라에서 금은보화보다 더 환영
을 받는 인삼을 듬뿍 가지고 가라고 명했다. 신라의 인삼은, 특히 서라
벌 인근 산에서 자생하는 인삼은 당나라에서 죽은 자도 살린다는 명약
(名藥)으로 소문나 있었다. 산에서 자라나는 인삼은 신라에서도 왕족이
나 고위 귀족들만이 접할 수 있는 귀물(貴物)이었다.

월성에서 대당회의가 끝나고 유신은 춘추에게 고마움을 전했다. 유
신의 아버지 서현공의 장례에 춘추 집안에서는 왕실에 버금가게 여러

---

18) 642년

부의(賻儀) 용품을 보내주었기 때문이었다.

"춘추공, 덕분에 아버님의 장례는 잘 치렀습니다. 고맙습니다."

"더 정성을 보태지 못해 참담할 따름입니다. 너무 상심하시어 심신이 황폐해지시면 아니 됩니다. 오히려 불효지요."

"춘추공, 그렇게 해야지요. 마음은 갈피를 못 잡고 있지만, 장례는 잘 치렀습니다. 그보다는 더 걱정되는 일이 있습니다. 춘추공도 짐작하시겠지만."

"그렇소이다. 고구려와 백제가 동향이 심상치가 않아서 유신공과 상의하고 싶었으나……"

"그러실 줄 알았습니다. 집안의 기둥이 무너졌다고는 하나, 집안일보다야 나랏일이 우선이지요. 마침 흠순도 오늘 회의에 왔으니, 흠순을 불러 같이 이야기를 하시지요."

"잘 되었습니다. 그렇게 하시지요."

흠순은 유신보다 다섯 살 어린 유신의 친동생이었다. 성격이 침착하고 매사에 꼼꼼했다. 춘추와 유신은 그러한 흠순에게 여러 나라의 정보를 취합하여 분석하는 역할을 맡겼다. 흠순은 바로 설명을 시작했다.

"작년 3월에 우리 신라를 매우 괴롭혔던 백제 무왕이 죽었습니다. 의자태자가 바로 보위를 이었는데, 며칠 전에 백제에 나가 있는 세작이 급보를 전해왔습니다."

"급보? 왜 나에게 말하지 않았지?"

"아버님 모시느라 경황이 없는 형님께 말씀드리기가……"

"그래도 그런 일은 말해주어야지."

"허허, 유신공. 지금 들어봅시다."

"의자왕이 아무래도 큰 전쟁을 준비하고 있는 듯합니다. 군사를 사비로 모으고 윤충장군이 훈련을 시키고 있습니다. 2, 3만은 족히 될 듯하답니다."

이번에는 유신이 물었다.

"2, 3만이나?"

"그렇습니다. 형님."

"그거 큰일이네. 백제군이 쳐들어온다면 어디인가?"

"확실하진 않지만, 남쪽으로 올 가능성이 많습니다. 그쪽이 협공도 피하고 바로 서라벌을 위협할 수 있으니. 아버지 무왕 때부터 남쪽 변경을 집요하게 공격을 했으니까요."

"그렇군. 지금 대야성은 춘추공의 사위가 지키고 있질 않소?"

"그렇소이다, 유신공. 내 사위 품석이 작년에 성주로 나갔지요. 믿음직한 녀석이니 쉽사리 당하지는 않을 겁니다."

"그렇겠지요. 품석이라면 지켜내겠지요, 춘추공."

이번에는 흠순이 끼어들었다.

"그래도 대비를 해야 할 겁니다. 허를 찔러 삼년산성을 돌아 서쪽 변경으로 들어올 수도 있습니다. 그러면서 당항성을 노릴 수도 있습니다."

"대비하기엔 우리 변경이 너무 길어. 기습을 당하면 견디기 힘들지.

하여간 백제의 동향을 잘 살펴야 한다. 고구려는 어떤가?"

"네, 형님. 고구려는 아직 별 이상이 없습니다. 다만……"

"다만?"

"당나라에 가있는 우리 스님이 보내온 소식인데, 이게 좀 특이합니다."

"특이하다니?"

"당나라 임금이 고구려 태자의 입조(入朝)를 치하한다고 진대덕(陳大德)이란 자를 사신으로 보냈다 합니다. 그런데 이 자가 고구려에 가서는 가는 성마다 관리들에게 비단을 후하게 주었다고 합니다."

"사신이 지방 관리에게 비단을 주었다고?"

"그렇습니다, 형님. 그러면서 자기는 경치 구경을 좋아한다며 여러 곳으로 유람을 다녔다 합니다."

"사신이 유람을 다녀?"

"그렇습니다. 그런데 이 자의 원래 벼슬이 직방낭중(職方郎中)입니다."

"직방낭중(職方郎中)?"

"네, 형님. 직방낭중은 나라의 지도와 변방의 군사 시설을 관장하는 벼슬입니다."

"아니, 그럼, 이 자가 고구려 곳곳을 염탐했다는 게 아니냐?"

"그렇습니다. 틀림없습니다."

춘추가 말을 이었다.

"그렇다면 우리 신라로서는 반가운 일이오. 나는 내심 고구려에서 당나라에 태자까지 보내고 해서 조마조마했습니다. 그들이 친하게 지내면 고구려는 신라에 시선을 돌려 남쪽 변경으로 군사를 보낼 게 틀림없

습니다."

"춘추공, 나도 그렇게 생각합니다. 하지만 우리가 북쪽 변경에 있는 병사를 남쪽으로 돌릴 수는 없습니다. 지난번에 알천장군이 칠중성으로 쳐들어온 고구려군을 겨우 막아냈지 않습니까?"

"그렇지요. 그게 벌써 4년 전의 일입니다. 유신공이 빼앗은 칠중성 주변으로 우리 남쪽 백성을 많이 보냈지요. 병사들과 백성이 힘을 합쳐 막아냈지요."

"고구려는 언제 올지 모르니 북변의 군사들은 그대로 두어야 합니다. 그나마 병사를 더 보내지는 않아도 되어 다행이라면 다행입니다."

흠순도 자신의 의견을 보탰다.

"그렇습니다. 당나라는 절대로 고구려와 친하게 지내지 않습니다. 당나라 임금은 고구려를 그냥 두지 않을 게 분명합니다. 전번 수나라 때 워낙 당했기에 이번에는 준비를 더욱 차근차근한다고 봐야 합니다."

"그래, 좋아. 그럼 우린 시간을 벌지."

"고구려도 언젠가는 당나라가 쳐들어온다고 생각하고 있는 듯합니다. 당나라와의 변경에 장성을 쌓고 있으니까요."

"그게 오래되지 않았나?"

"10여 년이 넘었습니다. 워낙 긴 장성이니까요. 아 참, 근데 그 장성을 쌓는데 연개소문(淵蓋蘇文)이란 자를 보냈다고 합니다."

"연개소문? 처음 듣는 이름이야."

"그렇습니다. 동부 대인이라 합니다. 아버지가 죽고 대인 자리를 이어받았지요."

"그래? 어떤 자인가?"

"아직은 자세히 알 수 없습니다."

"그래, 수고했다. 나가보아라."

유신과 춘추는 흠순을 보내고 둘이 머리를 맞대었다. 백제가 곧 쳐들어온다는 건 확실했다. 그렇다고 고구려를 막고 있는 군사들을 남쪽으로 돌릴 수도 없다. 백제에 대비해 뚜렷한 대책을 마련하기는 어려웠다. 신라는 고구려와 백제에 다 대비해야 했다. 국경이 길면 공격하기는 쉬워도 막기는 어려운 법이다. 무왕은 신라의 긴 국경을 잘 활용하여 서쪽과 남쪽을 번갈아가며 공격해왔다. 신라는 무왕의 공격을 막느라 늘 힘에 부쳤다. 무왕의 아들 의자도 만만찮은 임금이라는 소문이 이미 파다했다. 막 왕이 되었으니 욱일승천의 기상을 보여주려 한다면, 신라로서는 감당하기가 쉽지 않다. 유신과 춘추는 뾰족한 방법을 찾지 못하고 탄식하면서 헤어졌다.

9

임인년[19] 7월 백제의 의자왕은 군사를 크게 일으켜 신라의 남서쪽 국경으로 쳐들어왔다. 순식간의 일이었다. 여러 장군이 지휘하는 백제군은 갈래를 나누어 신라의 여러 성을 압박하였다. 미후성을 비롯한 40여개의 낙수 서쪽 변경의 성이 백제 수중으로 떨어졌다. 이 성은 모두 예전 가야 지역에 있던 성들이었다. 가야의 고토를 백제가 모두 점령하겠다는 계획임이 분명했다. 신라는 진흥왕 때 대가야를 점령하고 난 뒤부터, 대야성을 가야 지역의 거점이자 치소(治所)로 삼고 있었다.

춘추는 급히 유신을 대궁으로 불렀다. 내성사신 용춘을 대신해 아들 춘추가 국사의 대소사를 거의 관장하고 있었다. 유신이 대궁으로 갔을 때는 흠순도 이미 대궁에 들어있었다. 유신을 보자 춘추가 급하게 말을 시작했다.

"유신공, 큰일났소이다. 백제군이 미후성을 포함해 40여개 성을 파죽지세(破竹之勢)로 돌파했다고 합니다."

---

19) 642년

"벌써요? 큰일났습니다. 그렇다면 이제 대야성으로 들이닥치겠군요. 서라벌 군사로 구원군을 편성하여야 하겠습니다. 대야성은 견고하고 또 품석이 성주로 나가 있으니 어느 정도는 견디겠지요. 내가 구원군을 이끌겠습니다."

"아니오, 유신공. 그럴 수는 없습니다. 그렇게 하면 내 사위가 성주라 특별히 구원군을 보낸다고 말이 많아지게 됩니다."

그 말을 들은 흠순이 말했다.

"형님, 춘추공 말씀이 맞습니다. 백제군은 또 다른 곳을 기습할지 모릅니다. 지난 병신년[20]처럼 서쪽 변경 깊숙이 들어올지도 모릅니다."

흠순이 말한 병신년의 기습은 무왕 때 백제 장군 우소(于召)가 독산성을 공격하려고 병사 5백여 명을 데리고 옥문곡(玉門谷)에 숨어들었던 일을 말한다. 백제에 심어둔 세작이 급히 그 사실을 흠순에게 알려주었다. 보고를 비밀리에 받은 선덕여왕은 알천장군을 옥문곡으로 보냈다. 알천장군은 옥문곡에 숨어든 백제 군사를 완전히 섬멸했다. 이 일이 있고부터 나라 사람들은 왕이 서라벌에 있으면서도 옥문곡에 숨어든 병사를 알아냈다고 해서 왕이 대단한 신통력을 가졌다고 감탄했다. 흠순과 유신은 그렇게 왕을 보좌하는 게 신하의 도리라고 생각했다.

"그럼 지켜만 보자는 말인가?"
"형님, 지금으로서는 그렇습니다. 백제가 지금 당항성으로 군대를 옮

---

20) 636년

직인다는 보고가 들어와 있습니다. 백제가 출병하면 고구려도 움직인다는 정보가 있습니다."

"허허, 큰일이네. 고구려도 움직여? 그럼 당항성이 위태롭잖나?"

춘추가 말을 이었다.

"보통 일이 아닙니다. 당장 당나라에 사신을 보내야겠습니다. 당항성[21]이야말로 당나라와 교통하기 위한 뱃길의 출발지입니다. 우리와 당나라의 교통을 방해하려는 의도가 분명합니다. 우리의 조공을 막으려고 백제와 고구려가 당항성을 빼앗으려 한다고 당장 당나라에 알려야 합니다. 당나라는 조공을 매우 중요하게 여기니까요."

신라가 어디를 막고 치중해야 할지 몰라 우왕좌왕하는 사이, 백제 의자왕은 윤충장군에게 1만의 병사를 주어 대야성을 치게 했다. 윤충은 백제군에서 의자왕이 가장 신뢰하는 백전노장의 장수였다. 윤충은 거침없이 대야성으로 진격했다.

대야성은 옛 가야를 통치하기 위한 가장 중요한 요충지였다. 대야성 앞으로는 황강이 흘러 낙수와 물길로 연결되었다. 성의 배후는 옛 대가야 지역이었다. 대야성이 무너지면 낙수 서쪽 전체가 백제의 세력권에 들어가게 된다. 의자왕도 그 점을 잘 알기에 윤충에게 어떠한 희생을 치르더라도 대야성을 함락시키라고 지시했다.

대야성이 중요한 만큼 신라에서도 방어 태세를 완벽히 하고 있었다. 장기전에 대비하여 군량미도 충분히 비축했다. 김춘추의 사위 품석을

---

21) 현재의 경기도 화성군 남양읍 지역

성주로 삼아 군사 5천을 주둔시켰다. 신라군에서 용맹한 젊은 장수 죽죽(竹竹)과 용석(龍石)을 품석의 부장(副將)으로 배치해 두었다.

대야성은 천연의 요새로 서쪽은 절벽이고 남동쪽은 황강이 감싸고 흘러갔다. 윤충은 대야성 북쪽 벌판에 진을 쳤다. 백제군은 40여 개 성을 돌파하였으므로 당연히 사기가 올라있었다. 윤충이 공격을 지시하면 단숨에 성을 함락할 기세였다.

노장 윤충은 진을 친 다음 서두르지 않았다. 빈틈을 찾아 성 외곽을 둘러보았다. 하지만 도무지 틈을 찾기가 어려웠다. 윤충은 공격 지점이 북쪽 성문 돌파밖에 없다는 결론을 내렸다. 세작들의 보고에 의하면 대야성에 5천 병사가 지키고 있다 했으니 병력은 백제가 두 배가 넘는다. 게다가 백제군은 정예병이고 40여 개의 성을 돌파하면서 사기가 충천되어 있다. 윤충은 대야성을 포위한 후, 운제와 충차와 투석기와 같은 공성 무기를 더욱 많이 만들라고 지시했다. 시간은 걸리겠지만 대야성은 독 안에 든 쥐다. 윤충은 자신만만한 표정으로 대야성을 바라보았다.

그날 밤이었다. 웬 마을 촌부가 윤충장군을 뵈어야 한다고 진중으로 들어왔다. 장군을 호위하는 부관이 무슨 일인지 물어보아도 촌부는 대답하지 않았다. 촌부는 장군을 직접 뵈지 않으면 말할 수 없다고 떼를 썼다. 부관의 보고를 받은 윤충은 뭔가 이상해서 군막으로 데려오라고 시켰다. 촌부는 눈치를 살피더니 좌우를 물려달라고 요구했다. 윤충은 호기심 반 궁금증 반으로 그렇게 하라고 시켰다. 윤충은 완력에는 자신이 있었기에 샅샅이 촌부의 몸수색을 시킨 다음 무기가 없자 좌우를 물려주었다. 촌부는 먼저 절부터 했다.

"장군, 고맙소이다. 저는 대야성 신라군 비장의 부하인 모척(毛尺)이라 합니다."

"비장의 부하 모척이라? 비장이라면 대야성 토박이로 성주를 보좌하는 직책이 아니더냐?"

"그렇습니다. 저도 대대로 여기서 살고 있습니다. 원래는 가야 사람이옵지요."

"그래? 원래는 가야 사람이라고? 비장의 부하라면 신라군이지. 무슨 일로 나를 찾았느냐?"

"대야성을 내어드리려고 뵙자고 하였습니다."

"하하하, 이놈 맹랑하구나. 대야성을 내준다고? 네가? 네 놈이 목이 몇 개라도 되느냐?"

"장군, 큰 소리를 내지 마시고 제 말씀을 들어주십시오."

"그래, 말해보아라."

"품석이라는 놈이……"

"품석은 대야성주가 아니더냐. 서라벌 김춘추의 사위라고 들었다."

"그렇습니다. 그 품석이란 놈이 장가간 지도 얼마 안 된 새파란 놈인데, 검일(黔日)의 아내를 겁탈했습니다."

"그건 또 무슨 소리냐. 검일은 또 누구냐?"

"검일이 저의 상관인 비장입니다. 비장의 아내가 예쁘다고 소문이 나 있었습니다. 어쩐 일로 성주가 검일과 저를 군량 수송을 빙자하여 여러 고을로 보냈습니다. 그 틈을 타 성주가 검일의 아내를 겁탈하고 말았습니다. 그 나쁜 놈이…… 그것도 아이를 밴 여자를."

"겁탈한 건 어떻게 알았느냐?"

"이웃 고을에서 돌아와 보니 비장의 아내가 하혈했다고 합니다. 핏덩이를 쏟았지요. 왜 그러느냐고 다그쳤더니 아내가 이실직고했습니다. 겁탈당했다고요. 게다가……"

"게다가?"

"아내가 목을 매달아 죽어버렸습니다. 저와 검일이 복수하려고 시신을 아무도 모르게 숨겨놓았습니다. 성주는 비장의 아내가 자진했는지도 모릅니다."

"그래? 그 말이 사실이렷다? 그래 그 말이 사실이라 해도 너는 왜 나서느냐? 당사자도 아니면서."

"검일은 어릴 때부터 함께 자란 마을 형님입니다. 저도 분해서 미칠 지경입니다. 어찌 참을 수가 있겠습니까? 그래서 기회를 보아 둘이 성주 품석을 죽이고 백제로 도망치려고 했는데, 마침 백제군이 쳐들어왔습니다. 잘되었지요."

"잘되었다? 그래서?"

"지금 대야성에는 적어도 석 달 치 이상의 군량미가 쌓여있습니다."

"그래?"

"이쪽에서 신호하면 검일이 군량미 창고에 불을 지를 겁니다. 군량미가 타면 어쩌겠습니까? 항복 아니면 죽기 살기로 성문을 열고 나와 싸워야 하지요. 그럼, 독 안에 든 쥐가 아닙니까?"

"신호? 어떻게?"

"장군기 옆에 푸른 기와 붉은 기를 양쪽으로 세우면 그게 신호입니다. 제가 장군님을 만났다는 신호지요. 그럼 검일이 군창에 불을 지르기로 약조했습니다."

윤충으로서는 손해 볼 게 하나도 없었다. 신라군이 구원군이 올 때까지 시간을 벌려고 하는 얄팍한 계략인지도 생각해보았다. 신라군 구원군이 오면 백제 구원군도 대기하고 있다. 윤충은 모척의 말을 믿어보기로 했다.

"그래, 알았다. 모척이라고 했느냐. 너의 말을 믿어보겠다. 대야성 군창에 불이 나고 우리가 대야성을 뺏으면 너에게 후한 상을 내리겠다."

"장군님, 상은 필요 없습니다. 하나만 약조해 주십시오."

"뭐냐? 말해 보라."

"품석이 항복하더라도 반드시 그와 아내의 목을 베게 해주십시오. 그의 아내도 임신 중이라고 합니다. 똑같이 복수하여야지요. 부하의 아내를 겁탈하는 그런 놈은 반드시 처단해야 합니다. 저와 검일이 목을 치겠습니다."

품석이 항복할 경우 자신의 재량으로 그를 처단할 수는 없다. 품석은 신라의 실권자 김춘추의 사위가 아닌가? 딸도 함께 있다. 그런 자를 자신의 판단으로 죽일 수는 없다. 품석과 아내를 살려 인질로 삼으면 써먹을 데가 많다. 그런 그를 왜 죽이나? 왕에게 상주하여 하명을 기다려야한다.

"좋다. 그렇게 하마."

윤충은 성이 함락되면 모척과 검일에게는 포상을 하고 달래면 된다, 이렇게 생각했다.

"고맙습니다. 장군님, 붉은 기, 푸른 기가 아니라 검은 기를 양쪽에 올리십시오."

"뭐라? 네가 나를 놀리느냐?"

"혹시라도 품석을 살려줄까 봐 그랬습니다. 비장은 품석 부부를 죽이 겠다는 확약을 받고 약조를 알려주라고 했습니다."

"허허, 이 녀석들이 나를 가지고 노는구나. 제법 약은 놈들이야."

다음 날 아침이었다. 대야성을 포위한 백제군 진영 장군기 옆에 흑기 두 개가 높이 올라갔다. 병사들은 흑기를 보고 누가 죽었나 하고 잠시 의아스럽게 생각했다. 1만의 병사가 움직이면 죽음은 늘 일어나는 일이 어서 심각하게 생각하는 병사는 없었다. 반대로 대야성 성문 위에서 백 제 진영을 감시하던 검일은 초조하게 검은 기 두 개가 세워지기를 기다 리고 있었다. 검은 기가 세워지자 검일은 몹시 기뻤지만 내색하지 않고 해가 지기만을 눈이 빠지게 기다렸다.

가을이라 해가 빨리 떨어졌다. 검일은 재빨리 움직여 중앙에 있는 군 창에 불을 질렀다. 마침 비가 오지 않은 날이 계속되어 나무와 곡식은 바짝 말라 있었다. 몇 군데 기름을 붓고 불을 질렀기에 군창은 금방 활 활 타올랐다. 중앙 군창이 활활 타고 병사들이 불을 끄려고 우왕좌왕하 는 틈에 검일은 산중에 있는 군창에도 불을 질렀다. 그 군창에 난 불은 산불로까지 번졌다.

화제 보고를 받은 품석은 대단히 놀랐다. 그는 군창의 불을 끄기 위 해 전 병력을 동원하여 닦달했지만 불을 진압하지 못했다. 밤새도록 활 활 불타던 군창은 아침이 되어서야 마침내 검은 연기를 길게 올리면서 사위어 갔다.

멀리 백제 진영에서 군창이 불타 벌겋게 솟아오르는 화염을 유심히 지켜보는 두 사람이 있었다. 백전노장답게 윤충은 얼굴에 기쁨을 드러내지 않았다. 아직 공성전이 남았다. 윤충은 혹시라도 품석이 강 아래로 내려가서 배로 도망칠까 봐 그쪽에도 배와 군사를 배치했다.

"쥐새끼 한 마리 빠져나가지 못하게 하라."

모척은 군창에서 화염이 오르자 자신도 모르게 눈물을 흘렸다. 죽은 검일의 아내는 모척의 여동생이었다. 어머니를 닮아서 예뻤던 누이였다. 검일은 자신이 따랐던 마을 형이기도 했다. 검일의 아내가 되어 시집가서도 여전히 한마을에 살 수 있어 자신이나 누이는 얼마나 좋아했었던가. 누이가 임신하자 모척은 누구보다 기뻤다. 일찍 돌아가신 어머니도 지하에서 기뻐하시겠지. 그런 누이를 품석이 죽였다. 모척은 울면서 새삼스럽게 이빨을 갈았다.

품석에게 군창의 화재는 악몽 그 자체였다. 품석은 혹시라도 꿈이 아닌가 하고 자신의 허벅지를 꼬집어 보았다. 아팠다. 엄연한 현실이었다. 밤새도록 군사들을 독려해 불을 끄려 했지만, 북서풍이 매우 강했다. 아무리 많은 군사를 동원해도 도무지 불을 끌 수가 없었다. 불 속에서 한 톨의 군량이라도 건지려고 병사들이 창고 안으로 들어갔다. 가지고 나온 군량은 얼마 되지 않았다. 오히려 수십 명이 죽거나 화상을 입었다.

먼저 중앙 군창에 불이 나고 이어서 산중 군창에도 불이 났다. 우연이 아니었다. 누구인가? 누군가가 방화를 했다. 적의 사주를 받은 세작의 짓이 분명했다.

망연자실 연기를 바라보다 품석은 문득 서라벌이 그립다는 생각을 했다. 그때 부장 죽죽이 보고를 했다.

"장군, 성내에 남아 있는 식량은 닷새 치는 됩니다."
"죽죽장군, 모든 장수를 소집하라."

10여 명의 장수들이 모였다. 그 속에는 검일도 있었다. 성주 품석이 말했다.

"누군가의 방화임이 분명하다. 범인을 색출해야 한다."

아무도 대답하지 못했다. 지금 어떻게 범인을 잡는다는 말인가? 방화가 확실하다 해도 범인은 불을 지르고 이미 어둠 속으로 사라졌다. 그렇지만 성주의 말을 거역했다가는 범인으로 몰릴 수도 있다. 아무도 나서서 말하지 않았다. 한참 만에야 죽죽이 침묵을 깨고 말했다.

"범인을 색출해야 마땅하나 그보다는 적을 방비할 계책을 세워야 합니다."
"죽죽, 나도 안다. 적을 방비해야지. 그럼 계책을 말해보라."
"성내에는 닷새 치 식량은 있으나 아껴 먹고 송기나 풀뿌리를 먹으면 보름은 견딜 수 있습니다. 그동안에 구원군이 도착하기만 하면 됩니다. 아니면 우리가 밀고 나가도 됩니다. 죽기 살기로 싸우면 승산이 있습니다."
"그래? 밀고 나가자고? 1만의 정예병에게? 다른 장수들 생각은 어떠

한가?"

아무도 대답하지 않았다. 서로 눈치만 보고 있을 뿐이었다.

"좋다, 그럼 일단 기다린다. 우리가 이렇게 식량이 바닥이 난 걸 이웃 성에서는 모른다. 누가 가겠는가? 비자벌 성으로 가야 한다. 어둠을 틈타 뱃길을 잘 아는 사공과 함께 가면 하루면 비자벌에 도착한다. 누가 가겠는가?"

"제가 가겠습니다."

"오! 검일장군이구나. 검일장군은 이 지역 출신이니 뱃길을 잘 알겠지."

품석은 검일이 나서자 꺼림칙하기도 했으나 어찌 검일이 알겠어, 하고 검일을 믿어보기로 했다. 다른 방도가 없었다. 밤이 되면서 검일은 사공 하나를 데리고 강변으로 내려갔다. 검일은 강으로 들어서자마자 횃불을 켜고 자신의 위치를 드러내었다. 배를 탄 백제 병사들이 접근하자 군창을 태운 사람이 바로 자신이라고 어서 대장군에게 자신을 데려다 달라고 했다.

이튿날 아침이었다. 말을 타고 신라의 장수 한 사람이 대야성 성문 앞으로 다가왔다. 대야성 성문을 지키는 수문장 용석(龍石)이 보니 아무래도 검일 같았다. 용석이 성주에게 보고하니 성주가 득달같이 달려왔다. 백제 쪽에서 온 장수는 신라 병사들의 화살이 미치지 못하는 곳에 서더니 크게 소리쳤다.

"품석, 이 개자식아, 내가 검일이다. 내 아내를 겁탈했지? 내가 모를 줄 아느냐? 군창에 내가 불을 질렀다."

품석은 당황했다. 설마설마했던 게 현실이 되었다. 하늘이 노랬다. 구원군을 데리러 갔던 검일이 배신을 하다니. 이를 어찌 수습을 하나. 품석은 순간적으로 검일에게 맞받아쳤다.

"검일, 네가 바로 백제의 개였구나. 이 배신자야. 나는 너의 아내를 겁탈한 적이 없다. 네가 창고에 불을 지르고 핑계를 대는구나."

품석이 활을 높이 쳐들더니 검일을 향해 한 발을 쏘았다. 검일은 말을 돌려 백제 진영으로 황급히 달아났다. 품석은 소리쳤다.

"배신자의 말을 듣지 마라. 모두 거짓이다. 검일은 군창을 태운 배신자다."

성문 위에 있던 장수와 병사들은 대부분 검일의 말을 믿었다. 성주가 검일의 아내를 노린다는 소문이 이미 성안에 파다했기 때문이었다. 검일의 아내가 미인임을 모르는 사람도 없었다. 이미 군창은 불에 탔다. 군량도 없는 데다가 구원군도 올 가능성이 사라져버렸다. 게다가 성주의 파렴치한 행위가 드러났다. 그 파렴치함이 결국은 군량을 홀딱 태워 먹은 셈이 되었다. 이렇게 된 마당에 누가 성주의 명에 따라 싸움을 할까? 어수선한 분위기 속에서 병사들은 웅성거리기 시작했다. 차라리 항복해서 목숨을 구하자. 많은 병사가 삶을 택하고 싶어 했다.

품석은 부하 장수를 모두 불러 대책을 논의했다. 부장 서천(西川)은 목숨을 살려준다면 항복하자고 했다. 상당수 장수가 서천의 의견에 동조했다. 하지만 부장 죽죽과 수문장 용석은 죽어도 항복할 수는 없다고 강경하게 나왔다. 품석은 죽죽과 용석의 의견을 무시하고 서천에게 적장과 담판을 지어보라고 했다.

서천은 백기를 들고 말을 타고 성문을 나갔다. 그는 백제군 진영에 대고 크게 외쳤다.

"백제군 장수는 나와서 내 말을 들으시오."

윤충이 말을 타고 금방 나타났다.

"내가 백제의 대장군 윤충이다. 무슨 말이냐?"
"장군께서 죽이지 않는다고 약조를 한다면 성을 들어 항복하겠소. 우리를 신라로 철수하게 해주시오."
"기다리고 있었소. 그대들이 항복한다면 약속하겠소. 그대들은 신라로 돌아가시오. 나는 대야성만 취하겠소."
"대장군의 말을 어떻게 믿소?"
"내가 약속하리라. 저기 뜬 해를 두고 맹세하겠소. 만약 내 말이 거짓이면 저 밝은 해가 내 눈을 멀게 할 거요."

윤충이 큰 목소리로 말했기에 성문 위에서 품석을 비롯한 여러 장수와 병사들은 윤충의 말을 들었다. 서천은 성으로 돌아와서 윤충의 말이 그러하니 성을 나가 항복하자고 했다. 그때 부관 죽죽이 서천을 막아서며 말했다.

"그럴 수는 없소. 적장의 말을 어떻게 믿나요? 해를 두고 맹세한다는 말은 듣기에 좋아 달콤하니 오히려 거짓이 분명합니다. 필시 우리를 꾀어내려는 잔꾀입니다. 만약 성을 나가면 반드시 적의 포로가 되거나 죽습니다. 쥐처럼 엎드려 목숨을 구걸할 바에야 차라리 호랑이처럼 싸우다가 죽어야지요. 그게 장수의 도리입니다."

품석은 죽죽의 말을 듣고 잠시 고민하다가 말했다.

"승산이 없다. 성을 내주고 우리는 철수한다."

품석과 그의 아내 고타소, 서천을 비롯한 장수들이 먼저 성문을 나섰다. 지휘부를 따라서 병사들이 따라나섰다. 죽죽과 용석은 자신의 수하 수백 명과 함께 1천여 명의 백성들을 지키며 후미에 섰다.

백제군은 품석 일행이 성을 나오자 약속대로 그들을 에워싸기는 했지만 바라보기만 하였다. 신라군이 반쯤 성을 빠져나오자, 어디에선가 긴 나발소리가 들렸다. 공격 명령이었다. 그 소리를 신호로 백제군이 갑자기 신라군을 공격했다. 백제군은 선두에서 성을 나온 품석 일행을 재빨리 사로잡았다. 이어서 신라 병사들에게 공격을 개시했다. 싸움이 아니라 일방적인 학살이었다. 죽죽과 용석은 성문을 나간 병사들의 비명이 들리자 성문을 닫으려 했지만 이미 백제군 선봉이 성문을 제압해 버린 상태였다. 죽죽은 크게 소리쳤다.

"어차피 죽는다. 싸우다 죽자."

죽죽의 외침에 따라 죽죽과 용석의 수하 수백 명이 죽기 살기로 백제 군에 저항했다.

중과부적(衆寡不敵)이었다. 죽죽과 신라 병사들은 백제군에 포위되어 백제군 궁수의 활에 고슴도치처럼 온몸에 화살을 뒤집어쓰고 죽었다. 죽죽은 화살을 맞고도 분전하다가 백제 장수에 의해 마지막 숨통이 끊어졌다. 백제군은 군사가 아닌 백성 1천여 명을 포로로 잡고 대야성을 완전히 장악했다. 윤충은 대야성으로 품석과 고타소를 결박해서 들어갔다. 윤충을 수행하던 검일이 품석에게 침을 뱉으며 말했다.

"이제 내 아내의 원수를 갚겠다."

검일이 윤충에게 말했다.

"약속대로 제가 목을 베게 해주십시오, 대장군."
"뭐가 그리 급하냐. 아직은 아니다. 기다려라."

윤충의 머리는 빠르게 회전하고 있었다. 품석의 아내가 바로 김춘추의 딸이 아니더냐. 신라에서는 왕에 버금가는 귀족이다. 이들을 인질로 잡고 있으면 신라의 반격은 불가능하다. 아울러 인질을 내준다고 한다면, 신라에 어떤 유리한 조건도 걸 수 있다. 사사로운 복수에 그들의 목숨을 내줄 수는 없었다. 윤충은 부관에게 지시했다.

"성주 부부를 감금하되, 누구도 접근하지 못하게 하라. 내 명령 없이 이들에게 위해를 가하는 자는 내가 군령으로 처단한다."

윤충은 급히 사비의 의자왕에게 사령군관을 보냈다. 의자왕은 대야성을 함락시키고 백성 1천여 명을 포로로 잡았다는 보고를 받고 대단히 만족해했다. 더군다나 김춘추의 사위와 딸을 포로로 잡았다는 말을 듣고 더 기뻐했다. 군관이 품석 부부 처리 문제를 묻자, 의자왕은 잠시 생각하다가 말을 했다.

"내가 성왕 할아버지의 원수를 갚지 못해 내내 분하고 원통했다. 한갓 종놈이 내 할아버지의 머리를 베어버렸지. 감히 백제 대왕의 머리를 신라의 궁궐 마룻바닥 아래 묻고는 마구 밟고 다녔어. 신라놈들이 그렇게 해놓고서 머리 없는 신체만 화장하여 보내주었다. 원수도 그런 원수가 없다. 내가 똑같이 해주겠다. 김춘추 딸년과 사위 놈의 머리만 가져와라. 육신은 화장하여 강물에 뿌려 흔적도 없애버려라."

열흘을 기다렸다가 윤충은 품석 부부를 죽이라는 의자왕의 명령을 하달받았다. 윤충은 살려두면 군사적으로 충분히 이용가치가 있는 품석 부부를 죽이라는 왕의 명령이 의아했다. 아울러 왕께서는 자신에게 대야성을 함락한 공으로 말 20필과 곡식 2천 석을 하사했다. 왕께서 무슨 연유가 있어 그렇게 명했음이 틀림없다.

윤충은 검일을 불러 품석 부부의 목을 베도 좋다고 허락했다.

품석은 자신이 성주였던 성의 감옥에 갇혀 설마설마하고 기다리다가 성의 마당으로 끌려나와 꿇어앉혀졌다. 고타소도 함께 끌려나왔다. 검일은 품석에게 말했다.

"품석 이놈, 네 놈의 눈으로 네 아내가 먼저 죽는 꼴을 보아야겠다. 내 아내가 네 놈에게 겁탈당하고 목매달아 죽었다. 죽어서 내 아내에게 사죄하거라."

검일은 비명을 지르다가 혼절한 고타소의 목을 베고 이어 품석의 목을 베었다. 윤충은 검일에게 목 둘을 소금에 절여 상자에 담아 사비성으로 가게 했다. 남은 시신은 강에 던져버렸다.

의자왕은 검일을 치하하고 벼슬을 내려 사비에 살도록 했다. 왕은 대야성을 비롯 40여 개의 성을 공취한 기념으로 큰 잔치를 열었다. 대야성을 함락함으로써 백제는 낙수 이서 지역 대부분을 빼앗았다. 옛 가야 지역 땅은 거의 모두 백제의 차지가 되었다. 의자왕은 품석 부부의 머리를 사비성 감옥 바닥에 묻도록 했다.

"너희는 성왕 할아버지의 목을 궁궐 마루 바닥 아래에 묻었다지. 오냐, 나는 너희를 우리 감옥 아래 땅에 묻어, 너희의 영혼까지도 백제의 옥중(獄中)에 영원히 있게 하겠다."

10

임인년 10월[22]이 되면서 서라벌에 슬픈 소식이 전해졌다. 처음에는 대야성에서 구사일생으로 빠져나온 몇몇 백성과 병사의 입에서 전해져 알려졌다. 이후 동짓달 들어 세작이 보고한 첩보에서도 같은 내용이 확인되었다. 대야성이 함락되고 성주인 품석 부부의 목이 잘려 백제 감옥 아래 묻혔다는 소식이었다. 부하 검일의 아내를 겁탈한 게 빌미가 되었다고 했다. 검일이 군창에 불을 질러 군량이 불타자, 품석이 성을 들어 목숨을 구걸하였다가 아내와 함께 죽임을 당했다고 했다. 아울러 원래는 가야 사람이었던 죽죽과 용석이 끝까지 싸우다 전사했다는 소식도 전해졌다. 서라벌 사람들은 김춘추의 사위가 그렇게 어리석게 당했다는 대목에서 크게 탄식했다.

춘추는 마치 악몽 속에 있는 듯했다. 아침 일찍 월성 대전(大殿)에서 유신과 춘추와 흠순을 비롯한 여러 고관 귀족들이 참석한 어전회의가 있었다. 흠순이 여러 정보를 종합하여 정리된 사항을 왕과 대신에게 보

---

22) 642년

고했다. 아무도 말을 보태지 못했다. 찬물을 끼얹은 듯한 분위기가 계속되자 여왕이 먼저 말했다.

"좀 더 알아보아야겠지만 가장 염려되는 일은 백제가 압량[23]을 거친다면 순식간에 서라벌로 들어올 게 아니오. 그게 가장 염려가 되오. 어떻게 하면 좋겠소?"

여왕의 시선은 춘추에게로 가 있었다. 아니 춘추가 그렇게 느꼈다. 하지만 춘추는 아무 말도 할 수가 없었다.

진평왕이 죽기 직전에 여자가 왕위에 오를 수가 없다며 칠숙(柒宿)과 석품(石品)이 반역을 꾀하다가 사전에 발각되었다. 동시(東市)에서 백성들이 보는 앞에서 칠숙의 목을 베고 아울러 구족(九族)을 처단했다. 석품은 도망쳤다가 잡혀 역시 죽음을 면치 못했다. 이 사건을 신속하게 처리한 게 바로 내성사신의 아들 김춘추였다. 수십 명의 귀족이 처단되면서 유례없는 공포가 서라벌의 공기 속에 녹아들었다. 이 일이 있은 후 표면적으로 덕만공주의 승계를 반대하는 귀족은 없었다.

선덕은 왕위에 오르면서 나이가 많고 인품이 있는 을제(乙祭)를 상대등으로 삼았다. 여전히 남아있는 반여왕 정서를 무너뜨리고 반대 세력을 포용하기 위해서였다. 그렇다 해도 춘추와 같이 여왕을 적극적으로 지지하는 세력이 있는 만큼, 여왕의 등극을 못마땅해하는 세력이 있었다. 어찌 여자가 왕이 될 수 있느냐, 여자가 왕이라면 땅과 하늘이 뒤집힌다고 생각하는 자들이었다. 선덕왕 초기에 국정을 잘 이끈 을제가 죽

---

23) 현재의 경북 경산시

자 병신년[24]에는 수품(水品)을 상대등으로 삼았다. 수품 역시 을제처럼 국정을 잘 처리했다. 하지만 떠도는 소문에 의하면 내성사신의 반대쪽에 있는 비담(毗曇)이 여러 귀족의 신망을 두텁게 모으고 있다고 했다.

이날 회의에도 수품과 춘추와 비담 등이 참석했다. 비담이 무거운 분위기 속에서 입을 뗐다.

"폐하, 병법에서 한 번 실수는 병가지상사(兵家之常事)라 했습니다. 실수는 전쟁에서 이기고 지는 것만큼 흔한 일이므로 그렇게 낙심하지 않으심이 옳다 여겨집니다."

왕이 말했다.

"병가지상사라? 어찌 이게 수시로 일어날 수 있는 일이란 말이오? 대야성을 잃고 병사들은 다 죽고 백성 천여 명이 포로로 잡혀갔소. 게다가 성주 품석과……"

왕은 더 말하려다 춘추에게 눈길을 보내면서 입을 다물었다. 비담이 말을 이었다.

"큰 손실이라 아니할 수 없지만, 대책을 세우시면 됩니다. 그보다는 죽음을 무릅쓰고 끝까지 싸운 죽죽과 용석에게 더 높은 관등을 추증하고 처자들에게 상을 내리소서."

---

24) 636년

"처자들이 살아있나요?"

상대등 수품이 대답했다.

"성밖 산속에 있다가 도망쳐서 살아있다고 합니다."
"그럼 상대등께서 잘 조치하시오. 장례를 치르는 데 아쉬움이 없도록 하시오."

이런 말이 오갈수록 춘추는 식은땀을 흘리며 아무 말도 할 수 없었다. 원래는 가야 사람이면서도 끝까지 싸운 하급 장수를 포상하자는 데 이의를 달 수는 없었다. 아니 당연히 그래야 한다. 하지만 그건 자신의 사위 품석을 간접적으로 욕보이는 일이기도 했다. 신라의 성주가 한번 싸우지도 못하고 성을 내주었다. 게다가 부하의 여자까지 건드려서 그 지경이 되어? 비담이 죽죽의 포상을 운운했다. 비담은 춘추에게 모든 책임을 지라는 말을 간접적으로 했다.

백제 의자왕이 즉위하고 대야성 쪽으로 쳐들어올 가능성이 제기되자 춘추가 앞장서서 자신의 사위 품석을 대야성주로 추천했다. 춘추는 품석 정도라면 충분히 백제의 공격을 막아낼 자질이 있다고 자신했다. 결과적으로 보면 모든 책임은 춘추에게 있었다.

회의 내내 입도 열지 못한 춘추가 집으로 돌아왔다. 문희를 비롯한 모든 식구가 춘추의 눈치를 보며 숨소리 하나 제대로 내지 못했다.

춘추는 집 대청 기둥에 기대어 멀리 남산을 바라보았다. 누가 지나가도 바람이 불어도 마치 장승처럼 꼼짝 않고 서있었다. 해가 질 때까지

눈도 깜빡이지 않았다. 앞으로 누가 지나가도 전혀 알아채지 못했다. 해가 지자 보다 못한 문희가 그러다 병이 난다고, 저녁을 드시고 자리에 들라 했다. 아내 문희의 말에 문득 정신이 들어온 듯 춘추가 말했다.

"아니 벌써 하루가 지났소?"

문희는 기가 막혀 그를 다독여 방안으로 들게 했다. 동짓달 매서운 추위에 그의 몸은 꽁꽁 얼어 굳어있었다. 문희가 그를 이불로 감싸 몸을 녹였다. 그길로 춘추는 몸져누워 며칠을 자리보전을 했다.

사나흘이 지나서 문희의 연락을 받고, 유신과 흠순이 병문안을 왔다. 핼쑥해진 춘추를 보고 유신이 말했다.

"춘추공, 이게 무슨 일이요? 아무리 그래도 이러시면 안 됩니다."
"미안하오이다. 내가 고타소를 생각하면 눈물이 앞을 가립니다. 그 아이가 나자마자 어미를 잃었지요. 법민 어미가 친자식처럼 잘 돌보아 주어 시집까지 보냈거늘…… 그 아이 나이가 이제 스물이요, 스물. 스무 살 아이를 목을 잘라, 이 천하에 죽일 놈이 있나. 아무리 전쟁이라도 그렇지. 게다가 항복했다고 합니다. 그걸 죽여?"
"뭐라 위로를 드리기도 어렵습니다만, 그래도 힘을 내셔야 합니다."
"유신공, 내 유신공 앞에 무엇을 감추겠소? 고타소를 생각하면 억장이 무너집니다. 품석도 그렇습니다. 내가 품석을 추천하여 대야성으로 보냈습니다. 그쪽에 우리의 전답도 많이 있습니다. 한 해에 수천 석이 들어오지요. 그게 우리의 힘이기도 한데 말입니다. 그걸 다 빼앗겼지요. 그것만이 아닙니다. 사흘 전 어전회의 때 비담이 무어라 한 줄 아십니까? 바로 죽죽을 표창하자고 합디다. 그게 무슨 말입니까? 나를 힐책하는 말이지요. 딸과 사위를 한꺼번에 잃은 나를 위로는 못할망정 그렇게 엿을 먹이다니요. 폐하께서도 비담이 그렇게 나오니 아무런 말도 하지 못하셨습니다."

"짐작이 갑니다. 비담으로서는 기회를 잡은 겁니다. 더욱 우리 쪽을 향해 공세를 취하겠지요."

"유신공, 내가 어떤 방법을 쓰든지 내 삶이 다할 때까지 백제에 반드시 원수를 갚겠습니다. 유신공이 도와주세요."

"그걸 말이라고 하십니까? 나의 일입니다. 나도 분하고 원통합니다. 하지만 당장 비담이 저렇게 나오면, 춘추공이나 내가 할 일이 없어집니다. 국정에서 손을 떼라고 폐하께 은근히 압력을 넣겠지요. 비담이 원래 그런 성격입니다. 능구렁이지요."

"그러니 어떡하면 좋습니까? 군사를 내어 대야성을 회복하자고 할까요?"

"그건 상책이 아닙니다. 그게 바로 백제의 노림수입니다. 지난가을 우리가 당나라로 사신을 보내 백제와 고구려가 합심해서 당항성을 공격한다고 일러바치지 않았습니까? 그랬더니 당나라에서 백제로 바로 사신을 보냈습니다. 조공 길을 막으면 용서할 수 없다구요. 백제 의자왕이 당나라 사신에게 당항성은 공격하지 않겠다고 약조하고 바로 군사를 물렸습니다. 하지만 당항성을 공격하지 않겠다고 했지, 다른 성은 공격 안 한다고 하지 않았습니다. 만약 우리가 대야성으로 군사를 돌리면 백제는 이때다, 하고 관산성 방향으로 쳐들어올 게 분명합니다. 당항성을 공략하려던 병사들이 있으니까요. 그러면 중부 지방이 위험하지요."

"그러면 어떻게 해야 합니까?"

"춘추공, 지난달 고구려에서 엄청난 일이 일어났습니다."

"고구려에서요? 금시초문입니다."

"그럴 겁니다. 흠순아, 아뢰거라."

"네, 형님. 바로 말씀드리지요. 연개소문이라는 자가 지난 10월에 왕을 죽였습니다."

춘추는 그 말을 듣자 자리에서 벌떡 일어나며 말했다.

"왕을 죽여? 도대체 그게 무슨 말이요?"

"차근차근 말씀드리겠습니다. 연개소문이 원래 성격이 흉포하다고 알려져 있었답니다. 아버지가 죽고 동부(東部)의 대인(大人) 자리를 이어받아야 마땅하지만, 왕을 비롯한 여러 대신이 반대했다고 합니다. 성격이 잔악하다구요. 그때 연개소문이 맹세했다고 합니다. 머리를 숙여 절을 하고, 대신들에게는 몰래 금은보화를 선물로 주면서 그들을 달랬지요. 그러면서 언제든지 물러나라면 물러날 테니 한번 믿어달라고 간청했답니다. 결국 고구려 조정에서는 그를 대인으로 임명했지요. 왕도 한번 믿어보자고 했구요."

"그래서요?"

"연개소문을 천리장성 쌓는 일에 책임자로 내보냈지요. 연개소문은 서둘러 성을 쌓는다고 백성들을 혹독하게 몰아부쳤나 봅니다. 성은 잘 쌓아나갔지만 많은 백성이 죽으니 백성들 사이에서 원성이 자자했지요. 이 일을 알고 건무(建武)왕[25]이 연개소문을 평양으로 불러 대인 직을 박탈하려고 했답니다. 당나라와 우호를 맺을지 말지를 두고 다퉜다는

___
25) 건무는 고구려 제 27대 영류왕(榮留王)의 이름

얘기도 있습니다. 건무왕은 당나라와 우호적인 정책을 폈는데, 연개소문이 이를 노골적으로 반대했다고 하지요. 그런 데다가 연개소문의 삼촌이 왕을 부추겨 연개소문을 죽이자고 했답니다. 하지만 연개소문이 심어놓은 심복이 이를 먼저 알려주자 연개소문이 선수를 쳤습니다. 자신은 동부 대인 자리를 물러나겠다, 하면서 평양성 밖 패수 인근에서 군사들 열병식을 한 겁니다."

"아니 물러날 사람이 열병식을 해? 고구려는 그렇게 하나?"

"그렇게 한다고 합니다. 각 부의 대인이 거느리는 병사는 중앙군에 속하지만, 대인의 독자적인 병사들이나 마찬가지입니다. 그러니 물러나는 행사를 치른다고 하고 술과 안주를 잔뜩 차려놓고 성대하게 잔치를 벌이니 거의 모든 원로 대신이 모인 거지요. 열병식을 진행하다가 연개소문이 신호를 보내자 병사들이 달려들어 1백여 명을 죽였답니다. 1백 80명이나 된다는 말도 있습니다. 그리고 바로 군사를 몰아 왕궁에 난입, 건무왕을 시해했습니다. 왕의 시신은 토막을 내어 도랑에 던져버렸다고 합니다."

"이런, 이런, 시신을 토막 내고도 모자라 도랑에 던져? 이런 패륜이 있나?"

"그뿐만이 아닙니다. 연개소문은 왕의 조카 보장(寶臧)을 왕으로 삼고 본인이 스스로 막리지가 되었습니다."

유신이 입을 열었다.

"막리지라면 우리의 상대등이겠지?"

흠순이 대답했다.

"그렇습니다. 상대등에다 병부령을 겸한 직책인데, 지금 연개소문은 거의 왕이나 다름없다고 봐야겠지요. 보장왕은 어차피 허수아비입니다."
"그렇구료. 흠순공, 잘 들었소. 고구려에서 그런 일이 있었단 말이지. 이건 보통 일이 아니오."

이야기를 듣고 있던 춘추가 치하를 하자 흠순이 이어 말했다.

"그렇습니다. 춘추공, 이건 보통 일이 아닙니다. 당나라에서도 이 일을 이미 소상히 알고 있습니다. 아마도……"
"아마도?"
"필시 당나라는 고구려를 공격할 명분을 찾고 있었습니다. 당나라는 무서운 나라입니다. 처음에는 납작 엎드려있더니 돌궐과 싸워 이기고 난 뒤에는, 토욕혼과 고창국을 차례로 정벌하여 굴복시켰습니다. 토번[26]도 머리를 숙이고 들어왔다 하지요. 작년에 당나라는 공주를 토번에 시집 보내면서 토번을 순하게 길들였지요."
"공주를 시집보내 토번마저 길들였다구요?"
"그렇습니다. 그 공주를 문성공주라 합니다만, 이세민의 딸은 아니고 가짜라는 소문이 자자합니다. 어쨌든 공주 신분으로 시집을 갔습니다. 이제 당나라와 이웃한 나라 중에 당나라에 굴복하지 않는 나라는 고구려밖에 없습니다. 그러니 당연히 이번에는 고구려 차례이지요. 지난번

---

26) 토욕혼(吐谷渾)은 유목족으로 청해(靑海)와 감숙(甘肅) 일대를 기반으로 한 나라. 고창국(高昌國)은 오늘날 신장 위구르 자치구에 기반을 두었던 유목족의 나라. 토번(吐蕃)은 오늘날 티베트 고원에 기반을 둔 유목국가. 가장 강성했다.

에 당나라는 직방낭중을 보내 고구려를 염탐하지 않았습니까? 건무왕
은 당나라와 잘 지내려고 무진 노력했습니다. 그런데도 염탐을 하여 고
구려를 칠 준비를 하였는데, 연개소문이 왕까지 시해했으니 당나라 이
세민은 하늘이 돕는다고 쾌재를 불렀을 겁니다. 난신적자(亂臣賊子)를
토벌하여 천하의 도리를 바로잡는다고 하면, 충분히 공격할 명분이 됩
니다. 당나라는 명분만을 찾고 있었을 겁니다. 고구려를 공격하려면 뭔
가 명분이 있어야 하거든요. 그래야 당나라 백성들도 수긍할 테니까요."

흠순의 설명에 춘추가 대답을 했다.

"그렇겠지요. 그렇다면 고구려는…… 고구려는 남쪽의 누군가와 손
을 잡아야 할 게 아닌가. 양쪽에 적을 두면 불리해질 테니까요. 사면초
가가 될 수도 있어요."

춘추의 말에 유신도 동의했다.

"그렇습니다, 춘추공. 제 생각도 그렇습니다."

유신이 동의하는 말이 끝나자마자 춘추는 벌떡 일어났다. 유신과 흠
순이 쳐다보고 있음에도 아랑곳없이 한참을 깊은 생각에 잠겨 서성이
더니 말을 이었다.

"유신공, 내가 고구려에 다녀오겠습니다. 고구려에서 군사를 빌리겠
습니다."

"고구려에 가신다구요? 그건 위험합니다. 연개소문은 잔인하다지 않습니까? 무슨 일을 벌일지 모릅니다."

"아닙니다. 제가 다녀와야 이 난국을 타계합니다. 설사 군사를 빌리지 못한다 하더라도……"

"체면은 산다는 말씀이군요."

"그렇습니다, 유신공. 체면이 살지요. 대야성을 잃고 아무것도 안 할 수가 없지 않습니까? 무엇이라도 해야 합니다. 그렇게 해서 비담의 공세에서 빠져나가야지요. 그러나 그것보다 더 큰 이유가 있습니다. 고구려에 군사를 빌리자고 하겠지만, 빌려주지 않을 겁니다. 고구려도 당나라 군사를 막아야 하니까요. 그러니 서로 불가침 협정을 맺는 거지요. 우리도 쳐들어가지 않고 고구려도 우리를 침입하지 않고. 그렇게 하면 고구려는 당나라의 침입에만 전념할 수 있어요. 우리는 백제에만 전념할 수 있습니다. 그렇게만 한다면 우리에게 승산이 없지 않습니다."

이튿날 춘추는 왕을 알현하여 말하였다.

"폐하, 신이 고구려로 가겠습니다. 가서 군사를 청하여 백제에 원수를 갚겠습니다."

"고구려에서 호락호락 군사를 빌려주겠느냐? 긁어 부스럼이 된다고 오히려 일만 커지는 게 아니냐?"

"폐하, 신이 목숨을 걸고 무엇이라도 얻어 오겠습니다. 이대로 가만히 있을 수는 없지 않습니까?"

"그래, 그렇다. 그렇긴 하다만 고구려가 몇 년 전에도 우리 칠중성을 쳐들어왔다. 알천장군이 막아내지 않았느냐? 그게 4년 전이지?"

"그렇습니다. 지난 무술년²⁷⁾의 일입니다."

"그런데도 고구려를 간다고? 차라리 당나라가 낫지 않아?"

"신은 고구려에서 군사를 빌려볼까 합니다. 지난 10월에 연개소문이란 자가 왕을 시해하고 막리지가 되었습니다. 그자는 당나라에 대비해야 하므로 우리와 손을 잡으려 할지 모릅니다. 군사 2, 3만 정도는 빌려줄지도 모릅니다. 설사 군사는 빌려주지 않는다 해도 서로 전쟁은 하지 말자는 약조를 할 수 있습니다. 그러면 우리는 백제만 상대하면 됩니다. 지금 백제가 급하니까요. 신이 가서 그자를 설득하겠습니다."

"그래? 그렇다면 가시오. 나도 고타소가 죽어 슬프기 짝이 없다. 그 귀여운 아이를 죽이다니. 어서 백제에 복수를 해다오."

"폐하, 떠나기 전에 한 가지 청이 있사옵니다."

"무엇이냐?"

"김유신을 압량주 군주(軍主)로 삼으시옵소서. 압량주는 만약 백제군이 서라벌로 오자면 반드시 거쳐야 할 곳이옵니다. 유신이 그곳을 지킨다면 당분간은 안심할 수 있사옵니다."

"그렇게 하마. 오늘 바로 임명하겠다."

춘추는 월성에서 나와 유신을 찾아갔다.

"유신공, 폐하께서 유신공을 압량주 군주로 임명한다 하셨소이다."

"고맙소이다. 잘 되었소."

"나와 공은 일심동체(一心同體)입니다. 폐하께서 가장 신임하는 신하이기도 하지요. 지금 내가 고구려에 들어갔다가 만약 신변에 해를 입는

---

27) 638년

다면 어떻게 하시겠습니까?"

"허허, 그럴 리가 있습니까? 하나 사람의 일이란 알 수 없지요. 만약 공께서 돌아오지 못한다면, 나의 말발굽으로 반드시 고구려와 백제 두 왕을 짓밟겠습니다. 하늘을 두고 맹세합니다. 만약 그대가 위해를 입었을 진데, 내가 가만히 있다면 장차 무슨 면목으로 나라 사람을 대할 수 있겠습니까?"

말을 마치고 유신은 술을 가득 따른 술잔을 가져오게 하였다. 유신은 새끼손가락을 깨물었다. 피가 흐르자 피를 술잔에 흘렸다. 춘추도 그렇게 했다. 둘은 피가 섞인 술잔을 번갈아 마시며 천지신명께 맹세했다.

"천지신명께 맹세하노니, 춘추공이 위험해지면 내가, 이 김유신이 반드시 구출하겠나이다."

"유신공, 고맙소이다. 내가 날짜를 헤아려보니 60일이면 돌아올 수 있소. 만일 60일을 넘기고도 돌아오지 않는다면, 우리가 다시 만날 기약이 없습니다."

"알았습니다. 60일입니다. 60일이 지나도 공이 돌아오지 않으면 제가 출병하겠습니다."

춘추는 고구려로 가면서 눈치가 빠르고 무예가 뛰어난 훈신(訓信)이라는 자를 경호와 연락을 위해 데리고 갔다. 고구려와의 국경인 임진수를 건너기 전, 대매현에 이르렀을 때 대매현 촌주가 춘추에게 청포(靑布) 3백 필을 주면서 말했다.

"저는 두사지(豆斯智)라 하옵는데, 원래 조상은 고구려 사람이옵니다. 이곳이 신라 땅이 되면서 신라 백성으로 충성을 다하여 살아가고 있습니다."

"두사지라 하였소? 두사지라…… 이제 기억이 나오. 흠순공이 내게 대매현을 지나갈 때 반드시 만나보고 가라 하였소."

"그렇습니다. 저도 흠순공으로부터 연락을 받았습니다. 여기서는 고구려가 강 하나 사이라 고구려와 여전히 교류가 많습니다."

"하하, 그렇구려. 어쨌든 고맙소. 그래 이 청포 3백 필은 어디에 쓰일 것 같소?"

"여기 대매현은 예전부터 청포로 유명한 곳입니다. 청포는 고구려 사람들이 여름 옷감으로 즐겨 입었지요. 땀도 차지 않고 시원하답니다. 고구려에서는 매우 귀하게 거래가 되는 물건입니다."

"그래요? 이 귀한 물건을 나에게 주는 이유는 무엇이오?"

"평양성에 가시면 선도해(先道解)라 하는 궁중 신하가 있습니다. 이 자가 꾀가 많고 욕심도 많다고 합니다. 궁중을 오래 드나들면서 눈치 또한 빠르답니다. 지난 정변에도 살아남아 여전히 여기저기 줄을 대는 권신입니다. 혹 어려움이 있을 때 도움을 받으시기 바랍니다."

"아하, 알았소. 그러니 이걸 뇌물로 쓰란 말이지. 하하하, 고맙소. 없는 것보단 낫겠지. 일이 잘 성사되면 내 그대의 공을 잊지 않으리다."

"그래도 특히 조심하시기 바랍니다. 연개소문은 매우 잔인한 자라 합니다. 몸에 칼을 다섯 자루를 차고 다니면서 말을 탈 때는 장수를 엎드리게 하여 밟고 올라선다고 합니다. 항상 호위병을 앞에 세우고 다니는데 그가 나타나면 사람들이 숨기가 바쁘다고 합니다."

"잘 알겠소. 고맙소이다."

춘추 일행이 멀리 패수와 평양성이 보이는 데에 이르자 연개소문이 마중을 나왔다. 연개소문은 춘추를 보자마자 안광(眼光)을 번뜩였다. 춘추를 대하는 태도는 절도가 있고 군더더기가 없었다. 두사지의 말대로 갑옷이 매우 화려했고 칼을 다섯 자루나 차고 있었다. 춘추는 연개소문이 보통 사람이 아님을 대번 알아보았다. 둘 사이에 잠시 긴장이 흘렀다. 연개소문이 말했다.

"추운 섣달에 먼 길 오시느라 수고가 많으셨소. 오늘은 객사에서 푹 쉬기 바라오. 내일 궁에서 그대를 환영하는 연회가 있을 거요. 폐하께서 신라 왕손을 직접 환영하겠다 하시오."

"대인께서 이렇게 직접 영접을 해주고 연회까지 열어주신다니 몸 둘 바를 모르겠습니다. 황공하옵니다."

"무슨 말씀을. 손님을 잘 대접하는 게 고구려의 풍습이요. 그래 우리 임금께 무슨 말을 하러 오셨소."

"하하, 막리지께서 성격도 급합니다. 폐하를 뵙고 말씀드리겠지만 고구려와 신라가 친하게 지내자는 말씀을 드리려 합니다. 신라는 백제에 시달리고 고구려는 당나라 때문에 고달프니 서로 힘을 합치면 좋지 않겠습니까?"

"우리가 당나라 때문에 고달프다? 하하하. 그깟 당나라가 무얼 무섭다고 하시오. 하여간 알겠소이다. 내일 폐하께 그렇게 말씀하십시오. 하하하."

연개소문은 춘추가 당나라 운운하니 불쾌했다. 조그만 나라 사신이 건방지게 고구려의 사정을 생각해? 백제를 당해내기 어려우니 원병을 청하러 왔으면서 말이다. 연개소문도 대야성이 함락되었다는 소식을 접했다. 연개소문이 자청해서 마중을 나온 이유는 김춘추의 인물됨을 확인하기 위해서였다. 직접 보니 언변이 뛰어나고 태도에 품위가 있었다. 게다가 잘생기기까지 했다. 연개소문은 춘추를 객사까지 안내하면서 춘추같은 인물을 살려두면 언젠가는 고구려의 후환(後患)이 되리라 확신했다. 더군다나 당분간 고구려를 화평한 상태로 두면 곤란했다. 당나라든 신라든 어느 쪽이든 계속 몰아붙여 평양성에 불안감이 가득 차게 만들어야 했다. 그래야 자신의 반역에 대해 사람들이 잘잘못을 따지지 않는다. 연개소문은 수하들에게 객사를 엄중히 감시하라 명했다.

춘추는 객사에서 모처럼 코를 골면서 잠을 푹 잤다. 아침에 일어나니 훈신이 문안을 여쭈면서 말했다.

"공도 대단하십니다. 어찌 잘 주무시던지 코 고는 소리가 옆방까지 다 들렸습니다."
"그래? 잘 자야지, 안 잔다고 별 도리가 있더냐? 내가 코를 골아야 해."
"하하하, 코를 골아야 한다구요? 무슨 말씀인지 알겠습니다."

이튿날 점심 무렵 연회가 시작되었다. 춘추의 눈에는 보장왕(寶藏王)은 왕이 된 지 얼마 안 되어서인지 모든 게 미숙하게 보였다. 춘추는 왕에게 나아가 절을 하고 감사를 표한 뒤에 큰 소리로 말했다.

"지금 백제는 무도하여 긴 뱀이나 큰 돼지와 마찬가지입니다. 우리 신라의 강역을 침범하므로 저의 임금께서는 대국의 병마(兵馬)를 빌려서 치욕을 씻고자 하옵니다."

춘추의 말에 연개소문은 보장왕의 옆에서 무어라고 속삭였다. 누가 보아도 대답을 알려주는 듯이 보였다. 이윽고 보장왕이 대답을 했다.

"우리의 병마를 빌리고 싶다고? 그러기 위해선 신라가 먼저 우리의 요구를 들어주어야 한다. 죽령(竹嶺) 북쪽은 본디 우리의 땅이다. 죽령 서북의 땅을 돌려준다면 병마를 내어주겠다."

춘추는 기가 막혔다. 죽령 이북을 달라니. 그건 군사를 내어주지 않겠다는 말이나 다름없다. 그 땅이 신라 땅이 된 지가 벌써 백 년이나 다 되어 간다. 이사부장군이 죽령을 넘어 적성을 점령하고부터이니 언제 적의 이야기냐. 백 년 전 땅을 돌려달라니. 한수 일대 땅도 당시 고구려와 합의하여 받은 땅이다. 춘추는 잔뜩 화가 나서 볼멘소리로 말했다.

"저는 임금의 명을 받들어 대국의 병마를 빌리려고 왔습니다. 그러나 대왕께서는 이웃 나라의 어려움을 선린으로 도와주시지는 못할망정 오히려 저를 위협하여 땅을 돌려달라고 하십니다. 저는 죽을지언정 땅을 내어 드린다는 대답을 드릴 수가 없사옵니다."

춘추의 말에 연회장은 갑자기 찬물을 끼얹은 듯 싸늘한 분위기로 뒤바뀌었다. 연개소문이 왕에게 뭐라고 속삭이자, 왕이 입을 열었다.

"네 놈의 말이 대단히 불손하구나. 나를 겁박하느냐? 여기가 신라인 줄 아느냐. 저놈을 별관에 가두어라."

춘추가 별관(別館)에 유폐된 지 한 달이 지나 새해[28]가 되었다. 이국에서 하염없이 기다리며 새해를 맞이하니, 춘추는 답답해서 미칠 지경이었다. 새해 정월에 보름달을 바라보니 심사는 울컥해졌다. 신라 땅을 떠나온 지 어언 60일이 다 되어갔다. 유신과 약조했던 날이 60일이나, 아무리 김유신이라 해도 전쟁을 통해 자신을 구출하기는 어려운 일이었다. 마냥 유신을 믿고 기다릴 수만도 없었다. 탈출이라도 감행하고 싶었지만 고구려 병사의 감시를 뚫고 달아나는 것은 달걀로 바위를 치는 거나 마찬가지였다. 경거망동할 수가 없었다.

춘추는 이런저런 생각을 하다가 대매현 촌주 두사지가 선도해를 만나보라고 한 말이 생각났다. 춘추는 훈신을 불러 선도해를 청해보라고 했다. 훈신은 감시가 소홀한 틈을 타서 훈도해의 집으로 가서 춘추의 뜻을 전했다.

춘추가 고구려에 들어간 지 60일이 지나도록 돌아오지 않자 유신도 초조해졌다. 정월 대보름이 지나자 유신은 1만 압량군 병사를 모아놓고 크게 외쳤다.

"나라가 위태로우면 목숨을 바치고, 나라가 어려우면 자기 몸을 돌보지 않는 사람을 열사(烈士)라 했다. 무릇 한 사람이 죽기 살기로 싸우면 백 사람을 이길 수 있고, 백 사람이 죽기 살기로 싸우면 천 사람을 이길 수 있고, 천 사람이 죽기 살기로 싸우면 만 사람을 이길 수 있다. 지금

---

28) 643년, 계묘년

이 나라의 어진 대신이 다른 나라에 잡혀있다. 이를 보고 가만히 있으면 어찌 열사라 하겠는가? 어찌 신라의 용사라 하겠는가?"

그러자 병사 한 사람이 말했다.

"비록 만 번 죽더라도 장군의 명을 따르겠습니다."

유신이 다시 크게 외쳤다.

"모두의 뜻이 그러한가?"

유신의 물음에 병사들은 모두 큰 함성으로 대답했다.

"장군의 명을 따르겠습니다."

유신은 왕에게 보고하고 1만 병사 중 기마 결사대 3천을 뽑아 먼저 한수를 넘었다. 이때 고구려 세작으로 덕창(德昌)이란 승려가 있었다. 덕창은 하수인을 시켜 유신의 결사대가 먼저 출발했고, 이어 보병도 따라간다고 고구려 조정에 보고하였다.

덕창의 보고를 받은 연개소문은 선도해를 불렀다.

"선도해 대감, 상의할 게 있소이다."
"무엇이든 하명하소서."
"대감의 집으로 김춘추의 쥐새끼가 들어갔다고 하오. 포목 몇백 필도

들어갔다고 하던데. 내가 일부러 대감의 집을 감시하고 있지는 않소. 어찌어찌 소식이 다 들어와요."

"하하하, 막리지께서 천리안(千里眼)이니 어찌 제가 막리지를 속이겠습니까? 다 말씀드리겠습니다. 김춘추의 부하가 저를 찾아왔습니다. 도망갈 계책이 없냐구요. 조만간 찾아가겠다고 했습니다."

"그것뿐이요?"

"어찌 제가 막리지를 속이겠습니까? 그것뿐입니다."

"좋소이다. 대감을 믿겠소. 대감은 춘추에게 가서 거짓 약조라도 하라 이르시오. 그러면 풀어주겠소.

연개소문은 유신의 결사대가 두렵지는 않았다. 전부 다 온다 해도 기껏 1만이다. 김유신이 용장이라 하나 고구려 평양성에 있는 인질을 무슨 수로 구출한단 말인가. 가소롭기 그지없다. 그러나 자신이 왕을 죽이고 정변을 일으킨 지 석 달도 되지 않았다. 이런 마당에 평양성의 병마를 움직일 수는 없었다. 자신이 혹 유신의 병사를 막으러 출정했다간 어디서 뒤통수를 맞을지 모른다. 그렇다고 다른 장수에게 병마를 주어 남쪽을 막게 했다가는 그 병마가 비수가 되어 자신을 찌를지도 모른다. 그러니 연개소문은 이쯤 해서 춘추를 돌려보내는 게 위험 부담이 없다고 생각했다. 선도해를 부른 이유는 그런 계산이 섰기 때문이었다.

연개소문의 지침을 전달받은 선도해는 주안상을 들고 춘추를 찾아갔다.

"춘추공, 그래 얼마나 답답하시오?"

"오, 고맙소이다. 이렇게 찾아주셔서요."

"청포 3백 필은 잘 받았소이다. 고맙다는 인사가 늦었습니다."

"늦기는요. 대인께서 이렇게 찾아주신 게 더 감사합니다."

둘은 의례적인 인사말을 하고 함께 술을 마시기 시작했다. 술자리가 무르익자 선도해가 말했다.

"춘추공, 내가 우리 고구려에서 전해지는 재미난 이야기를 하나 해드리리다. 옛날옛적에 동해 용왕의 따님이 병이 났소이다. 아무리 해도 치료가 안 되니 용왕님 걱정이 태산입니다. 용한 의원이 말하기를 육지에 사는 토끼의 간을 먹으면 병이 낫는다는 거요. 누가 토끼의 간을 구해와야겠지요. 동해 용궁에도 춘추공과 같은 충신이 있었답니다. 거북이가 자청해서 간을 구하겠다고 하고 육지로 올라왔지요. 토끼는 육지에서 거북이를 만나 감언이설로 토끼를 꼬드겼습니다."

"그것참 재미있습니다. 그래 거북이가 무슨 말을 했습니까?"

"바다에는 섬이 하나 있습니다. 그곳에는 샘에서 사시사철 맑은 물이 흐르고, 무성한 숲에는 맛있는 과일이 무궁무진 열리며, 추위와 더위도 없고 매와 같은 날짐승도 없으니, 그야말로 무릉도원이 따로 없다 하였지요. 토끼가 그런 무릉도원이 있다면 얼른 데려달라 하였지요. 거북이는 토끼를 업고 용궁으로 들어가면서 사실대로 말했지요. 용왕의 따님이 병이 들어 토끼의 간이 필요하다고 말이지요."

"그래서요? 토끼가 무어라 했습니까?"

"나는 천지신명의 후손이라 오장을 꺼내어 씻어서 다시 넣을 수 있다, 일전에 속이 불편해서 간과 심장을 꺼내 씻어서 바위 위에 말리려고 두었다. 그런데 그대 거북이의 달콤한 말을 듣고 급히 오는 바람에 간이 아직도 바위 위에 그대로 있다. 어서 돌아가서 간을 가지러 가자. 나는 간이 없어도 살지만, 나의 간이 용왕님 따님을 살린다니 얼마나 잘된 일이냐. 누가 가지고 가기 전에 어서 빨리 간을 가지러 가자. 이렇게 말했답니다. 거북이는 그 말을 믿고 다시 육지로 돌아갔지요. 육지에 도착한 순간 토끼는 폴짝 뛰어 달아나면서 말하기를, 너는 참으로 어리석구나. 어찌 간이 없이 살아가는 짐승이 있을쏘냐, 하고는 숲속으로 달아났다는 이야기입니다."

"하하하, 그 참 재미난 이야기입니다."

한바탕 웃고 난 뒤 춘추는 잠시 생각에 잠겼다. 곧 춘추는 선도해가 어떤 의도로 자신에게 그 이야기를 하는지 깨달았다.

"대감께서 무슨 의도로 저에게 이 이야기를 해주시는지 알았습니다. 우둔한 저를 깨우쳐주셔서 감사드립니다."

"그래, 춘추공 어찌하시겠습니까?"

"도와주는 김에 저를 마저 도와주십시오. 제가 폐하께 글을 올리겠습니다."

"그렇게 하시오. 난 기다렸다가 폐하께 올릴 글을 받아 가겠습니다."

춘추가 쓴 글은 연개소문에게 먼저 전해졌다. 죽령 이북은 원래 대국의 땅이니 자신이 귀국하면 신라 왕에게 아뢰어 돌려주도록 약속하겠다는 글이었다. 밝은 해를 두고 맹세한다는 말도 덧붙여져 있었다. 연개소문은 무릎을 치며 미소를 지었다. 연개소문은 김춘추의 글을 왕에게 올렸다. 글을 읽은 보장왕이 연개소문에게 물었다.

"이렇게 나오니, 보내주는 게 옳지 않겠소? 죽령 이북의 땅을 돌려준다니, 밝은 해를 두고 맹세한다지 않소?"

"폐하는 그 자의 말을 믿습니까? 빠져나가려고 새빨간 거짓말을 하는 게 분명합니다."

"그런가요? 나는 잘 모르니 막리지가 알아서 처리하시오."

연개소문은 한참을 생각하더니 왕에게 상주하였다.

"사실 저는 춘추를 놓아주려고 마음먹고 있었습니다. 춘추가 우리에게 청병하러 온 건 청병이 참뜻이 아닙니다. 자신의 곡진한 노력을 신라 내부에 보여주기 위함이지요. 듣자 하니 춘추의 사위가 못된 짓을 해서 대야성을 빼앗겼다고 합니다. 춘추가 바보가 아닌 이상 우리가 그들에게 병마를 빌려준다고 생각하진 않겠지요. 체면치레란 말입니다. 지금은 신라가 수세에 몰려있다 하나 신라에는 김유신과 같은 용맹한 장수가 있습니다. 곧 백제와 호각지세를 이룰 게 분명합니다. 우리 고구려와 같은 대국이 사신을 억류하고 죽인다면 오히려 우리 체면이 말이 아니게 됩니다. 고구려로서는 신라와 백제가 서로 헐뜯고 싸우게 해야 합니다. 급한 김에 거짓을 말하고 춘추가 도망가려 하니, 춘추만 우리에게 빚을 지게 되었습니다. 그러한데 또한 김유신의 결사대가 변경을 넘을 태세라 하니 이쯤에서 춘추를 돌려보내는 게 좋을 듯합니다. 김유신이 두려워서가 아니라 신라군이 죽기 살기로 덤비면 우리도 손실이 생기게 되고 그러면 당나라와 백제만 웃게 됩니다. 우리가 지금 신라와 우리 영토에서 싸울 이유가 없습니다."

"막리지의 뜻이 깊고도 깊소. 그렇게 하시오."

‖

춘추가 죽을 고비를 넘기고 겨우 살아 돌아왔기에, 춘추에게 대야성 함락에 대한 책임을 지라는 이야기는 쑥 들어갔다. 하지만 고구려에서 김춘추가 약속한 말을 지키라고 압박을 가할 수도 있었다. 춘추는 서라벌로 돌아오자마자 왕에게 나아가 본인이 그렇게 말하고 돌아왔다고 죄를 청했다. 선덕여왕은 살아 돌아오기 위해서는 어쩔 수 없는 일이라며 오히려 잘했다고 칭찬을 했다. 하지만 비담과 같은 귀족들은 두 가지 연유를 들어 춘추를 비난했다. 첫째 신하 된 자가 어찌 왕의 영토를 내준다고 약속할 수 있는가? 이것은 대역무도한 죄에 해당한다. 둘째 영토 반환의 약속이 살기 위한 고육지책(苦肉之策)이었다 하더라도 그 약속은 고구려 침공의 빌미가 될 수 있다. 어찌 춘추를 내버려둘 수 있겠는가?

연개소문은 김춘추가 신라로 돌아간 다음 바로 당나라에 사신을 보냈다. 당나라에 도교 서적과 도교를 가르치는 도사(道士)를 요청하는 척하였으나, 당으로 들어간 사신은 여러 경로를 통해 연개소문의 정변 이후 새롭게 왕이 된 보장왕을 당나라가 공인해달라고 요청했다.

이 무렵 당나라 임금 이세민은 신하들과 고구려 문제를 토의했다. 이세민은 고구려를 정벌해서 천하의 백성들에게 황제의 위엄을 보이고 싶었다. 하나 자칫 잘못하면 수나라의 전철을 밟을 수가 있었다. 민심을 잘 활용해 나라를 얻었기에 이세민은 민심을 거슬러 가면서까지 고구려와 싸우기 어려웠다.

이세민의 아버지 이연(李淵)은 수나라의 장수였다. 수나라 양제의 명으로 돌궐을 정벌하러 갔다가 패배하였다. 이연이 수나라 임금으로부터 문책을 당할까 전전긍긍할 때, 둘째 아들 이세민이 반란을 일으키자고 주장했다. 이연은 아들 이세민의 말을 듣기로 했다. 이연은 반란을 일으킬 때 수나라 양제의 조서를 위조하여 각 고을로 돌렸다. 고구려를 정벌하려 하니 각 고을의 장정들은 탁군으로 집결하라는 양제의 거짓 조서였다. 백성들은 양제가 또 고구려를 정벌한다는 포고에 반발했다. 이연은 뒤에서 전쟁터에 끌려가 개죽음하느니 차라리 양제를 타도하자고 부추겼다. 이런 속임수로 당나라는 급속도로 세력을 얻었다. 봇물이 터지면 순식간이다. 신흥국 당나라는 백성들의 지지를 등에 업고 수나라의 국가체계를 그대로 흡수하여 신흥 강국으로 부상했다.

당나라는 여러 반란 세력들을 복속시키고, 아울러 고창국까지 정벌하여 경자년[29]에 안서도호부를 설치했다. 당나라의 고구려 정벌은 사실상 시간문제였다. 당나라의 실질적인 건국자인 이세민은 수나라 양제와 마찬가지로 고구려를 무릎 꿇려야 스스로가 명실상부한 천자(天子)가 된다고 생각했다. 자신에게 머리를 조아리지 않는 나라가 있어서는

---

29) 640년

곤란했다. 수양제나 이세민에게나 모두 자존심에 금이 가는 문제였다. 황제라면 사해(四海)의 모든 나라가 머리를 조아리게 해야 했다.

이세민이 고구려 정벌에 조급해하자 그의 처남이자 충직한 책사인 장손무기(長孫無忌)는 여러 이유를 들어 고구려 정벌이 불가함을 아뢰었다. 첫째 전선이 길어져 군량 조달에 문제가 많고 둘째 고구려는 산성 방어 전투를 워낙 잘하는 나라라 함부로 공격할 수 없다고 했다. 더군다나 연개소문이 임금을 시해하였기에 당나라로부터 공격당할까 봐 방비를 단단히 하고 있으니, 더욱 공격하면 안 된다고 단호하게 말했다.

이세민도 수나라의 전철을 밟을 수는 없는 노릇이었기에 장손무기의 의견을 받아들였다. 장손무기는 연개소문을 안심시킨 뒤 연개소문이 자만에 빠지면, 그때 공격하자는 계책을 제시했다. 이세민은 장손무기의 계책을 받아들여 연개소문이 세운 보장왕을 고구려왕에 책봉한다는 교서를 내렸다. 계묘년[30] 윤 6월의 일이었다.

당나라로부터 새로운 체제를 인정받자, 연개소문은 일단 안도감이 생겼다. 당나라가 당장은 공격하지 않으니 그 틈을 타서 신라를 공격하기로 했다. 연개소문은 김춘추를 그냥 돌려보낸 게 무척 속상했다. 제 발로 걸어들어온 김춘추를 죽이든지, 신라에 빼앗긴 영토를 얼마간 돌려받든지 둘 중 하나는 마무리를 지어야 했다. 연개소문은 백제와 연통을 주고받은 후 추수가 끝나자마자 신라를 공격할 준비를 했다. 백제의 의자왕도 고구려 공격을 신호로 당항성 쪽으로 병마 투입을 준비했다. 두 나라에 나가 있는 신라의 세작들은 두 나라의 대대적인 공격이 임박했다고 보고했다. 신라의 장수들이 화들짝 놀라 변경에서 사투를 벌일

---

30) 643년

준비를 했다. 서라벌에서도 시급하게 대책을 논의했다. 신라의 국력으로 고구려와 백제를 다 막아내기는 아무래도 어렵다는 게 중론이었다. 선덕여왕은 급히 당나라로 사신을 보냈다. 계묘년 9월의 일이었다.

사신으로 당나라에 들어간 염종(廉宗)은 당나라 임금 이세민에게 납작 엎드려 읍소했다.

"고구려와 백제가 여러 번 쳐들어와 신라는 이미 수십 개의 성을 빼앗겼습니다. 9월에는 두 나라가 기필코 신라를 멸하고자 서로 작당하여 크게 병마를 일으키려고 합니다. 신라가 죽을힘으로 싸워 간신히 두 나라를 대적하고 있으나 위태롭기 짝이 없습니다. 저희 국왕과 더불어 온 백성이 간절하게 대국의 도움을 바라옵니다. 약간의 군사라도 보내어 신라를 구원하소서."

이세민은 말하였다.

"내가 동방의 세 나라가 서로 원수같이 싸우길래, 이웃한 나라끼리 싸우지 말라고 타일렀다. 하나 나에게는 싸우지 않겠다고 하면서 돌아서면 또 서로가 싸운다. 모름지기 모든 나라는 스스로 방비할 계책을 가지고 있어야 한다. 그래, 신라는 스스로 너희를 지키기 위해 어떤 계책을 가지고 있느냐?"

"저희는 뚜렷한 계책이 없사옵니다. 오로지 대국의 은혜를 바라옵니다."

"허허, 계책이 없어? 갑갑하도다. 그래서야, 어디, 나라라고 하겠느냐?"

"……"

"내가 너에게 세 가지 계책을 말해주겠다. 첫째, 내가 수하 장수에게 명하여 말갈이나 거란 군사를 몰고 요동으로 쳐들어가면 당장 고구려는 너희에게 가는 군사를 돌리겠지. 하지만 매번 내가 그렇게 하지는 못한다. 몇 해가 지나면 간악한 고구려는 너희를 또 공격하겠지. 따라서 이 계책은 영구하지 않다. 둘째, 백제는 바다의 험난함을 믿고 당장은 당나라를 무서워하지 않는다. 하나 내가 수백 척의 배에다 병마를 실어 바다를 건너 백제를 기습하면 어떻게 되겠느냐? 백제는 기겁하여 화급하게 용서를 빌겠지. 하지만 이 계책을 시행하자면 긴 시간이 걸린다. 셋째, 신라는 여자가 왕이라 이웃 나라에 업신여김을 당하고 있다. 내가 내 친척 한 사람을 너의 나라 임금으로 보내고자 한다. 혼자 왕 노릇은 할 수 없으므로 당나라 병사를 딸려 보내면 두 나라가 신라를 넘보지 못할 게 아니냐. 이것이 가장 좋은 계책이다. 너의 생각은 어떠냐?"

염종은 대답하기가 어려웠다. 염종은 첫째와 둘째를 동시에 해달라고 하고 싶었으나, 이미 당나라 임금은 셋째 계책을 염두에 두고 말을 하기에 잘못 대응했다가는 이세민이 격노할 수 있다. 그렇다고 셋째 계책에 찬동하면 자신은 신라의 역적이 된다. 어찌 신라 왕을 바꾸자는데 신라의 사신이 찬동할 수 있겠는가? 사신을 앞에 두고 임금을 갈아치우자는 헛소리를 하는 이세민에게 당차게 맞서고 싶었다. 하나 그렇게 했다가는 당장 자신의 목이 달아나고 신라와 당나라와의 관계는 틀어지고 만다. 염종 스스로도 신라의 왕이 여자여서 문제라고 생각하고 있어도 당나라 임금에게 그것을 표현할 수는 없었다.

염종의 등에 식은땀이 흘러내렸다. 짧은 순간에 수많은 생각이 염종의 머리를 스치며 지나갔다. 하지만 어떤 말도 입 밖으로 내기 힘들었다. 염종은 마냥 머리를 조아리며 바보같이 거듭 예, 예라고 답했다. 자신이 생각해도 바보 같았다.

이세민은 신라 사신이 안절부절못하며 바보처럼 예, 예만을 연신 반복하자, 혀를 끌끌 찼다. 사신으로서의 됨됨이가 모자라 판단을 내리지 못하니 어찌 한심하지 아니하랴. 이세민은 염종을 물끄러미 바라보다 말했다.

"신라는 어찌 저런 자를 사신으로 보냈는가. 어서 물러가라 하라."

당나라 임금 이세민은 신라의 사신을 물린 후 장손무기를 불러 말했다.

"어떻소? 때가 익어가고 있소. 우리가 고구려를 정벌할 때가 되지 않았소? 황제의 명에도 아랑곳없이 약한 이웃을 저렇게 쳐들어가고 있으니 혼을 내어야 하지 않겠소?"

"폐하, 아직은 아니옵니다. 고구려에 사신을 보내시옵소서. 사신을 보내 경고하고 그래도 듣지 않으면 그때 군사를 보내도 늦지 않습니다."

"말을 들으면?"

"연개소문이란 작자의 성정이 그렇게 호락호락하지 않습니다. 마침 신라가 이렇게 간청을 하니 잘되었습니다."

"잘되다니?"

"신라는 약한 자니, 약자를 돕는 게 명분이 있지요."

"신라가 정말로 약한 자인가?"

"꼭 그렇지는 않으나 지금 두 나라를 상대하기에 벅찰 수밖에 없습니다.”

“알았소. 신라를 돕는 게 명분이 있단 말이지.”

“그렇기도 하고 나중에 우리가 고구려를 정벌할 때 신라에게 병마를 동원하라고 할 수 있습니다. 하다못해 군량 조달을 시킬 수도 있구요.”

“그렇지, 그렇지. 역시 장손무기야. 신라를 써먹을 수 있단 말이지.”

“그렇습니다.”

“그래, 그럼 당장 고구려로 사신을 보내도록 하시오.”

이듬해 정월[31]이 되자마자 이세민은 사농승(司農丞) 상리현장(相里玄奬)을 고구려에 사신으로 보냈다. 상리현장이 평양성에 도착하자 보장왕이 당나라 사신을 위해 연회를 베풀었다. 상리현장은 연회에서 연개소문을 찾았다. 연개소문은 평양에 없었다. 보장왕은 연개소문의 거처를 모른다고 얼버무릴 수는 없었다. 어쩔 수 없이 보장왕은 연개소문이 신라를 혼내주러 갔으며 남쪽 변경에 있다고 말했다. 상리현장은 보장왕에게 당장 연개소문을 평양성으로 불러들이라고 요구했다. 보장왕은 상리현장의 위압에 못 이겨, 왕명으로 연개소문을 불렀다.

신라의 칠중성과 낭비성 공격을 준비하고 있던 연개소문에게 느닷없이 왕의 명령이 떨어졌다. 연개소문은 황당했다. 그래도 왕명을 무시할 수는 없었다. 연개소문은 화가 잔뜩 나서 군사는 그대로 두고 급히 평양성으로 말을 달렸다. 연개소문은 사신이 머무는 별관으로 가서 상리현장을 만났다. 상리현장은 바로 용건을 말했다.

“막리지 대인께서는 어쩌자고 황제의 명을 어기고 신라를 공격합니

---

31) 갑진년 정월, 644년

사국지 3

까? 황제께서 서로 싸우지 말고 잘 지내라고 하지 않았습니까? 황제께서 당장 싸움을 그치지 않으면 바로 병마를 내신다고 하셨소이다."

"바로 병마를 내신다구요? 그 무슨 천부당만부당하신 말씀을 하십니까? 사신께서는 잘 모르십니다. 신라는 말을 지어내고 꾀를 잘 부리는 간사한 무리입니다. 그들이 거짓말을 하고 있습니다."

"어쨌거나 막리지께서 신라를 공격하고 있지 않았소? 부인하는 거요?"

"그게 아닙니다. 사신께서도 수나라가 우리 고구려에 쳐들어왔을 때를 잘 아시지요? 그때 수나라는 엄청난 대군을 보냈지요. 병사가 많아도 다 오합지졸이었지만요. 살아 돌아가지 못한 수나라 병사들은 우리 고구려 조정에서 잘 돌보았습니다. 그들을 장가까지 보냈지요. 지난번 당나라 요청으로 고향으로 돌아가고 싶은 병사는 돌려보내기도 했습니다만. 가기 싫어서 죽어도 고구려에 남고자 하는 병사는 차마 돌려보내지 못했소이다."

연개소문은 일부러 화제(話題)를 돌려 수나라가 고구려로 쳐들어왔다가 대패하여 엄청난 군사를 잃고 철수했던 일을 상기시켰다. 아울러 포로가 된 많은 병사가 아직도 고구려에 살고 있다는 말도 늘어놓았다. 고구려를 공격할 테면 해봐라, 몽땅 포로로 사로잡아버리겠다는 엄포이기도 했다.

"막리지께서는 지난 일을 잘 기억하십니다. 나는 당나라 사람이라 수나라 때 일은 잘 모르외다."

"그러시군요. 그때 아마도 탁군으로 모이라는 수나라 임금의 조서가 가짜였다지요. 저는 자세히는 모릅니다만. 그 조서로……"

"어허, 무엄하오. 어찌 그런 망발을 할 수 있소?"

"망발이라니요. 그럼 그 조서가 가짜가 아니란 말이오? 내가 잘못 알고 있었나 봅니다."

"막리지는 대국의 병마가 두렵지 않은 거요? 내가 돌아가서 황제에게 그렇게 보고하리다."

"대국의 병마가 어찌 두렵지 않겠소이까? 하지만 내가 수나라 때 이야기를 꺼낸 이유는 진실을 알려드리기 위함이요. 우리 병사가 수나라 병사를 막느라 온갖 힘을 다할 때 신라는 우리 뒤통수를 쳤습니다. 우리 땅을 5백 리나 빼앗고 고을을 모두 차지하였지요. 그걸 다시 돌려달라고 해도 돌려주지 않아 내가 가서 신라놈들을 혼을 내고 하나씩 다시 빼앗는 중이요. 우리 고구려가 무엇을 잘못한 거요?"

"그게 언제 일이요? 이미 다 지나간 일이 아니요. 그걸 따지지 마시오."

"아니 지나간 일이 아니라 바로 작년에 신라에서 김춘추란 자가 우리 대왕을 찾아와 돌려주겠다고 약속을 했단 말이오. 약속을 안 지키니 내가 힘으로라도 약속을 지키게 만들어야지요. 그렇지 않소?"

"왕의 약속도 아니고 일개 신하가, 말로 한 약속을 어떻게 믿소? 참 딱하구려. 황제 폐하의 명이니 당장 전쟁을 멈추시오."

"그렇게는 할 수 없습니다."

"그럼 황제가 병마를 일으키기를 바라시오?"

"뭐, 그거야 그대 나라의 사정이지요. 알아서 하시오."

그렇게 하여 회견은 결렬되고 말았다. 상리현장은 연개소문이 전혀 굽히지 않자 적잖이 당황했다. 잘못 나가다간 아무리 대국의 사신이라도 목을 날릴 수 있는 인간으로 보였다. 그는 적당히 회견을 마무리하고 서둘러 평양성을 떠나 백제로 갔다. 연개소문이 상리현장과 담판할 때

배석했던 선도해가 연개소문에게 물었다.

"수나라가 우리를 쳐들어왔을 때 우리가 신라에게 5백 리나 빼앗겼다구요?"

"하하하, 그건 아니지. 그 전에 일어났던 일이지."

"아시면서 그렇게 말씀하신 거군요."

"그럼요. 알다마다. 당나라 놈이 우리 사정을 어떻게 알겠어? 그렇다면 그런 줄 알겠지. 그리고 전혀 없던 일도 아니지 않소이까? 우리 온달장군이 빼앗으러 가기도 했고 말이야."

큰소리친 연개소문이었지만, 사신이 돌아가고 난 뒤에는 불안해졌다. 당나라에서 핑계를 잡았으니 언제 쳐들어올지 모른다. 연개소문은 남쪽 변경을 도모할 때가 아니라는 판단하에 군사를 평양성으로 회군시켜 당나라의 공격에 대비하기로 했다. 천리장성 쌓기도 거의 막바지에 접어들었다. 연개소문은 성 쌓기에 더욱 박차를 가하라고 지시했다.

백제에 도착한 상리현장은 의자왕을 만나 고구려에서 했던 말과 같은 내용을 전달했다. 백제 의자왕은 연개소문과는 달리 당항성을 공격하려던 군사를 물리고 바로 조서를 써서 공손한 말로 사과를 했다.

상리현장이 당나라로 돌아가서 이세민에게 연개소문의 말을 보고했다. 이세민은 노발대발했다.

"아니, 연개소문이란 작자가 그렇게 나오더란 말이야?"

"그러하옵니다. 안하무인입니다."

"뭐라? 감히 황제의 명을 거역해. 당장 병마를 일으켜……"

이세민은 벌떡 일어서서 소리를 질렀다. 장손무기가 격노한 이세민을 겨우 가라앉혔다.

"폐하, 고정하시옵소서. 시기가 무르익어 갑니다. 다만 한 번만 더 사신을 보내 황제의 지엄함을 보여주시지요."

"또 사신을 보내자고요? 그런 무도한 놈에게?"

"그렇습니다. 그러면서 우리도 준비를 해야 할 게 많이 있습니다."

겨우 흥분을 가라앉힌 이세민은 장손무기에게 말했다.

"알았소. 그럼 그렇게 하시오."

이세민은 다시 평양성으로 사신을 보내고자 하였으나, 아무도 사신으로 나가려는 이가 없었다. 연개소문의 성정이 사나워 이번에 사신으로 가는 자는 죽을지도 모른다는 소문이 당나라 장안까지 확 퍼져있었다. 이때 하급관리인 병조참군 장엄(蔣儼)이 자청하여 사신으로 가겠다고 나섰다. 이세민은 기뻐하며 그를 보냈다. 평양성으로 간 장엄은 잔뜩 위엄을 갖추고 연개소문에게 이세민의 말을 전했다.

"고구려의 막리지는 들으시오. 황제에게 사죄하고 앞으로 신라에 군사를 일으키지 않는다고 약조를 하면 특별히 용서하겠다 하오. 만약 그렇지 않다면 군사를 내어 막리지를 엄벌에 처하겠다고 하셨소."

"뭐라? 누가 누구를 용서해? 나를 엄벌에 처한다고? 오냐, 이 자식, 너부터 죽어봐라."

연개소문은 장엄을 형틀에 묶고 취조를 시작했다. 병조참군이니, 당나라 군대의 조직, 무기, 병력, 진법 등을 알고 있을 위치였다. 연개소문의 수하들은 그에게서 당나라 군대의 약점을 캐내려고 애썼다. 장엄은 몇 차례의 고문에도 전혀 대답하지 않았다. 연개소문은 장엄을 죽이지는 않고 지하 토굴에 가두어버렸다.

연개소문이 상리현장을 자극하여 보내고, 뒤이어 사신으로 온 장엄을 토굴에 가두어버리면서 평양성에서는 당나라와의 전쟁이 임박했다는 소문이 파다하게 퍼졌다. 연개소문이 임금을 시해하고 새로운 왕을 세웠기에 내심으로는 그에게 반발했던 고구려 귀족이나 백성들도 많았다. 하지만 그들도 당나라에 마냥 머리를 숙일 수는 없다고 생각했다. 당나라에 머리를 숙이느니 연개소문을 중심으로 똘똘 뭉쳐서 당나라와의 전쟁에 대비해야 한다는 생각이 그들 사이에 퍼져나갔다. 수나라 대군을 물리치면서 고구려 사람들은 대국의 침략에 대한 두려움을 가지면서도 한편으로는 자신감이 팽배해있었다. 연개소문은 다가올 당나라와의 전쟁을 대비하기 위해 천리장성 완공에 박차를 가하는 한편 요동의 각 성에도 전쟁을 대비하라 일렀다. 다행히 몇 년 동안 풍년이었다. 여러 성에 충분한 군량미가 쌓여있었다.

12

당나라 임금 이세민이 격노하여 다시 사신을 파견했지만, 연개소문이 사신을 고문하고 토굴에 가두었다는 소식이 신라에도 전해졌다. 여름이 되자 당나라에서 고구려로 출병했다는 급보가 전해졌다.

김춘추와 김유신은 선덕여왕을 알현했다. 춘추가 왕에게 말했다.

"폐하, 지금 당나라가 고구려에 병마를 보냈다 하옵니다. 때가 온 듯하옵니다."

"때가 오다니."

"고구려가 당나라에 집중하고 있을 때 우리는 지난번 백제에게 빼앗긴 성을 되찾아야 하옵니다."

"그렇긴 하지. 지난번 대야성이 함락되고 우리 군사가 물러나는 바람에 낙수의 뱃길마저 끊겼다지."

김유신이 대답했다.

"그렇습니다, 폐하. 백제놈들이 낙수 중간을 장악하여 남북으로 뱃길이 끊겼습니다. 그리하여 상류 쪽으로 남해의 소금이 올라가지 못하니, 서라벌에서 육로로 나르고 있습니다. 백성들이 몹시 힘들어합니다."

"그렇구나, 그런 일도 있구나."

김춘추도 가세해서 말했다.

"전번에 빼앗긴 40여개 성을 다 되찾진 못하더라도 낙수에 인근한 성을 되찾아야 합니다. 만약 백제가 대군을 보내 압량을 공격하고 군량을 물길로 수송하면 서라벌마저 위험해집니다. 압량을 빼앗기면 우리 신라는 허리가 동강이 나는 셈입니다. 그러니 당나라 공격에 고구려가 정신 못 차릴 때 우선 낙수 이서 지역을 되찾아야 합니다."

"듣고 보니 시간이 없구나. 김유신을 상장군으로 임명하노니, 어서 출정하여 백성의 근심을 해결하라."

김유신은 1만의 휘하 병사들을 이끌고 남진을 시작했다. 2년 전에 빼앗긴 대야성 동쪽의 가혜성부터 공략했다. 갑진년[32] 9월의 일이었다. 기습이었기에 가혜성은 쉽게 함락할 수 있었다. 가혜성 아래 가혜나루[加兮津] 개통이 이번 출정의 가장 큰 목적이었다. 가혜나루를 확보하면 신라군은 낙수 하류의 김해로부터 상류의 상주까지 뱃길을 자유롭게 이용할 수 있다. 나아가 낙수 서쪽의 거점이 되는 성도 점령하면 더욱 뱃길은 안전해진다.

백제도 신라의 목적을 알고 있었기에 방비를 철저히 했다. 가혜성 인

---

32) 644년

근의 성열성(省熱城)과 동화성(同火城)에서 치열한 전투가 벌어졌다. 승기를 잡은 김유신의 신라군은 대야성에서 오는 길목을 차단하면서 7개 성을 빼앗았다. 마침내 김유신은 낙수의 뱃길을 회복했다. 백제의 저항이 만만찮아서 전투가 서너 달이나 지속되었다. 섣달이 되자 흠순이 유신의 막사로 위문차 찾아왔다.

"서라벌에 있지, 왜 왔느냐?"

"형수님께서 겨울 전장이 얼마나 추울까 걱정하면서 누빈 솜옷을 가져다드리라고 했습니다."

"허허, 어찌 나만 춥겠느냐? 병사들도 춥다. 괜한 짓을 했다."

"그것도 그렇지만 정세가 너무 급박하게 돌아가서 형님께 보고를 드려야 하겠기에 겸사겸사 왔습니다."

"급박하게 돌아가다니?"

"형님, 연개소문도 겁이 나긴 났나 봅니다."

"그게 무슨 말이냐?"

"지난 9월에 고구려에서 당나라에 사신을 보내 백금을 바쳤다고 합니다."

"백금을 바쳐?"

"또한 관리 50명을 궁중 숙위로 보내겠다고 하면서 머리를 숙였답니다."

"그래서? 당나라 임금이 받아주었다더냐?"

"그럴 리가요. 당나라 신하가 앞으로 쳐들어갈 거면서 백금을 받으면 오랑캐나 마찬가지라고 했다고 합니다. 그 말을 듣고 임금이 백금을 고구려로 돌려보냈다 합니다."

"고구려로 쳐들어가겠다는 거야."

"그렇습니다. 10월에는 당나라 임금이 나라의 노인들을 불러 큰 잔치를 베풀었다고 합니다."

"잔치를 베풀어, 왜?"

"수나라 때부터 병사로 보내 자식을 잃은 노인들이 많은데, 그들에게 고구려는 반드시 정벌하겠다고 했답니다. 연개소문이 자기 왕을 죽였으니, 자신이 직접 가서 다스려야 한다고 말입니다. 자신을 따라 종군하는 군사들은 자신이 잘 돌볼 테니 걱정 말라고도 했답니다."

"그래? 그렇다면 고구려 정벌은 시간문제다. 임금이 백성에게 직접 한 약속을 어길 수가 없지 않느냐?"

"그렇습니다."

"그렇다면 우리도 가만히 있을 수 없지. 잘하면 기회가 아니냐? 임진수 위쪽으로 더 밀고 가든지, 아니면 동쪽 변방으로 더 올라가든지."

"안 그래도 춘추공도 그렇게 말했습니다. 그래서 11월에 당나라로 사신을 보냈습니다."

"이번에는 누굴 보냈느냐? 지난번에 염종이 갔다가 혼이 나서 돌아왔는데."

"김다수(金多遂)를 보냈습니다."

"그래? 김다수라면 말도 잘하고 임기응변에 능하니 잘 해내겠지."

"그렇습니다. 형님께서도 어서 서라벌로 돌아오셔야겠습니다."

"나보다도 병사들이 이 엄동설한에 얼마나 집에 가고 싶겠느냐. 낙수 뱃길만 안전하게 확보하면 그리하겠다."

유신은 빼앗은 7성에 성을 지킬 군사 일부를 남겨두고 가혜나루에는 함선을 배치했다. 나루에도 방어할 군사들을 남겨놓고 이듬해인 을사년[33] 정월 서라벌로 개선했다. 하지만 유신이 왕에게 승전을 아뢰기도 전에 남쪽 변경에서 급보가 올라왔다. 백제군의 기습으로 매리포성이 위험하다는 전갈이었다. 가혜나루가 가야 땅 중심지에 위치한다면, 매리포는 가혜나루에서 낙수 하류로 연결하는 중간 지점의 요충지였다. 가혜나루를 새로 개통했다 해도 매리포를 빼앗기면 낙수의 뱃길은 무용지물이 되고 만다.

왕은 급히 월성으로 김유신을 불렀다. 김유신이 예를 차리자마자 왕이 말했다.

"나라의 존망이 장군에게 달렸구나. 수고로움을 아끼지 말고 급히 가서 백제군사를 물리치도록 하시오."

그러면서 왕은 김유신을 상주(上州) 장군으로 다시 임명했다. 상주 쪽에 있는 군사도 함께 통합하여 지휘하라는 의미였다. 김유신은 상주 군사들로 지친 병사들을 교체하여 서라벌 북천에서 진법 훈련을 시켰다. 유신은 훈련 과정에서도 군막에서 군사들과 같이 먹고 같이 잤다. 집이 지척이건만 한 번도 집에 들르지 않았다. 훈련이 끝나고 출정이 시작되자 유신의 처자들은 군대 행렬의 앞에 선 유신을 먼발치에서 보았을 뿐이었다. 상장군이 가족과 만나지도 않고 출정했기에 군사들은 군법의 지엄함을 실감했다.

김유신의 1만 병마는 낙수 중하류의 매리포성으로 나아갔다. 강가에 있는 제법 높은 성이었다. 백제군은 이미 매리포성을 장악하여 농성 중

---

33) 645년

이었다. 매리포성은 낙수 뱃길을 확보하기 위해서는 반드시 수중에 넣어야 하는 성이었다. 유신은 마침 불어오는 북서풍을 활용하여 화공으로 공략하여 백제의 원병이 오기 전에 성을 함락시키고 2천여 명의 수급을 취했다. 대승이었다. 유신은 일부 병사를 남겨두고 서라벌로 개선했다.

"신, 김유신, 폐하의 명을 받아 백제의 적을 물리치고 수급 2천여 명을……"

김유신이 월성에서 왕에게 복명(復命)할 바로 그때 또다시 급보가 전해졌다. 가혜성 쪽으로 다시 백제의 대병이 움직이고 있다는 보고였다. 이들은 김유신에게 빼앗긴 낙수 부근의 7개 성으로 진격할 게 확실하다는 보고였다. 왕이 말하였다.

"이럴 수가 있느냐. 백제가 어찌 이리 집요하단 말이야. 지금 다른 군사들을 뺄 수가 있겠느냐?"

김유신이 말하였다.

"신이 다시 가겠나이다. 신의 병사들이 매리포성에서 백제를 대적하여 큰 공을 세웠으니, 이번에도 용맹하게 맞서겠사옵니다."
"알았소. 그럼, 장군이 수고로움을 꺼리지 말고 그들이 이르기 전에 어서 가서 대비하시오."

이번에도 김유신의 군대는 서천(西川) 가를 거슬러 행군하다가 김유신의 집 부근을 지나게 되었다. 유신의 부관이 유신에게 고하였다.

"장군님, 집에 들어간 지도 오래인데, 잠시 들렀다 가시지요. 여기서 지척입니다."

"나만 집에 가고 싶겠느냐. 병사들은 더욱 가고 싶어 한다. 그냥 가자."

"병사들이야 교대를 했습니다만, 장군님은 지난해부터 계속 싸움터에 있었습니다."

"아니다. 그냥 가자."

조금 더 가다가 유신은 말을 멈추고 부관에게 말했다.

"우리 집 물 생각이 나는구먼. 집에 가서 한 바가지 떠오너라."

부관은 급히 말을 달려 유신의 집에 가서 항아리에다 우물물을 길어 왔다. 집안 식구들은 장군이 집에도 들르지 못하고 물만 가지고 오라고 했다며 한바탕 울었다. 김유신은 부관이 가지고 온 물을 벌컥벌컥 달게 마셨다.

"물맛이 변함없으니 내 집은 평안하다. 자, 가자."

유신의 부대가 가혜성 일대로 진격하자, 유신 부대의 신속한 출전에 놀란 백제군은 바로 퇴각했다. 백제군은 매리포성 패전으로 말미암아 유신과의 정면 승부를 꺼렸다. 그렇다고 유신의 부대가 그들을 추격하기는 무리였다. 군사들은 계속되는 행군으로 피곤했다. 백제군의 매복이 기다릴 수도 있었다. 백제군이 물러간 다음에 일부 병사들을 남기고 유신도 서라벌로 철수하였다. 이미 4월도 지나가고 있었다. 가혜나루를 개척하러 떠난 지 8개월 만의 귀가였다.

유신이 서라벌에 도착하자, 김춘추가 유신을 급히 찾아왔다.

"원정에 얼마나 고생이 많았소이까?"

"장수야 전장터가 집이나 마찬가지입니다. 고생이라고 할 수는 없지요. 오히려 공이 더 수척해졌습니다. 나를 못 보아 그럴 리는 없을 테고."

"하하, 유신공을 못 봐서 내가 수척해졌다오. 또한……"

"비담 때문에 골치 아프지요?"

"들으셨군요. 당나라에 사신으로 갔던 김다수가 올해[34] 초에 당나라의 국서를 가지고 왔습니다."

"동생에게서 집에 도착하자마자 들었습니다. 당나라 임금이 군사를 보내라 했다면서요?"

"그렇습니다, 유신공. 김다수가 2월에 당나라 국서를 가지고 왔습니다. 정확한 날짜는 다시 통기를 한다 했습니다. 군마를 일으켜 고구려 남쪽을 공격하라고요."

"춘추공은 당나라의 요구를 들어주자고 하셨다구요?"

"그렇습니다. 당나라는 예전의 대륙의 나라들하고는 완전히 다릅니다. 수나라와도 다르구요."

"당나라 임금이 대단한 자라고 들었습니다."

"그렇습니다. 한 20년이 되어가지요. 유신공도 잘 아시다시피 당나

---

34) 645년 을사년

라 임금 이세민이 형과 동생을 죽이고 아버지를 유폐하다시피 하여 왕이 되었지요. 물론 동생이 먼저 공격했지만, 어쨌거나 형제를 죽이긴 죽였습니다. 그러니 당나라가 얼마나 어수선했겠습니까? 우리 세작들이 당나라 땅은 황폐하고 인적은 끊어져, 밥 짓는 연기 나지 않고 닭과 개 울음소리가 들리지 않는다는 보고를 보내올 정도였습니다. 수나라가 망하면서 여러 군웅이 할거하여 싸움을 벌였으니 백성의 삶이 몹시 어려웠다는 말입니다."

"충분히 짐작이 갑니다."

"하지만 이세민이 나라를 다스린 지 20년, 당나라가 어떻게 되었는지 아십니까?"

"백성들이 태평성대를 노래한다면서요?"

"그렇습니다. 한마디로 노불습유(路不拾遺)에 야불폐문(夜不閉門)이라고 합니다."

"길에 떨어진 물건도 사람들이 줍지 않으며, 밤에 문도 닫지 않는다구요?"

"그렇다고 합니다."

"춘추공, 그거야 잘살아서 그렇다기보다는 워낙 법 집행을 엄히 해서 그럴 수도 있지요."

"그럴까요? 그는 유학을 나라 운영의 기둥으로 삼아 신하의 간언을 잘 듣습니다. 제가 얼마 전에 들은 이야기가 있습니다."

"궁금합니다."

"유신공은 자장율사를 뵌 적이 있는가요?"

"뵙기는 했지요. 재작년인가 당나라에서 서라벌로 돌아오지 않았습니까? 돌아와서 폐하께 황룡사 구층탑을 세우자고 했구요."

"그렇습니다. 유신공은 전장에 있어서 아직 못 보셨겠지만, 지난달 3월에 황룡사 9층탑이 완공되어 큰 법회가 있었습니다."

"그 이야기는 들었습니다. 황룡사탑은 서라벌 어디서나 보이니, 서라벌에 들어오면서 보았구요. 그런데 그건 왜?"

"나는 자장율사를 여러 번 만났지요. 황룡사에서 차를 마시는데 자장율사가 나에게 해준 이야기입니다."

"아, 그 이야기군요. 어서 들어봅시다."

"이세민의 아들 중에 이각(李恪)이라는 자가 있답니다. 이각이 아버지를 닮아 사냥을 좋아해서 여러 차례 사냥을 다녔습니다. 백성이 피해를 호소하니 유범이라는 신하가 왕자 이각을 탄핵하는 상소를 올렸답니다."

"그래서요?"

"이세민은 이각을 혼을 내고 식읍마저도 깎았지요. 그러면서 이각의 스승인 권만기(權万纪)를 죽이라고 했답니다. 스승이 잘못 가르쳤기에 책임을 져야 한다구요. 그랬더니 유범이 다시 말하기를 그렇다면 이세민의 스승인 방현령(房玄齡)부터 죽이라고 했답니다. 이세민도 사냥을 다녔거든요."

"오호, 재미있습니다. 그래서요?"

"이세민은 크게 화가 나서 가타부타 말도 없이 내전으로 들어가 버렸답니다. 그리고 한참이 지나 화가 풀려서 내전에서 나와 유범에게 말했지요. 너는 어찌 내 면전에서 나를 무안하게 하느냐? 이렇게 말했답니다."

"그래서요?"

"유범이 대답하기를 임금께서는 인자하시고 또 밝으시니, 신이 감히 우매한 직언을 드릴 수 있다고 했답니다."

"그렇군요. 그런 간언조차도 다 용납한단 말이지요."

"그렇습니다. 이세민이 나라를 다스린 지 20년 만에 백성들의 살림살이가 펴지고 인구가 거의 두 배로 늘었습니다. 유학은 융성하여 나라를 다스리는 근본 원리가 되었습니다. 유학을 공부하여 과거를 보려는 선비들이 나라에 가득 찼다고 합니다."

유신은 춘추의 말을 듣고 새삼 놀랐다. 이세민이 어떤 임금인 줄은 알고 있었으나 그 정도인지는 짐작하지 못했다. 도량이 그 정도라면, 당나라의 힘은 측량하기 힘들었다. 그게 과연 신라에 도움이 될까? 짐작하기 어려웠다.

"유신공도 걱정이 되지요?"

"그렇습니다. 과거 중국에 있는 나라들은 남북으로 나뉘어있었기에 고구려가 덕을 보았지요. 반대로 우리는 고구려에 괴롭힘을 당했습니다. 하나 중국이 한 나라로 합쳐지니까 수양제가 백만이 넘는 대군을 일으켜 고구려로 쳐들어왔습니다. 그동안에 고구려는 신라를 넘보지 않았습니다. 당나라가 강하면 강할수록 고구려는 어려워질 게 분명합니다. 하지만 연개소문은 굽힐 줄 모르는 작자이지요. 그들이 부딪힐 때 우리는 어떻게 해야 합니까? 우리 신라는."

"유신공, 우리는 당나라와 힘을 합쳐야 합니다. 가까운 나라는 공략하고 먼 나라와 가깝게 지내는 게 병법의 기본 아닙니까? 우리는 우리와 변경을 마주하고 있는 백제와 고구려를 공략하고, 멀리 있는 당나라와 손을 잡아야 합니다."

"일찍이 서책에서는 그런 것을 읽었지요. 진나라 왕이 범휴(范雎)라는 자가 제시한 원교근공책(遠交近攻策)을 받아들여 결국은 중국을 합쳤다지요."

"그렇습니다, 유신공. 바로 그겁니다. 가까운 백제와 고구려를 멸하기 위해서는 우리는 당나라와 손을 잡아야 합니다. 우리 신라는 그들과 수백 년을 싸웠습니다. 당나라가 강할 때, 기회를 잘 잡아서 유신공과 함께 이 싸움의 끝을 보아야 합니다."

김유신은 춘추의 말을 듣고 벌떡 일어섰다.

"춘추공, 우리가 함께 싸움의 끝을 보자구요?"

"그렇습니다, 유신공. 언제까지 피를 보며 싸워야 합니까? 비명에 간 내 딸 고타소를 생각할 때마다 눈물이 납니다. 목 잘린 귀신이 되어 아직도 구천을 떠돌 겁니다. 내 딸만 그렇겠습니까? 얼마나 많은 병사가 죽어 나갑니까? 우리가 끝을 내야지요."

이튿날이었다. 월성 대당에서 어전회의가 열렸다. 선덕여왕이 즉위하고 나서는 신라의 일상적인 국사(國事)는 상대등이 주재하는 대신회의를 통해 결정되는 게 통례였다. 하지만 사안이 매우 중요할 때는 임금이 어전회의를 주재하여 결정했다. 상대등 수품도 자리를 지켰다.

당나라에 다녀온 사신 김다수가 고구려 남쪽 변경으로 신라군사의 출병을 요청하는 국서를 가져온 게 2월이었다. 4월이 되자 당나라에서 사신을 또 보냈다. 당나라 사신은 국서를 지참하고 백제를 거쳐 신라에 도착했다. 이번에도 거듭 신라군의 출병을 요청했다. 당나라가 고구려를 쳐들어가는 날짜까지 알려주어 신라군의 출병을 압박했다. 차일피일 결정을 미룰 일이 아니었다. 선덕여왕이 먼저 말했다.

"지난번에도 서로 다른 말들을 하여 내가 쉽게 결론을 내지 못했소. 당나라 사신이 와서 가부(可否)를 재촉하고 있소이다. 사신의 말로는 백제도 병마를 일으킨다고 약속을 했다 하오. 더는 미룰 일이 아니니 오늘 결정을 합시다."

대신들끼리 서로 눈치를 보다가 비담이 먼저 말했다. 비담은 지증왕의 동생인 아진종의 후손으로, 성품이 강직하고 대담하여 많은 6부 귀족이 그를 따르고 있었다.

"신은 군사를 일으키지 않는 게 상책이라 생각합니다. 하지만 당나라의 요구가 거듭되니, 군사를 일으킨다고 답을 하고 실제로는 고구려로 월경하지 않아야 합니다. 군사는 남쪽 변경에 대기만 해야 합니다."

김춘추가 비담의 말을 반대하며 나섰다.

"여염에서도 함부로 약속을 어기지 않습니다. 나라 간의 신의는 더욱 중요합니다. 당나라를 기만한다면 훗날을 도모하기 어렵습니다. 더군다나 사신 장원표가 가져온 국서를 보면 당나라 임금은 낙양을 2월 12일 출발한다고 하였습니다. 아울러 당군 선발대는 4월 상순에 고구려 경내에 들어간다고 합니다. 무릇 군사를 움직임에 있어 그 거병의 날짜와 어가의 출동 날짜까지 알려줌은 무슨 뜻이겠습니까? 우리를 철저히 믿는다는 거지요. 당나라와의 신의가 이러할진대 어찌 약속을 지키지 않을 수 있겠습니까?"

비담이 바로 말을 받았다.

"여염에서는 신의가 중요하지요. 하지만 나라 간에는 나라의 이익이 더 중요합니다. 약속을 지키다가 망한 나라가 오히려 많습니다. 신이 감히 아뢰옵건대 출병하지 않아야 할 세 가지 이유가 있사옵니다.

우리가 군사를 일으켜 고구려를 치면 저 승냥이 같은 백제가 바로 그 틈을 노릴 게 틀림없습니다. 우리가 군사를 일으키면 3천을 내겠습니까? 그랬다가는 그거야말로 당나라의 웃음거리가 됩니다. 웃음거리가 되지 않으려면 3만 이상은 군사를 내야 합니다. 우리 3만 군사가 북쪽 변경을 도모할 때 백제가 밀고 들어오면 허리가 절단되고, 그러면 서라벌마저 위험해질 수 있습니다. 그게 첫째 이유입니다.

고구려가 지난번 수나라 때처럼 대승을 거둔다면 저 늑대 같은 연개소문이 우리를 그냥 두겠습니까? 안 그래도 연개소문은 호시탐탐 우리를 노리고 있습니다. 땅을 내준다고 거짓말을 하고 춘추공이 겨우 목숨을 부지하여 도망치지 않았습니까? 신의를 지킨다면 땅을 내주어야지요. 신하 된 자가 땅을 함부로 내준다고 했으니, 그것 참."

왕이 비담의 말을 끊고 말했다.

"경은 왜 그 이야기를 또 끄집어내시오? 나는 춘추공이 살아 돌아오기 위해 거짓말을 했다고 해서, 잘했다고 했소. 경은 춘추공이 연개소문의 손에 죽었어야 한다고 생각하시오?"

"폐하, 그게 아니오라……"

"그 말은 그만두고 계속하시오. 첫째 이유는 알겠소. 둘째는 뭐요?"

"만약 고구려가 당나라를 물리치면 연개소문의 보복이 있을 겁니다. 고구려가 승세를 몰아 남쪽으로 군사를 집중하면 우리 신라가 견디기 어렵습니다. 그게 두 번째 이유입니다. 셋째는 반대의 경우입니다. 만약 당나라가 대승을 거두어 고구려의 사직이 사라지면 당나라가 우리 신라인들 그냥 두겠습니까? 순망치한(脣亡齒寒)이라 했습니다. 고구려가 북쪽에서 버텨주니 우리 역시 버티고 있습니다. 고구려와 백제와 신라 세 나라는 서로 원수같이 싸우지만, 솥이 다리 세 개로 버티듯이 세 나라가 다 있어야 모두가 바로 섭니다. 지난 수백 년 동안 세 나라가 싸우기도 하고 친하게 지내기도 하면서 함께 존속해온 이유가 바로 그 때문입니다. 어느 한 나라의 사직이 영영 사라져 버리면 나머지 두 나라도 어떻게 될지 모릅니다. 당나라가 고구려를 멸한 다음 백제와 신라 모두 멸하려고 할지도 모릅니다. 신은 이게 더 두렵습니다. 그러니 우리가 당나라를 도와 출병해서는 아니 됩니다."

염종이 말을 이었다.

"그렇습니다. 폐하, 비담공의 말이 지극히 옳습니다. 만약에 우리가 출병하면 더 위험할 게 분명합니다."

이번에는 춘추가 나서서 말을 했다.

"비담공은 당나라가 고구려를 공격하여 멸하면 우리 신라도 넘보지 않는다는 보장이 없다고 말합니다. 이는 사실이 아닙니다. 당나라에서 보내온 국서를 보면 고구려 땅은 오군지경(五郡之境)이라 했고, 신라와 백제는 삼한지역(三韓地域)이라 했습니다. 그 말만 보아도 우리 땅에는 욕심이 없음을 알 수 있습니다."

왕이 춘추에게 물었다.

"춘추공, 그게 무슨 뜻이오? 나는 무슨 말인지 잘 모르겠는데."
"과거 한나라 때 무제라는 임금이 기자의 나라 조선을 멸하고 낙랑을 비롯한 4군을 설치했습니다. 그 4군에 고구려까지 해서 5군이다, 그러니 원래 자기들 땅이라 이번에 되찾는다, 이렇게 말하고 있습니다. 하지만 삼한, 즉 신라와 백제는 자기들 땅이 아니니 그 영토 관심은 없다, 그런 뜻이어서 구분해서 말했습니다."

춘추의 설명을 듣고 바로 비담이 되받았다.

"춘추공은 참으로 착하시오. 당나라 임금의 말을 어찌 곧이곧대로 믿는단 말이오. 그게 다 기만입니다. 우리를 속이려는 거지요. 나라 간의 약속은 믿을 수 없습니다."

춘추가 비담의 말을 받았다.

"비담공의 말은 옳기는 합니다. 나라 간의 신의란 게 허무맹랑할 수도 있습니다. 하나 우리가 당나라를 도와 고구려를 멸하고 나면 당나라가 우리 신라마저 도모한다는 말씀은 지나칩니다. 당나라 임금 이세민은 유학을 공부하였기에 그토록 표리부동(表裏不同)한 자가 아니오니다. 은혜를 원수로 갚지는 않을 게 분명합니다. 나라 간에도 의리를 지켜야 합니다. 오히려 우리가 당나라의 요청을 외면한다면 당나라의 보복을 당할지도 모릅니다. 당나라의 요청을 받아들여야 합니다. 신이 보기에는 당나라의 군세는 지난번 수나라 때와는 비교가 아니 됩니다. 무도한 연개소문이 막아내기는 어렵습니다. 더군다나 당나라 사신이 백제에게 준 국서도 한 장을 필사해서 우리에게 보여주었습니다. 그 국서에는 출정 기일이 없었습니다. 당나라는 백제를 믿지 않는다는 뜻이 아니고 무엇이겠습니까? 앞으로 백제와의 다툼에서도 당나라는 신라의 우군이 될 게 분명합니다.”

비담이 바로 춘추의 말을 반박하였다.

“춘추공은 정말 순진하시구려. 나라 간의 일에서 어찌 의리를 내세운단 말이오? 저 멀리 있는 당나라가 백제와 다투는 우리에게 원군이라도 보내준단 말이오? 어리석은 말 그만하시오. 만약 그런 힘이 있으면 당나라는 우리 신라마저 삼킬 게 분명하오. 또 연개소문이 막아내면 어떻게 하시겠소? 고구려가 그렇게 만만한 나라가 아니오.”

비담의 이 말을 계기로 넓은 대당 안이 소란해졌다. 춘추와 비담을 지지하는 신하들의 갑론을박이 계속되자 선덕여왕이 김유신에게 물었다.

"유신장군은 어떻게 생각하시오? 왜 가만히 계시는 거요?"

"신은 잘 알지 못하겠나이다. 하지만 당나라의 요청을 거절할 수는 없는 듯하옵니다. 사신을 보내 거듭 요청하지 않사옵니까? 날짜까지 박아놓고 오라고 하는데 안 가면 앞으로 당나라와는 원수가 되겠다는 말밖에 되질 않습니다. 당나라가 이번에 고구려 공략에 실패하여도 또 공략할 게 뻔합니다. 전번 수나라도 그렇듯이 체면 때문이라도 계속 공략을 한다고 봐야 합니다. 그러니 고구려가 승전한다 해도 여세를 몰아 서북 변경을 비우고 우리에게 바로 쳐들어오지는 못합니다. 그러니 신이 3만 병사를 이끌고 고구려를 정벌하러 가겠사옵니다. 만약 백제가 우리 영토에 발을 디딘다면 바로 철군을 하겠사옵니다. 신에게 여러 번 백제군이 혼쭐이 나서 백제군이 우리 신라를 얕잡아 보지는 못하옵니다."

유신의 대답에 선덕여왕의 얼굴에 희색이 돌았다. 그때까지 잠잠하던 상대등 수품이 선덕여왕의 눈치를 보다가 말했다.

"역시 유신장군이시오. 유신장군의 계책이 좋소이다. 그러면 당나라와 척을 지지도 않고, 백제가 쳐들어와도 안심이 아니오. 다들 그렇지 않소?"

수품이 나서자 회의 분위기가 진정되었다. 비담도 원로 대신 수품의 말을 바로 반박하기는 어려웠다. 선덕여왕이 말을 이었다.

"그럼 그렇게 결정을 합시다. 그래도 우리 장졸이 상하면 안 되니 유신장군은 매사에 조심하셔야 합니다."

마지막으로 선덕여왕이 말을 보탰다.

"새로 조성한 황룡사 탑을 돌며 백성들과 함께 우리의 승전과 장졸의 무사를 축원하는 법회를 열겠소이다. 부디 모두 무사하기를 바라오."

13

　김유신은 당나라와의 약속대로 을사년[35] 4월, 3만 군대를 이끌고 임진수를 건넜다. 당나라 사신에게는 5만 대군을 이끌고 고구려 남변을 공략한다고 했지만, 5만을 동원하면 백제가 쳐들어왔을 때 대처하기가 힘들었다. 김유신은 3만 군사로 수곡성(水谷城)[36]으로 바로 쳐들어갔다. 수곡성을 함락하면 평양도 그다지 멀지는 않다.

　당나라 이세민도 도합 20만 대병을 이끌고 요하를 건너 요동 지방의 여러 성을 공략하기 시작했다는 소식이 전해졌다. 김유신은 수곡성을 공략하면서도 혹 백제가 후방을 칠까 두려웠다. 수곡성은 만만한 성이 아니었지만, 열흘 정도의 공략 끝에 성을 함락시킬 수 있었다. 김유신은 더 북진하지 않고 수곡성에 머물렀다. 이유는 두 가지였다. 첫째 신라군은 당나라 수군대총관 장량(張亮)이 평양성 인근으로 진군하면 같이 보조를 맞추기로 했기 때문이었다. 장량이 배 5백 척에 수군 4만을 싣고 도착하기로 했다. 하지만 장량은 감감무소식이었다. 김유신은 수곡성에서 평양성 인근까지 닷새면 충분히 도착할 수 있었다. 둘째 너무 북으

---

35) 645년
36) 황해도 신계로 추정.

로 깊이 들어갔을 때 백제가 뒤통수를 치면 곤란해지기 때문이었다. 빨리 퇴각하려면 수곡성에서 더 북진하면 곤란했다.

김유신의 예측대로 수곡성에 머문 지 며칠이 안 되어 서라벌에서 급보가 올라왔다. 지난번에 다시 빼앗은 가혜성을 비롯한 7개 성으로 백제의 대군이 몰려오고 있다는 전갈이었다. 또한 당나라 수군대총관 장량은 평양으로 향하지 않고 요동 연안에 상륙하여 비사성을 치고 있다는 급보도 전해졌다. 그렇다면 신라군이 수곡성에 연연할 이유가 없다. 김유신은 미련 없이 수곡성을 버리고 전군을 남하시켰다. 소수의 병력을 남겨둔들 고구려의 공세를 이겨내지 못할 게 뻔했다. 김유신은 전군을 몰아 행군 속도를 높였다. 신라군 주력이 북쪽에 있을 때 백제군 주력이 가혜성을 넘어 압량으로 진출해서 서라벌을 압박한다면, 바로 사직이 위태로웠다.

백제 의자왕은 7개 성을 김유신에게 빼앗긴 게 원통하고 분하던 차에 당으로부터 병마를 일으켜 고구려로 침공하라는 국서를 받고는 무릎을 쳤다. 백제에게 병마를 일으키라는 요구를 했다면, 당은 신라에게도 요구했을 게 분명했다. 그렇다면 당과 신라의 관계를 보아 김유신이 출정한다. 그 틈을 노려 지난번에 빼앗겼던 7개 성을 되찾자, 이번에는 압량까지 진군을 한 다음 신라를 두 동강 내서 서라벌을 공략하자, 이런 계획을 세웠다. 당나라가 국서에서 이번에 백제가 고구려로 출정을 하면 백제에 대한 모든 의심을 풀겠다고 했지만, 그 말은 우릴 계속 감시하고 의심했다는 말이다. 바다 건너 당나라보다는 가까운 고구려와 협조하여 신라부터 멸망시켜야 한다. 훗날 당나라가 약속을 지키지 않았다고 힐난하겠지만 신라가 먼저 도발해 와서 어쩔 수 없었다고 둘러대면 그만이다. 신라가 이미 망하고 없다면 당나라도 어쩔 수 없다. 그야말로 죽은 자식 불알 만지는 일이 아닌가. 이번이 기회다. 의자왕의 머리가 복잡하게 돌아갔다. 만약 고구려가 버티지 못한다면? 아니다. 그럴 리가 없다. 고구려는 수나라 백만 대군도 막아냈다. 당나라가 고구려에 잡혀있는 동안 백제는 신라를 멸한다. 반드시 그렇게 해야 한다. 의자왕이 장군 윤충을 불러 군사를 맡기려고 할 무렵 마침 연개소문이 사신을 보내왔다.

고구려의 사신은 김유신이 이끄는 신라 주력 부대가 북진할 게 틀림없으니, 그 틈을 노려 신라를 공략해 달라고 요청했다. 바로 의자왕이 기다리던 바였다. 의자왕은 신라군이 고구려 국경을 넘을 무렵 바로 신라로 대병을 출전시켰다.

의자왕의 명을 받은 백제 장군 윤충(允忠)은 3만 대군을 이끌고 신라 국경을 넘어 노도와 같이 밀려갔다. 가혜성, 성열성, 동화성 등 7개의 성을 삽시간에 빼앗았다. 윤충은 내친김에 압량 공략 준비를 할 즈음에 김유신의 3만 대병이 몰려왔다. 병력이 비슷했고 두 장수의 지략도 뛰어났기에 양쪽 군사들은 일진일퇴를 거듭했다. 김유신은 어서 백제군을 제압하고 다시 북진하고 싶었기에 답답하기만 했다. 장마철이 겹쳐서 활시위는 늘어났다. 신라군의 쇠뇌도 큰 위력을 발휘하지 못했다. 시간은 속절없이 흘러갔다. 9월이 되어서야 김유신은 빼앗겼던 7개 성을 겨우 되찾았다. 윤충은 남은 병력을 추슬러 대야성 쪽으로 물러났다. 유신은 언제 윤충이 다시 올지 몰라 가혜성에 주둔하고 있었다.

흠순은 가혜성으로 와서 유신에게 요동의 전세를 빠르게 전해주었다.

"형님, 장마가 오기 전에 고구려 개모성, 요동성, 백암성이 함락되었다 합니다."

"아니, 요동성이라면 예전에 수나라 공격을 막아냈다는 성이 아니더냐? 난공불락이라더니."

"그렇습니다. 당군의 화공으로 요동성이 함락되었답니다. 병사 만 명이 죽고 만 명은 사로잡혔답니다. 백성 4만도요. 군량 50만 석이 당나라 군사들 수중으로 들어갔다 합니다."

"군량 50만 석이? 역시 화공이었구나. 화공."

"그렇습니다. 게다가 안시성으로 지원을 나갔던 고연수(高延壽)와 고혜진(高惠眞)이 이끄는 고구려 군대 15만이……"

"15만이라고?"

"그렇습니다."

"역시 고구려는 대국이야. 15만을 동원하다니. 그래서 어떻게 되었다더냐?"

"주필산에서 처음에는 고구려군이 승기를 잡아, 포위된 이세민이 두려움에 떨었다 합니다. 하나 이세민의 유인책에 말려들어 상당수가 죽고 포위되어 고연수와 고혜진은 살아남은 병사와 함께 결국 항복하였다고 합니다."

"이런, 이런, 15만이 무너지다니. 그럼 이제 고구려는 끝난 게 아니냐?"

"게다가 마소(馬牛) 10만 마리를 당군이 획득했다고 합니다."

"아, 그럼 전쟁이 끝났다. 고구려가 끝장이 났단 말이다. 군량과 마소가 있으니 요동을 돌파하여 바로 평양성으로 진격할 게 아니냐?"

"그렇겠지요. 그런데도 아직 안시성이 버티고 있다고 합니다. 당나라는 성 앞에 토산을 쌓고요."

"안시성이? 토산을? 그래서?"

"여기까지 들었습니다."

"알았다. 토산이 쌓아지면 안시성이 무너진다. 그럼, 바로 평양성으로 오겠지. 고구려가 풍전등화(風前燈火)다. 어찌 버티겠느냐. 그래 춘추공은 뭐라 하시더냐?"

"고구려 평양이 공략을 당하면, 우리 병사를 수곡성으로 다시 보내야 할 거라고 했지요."

"그래, 알았다. 어떻게 하든 몸을 빼야지. 무슨 일이 있으면 다시 소식을 전해다오."

10월 중순에 흠순이 다시 가혜성으로 왔다.

"형님, 전세가 이상해졌습니다."

"이상해졌다니?"

"당나라가 지난 9월 중순부터 군사를 물리고 있답니다."

"뭐라, 당나라가 다 이긴 전쟁이 아니더냐?"

"그게 아닙니다. 안시성이 끝까지 버텼다고 합니다. 당나라 군사가 60일 동안 토산을 쌓았는데 그 토산이 무너져 성벽과 이어지면서 고구려 병사들이 토산을 점령해버렸답니다. 토산을 공격하다가 당나라 군사가 무수히 죽어나갔구요. 게다가 갑자기 이른 추위가 닥쳐와 병사들이 동상에 걸리고 얼어 죽은 병사들까지 속출했다 합니다."

"그래? 안시성이 참으로 대단하구나. 안시성에는 병력이 얼마나 있었다더냐?"

"자세히는 알 수 없지만, 요동성과 비슷하다고 보면 2만입니다. 많다 해도 3만이겠지요."

"그렇구나. 2만으로 20만을 막아냈구나. 성주 이름이 무엇이라더냐?"

"양만춘(楊萬春)이라고 들었습니다."

"양만춘이라. 내 기억해두어야겠다. 양만춘."

"게다가 장마가 끝나고는 설연타(薛延陀)가 당나라 북쪽으로 쳐들어왔습니다."

"설연타가? 설연타라면 철륵(鐵勒)의 종족이 아니더냐?"

"그렇습니다. 설연타는 철륵의 여러 종족 중 가장 용맹한 족속들입니다. 철륵은 예전 한나라 때부터 중원을 공격했던 흉노족의 한 갈래입니다."

"복잡하구만."

"그렇습니다. 이들은 유목민이라 이동이 잦고 세력이 커지면 이합집산을 자주 해서 딱 정해진 영토가 없습니다. 고구려 서북쪽, 당나라의 북쪽에 있지요. 설연타의 왕이 죽으면서 이복형제끼리 서로 왕위를 차지하기 위해 싸웠다고 합니다. 동생이 형을 죽이고 군권을 장악하면서 당나라를 공격했다고 합니다."

"그래? 당나라의 어디를?"

"10만 기병이 하주(夏州) 일대를 공격했다 합니다."

"하주? 만약 고구려군이 협공하면 이세민이 포위될 수도 있지 않은가?"

"그렇습니다. 당나라 장군이 잘 막아내긴 했으나 간이 뜨끔 했겠지요."

"안시성에 막히고 설연타가 배후를 쳤다? 그래서 물러났구나."

"그렇습니다. 평양으로 진군하자는 장수들도 있었지만, 장손무기(長孫無忌)라는 대신이 절대로 왕이 위험하면 안 된다고 후퇴하자고 했다 합니다. 다시 오면 된다구요."

그 말을 듣고 유신은 한참 생각에 잠겼다가 말을 이었다.

"역시 연개소문이로군. 대단한 자야."

"무슨 말씀이신지?"

"연개소문이 설연타를 부추겼을 거야. 무슨 방법으로 설득했는지는 모르지만 말이야. 고구려 15만 대군이 주필산에서 승리했다면 이세민을 잡았을 수도 있었는데 몹시 아쉽겠구만. 당나라가 단숨에 무너질 수도 있었단 말이야. 대단해. 그러니 15만 대군을 동원했어. 이참에 당나라의 숨통을 완전히 끊어놓자고 작정했어. 설연타를 동원하여 당나라 배후를 친 게 다 연개소문의 계획에 있었던 거야. 백제가 가혜성을 공격한 것도, 다 연개소문이 짠 거야. 연개소문의 의도대로 설연타와 고구려와 백제가 같이 움직인 거야."

"저도 그렇게 생각합니다, 형님. 연개소문은 설연타에게 가축을 약속했을 겁니다."

"가축이라니?"

"원래 당나라 이세민이 설연타 왕과 혼인을 약속했습니다. 자기 딸 신흥공주를 주기로 했었습니다. 그래서 설연타 왕은 여러 부족에게 가축을 거두어 당나라에 예물로 보냈지요. 부족에게는 공주가 시집오면서 가져올 예물로 갚겠다고 하구요. 그런데 그 가축들이 당나라에 도착할 무렵에 이세민이 혼인을 취소해버렸습니다."

"왜?"

"그게 당나라의 계략인 거지요. 당나라에 장가를 오려면 친영지례(親迎之禮)를 치르라고 했지만 설연타 왕은 그렇게 되면 자신을 붙잡아갈지 모르니 당나라로 못 온 거지요."

"친영지례?"

"직접 당나라 임금을 보아야 한다는 거지요. 사위니까. 장인을 봐야 한다 이 말인데, 이게 함정입니다. 그러니 설연타 왕이 친영지례를 거절했고, 그러자 당연히 당나라도 혼인을 취소했지요."

"당의 계략에 걸렸네."

"그렇습니다. 그뿐만이 아닙니다. 이세민은 예물로 온 가축들을 다시 설연타로 돌려보냈는데, 오고 가면서 절반이 죽어버렸다 합니다."

"도대체 어느 정도의 가축인 거야?"

"들리는 말로는 말 1만, 소와 낙타가 각각 1만, 양이 10만 마리라고 합니다. 그러니 설연타 왕이 원통해서 2년도 못 살고 죽어버린 거지요. 그 아들 둘이 이번에 장례식을 치르면서 싸움을 벌였습니다."

"설연타 왕이 족장들에게 빚을 졌으니 갚아야 하겠지. 아들에게 연개소문은 그 빚을 갚아주겠다고 했을 거야."

"그렇습니다, 형님. 그들에게는 가축이 생명이니까요. 설연타의 침공 소식이 9월 초에 안시성을 공격하는 이세민에게 갔다고 하니, 당나라군이 철수하는 날짜를 보면 딱 맞아떨어집니다. 설연타가 결정적입니다."

"그렇지. 모두 연개소문의 큰 그림이야. 그가 그물을 펼쳤어. 이세민을 잡았으면 더 좋았을 것을. 안타깝게도 이세민이란 봉새를 놓쳤어. 우리로서는 크나큰 다행이지. 다행이고말고. 하지만 15만 대군이 사라져도 고구려는 안시성에서 당나라 대군을 막아냈으니, 얼마나 대단한가. 대단해. 이세민도 재빨리 도망간 게 보통이 아니야. 미련을 가지고 미적대었다간 전번 수나라 군사들 짝이 되었을 거야. 역시 이세민은 현명해."

"그렇습니다. 당나라가 비록 퇴각은 했다 하나 7만의 백성을 사로잡아 갔다고 합니다."

"그렇구나. 그래도 안시성은 큰일을 했다. 안시성이 무너졌다면 평양성도 장담할 수가 없었을 거야. 양만춘이라 했지?"

"그렇습니다."

"그래, 양만춘. 다음에 양만춘과 안 만났으면 좋겠다. 어차피 적으로 만나야 할 게 아니냐?"

"연개소문과 사이가 안 좋다고 알려져있습니다. 그가 남쪽 변경으로 오지는 않을 겁니다. 당나라가 있는 한 안시성을 지킬 겁니다. 우리가 안시성에 갈 일은 없습니다."

"그렇지. 그렇다면 다행이다. 마침 우리 세작들의 보고가 들어왔다. 백제의 윤충도 막 사비성으로 돌아갔다고 한다. 나는 왜 갑자기 윤충이 돌아갔나 했어. 뭔가 속임수가 있을까 했지. 지금 생각하니 당나라가 고구려에서 철수했다는 소식을 들었던 거야. 백제는 당나라에서 들은 게 아니고 고구려로부터 직접 들었을 거야. 백제는 연개소문과 바로 통기를 하고 있었던 거야. 최근에 당나라와 백제는 내왕이 없었으니 그렇게 추측할 수밖에 없어."

"그렇습니다."

"고구려와 백제는 이제 완전히 한 편이야. 우리 신라가 더 어려워졌어. 나도 서라벌로 돌아가야겠다. 병사들도 쉬어야 하고. 서라벌로 가서 춘추공과 의논을 해야겠다."

김유신이 서라벌로 돌아오자 조정이 시끄러워져 있었다. 염종이 김춘추를 처벌해야 한다고 주장했다. 정세 판단을 잘못해서 당나라 말을 듣고 고구려를 공격한 게 문제가 있으니, 김춘추를 징벌해야 한다고 고집을 부렸다. 염종은 대신회의에서 당당하게 말했다.

"폐하께서 여주(女主)라고 김춘추가 함부로 국정을 농단하고 있습니다."

상대등 수품은 잠자코 듣고 있었다. 대신회의에 임금은 참여하지 않고 상대등이 주재하면서 중요한 일을 결정하였다. 물론 최종적인 재가는 선덕여왕이 했지만, 대부분의 결정 사항에서 왕은 대신회의의 결과를 따랐다. 염종과 비담은 김춘추를 탄핵했다. 당나라가 당연히 승리한다고 정세 판단을 잘못했으니 앞으로 고구려와의 관계는 어떻게 할 거냐고 따져 물었다.

수품은 충분히 말을 듣고 회의를 중지했다.

"여러분의 의견은 알겠으니, 폐하께 말씀을 드리고 대책을 세우겠습니다."

대신회의에서 춘추에 대한 성토가 있음을 알고 선덕여왕은 화가 났지만 참고 있었다. 김춘추가 자신을 여자라고 업신여기지 않았음은 여왕 자신이 더 잘 알고 있었다. 염종 뒤에 비담이 있다. 염종과 비담이 오히려 자신을 여주라고 업신여기고 있음을 알고 있다. 그들에게 뭔가 꿍꿍이속이 있는 게 틀림없다. 하지만 김춘추는 대야성 함락부터 책임이 크다. 고구려에 군사를 청하러 갔다가 오히려 영토를 떼주겠다는 약속을 하고 돌아왔다. 그것은 큰 실수다. 당나라와 친하게 지내야 한다며 당나라의 군사 요청에도 응했지만, 아무 소득이 없다. 여러 번 판단을 잘못했다. 어쩌면 비담과 염종의 반기는 당연한 일이었다.

상대등 수품(水品)은 대신회의를 마치고 내전으로 들었다. 선덕여왕은 수품을 기다리고 있었다. 수품은 귀족 중에서 김춘추의 아버지 김용춘과 함께 가장 원로에 속했다. 왕을 대신하여 가뭄이나 흉년이 들면, 각 지역을 돌며 백성에게 곡식을 나누어주기도 하고 민심을 살피는 일을 했었다. 용춘이 죽고 난 뒤에 수품은 병약한 왕을 대신해 정사를 잘 돌보고 있었다.

"상대등, 대신회의에서 비담이 춘추를 탄핵했다는 이야기를 들었소. 어찌하면 좋겠소?"

"폐하, 몇 년 전에 염종이 당나라 사신으로 갔다가 온 적이 있었습니다."

"그랬지요. 근데 그건 왜요?"

"그때 염종이 당나라 이세민에게서 세 가지 이야기를 들었다 합니다."

"재작년의 일이라 나도 기억을 하오. 두 가지만 보고를 했지요. 당나라가 고구려를 치든지, 백제를 치든지 그런 계책을 내었다구요."

"하지만 사실이 아니었습니다. 세 번째 이야기가 또 있었습니다."

"세 번째 이야기라니?"

"말씀드리기가 무참하여……"

"아니오. 말씀하세요. 상대등께서 나에게 못할 이야기가 어디 있단 말이요?"

"아뢰옵기 황공하오나 그때 당나라 이세민이 말하기를, 신라는 여자가 임금이어서 이웃 나라의 업신여김을 받는다고 했다고 합니다."

"그래? 금시초문이네, 그래서요?"

"그러니 자신의 친척을 보내 임금으로 삼고, 당나라 군사를 조금 딸려 보내면 고구려와 백제가 신라를 공격하지 않을 거라 했다 합니다."

"그래? 미쳤군. 이세민이 미쳤어. 어떻게 그렇게 말할 수가 있나?"

"폐하, 송구하옵니다."

선덕여왕은 자리에서 일어나 내전 안을 왔다 갔다 하더니 수품에게 물었다.

"그건 그렇다 치고 염종은 왜 그런 보고를 하지 않았을까?"

"자세히는 모르지만, 그들도 대단히 불쾌해서 차마 폐하께 상주하지 못했을 겁니다."

"그럴까요? 임금이 여자라서 업신여김을 받는다는 말에 내심 찬동했을지도 모르지요. 신라에 와서는 사람들에게 당나라 임금도 그렇게 생각하니 남자를 세우자 선동했을지도 모르지요. 나는 그런 생각이 듭니다."

"설마, 그렇게까지. 그건 반역입니다."

"그렇습니다, 상대등. 반역이지요. 이세민의 친척을 내세울 수는 없으니 남자 임금을 세우고자 한다, 하면 명분이 되지요."

"폐하, 그렇지는 않습니다. 그들이 그랬다는 물증도 없구요."

"그래도 불안합니다."

"폐하, 신의 생각으로는 오히려 비담에게 상대등을 맡기는 게 좋을 듯합니다."

"뭐라구요? 어째서요?"

"신이 상대등에 있은 지 거의 10년입니다. 폐하를 잘 보필하지도 못하고 세월만 보냈습니다. 용춘공이 돌아가신 이후로 어서 물러나야지 하는 생각만 가지고 있었사옵니다. 춘추공이 몇 번 실수를 저질렀지만 그게 다 신이 상대등으로 있으면서 묵인해서 그렇습니다. 대야성이 함락되고 고구려에 간 게 춘추의 잘못입니다. 신하가 어떻게 영토를 떼준다고 합니까? 죽어도 그렇게는 못 한다고 버티다가 죽을지언정 그렇게 해서는 안 되는 거지요. 게다가 이번에도 당나라가 승리한다고 했잖습니까? 춘추공은 이세민을 너무 높게 평가했습니다. 그러니 춘추공을 싫어하는 자들이 속이 부글부글 끓는 거지요. 춘추공 잘못도 있으니 춘추 공은 근신 정도로만 하고 나머지 책임은 제가 지도록 하지요. 모두 신이 춘추를 용인해서 그런 겁니다. 그러니 신이 물러나는 게 맞습니다."

"춘추 대신에 상대등께서 책임을 지고 물러나신다구요?"

"신의 잘못이 많습니다. 신이 물러나고 이쯤에서 비담에게 국정을 한 번 맡겨보시지요. 그러면 오히려 잠잠해질 겁니다."

"그러다가 엉뚱한 짓을 하지 않을까요?"

"그거야 걱정 없습니다. 알천장군도 있고, 유신장군도 있지요."

"그래도 내키지 않습니다."

"폐하께서 결정하시겠지만, 못난 놈에게 먹이를 한번 주면 온순해질 때도 있습니다."

"못난 놈에게 먹이를 주자?"

"그렇습니다."

선덕여왕은 수품이 물러간 뒤 춘추와 유신을 불렀다. 왕은 그들에게 수품의 말을 전했다. 춘추가 듣고 왕에게 말했다.

"폐하, 상대등의 말대로 하시면 아니 됩니다. 신에게 모든 불찰이 있 습니다. 신의 불충과 무능이 폐하의 성심을 어지럽게 하였습니다. 신을 내치시옵소서."

"춘추야, 너의 마음을 아는데 어찌 그렇게 하겠느냐?"

"아니옵니다. 폐하, 그렇게 하옵소서. 신은 근신하면서 사태를 더 지 켜보겠습니다."

유신이 나서서 말했다.

"신도 함께 내치시옵소서. 군사를 움직였으면서도 적을 완전히 제압하지 못했습니다."

"유신공은 무슨 소리를 하십니까? 제가 근신을 하면 유신공께서는 더욱 군권을 가지고 폐하를 모셔야지요. 그런 말씀은 마십시오."

"춘추의 말이 옳다. 유신은 상주장군이자 상장군이다. 임지로 가지 말고 당분간 서라벌에서 나를 시위하라. 춘추는 당분간 쉬어라. 유신이 곁에 있다면 왕실의 안녕은 염려할 게 없다. 다른 소리는 하지 말아라."

을사년[37] 11월 비담이 상대등으로 임명되었다. 선덕여왕은 그때부터 시름시름 앓기 시작했다. 병약한 왕이었기에 누구도 왕이 오래 살지 못하리라 짐작했지만 의외로 그날은 빨리 올 수도 있었다.

---

37) 645년

14

병오년[38]도 여름이 훌쩍 지나갔다. 유신과 춘추는 오래간만에 서라벌에서 거의 반년 동안 휴식을 취하였다. 춘추는 서늘한 가을바람이 불어오자 유신의 집으로 사람을 보내 대작을 청하였다. 춘추의 아내가 유신의 누이였으므로 유신은 춘추의 집 나들이가 늘 즐거운 일이었다. 유신이 춘추의 집에 도착하여 말에서 내리자 춘추의 큰아들 법민이 반갑게 유신에게 다가와 말 고삐를 매었다.

"백부님, 오랜만에 인사 올립니다."

"그래, 법민이구나. 이제 완전히 장성했구나. 하하, 이렇게 컸어. 어른이야, 어른. 그래 올해 몇이냐?"

"열아홉입니다."

"그렇구나. 이제 출사할 나이가 되었다."

"아버님이 기다리십니다."

"그래, 알았다. 어서 들자."

---

38) 646년

춘추도 문희도 유신을 반갑게 맞이했다.

"오라버니, 전쟁터에 안 가니 얼굴이 좋아 보입니다. 작년에는 얼마나 안쓰럽던지……"

"장수가 전장에 있어야지, 무슨 소리를 하는 거냐? 반년이나 집에 있었더니 좀이 쑤신다. 낮잠도 지겹고."

"오라버니, 형님이 돌아가셔서 더 그럴 겁니다. 안주인이 없는 집이 오죽하겠어요? 오라버니도 고집을 버리고 장가를 가야지요."

"허허, 쓸데없는 소리. 그런 소리 말아라. 나는 괜찮아."

문희와 법민이 물러가고 난 뒤 유신과 춘추는 사랑방에 좌정했다.

"춘추공, 법민이 잘 자랐습니다. 이제 출사를 해도 되겠습니다."

"그래야지요. 법민을 보면 나도 듬직합니다. 매사에 침착하고 사려가 깊습니다. 게다가 법민은……"

"말씀을 마저 하시지요. 춘추공."

"그러지요. 그 아이는 어머니는 가야 왕족의 직계 후손이고 아버지는 신라 왕가의 정통 적자입니다. 게다가 외삼촌이 신라의 군권을 쥐고 있는 유신공이지요. 그러니 나와는 완전히 처지가 다릅니다. 만약에 내가 일을 다 못 이룬다면 법민이야말로 우리의 꿈을 이룰 아이지요. 하하하."

"춘추공, 듣고 보니 그렇습니다. 나도 법민에게 거는 기대가 큽니다. 하하하."

"유신공, 요즘 집에서 쉬노라니 별의별 생각이 다 납니다. 폐하도 편찮으시잖습니까.”

“춘추공, 저도 폐하께서 편찮으시다는 말을 들었습니다.”

“그렇다고 당장 어떻게 될 건 아닌 것 같습니다. 유신공, 후사를 어떻게 해야 할까요?”

“제가 묻고 싶은 말입니다. 춘추공이 어떻게 생각하시는지가 제일 중요하지요.”

“폐하가 즉위할 때 기억나십니까? 진평대왕께서 폐하가 부처님에 해당한다고 하시지 않았습니까? 성조황고(聖祖皇姑)라 했지요. 성스러운 왕이며 큰어머니란 뜻이지요.”

“그래서요? 춘추공.”

“성조황고가 또 한 분 계시지요.”

“그럼 승만공주님?”

“그렇습니다, 유신공. 진평대왕의 동생 국반갈문왕의 따님이니, 그분이 자격이 있지요. 아니 진평대왕의 핏줄로는 그분밖에 없습니다.”

“그렇군요. 무슨 말씀인지 알겠습니다. 동륜태자의 핏줄로는 이제 승만공주님밖에 없다는 말씀이지요. 승만공주님은 알천공의 며느리이나, 알천공의 아들이 후사없이 돌아가셨고, 앞으로도 아이를 생산할 수도 없고. 그러면 또 대가 끊긴다는 말씀이지요. 그러면 다음으로 용춘공의 핏줄이……”

“내가, 유신공이니 다 말씀 드리리다. 우리가 이미 피를 나눈 사이요. 생사를 함께한다는 말이지요. 승만공주님이 보위에 오르면 그 다음이……”

“춘추공이나 법민이 된다?”

“그렇습니다. 바로 그겁니다.”

"지금 춘추공이 바로 보위에 오르는 건 어떻습니까?"

"그건 아니 될 말입니다. 우선 명분이 부족합니다. 우리는 이미 여주(女主)로 왕위를 계승했습니다. 아직 여주 계승자가 있는데 갑자기 바꿀 수는 없지요. 성조황고로 이미 왕을 삼았고, 또 성조황고가 남아있는데, 어찌 다른 이를 내세우겠습니까?"

"그렇지요, 춘추공. 우리 폐하께서 백성들의 신망이 두터우니 백성들은 여주라고 해서 반발이 없지요."

"유신공, 문제는 비담, 염종 이런 자들인데, 아마도 큰일은 없을 겁니다."

"그렇겠지요."

"그보다 더 큰일이 있습니다."

"더 큰일이라니요?"

"왜국의 일입니다."

"춘추공, 갑자기 왜국의 일이라니요?"

왜국은 오래전부터 백제와 친하게 지냈다. 왜국에서 국왕보다 더 실권을 잡고 있었던 가문은 소아(蘇我)씨 가문이었다. 소아씨는 진평왕 때 잠시 신라와 친해져, 백제와 손을 잡고 신라를 치려고 하는 왜왕을 시해하기도 했었지만, 이내 가문의 뿌리가 있는 백제와 우호관계를 지속했다. 원래 소아씨가 백제의 목(木)씨 였던 까닭이다. 진평왕은 왜왕이 시해된 다음 즉위한 추고여왕과도 친선을 유지하고자 했다.

중국이 통일되면서 수나라와 당나라가 잇달아 대륙의 주인이 되자 왜국은 수나라와 당나라에서 선진 문물을 도입하려고 애를 썼다. 하지만 왜국은 나라 밖의 사정에 어두웠다. 나라 간의 관례를 잘 몰라, 수나라와 당나라에 여러 번 퇴짜를 맞았다. 진평왕은 그런 왜국을 딱하게 여기며 수나라나 당나라와의 관계에서 중간자 역할을 해주거나 왜국이 필요로 하는 불상(佛像)이나 불경을 잘 전해주었다. 하지만 추고여왕은 다시 백제와 더 긴밀하게 지내며 신라와는 일정한 거리를 유지했다. 왜국은 백제와 신라의 도움으로 수나라와 당나라에 유학생을 보내면서 중국과의 관계 개선이 절박해졌다.

오래전 무진년[39]에 왜국에 온 수나라 사신을 따라 왜국에서 수나라로 건너간 고향현리(高向玄理)란 왜인이 있었다. 그는 32년간 중국에서 공부하다가 경자년[40] 왜국으로 귀국하기 위해 신라에 왔다.

춘추는 현리가 서라벌에 왔을 때 그를 일부러 만나 환담했다. 몇 마디 필담을 나누자마자 현리는 춘추의 그릇을 알아보았고, 춘추는 현리의 명석함을 눈치챘다. 바둑도 두고 술도 마시며 며칠을 같이 지내다시피 했다. 둘은 앞으로 신라와 왜국이 나아갈 길을 토의하면서 우정을 나누었다. 현리는 당나라의 국세를 알기에, 왜국은 당나라 문물을 도입해야 한다고 말했다. 그러면서도 장차 당나라가 혹 왜국을 정벌할지도 모른다고 불안해했다. 그 점은 신라의 장래를 걱정하는 춘추와 비슷했다. 현리는 춘추를 만나면서 춘추의 식견과 도량에 반했다.

왜국에서는 추고여왕이 죽고 서명왕(舒明王)을 거친 다음 다시 여자가 왕이 되었다. 제명(齊明)여왕이었다. 여왕은 사실은 허수아비나 다름없었고 실권은 소아씨 가문이 쥐고 있었다. 소아씨는 백제와 뿌리 깊이 연결되어 있었다. 소아씨를 척결하려면 소아씨를 후원하고 있는 백제를 멀리하고 신라와 친해져야 했다. 현리는 유학자였기에 충(忠)의 도리를 믿었다. 그는 당나라에 오래 체류하면서 국왕에게 실질적인 권력

---

39) 608년
40) 640년

이 있어야 나라가 튼튼해진다는 신념을 가지게 되었다. 현리가 귀국하면서 백제를 지날 수도 있었지만, 일부러 신라를 경유한 이유가 바로 거기에 있었다. 왜국이 백제와의 관계를 정리해야 왕권이 바로 설 터였다. 춘추는 현리의 생각을 바로 읽어냈다. 그들은 그때부터 서로 사람을 보내면서 안부를 주고받으며 정세를 의논하기로 약속했다.

현리는 왜국으로 귀국하자마자 제명여왕의 아들인 중대형(中大兄)태자와 남동생 효덕(孝德)의 스승이 되었다. 그는 그들에게 유학을 가르쳤다. 현리는 중대형태자와 효덕에게 유학에 기반한 군신의 도리를 가르쳤다. 그래야 나라가 바로 설 수 있음을 역설했다. 그런 분위기 속에 을사년[41] 당나라의 고구려 침략 소식이 전해졌다. 백제가 신라에 쳐들어갔다는 소식도 전해졌다. 중대형태자는 그해 6월 드디어 수하 심복 무사를 동원해 정변을 일으켰다. 태자는 소아씨 가문의 권력자 소아입록(蘇我入鹿)을 살해했다. 중대형태자는 외삼촌의 권위에 밀려 당장 왕위에 오르지 못했다. 대신 태자의 외삼촌인 효덕이 왕위에 올랐다.

정변에 성공한 뒤 왜왕 효덕은 이듬해 초부터 개혁에 착수했다. 그러한 상황을 현리는 춘추에게 사람을 보내 알려주었다. 춘추는 현리에게 상황이 정리되는 대로 서라벌에 사신으로 와달라고 요청했다. 현리는 9월 중에 서라벌에 오겠다고 답신을 보내왔다.

춘추는 유신에게 그동안 현리와의 만남과 왜국의 상황을 이야기했다.

"춘추공, 그런 일이 있었군요."
"그렇습니다. 또 당나라가 올해는 설연타를 봄부터 공격했습니다. 당

---

41) 645년

나라 임금 이세민이 안시성에서 물러난 후, 장안으로 돌아가지 않고 북방에 머물면서 설연타 공격을 지휘했다고 합니다. 작년에 설연타가 뒤통수를 친 데 대한 보복이지요."

"저도 그 이야기는 들었습니다. 설연타 왕이 도망가다가 죽고, 다른 족장들은 다 항복했다지요."

"그렇습니다, 유신공. 그게 지난 6월의 일입니다. 그러니 내년부터 당나라는 다시 고구려를 정벌할 겁니다. 연개소문이 더욱 어렵게 되었습니다. 당나라는 백제의 정체를 완전히 알았습니다. 의자왕이 아들을 사신으로 보내 말로는 당나라에 협력하겠다고 해놓고, 실제로는 고구려와 내통하여 우리를 공격한 사실을 알았습니다. 백제는 더는 믿지 않을 겁니다."

"우리로서는 매우 잘 되었습니다."

"그렇지요. 설연타가 사라졌으니, 당나라와 신라가 한 편이 되고, 고구려와 백제가 한 편이 되는 싸움이 되었습니다. 상황이 점점 좋아지고 있습니다."

"알겠습니다, 춘추공. 고구려는 왜국을 끌어들이려고 하겠군요. 백제도 그렇고."

"그렇습니다. 하지만 왜국을 우리 편으로 만들어야지요. 9월에 현리가 신라에 온다고 소식을 전해왔습니다. 왜국이 우리의 우군(友軍)이 되게 해야 합니다. 백제 쪽으로 가면 우리가 어렵지요. 왜국이 군사를 남해로 보낸다 해보세요. 백제만으로도 벅차지 않습니까?"

"춘추공, 그렇습니다. 고구려가 가만히 있다 해도 백제와 왜국이 함께 쳐들어오면 우리 신라는 버티기 어렵습니다. 그렇다고 당나라가 고구려를 놔두고 백제를 공격하겠습니까? 그럴 리는 없지요."

"유신공, 불가능한 일은 아닙니다. 작년에 당나라는 장량을 수군대장으로 삼아 4만의 군사를 배편으로 보냈습니다. 서해를 건너 평양성으로 갈 수 있다면, 백제로도 갈 수 있지요. 그러나 우선은 왜국을 우리 편에 붙잡아두는 게 매우 중요합니다."

9월이 되자 약속대로 왜국 사신 고향현리가 수십 명의 수행원을 대동하고 서라벌에 왔다. 6년 전 서라벌에 올 때는 오랜 이국 생활을 청산하고 귀국하는 길이어서 몸도 마음도 지쳐있었다면, 이번 방문은 사신 자격으로 온 만큼 현리에게는 자신감이 가득했다.

선덕여왕과 상대등 비담이 참석한 환영 연회가 마무리되자 현리는 춘추와 따로 만났다. 첫 만남 이후 6년이 흘렀다. 그동안 당나라가 욱일승천의 기세로 팽창했다. 6년 전 백제의 무왕이 살아있을 때 백제는 당나라와 척을 지지 않으려고 노력했다. 하지만 의자왕은 달랐다. 의욕이 충만한 의자왕은 보위에 오르자마자 신라를 공격해 40여 개 성을 빼앗았다. 심지어 고구려와 합세하면서 당나라를 무시하기까지 했다. 고구려는 연개소문이 정변을 일으켜 실권을 장악했고, 명분을 찾은 당나라가 고구려를 전면 공격하는 일이 벌어졌다. 당나라를 배후에서 괴롭혔던 설연타는 아예 멸망해버렸다. 왜국의 사정도 많이 달라졌다. 현리의 의도대로 태자가 정변을 일으켜 백제파 소아씨를 척결했다. 현리는 춘추에게 그간 왜국의 변화를 설명했다.

"현리공, 큰일을 했소이다. 지금 왜국의 임금은 어떤 분이시오?"
"여왕의 동생이지요. 여왕은 소아씨가 옹립한 거나 마찬가지여서 소아씨를 배척할 수는 없었습니다. 하나 소아씨를 척결하고 왕위에 오른 효덕폐하께서는 신라나 백제나 우리 왜국에 이익이 된다면 다 받아들이실 겁니다."

"태자께서 정무를 대부분 처리하신다구요?"

"그렇습니다. 그렇지만 나라간의 문제는 효덕폐하도 관심이 많으십니다. 오히려 더 많으시죠."

"그럴 수 있지요. 나라 안의 일은 태자가 알아서 한다지만 나라 밖의 일은 국왕이 챙겨야 하지요."

"춘추공, 지금이 매우 중요한 시기입니다. 당과 고구려, 백제와 신라, 그리고 왜, 이 다섯 나라가 어떻게 합종연횡을 하느냐에 따라 세상의 판도가 바뀝니다."

"나도 그렇게 생각하오. 다른 나라야 태도가 확실하오. 왜국만 갈 길을 못 정하지 않았소?"

"그렇습니다. 이번에 제가 서라벌에 온 이유도 바로 그 때문입니다. 저는 효덕폐하나 중대형태자에게 우리 왜국이 당나라와 친하게 지내야 한다고 누누이 강조했습니다. 당나라의 제도를 본받아야 한다구요. 다행히 우리나라 최초로 연호도 사용하면서 2월에 여러 제도를 바꾸었습니다. 귀족을 억누르고 왕이 실질적인 힘을 가지게 되었습니다."

"현리공이 큰 역할을 하셨습니다. 연호도 새로 정했다구요? 그래 뭐라 했습니까?"

"대화(大化)라고 했지요."

"화(化)는 화(和)와 통하니, 크게 화합하자, 그런 말이군요. 화합은 왕 중심의 화합이란 말이겠지요."

"그렇습니다. 저는 수, 당에서 32년간 유학을 공부하면서 왕도정치를 우리 왜국에도 실현해야 한다고 생각했습니다. 나라의 모든 땅과 백성의 주인은 왕입니다. 왕은 덕으로 백성을 다스려야 하지요. 신하는 왕과 백성 사이에 있으면서 나라의 녹을 먹고 심부름을 하는 자들입니다. 그들이 힘을 가져서는 안 됩니다. 그들에게 땅을 주지 않고 녹봉을 주게 했습니다."

"아하, 현리공의 생각과 나의 생각이 같습니다. 그걸 6년 만에 실현하시다니…… 경하드립니다."

"고맙습니다. 하지만 그보다 중요한 게 있습니다. 우리 왜국은 과거에는 백제에서 문물을 배웠습니다. 하지만 이제는 당나라에서 배워야합니다. 그러자면 당연히 백제를 배척하고 신라와 친해져야 합니다. 소아씨가 사라졌고, 백제와 친하게 지내려던 제명여왕도 뒷방으로 물러났습니다. 하지만 여왕폐하나 태자께서 불안해하시지요. 신라와 가깝게 지내야 한다고 머리로는 생각하지만, 워낙 오래 백제와 긴밀하게 연결되어있었으니 꺼림칙한 거지요."

"방법이 없을까요? 현리공."

"있습니다. 제가 춘추공에게 말씀드립니다. 저와 함께 이번에 바다를 건너시지요. 춘추공이 가시면 폐하도 태자도 신라를 받아들이실 겁니다."

현리의 제안에 김춘추는 솔깃했다. 직접 왜국에 가서 왜왕을 설득하여 신라 편에 서게 한다? 당나라와 신라와 왜국이 횡으로 연합하여 고구려와 백제를 압박하여야 한다. 그렇게만 된다면 신라가 연횡의 중심이다. 김춘추의 머릿속에 큰 그림이 그려졌다. 호랑이를 잡으려면 호랑이 굴에 들어가라고 했다. 현리가 있으니, 지난번 고구려처럼 어려움을 당하지는 않을 게 분명하다. 하지만 떠나자니 폐하의 병세가 위중하여 걱정되기는 했다. 춘추는 자신이 없는 동안 서라벌에서 무슨 일이 일어날지 불안했다. 유신과 알천공을 믿어야 했다.

"갑시다. 현리공이 가자는데 지옥이라도 못 가겠소?"
"허허, 지옥이라니요. 춘추공이 가시면 겨우내 얼었던 얼음이 봄 햇살에 녹듯이 다 녹아버릴 겁니다."

춘추는 서둘렀으나 예물을 마련하느라 시간이 걸렸다. 섣달 중순이 지나서야 춘추는 수십 명의 수행원을 대동하고 왜국으로 떠나 이듬해 정월 보름날 왜국 궁성에 도착했다. 많은 예물 중에서도 공작새 한 쌍과 앵무새 한 쌍이 두드러졌다. 춘추의 잘생긴 용모와 뛰어난 언변은 왜국 왕과 왕실 일가를 사로잡기에 충분했다. 춘추는 효덕왕에게 말했다.

"하늘 아래 땅이 있듯이, 무릇 한 나라에서는 왕이 하늘을 대신하여 백성들을 다스립니다. 한 집안은 왕을 대신하여 아버지가 인자함으로 자식들을 훈육하지요. 이제 효덕폐하께서 신하들의 어지러움을 바로잡으시고 하늘을 대신하여 우뚝 섰습니다. 왜국의 크나큰 복입니다. 신라의 폐하께서 신에게 이를 꼭 전하라 하였사옵니다. 연호도 정하셨다 하니 감축드립니다."
"고맙소이다. 고맙소이다. 춘추공은 역시 듣던 대로 영웅호걸의 기상을 지니셨소. 우리 왜국을 위해 고견을 들려주시오. 현리박사가 춘추공의 칭찬을 워낙 많이 해서 꼭 만나고 싶었다오."
"폐하, 이렇게 환영해주시니 몸 둘 바를 모르겠습니다. 현리박사가 출중한 유학자인지라 제가 오히려 많이 배우고 있습니다."

화기애애한 분위기 속에서 왜국 궁성에서는 연일 춘추를 위한 연회가 베풀어졌다. 춘추는 차근차근 자신의 생각을 왜왕 효덕과 태자에게 말하기 시작했다. 왜국이 난신적자에게 휘둘리지 않는 강한 나라가 되려면, 당나라와 신라와 왜국이 친하게 지내면서 당나라의 제도와 문물을 도입해야 한다고 했다.

왜국도 15년 전인 임진년[42] 당나라와 우호관계를 맺을 뻔했다. 당시 왜국에서 당나라에 토산물을 바쳤다. 당나라에서는 신라 사신에게 당나라 사신 고표인(高表仁)의 길 안내를 부탁했다. 신라 사신은 당나라 사신을 안내하여 대마도에 이르렀다. 대마도에는 당나라 사신 일행을 맞이하기 위해 왜국 성덕(聖德)태자가 보낸 왜국 관리가 도착해 있었다. 당나라 사신 고표인은 당나라에서 가져온 예물을 주면서 태자에게 예를 표하라고 했다. 당나라 황제가 주는 물품인 만큼 두 무릎을 꿇고 절을 하고 받으라고 요구했다. 하지만 왜국 관리는 두 나라가 동등하다며 그렇게 할 수 없다고 했다. 고표인도 만약 그렇다면 자신은 바로 돌아가겠다고 했다. 당황한 왜국 관리는 고표인을 대마도에 머물게 하고 사람을 보내 성덕태자에게 어떻게 해야 하는지를 물었다. 성덕태자는 절대로 무릎을 꿇고 받을 수는 없다는 전갈을 보냈다.

고표인은 대마도에서 바로 당나라로 돌아가 버렸다. 이 일로 인해 당나라와 왜국은 왕래가 단절되어 버렸다. 갑갑한 건 왜국이었다. 왜국은 당나라로 불교를 공부하는 스님이나 유학을 공부하려는 학생을 보내지 못해 매우 갑갑했다.

춘추는 그런 상황을 잘 알고 있었기에 효덕왕에게 두 나라를 연결하는 가교 역할을 기꺼이 맡겠다고 말했다.

---

42) 632년

"왜국과 신라와 당나라가 서로 교류하면서 돈독한 관계로 지내면, 세 나라 모두에게 좋은 일은 아홉 마리 소의 터럭만큼 많겠으나 손해나는 일은 추호도 없습니다."

당나라의 제도는 왕의 힘을 강화하는 제도라고도 했다. 당나라에 많은 인재(人才)를 보내 유학을 배워오게 하라고도 했다. 춘추가 나라의 힘은 인재에서 나오고, 인재는 유학과 같은 학문에서 나온다고 하자, 왜국의 왕과 태자는 깊은 감명을 받았다. 그들은 춘추에게 당나라와 잘 지내고 싶으니 꼭 다리를 놓아달라고 부탁했다. 춘추가 왜국 왕실 사람들과 만남에 몰입하여 활발하게 감언이설(甘言利說)을 펴고 있을 즈음이었다.

신라에서는 정초부터 난리가 터졌다.

15

차가운 겨울밤이었다. 해가 지자 검은 하늘에는 별들이 밝은 순대로 하나둘 나타났다. 하늘이 완전히 어두워지자 서라벌 창공에는 수많은 별이 자기 자리를 잡고 반짝이기 시작했다. 얼마나 시간이 지났을까. 하늘을 흐르던 별똥별 하나가 검은 천공에서 월성 왕궁으로 빛의 궤적을 그리며 떨어졌다.

명활성에서 처음 별똥별을 본 병사가 별이 떨어진다고 소리쳤다. 마침 병사들과 함께 명활성 망루에 있던 비담도 엉겁결에 하늘을 쳐다보았다. 별똥별은 밤하늘을 동서로 가로지르더니 멀리 월성으로 뚝 떨어졌다. 누군가가 소리쳤다.

"월성으로 별이 떨어졌다."

잠들기엔 이른 시각이어서 병사들은 두리번거리며 밤하늘을 쳐다보았다. 군사들이 웅성거리는 소리를 듣고 비담이 큰 소리로 말했다.

"예로부터 별이 떨어지는 곳이 바로 무덤이라 했다. 월성이 적의 무덤이다. 하늘이 우리를 돕는다. 하늘이 우리 편이다!"

비담의 말에 명활성에 있던 1만이 넘는 반란군 군사들은 큰 환호성으로 대답했다. 김유신의 관군과 비담의 반란군 사이에 열흘 가까이 공방전이 계속되고 있었다. 비담과 염종 등 승만공주의 즉위에 반대하는 귀족들은 세를 규합하여 정미년[43] 정월 첫날부터 명활성을 근거지로 반란을 일으켰다. 진평왕의 능이 있는 벌판에서 양쪽의 군사들은 일진일퇴의 싸움을 벌이다가 밤이 되면 자신들의 진영으로 돌아갔다. 월성과 명활성이 불과 10리밖에 떨어져 있지 않았다. 두 성 사이에 있는 벌판이 양쪽에서 다 내려다보여서 진영을 세우기도 어려웠다.

처음에는 반란군이 우세했다. 비담이 갑작스럽게 서라벌 6촌에서 사병들을 모아 월성을 공격했다. 김유신과 알천공은 월성을 지키고 있는 시위부 병사들과 알천공과 유신의 가병, 그리고 인근 서라벌 백성들을 규합해 이들을 겨우 막아냈다. 시간이 지나면서 가까운 성에 있던 병사들이 서서히 월성으로 집결하면서 관군의 형세가 좋아졌다. 유신은 시위부 병사와 백성들을 지휘하여 힘겨운 싸움을 했지만, 하루이틀만 지나면 전세는 완전히 뒤집을 수 있다고 자신했다.

그날 저녁 유신의 기대를 비웃는 듯 하늘에서 별똥별이 떨어졌다. 어떻게든 버텨야 한다. 압량에 있는 정예병이 들어오면 명활성의 반란군은 바로 괴멸된다. 하루, 이틀이다. 적은 반란군이 아니라, 더디 흐르는 시간이었다.

---

43) 647년

선덕여왕의 임종이 가까워지자 신라 군부의 원로 알천공이 상대등 비담과 원로 귀족인 호림공(虎林公), 술종공(述宗公), 염장공(廉長公) 등을 내전으로 불렀다. 내전에는 승만공주가 선덕여왕의 옆자리에 앉아 있었다. 김유신도 자리를 함께했다. 비담은 상대등으로 명실상부 귀족을 대표했고, 알천공은 신라 군부의 최고 원로이면서 승만공주의 시아버지이기도 했다. 호림공은 자장율사의 아버지로 또한 여러 사람으로부터 신망이 두터운 귀족이었다.

알천공은 이들에게 여왕폐하의 뜻을 전했다. 승만공주로 하여금 보위를 이어 성조황고(聖祖皇姑)의 신성함으로 나라를 다스리라는 게 폐하의 뜻이라고 했다.

진평대왕의 딸로 16년간 보위에 있으면서 백성들을 잘 위무했던 여왕이었기에 누구도 여왕의 뜻을 거역하지는 않을 듯이 보였다. 하지만 비담은 승복할 수 없었다. 비담은 생각했다. 여인이 왕이 되어서 당나라로부터 얼마나 업신여김을 받았나. 비담은 당나라 이세민이 신라는 여자가 왕이어서 이웃 나라로부터 괴롭힘을 당한다며, 자신의 친척을 왕으로 보내준다고 했던 말을 기억하고 있었다. 당나라 임금의 말은 절대로 틀리지 않았다. 백제의 의자왕은 신라를 매우 깔보고 여러 번이나 쳐들어왔다. 고구려도 마찬가지다. 이게 모두 여자가 왕이라 그렇다. 여자가 임금이라니, 말도 안 되지만, 진평왕의 뜻이라 얼떨결에 받아들였다. 선덕여왕이 즉위하기 직전에 진평왕은 칠숙과 석품이 모반했다고 모조리 잡아 죽였다. 3족도 아니고 그들의 9족을 잡아 죽였다. 칠숙과 석품의 친척과 외가와 처가 사람들이 몰살을 당했다. 그 시퍼런 서슬에 누가 감히 선덕여왕의 즉위를 반대할 수 있었을까. 비담은 칠숙과 석품이 반역한 게 아니라 진평왕이 반역을 조작한 게 틀림없다고 생각해 왔다.

선덕여왕이 부처, 석가모니의 현신(現身)이라고? 그 무슨 귀신이 씨나락 까먹는 소리냐? 그럼에도 16년을 참아왔다. 여자 임금은 한 명으로 족하다. 그런데 또 여자로 왕위를 잇는다고? 승만공주라면 진평왕의 동생 국반갈문왕의 딸이 아니냐. 알천공 아들에게 시집갔지만, 알천공의 아들이 죽으면서 과부가 되었다. 그 과부에게 왕위를 잇게 한다고? 선덕여왕도 따지고 보면 과부였다. 지아비가 없으니, 결국 김춘추가 마음대로 하는 거다. 승만공주가 왕이 되면 알천공이야 늙었으니 뒷방에 있겠지만, 김춘추는 왕 노릇을 하려들 게 뻔하다. 그러다가 병약한 승만공주가 죽으면 김춘추가 보위에 오를 거다. 아니면 김춘추 아들이 보위에 오를 거다. 이름이 법민이라고 했던가. 법민의 어미는 김유신의 누이가 아니냐? 더군다나 김춘추의 아버지 김용춘은 진지왕의 후손이 아닐 수도 있다. 진지왕이 죽고 난 뒤 도화녀가 말했다. 뱃속에 들어있는 아이의 아버지가 진지왕이라 했다. 그걸 도대체 어떻게 믿어? 도화녀는 처녀도 아니고 이미 과부였다. 누구의 씨인지 알게 뭐냐. 그러면 도대체 신라의 임금 자리는 정체도 알 수 없는 씨와 가야국 밭이 만들어낸 녀석, 법민에게 넘어간다. 그건 신라가 아니다. 신라라고 할 수 없어. 신라가 아니란 말이다. 그들보다 나, 비담이 오히려 신라다. 지증대왕의 후손, 비담이 신라다.

비담은 알천공의 말을 듣고 승복은 할 수 없었지만, 짐짓 그렇게 알겠다고 해놓고 집에 돌아와서는 염종 등을 불러 다음 날로 바로 거사를 일으켰다. 사실은 이미 그렇게 될 줄 알고 미리 거사 계획을 면밀하게 짜놓은 상태이기도 했다. 설날 바로 월성으로 쳐들어갔다. 월성에는 김유신이 무슨 낌새를 챘는지 이미 천여 명의 병사가 지키고 있었다.

김유신은 대신회의에서 비담이 아무런 이의도 제기하지 않고 퇴궐하자 뭔가 이상한 예감이 들었다. 알천장군과 자신의 집 근방에 사는 6부 병사들을 급히 월성으로 소집해놓았다.

아니나 다를까. 반란이었다. 유신이 우려했던 대로 비담의 반란이었다. 염종을 비롯한 30여 명의 귀족이 그들의 사병과 백성들을 동원했다. 족히 1만은 되었다. 처음에는 반란군의 기세가 무서웠다. 관군의 병력이 절대적으로 모자랐다. 하나 백전노장 알천공과 유신이 최정예 시위부 병사들과 함께 하는 싸움이기에 큰 피해 없이 막아내고 있었다.

피아간의 공방이 계속될 즈음인 정월 초여드렛날 선덕여왕이 승하하셨다. 승만공주가 바로 왕위를 이었다. 난리통이라 승만공주가 할 수 있는 일은 걱정뿐이었다.

승만공주도 밤이 되자 잠 못 들어 하다가 멀리 명활성에서 나는 환호성을 들었다.

월성의 병사들도 떨어지는 별똥별을 보았다. 별똥별은 월성 동쪽 하늘에서 날아와 월성 한구석에 떨어졌다. 월성에 있던 대다수 병사는 명활성에서 무슨 영문인지 모르지만, 반란군이 지르는 커다란 함성을 들었다. 누군가가 별똥별이 우리 쪽에 떨어져 불길한 징조라고 말했다. 말의 발은 금방 사람들 입을 건너고 건너 여러 병사의 귀로 달려갔다. 왕의 내전 근처 막사에서 시위부 병사들과 함께 있던 유신도 병사들의 우려를 들었다.

내전의 새 여왕은 유신을 불렀다.

"장군, 어떻게 된 일이오. 별이 월성으로 떨어졌다고 하오."

"폐하, 심려하지 마옵소서."

"어찌 걱정이 안 되겠소? 저놈들이 내일은 죽기 살기로 달려들지 않겠소?"

"별똥별이 월성에 떨어져 흉하다고 합니다만, 길흉은 사람이 바꾸면 됩니다. 마침, 오늘 밤은 서풍이 부니 충분히 바꿀 수 있습니다."

유신은 급히 병사들에게 종이와 짚으로 허수아비 수십 개를 만들게 했다. 마침 월성 안에는 정월 대보름 때 놀이를 하기 위해 만들어놓은 큰 방패연이 수십 개가 있었다. 수십 명이 힘을 합치니 한밤중에 허수아비가 금방 만들어졌다.

쨍하게 차가운 밤이었다. 여전히 서풍이 불고 있었다. 유신은 병사들에게 연에 허수아비를 달아 불을 붙여 날리라고 지시했다. 월성에서 수십 개의 불이 올라 동쪽으로 날아가기 시작했다. 이번에는 월성에 있는 군사들이 환호성을 올렸다. 서라벌의 검은 밤하늘로 수십 개의 불이 올라가 너울너울 바람을 타고 날아가다가 먼 하늘로 가물가물 사라졌다. 그렇게 밤이 지나가고 아침이 왔다. 김유신은 아침 일찍 백마를 제물로 하여 별이 떨어진 곳에서 천지신명에게 제사를 지냈다.

"하늘의 도리는 바르게 흐르나니, 난신적자(亂臣賊子)의 간계가 하늘에 통할 수는 없도다.

천지신명께 감히 간청하오니, 하늘의 지엄함을 보여주소서."

유신은 어젯밤에 떨어진 별은 다시 하늘로 날아갔다고 소리쳤다. 아울러 비담의 운도 다했으니 곧 하늘에서 불벼락이 떨어질 거라고 외쳤다. 별이 다시 날아갔다는 소문이 명활성 쪽으로 전해졌다. 비담은 병사들에게 아침을 든든히 먹이고 최후의 일전을 준비하고 있었다. 비담은 병사들에게 별똥별은 진짜고 새벽에 월성에서 나타나 동남쪽으로 사라진 불은 가짜라고, 동요하지 말라 했다. 병사들은 반신반의 어느 쪽도 믿지 않는듯했다. 비담은 후회했다. 어제 초저녁에 별똥별이 떨어졌을 때 바로 야간 공격을 감행해 결판을 냈어야 했다.

비담은 이런저런 생각으로 머리가 복잡했다. 그때 유신의 병사들이 월성을 나와 명활성으로 다가오고 있었다. 그 뒤에는 족히 만 명도 넘는 병사들이 따라와 명활성 남쪽 산으로 올라가고 있음이 보였다. 비담은 뭔가 일이 잘못되어 가고 있음을 직감했다.

제사가 끝나자마자 보란 듯이 유신의 압량군이 서라벌에 도착했다. 김유신은 한숨 놓았다. 어젯밤 초저녁에 비담이 밀고 들어왔다면 상당히 위험할 뻔했다. 월성에 별똥별이 떨어졌을 때 유신은 춘추 얼굴이 떠올랐다. 월성을 빼앗기면 춘추공을 무슨 낯으로 보나. 하루만 버티면 압량군이 서라벌로 오게 되어있다. 하루만 버티자. 하루만. 바보같은 비담은 초저녁을 놓치고 말았다.

그날 오후 압량군 본진이 도착하자 전세는 완전히 역전되었다. 전투 경험이 많은 압량군이 들어왔기에 정면으로 명활성의 북문으로 밀고 들어가도 단시간에 승부가 날 게 분명했다. 그랬다가는 피아간의 희생이 염려되었다. 모두 신라의 백성이고 신라의 군사들이었다. 명활성 안의 반란군도 대부분 6부군이었다. 누가 죽어도 신라의 손실이다.

김유신은 시간이 걸리더라도 명활성을 포위해서 항복을 받거나, 반란군이 자멸하게 하고 싶었다. 명활성 안에 있는 비담의 반란군 병사 대부분은, 평생을 전쟁터에서 보내온 알천과 유신의 군사를 이기기란 달걀로 바위 치기라고 생각하고 있을 게 틀림없다. 병사들에게 항복하면 관용이 베풀어진다는 사실을 알리기만 하면 되었다. 그럼 필시 항복한다.

관군의 포위가 이틀째가 되는 날이었다. 김유신은 목청이 큰 병사들을 동원해 항복하면 모두 살려준다고 외치게 했다. 비담과 염종을 잡는 병사들에게는 큰상을 내린다고도 했다. 김유신의 생각이 적중했다.

마침내 명활성 안에서 또 반란이 일어났다. 반란군 장수 한 명이 성 밖으로 도망치려는 병사를 적발해 죽이려다가, 병사들이 오히려 들고 일어나 장수를 포박하고 아울러 비담과 염종을 비롯한 지휘부 장수와 귀족들을 묶고 성문을 열었다. 유신은 휘하 장수들을 먼저 명활성으로 들여보내 반란군의 무장을 해제했다. 비담과 염종을 비롯한 반란 수괴와 일당을 명활성 감옥에 집어넣었다. 사나흘 취조를 한 뒤에 경중을 가려내 반란군 대부분은 귀가시켰다. 비담과 염종을 비롯한 반란에 적극적으로 가담한 귀족들 30여 명은 정월 17일 진평왕릉 부근 공터에서 참수하여 효시했다. 아울러 그들의 가족 중 남자들은 참수, 여자들은 노비로 만들고 그들의 가산을 적몰했다. 17일 만에 비담의 난은 완전히 진압되었다.

춘추는 2월이 되어 왜국에서 서라벌로 돌아오는 길에 비담의 난이 일어났고 난이 어렵사리 진압되었다는 소식을 함께 들었다. 춘추는 그 말을 듣자마자 마음이 급해져 일행을 재촉해 급히 서라벌로 향했다. 춘추는 월성으로 가서 새로운 여왕을 알현하고 예를 올렸다. 여왕 옆에는 유신이 시립하고 있었다.

"춘추공, 노고가 많았소이다."

"폐하, 폐하를 뵈오니 눈물이 앞을 가립니다."

"그렇소. 춘추공도 없는데 그 난리가 났으니 내가 얼마나 조바심이 났는지 모르오. 다행히 알천공과 유신공이 잘 대처했기에 망정이지 정말 큰일 날뻔했소."

"모두 신의 불찰로 인해 일어난 일이옵니다. 하지만 지금부터는 염려 마옵소서."

김춘추가 귀국하자 승만공주가 정식으로 왕위에 올랐다. 왕이 되면서 이름을 진덕이라 하였으므로 진덕여왕으로 불렀다. 선덕의 뒤를 잇는 성조황고의 진짜 혈통이라는 뜻이었다.

진덕여왕은 알천을 상대등으로 삼았다. 실질적으로 국정은 김춘추가, 군권은 김유신이 쥐고 있었기에 김춘추가 태자라고 해도 좋았다. 진덕여왕의 혈육이 없었기에 김춘추와 갈등도 없었다.

춘추는 유신에게 비담의 난을 진압한 공을 치하했다.

"이 모든 게 유신공의 덕이요. 나는 유신공 덕에 다리를 뻗고 잘 수 있다오."

"하하하, 감사합니다. 그나저나 왜국에 다녀온 일은 뜻대로 되셨습니까?"

"그건 잘 모르오. 지금 왜국은 효덕왕이 다스리고는 있으나 문제가 복잡합니다. 조카인 중대형(中大兄)태자가 외삼촌 효덕왕을 따를지 그건 미지수입니다. 어머니 제명여왕은 철저히 백제 편이었습니다. 제명여왕도 그렇고 여왕의 죽은 남편도 그렇고 따지고 올라가면 백제 핏줄이 섞여있을 겁니다."

"어렵군요. 하지만 결국은 태자 손에 달려있을 가능성이 큽니다. 우리와 비슷하지요."

"비슷하다니요?"

"우리 신라도 춘추공이 이제 명실상부한 실권자가 아닙니까? 태자라 해도 과언이 아니지요."

"허허, 유신공. 왜 이러십니까? 저는 폐하의 충성스러운 신하일 뿐입니다."

"하하, 우리 둘만이 있으니 하는 말입니다."

"유신공, 그러니 한번 생각해 보십시오. 지금 당나라는 이세민이 나라를 틀어쥐고 욱일승천의 기세로 천하로 판도를 넓히고 있습니다. 사방을 거의 다 정복했지요. 고구려 역시 연개소문이 나라를 틀어쥐고, 당나라와 대결하고 있습니다. 백제 의자왕도 아버지 무왕보다 훨씬 강력하게 백제를 통치하고 있습니다. 왜국도 소아씨를 몰아내고 효덕왕이 실권을 장악했구요."

"게다가 신라는 비담의 난을 제압하고 춘추공이 실권자로 나섰지요."

"유신공은 벌써 제 말뜻을 아셨군요."

"이세민과 연개소문과 의자왕과 춘추공과 효덕왕, 이 다섯 영웅의 합종연횡과 패권 다툼이 시작되었다는 말이지요? 내가 보기에도 이 다섯은 누구에게 엎드릴 사람이 아닙니다. 다 이 세상의 영웅들이지요. 이들 영웅이 죽거나 이들 영웅의 나라 한둘은 망해야 끝나는 그런 형국입니다."

"그렇습니다. 이 다섯 나라 중에 어느 나라가 가장 강합니까? 물론 당나라입니다. 다음은 고구려이고 다음이 백제입니다. 왜국도 만만치 않습니다. 신라의 국력은 이 다섯 나라 중 제일 꼴찌입니다. 하지만 우리 신라에는 다른 나라가 없는 두 가지가 있습니다."

"두 가지? 그게 뭐지요?"

"첫째 신라에는 유신공이 있습니다. 유신공에 비견될 장수는 어느 나라에도 없습니다."

"하하, 과찬입니다. 그럼 둘째는 내가 말하리다. 둘째 우리 신라는 현실을 파악하는 유연함이 있지요. 바로 춘추공이 있다, 이 말입니다. 춘추공은 아마도 당나라와 왜국을 우리 편으로 만들겠지요. 무엇보다 당나라가 중요합니다. 당나라와 손잡는 나라가 최후의 승자가 되겠지요. 당나라가 호랑이라면 고구려와 백제는 늑대와 승냥이고, 왜국은 여우나 마찬가지입니다. 우리 신라는 사슴이라고나 할까요? 사슴과 호랑이가 손을 잡으면. 최후에 호랑이가 사슴을 잡아먹으려 하겠지요. 그러니 끝까지 조심해야 합니다."

"그래서 내가 무어라 했습니까? 신라에는 유신공이 있다구요. 유신공이 호랑이를 막아내시겠지요. 이제 천하는 크게 요동을 칠 게 분명합니다. 우리 신라는 백제를 멸하고 고구려와도 싸워야 합니다. 다음에는 당나라와의 관계를 분명히 해야 합니다. 내가 당나라로 가서 이세민을 만날 겁니다. 담판을 지을 겁니다. 왜국과도 친하게 지내야 합니다. 이게 왜국을 다녀오면서 그려본 나의 그림입니다."

"춘추공! 대단합니다. 고구려와 왜국을 다녀오시고, 또 당나라로 간다면 우리 신라 역사에 처음 있는 일입니다. 게다가 연개소문과 왜왕을 만났고, 또 당나라의 이세민을 만난다면, 그것만으로도 춘추공은 천하의 영웅을 다 만나보는 셈이 됩니다."

"하하하, 그렇기는 하지만 그 영웅들이 유신공만 하겠습니까?"

백제의 의자왕은 김춘추가 신라의 실권을 장악했다는 소식을 듣고는 마음이 급해졌다. 김춘추가 왜국을 다녀왔다면 그 이유는 뻔했다. 당나라와 왜국의 다리를 놓으면서 왜국을 자기편으로 끌어들이려는 게 분명했다. 당나라는 백제의 노력에도 신라와 더 밀접해졌다. 당나라가 고구려를 공격할 때, 백제는 고구려로 군사를 보낸 신라의 뒤통수를 쳤다. 당나라가 바보가 아닌 이상, 백제가 당나라와 예전의 관계를 지속하기란 불가능했다. 의자왕도 당나라 이세민이 수군으로 백제를 공격하면 백제가 꼼짝 못 한다고 한 말을 들어서 알고 있었다. 실제로 을사년[44]에 당나라 수군 4만이 고구려로 건너왔다. 서해를 건너 고구려로 왔다면 백제로 오지 말란 법은 없다. 어느 순간에 당나라의 수군이 백제로 갑자기 들이닥친다면 백제로서는 누란지위(累卵之危)에 직면한다. 그러나 그게 말이 쉽지 실행하기란 어렵다. 서해를 건너와야 하고 백강을 거슬러 올라야 한다. 그게 가능할까? 의자왕은 당나라가 수군으로 백제를 공격한다는 게 전혀 실감이 나지 않았다.

　　당나라는 이세민이 안시성 싸움에서 패퇴한 이후에, 그 이듬해는 설연타를 멸망시키면서 고구려에서 물러난 분풀이를 실컷 했다. 그렇게 배후를 정리하고는 올해 정미년[45] 7월에는 고구려를 쳤다. 당나라가 고구려에 군사를 보냈다는 건 백제에 군사를 보내지 않는다는 뜻이다. 당나라는 한꺼번에 대군을 보내지 않고, 해마다 몇 만씩 군사를 보내 고구려를 지치게 하는 전략으로 바꿨다. 당나라에 나가 있는 세작이 그렇게 보고를 해왔다. 그렇다면 백제도 마찬가지로 해야 한다. 양쪽에 적을 두고 있는 신라를 지속적으로 괴롭혀야 한다. 신라를 서서히 말려 죽여야 한다. 조금씩 목을 졸라 마침내는 질식하게 해야 한다. 그러자면 당나라

---

44) 645년
45) 647년

가 고구려를 칠 때 백제도 발맞추어 신라를 쳐야 했다.

의자왕은 신라를 기습할 작전을 세웠다. 남쪽 낙수 인근은 거듭되는 백제의 공격으로 신라의 방비가 오히려 튼튼해졌으므로 이번에는 허리를 친다. 머리, 허리, 다리를 두서없이 공격하여 신라가 정신 못 차리게 하여야 한다.

의자왕은 진덕여왕이 즉위하던 해인 정미년 10월[46] 동생 의직(義直)을 대장군으로 삼아 무산(茂山), 감물(甘勿), 동잠(桐岑)의 세 성을 기습, 포위하게 했다. 이 지역은 관산성 남쪽에 있어 신라의 허리에 해당했다. 의직은 뛰어난 용병술로 금방 세 성을 함락했다. 뒤늦게 유신이 도착하여 두 나라의 군사가 격돌했다. 첫날의 격돌에서 사기충천한 백제군이 몰아붙여 신라군의 진영이 무너지고 많은 사상자가 나왔다.

10리를 물러선 유신은 그날 밤 화랑 때 낭도로 데리고 있던 비령자(丕寧子)를 막사로 불렀다. 비령자는 유신의 휘하 장수 중 가장 뛰어난 무공을 가지고 있었다. 막사에는 유신의 지시로 술상이 차려져 있었다. 유신은 비령자에게 술을 한 잔 따랐다.

"비령자, 자네와 전장에 함께 나선 지도 오랜 세월이 흘렀다. 오늘 전투에서 보았듯이 신라군이 백제군의 용맹함에 도대체 고양이 앞의 쥐 같구나. 사태가 위급하고 위급하다. 그렇다고 여기를 내주고 후퇴할 수는 없는 일. 그대가 아니면 누가 군사들의 마음을 움직일 수 있겠느냐?"

비령자는 유신이 따라 준 술을 단숨에 마시고 일어나, 두 번 절하며

---

46) 647년

사국지 3

말했다.

"많은 장수 중에 저에게 일을 맡기셨으니, 어찌 영광이라 아니 하겠습니까? 저의 푸르름을 알아주셨으니 마땅히 목숨으로 보답하겠습니다."

다음 날 비령자는 해가 뜨자마자 창을 비껴들고 말을 달려 적진으로 비호같이 달려들었다. 막아서는 백제 기병 몇 명이 그의 창에 쓰러졌다. 바로 또 백제 기병 10여 명이 달려들었다. 중과부적(衆寡不敵)이었다. 비령자는 말에서 떨어져 백제군의 칼날에 목이 달아났다. 그 모습을 본 비령자의 아들 거진(擧眞)이 바로 적진으로 돌격했다. 아버지와 마찬가지로 백제군 몇을 해치우고 백제군의 칼에 죽었다. 순식간에 일어난 일이었다. 눈앞에서 비령자 부자의 죽음을 보자 신라 군사들의 마음이 크게 움직였다. 그때 비령자의 하인 합절(合節)이 주인의 원수를 갚는다고 소리를 지르며 적진으로 뛰어 들어가자 신라군은 누구 할 것 없이 모두 함께 함성을 지르며 적진으로 돌격했다. 신라군의 갑작스런 기세에 당황한 백제군이 걷잡을 수 없이 무너졌다. 한번 등을 보이면 돌아서기 어렵다. 백제군은 전열을 가다듬을 사이도 없이 진이 무너져 퇴패(退敗)하고 말았다. 신라군은 백제군 3천의 수급을 베었다. 백제 의직장군은 겨우 살아 도망쳤다.

의자왕은 분통이 터졌지만, 동생 의직에게 기회를 한 번 더 주기로 했다. 해가 바뀌어 무신년[47]이 되자 의자왕은 당나라가 여름이 시작되는 4월에 고구려 공격 준비를 하고 있다는 정보를 입수했다. 의자왕은

[47] 648년

의직에게 3월 출병을 명했다. 이번에도 신라의 허리 쪽이었다. 의직은 승리하지 못하면 살아 돌아오지 말라는 의자왕의 명을 가슴에 깊이 새기고 요거성(腰車城)[48]을 비롯한 10여 개의 성을 순식간에 함락시켰다.

서라벌에서 막 김춘추가 당나라로 떠날 차비를 할 때 백제가 10여 개 성을 기습으로 함락시켰다는 급보가 전해졌다. 춘추는 발걸음이 떨어지지 않았지만, 당나라에 4월에는 도착한다고 통보를 하였기에 떠나지 않을 수 없었다. 또 유신을 믿고 떠날 수밖에 없었다.

유신은 압량 북쪽의 요거성이 이미 적의 수중에 떨어졌다는 소식을 듣고 1만 군사를 내어 요거성의 반대 방향으로 이동시켰다. 유신의 부장 천존(天存)이 유신에게 말했다.

"장군님, 지금 요거성 일대가 다 적의 수중에 떨어졌습니다. 북으로 나아가 적을 막아야 하지 않습니까?"

"그렇지. 나도 그러고 싶다. 하지만 적장 의직의 용병술이 보통이 아니다. 필시 매복을 두고 우리를 기다리고 있음이 틀림없다. 내가 요거성으로 간다면 그것이야말로 의직이 바라는 바다. 적을 이기려면 장수는 자신이 싸우고 싶은 곳에서 싸워야 한다."

"그곳이 어딥니까?"

"대야성이다."

유신은 대야성을 포위하고 공격하기 시작했다. 대야성은 임인년[49] 백제에게 빼앗겨 춘추의 사위와 딸이 죽은 천추의 한이 담긴 성이다. 유신의 신라군은 틈을 노려 대야성을 공격했다. 하지만 대야성은 쉽게 함

---

48) 경남 합천군 일대로 추정.
49) 642년

락되지 않았다. 신라군의 집요한 공격에 열흘이 지나자 대야성의 백제군이 우왕좌왕하기 시작했다. 그때였다. 북쪽에서 의직의 백제군이 느닷없이 나타났다. 신라군은 혼비백산하여 대야성에서 후퇴하여 옥문곡으로 달아났다. 대야성에서 압량으로 가기 위해서는 옥문곡을 거칠 수밖에 없었다. 신라군이 달아나자 의직의 백제군이 신라군의 숨통을 완전히 끊기 위해 추격을 시작했다. 신라군이 옥문곡에 들어서자 백제군도 뒤따라 들어섰다. 바로 그때 양쪽 산 위에서 유신의 부장 천존과 천품(天品)이 매복하고 기다리고 있다가 백제군을 덮쳤다. 백제군은 아차 했지만 이미 때는 늦었다. 후군(後軍)에 있던 의직은 달아났지만, 신라군의 대승이었다. 의직은 남은 군사를 수습해 대야성으로 들어갔다. 신라군은 백제의 장수 여덟을 사로잡고 3천여 명을 죽이거나 사로잡았다.

유신은 대야성의 의직에게 천존을 보냈다. 의직은 유신이 항복을 권유하려고 자신에게 천존을 보낸 줄 알았다. 하지만 천존은 전혀 다른 말을 했다.

"저의 대장군께서 말씀하시기를 대야성의 성주 품석(品釋)과 품석의 아내 김씨(金氏)의 유해가 백제의 감옥에 묻혀있다고 하셨습니다. 지난 싸움에서 백제군 비장(裨將) 여덟 명이 우리에게 사로잡혀 있습니다. 대장군께서는 여우나 표범도 죽을 때에는 자기가 태어난 굴이 있는 언덕으로 머리를 돌린다는 말을 생각하여, 차마 죽이지 못하고 있다고 하셨습니다. 그래서 유해를 돌려 보내주면 포로로 잡혀있는 비장을 풀어주겠다고 하셨습니다. 죽은 해골과 살아있는 장군 여덟을 바꾸자는 말씀입니다."

"이 일은 내가 결정하지 못하는 일이오. 어차피 유해를 주려고 해도 유해는 사비성 감옥 바닥에 있다고 알고 있소. 돌아가 기다리시오."

의직은 혹 김유신이 자신들이 방비를 허술하게 하려는 간계인지도 모른다고 생각하면서 천존에게 덧붙여 말했다.

"대장군에게 군사를 10리 물려서 기다리라고 하시오."

김유신은 의직의 요구를 들어주고 기다렸다.

백제의 조정에서는 품석 부부의 유해 송환을 두고 한바탕 갑론을박이 있었다. 송환 불가를 주장하는 신하들은 품석과 고타소가 춘추의 사위와 딸이니 왕에 버금가는 신분이다, 따라서 아무리 유해라 하더라도 교환할 수 없다고 말했다. 백제의 좌평 충상(忠常)은 의자왕에게 유해를 남겨두어도 백제에 이로울 게 없다고 돌려보내자고 주장했다. 살아있는 장수 여덟이, 아무리 왕족이라 해도 이미 죽어 개뼈다귀나 다름없는 썩은 해골보다 훨씬 중요하다고 말했다. 송환 불가를 말했던 신하가 유해만 받아 가고 장수들은 돌려주지 않으면 어떻게 하냐고 반박했다. 충상은 유신이 유해만 받고 비장을 돌려보내지 않으면 유신이 비겁한 것이고, 우리에게 신라를 공격할 명분이 더 생기니, 어찌 손해보는 것이냐고 맞받아쳤다. 의자왕은 충상의 의견이 옳다 여기고 품석 부부의 해골을 파내 나무 상자에 넣어 보냈다.

나무 상자를 받은 유신은 감격에 찼다. 하루 내내 먼 산을 바라보았다는 춘추가 생각났다. 그의 마음을 짐작하니, 유해를 담은 상자가 마치 살아있는 사람처럼 보였다. 춘추가 당나라에서 돌아오면 기쁨에 차서 저 유해를 어루만질 게 틀림없다. 유신은 백제 장군들을 풀어주며 말했다.

"나뭇잎 하나가 떨어져도 무성한 수풀을 해치지 않고, 티끌 하나가 떨어져도 큰 산에 아무런 도움이 되지 않는다. 저들이 바로 그렇다."

유신은 내친김에 군사를 움직여 임인년에 빼앗긴 성 중 악성(嶽城)[50] 을 비롯한 12성을 함락시켰다. 백제군의 사상자가 2만이었고, 9천을 사로잡았다. 유신은 더욱 백제쪽으로 진격해 들어가 진성 부근의 진례성 (進禮城)[51] 등 9성을 빼앗고 9천여 명의 목을 베고 6백여 명을 포로로 잡았다.

백제 장군 의직은 두 해에 걸쳐 신라를 먼저 공격했다. 김유신의 분전(奮戰)에 가로막혀 피해만 입고 물러난 결과가 되었다. 유신의 용병술 덕에 신라는 임인년 의자왕에게 빼앗긴 40여 성을 거의 되찾았다. 옛 가야의 영토를 대부분 회복했다. 의자왕은 당나라와 사이도 나빠졌고, 신라 영토 점령에도 실패했기에 분통이 터졌다. 하지만 한두 번의 승패에 좌절할 의자왕이 아니었다. 의자왕은 김춘추가 왜국에 다녀갔다는 소식을 접하고 왜국을 그냥 두어서는 안 된다 생각했다. 김춘추는 왜국을 신라편으로 끌어들이려고 했을 게 분명했다. 백제에 우호적이었던 소아씨가 몰락하고 난 뒤 백제와 왜국이 불편하긴 했다. 하지만 본디 왜국은 백제와 여러 인연으로 엮여있는 전통적인 우방국이었다. 의자왕은 왜국이 신라와 조금의 틈이라도 벌어지면, 그 틈을 비집고 들어가 왜국을 백제 쪽으로 끌어들일 계략을 짰다.

---

50) 위치를 지정할 수 없다.
51) 충남 금산군 금산읍으로 추정.

16

 춘추는 셋째 아들 문왕(文王)과 수십 명의 수행원과 함께 당나라 장안으로 향하고 있었다. 무신년[52] 겨울이 시작할 때였다. 이에 앞서 신라는 사신 감질허(邯帙許)를 보냈더니 당나라에서는 어찌 당나라 연호를 따르지 않느냐고 질책했다. 연호에 대한 해명도 해명이려니와 더욱 큰 대의(大意)를 흉중에 품고, 춘추는 당나라 이세민을 직접 만나 담판을 짓겠다고 다짐했다. 춘추는 서라벌을 떠나 섣달 초입에 들어서야 장안 근교에 이르렀다.

 춘추의 행차 앞으로 당나라 관리들이 나타났다. 신라는 장안으로 미리 사신을 보내 섣달 김춘추의 장안 방문을 통기했다. 마침 윤달이라 겨울이라 해도 그다지 춥지는 않았다. 당나라 임금 이세민은 김춘추가 도착할 때를 맞추어 술과 음식을 담당하는 부서의 책임자 유형(柳亨)을 보내 김춘추를 맞았다. 오랜 여정에 지친 김춘추는 산해진미의 음식과 금준(金樽)에 담긴 미주(美酒)를 맛보며, 유형에게 답례품으로 신라에서 가지고 온 인삼 한 근을 주었다. 신라의 인삼은 전부가 산에서 스스로

---

52) 648년

자라났다. 산에서 나기에 산삼이라고도 했다. 약효가 매우 뛰어나 죽은 사람도 살린다는 소문이 당나라에도 파다하게 퍼져있었다. 워낙 귀한 물건이라 신라 인삼은 당나라 황실에서만 접할 수 있기에, 유형은 인삼을 보자마자 입이 쩍 벌어질 정도로 기뻐했다.

유형을 직접 상대하며 격식에 따라 예를 교환한 건 아들 문왕이었다. 문왕의 나이 열여덟, 아직 어려도 아버지를 닮아 큰 체구라 한결 의젓했다. 첫째 아들 법민과 둘째 아들 인문을 두고 셋째 문왕을 데려온 건 혹시라도 자신에게 무슨 일이 있을 경우를 대비하기 위해서였다. 달걀은 한 바구니에 담지 말라고 했다.

춘추는 당나라 임금을 만나는 터라, 머릿속이 복잡했다. 이세민은 그야말로 불세출의 임금이었다. 얕은수로 당나라 임금을 상대하다가는 오히려 역효과가 날 게 뻔했다. 있는 그대로 현재의 신라가 처한 상황을 보여주는 게 더 좋을 수 있었다. 의자왕이 왕이 된 후 백제는 사생결단으로 달려들어 신라는 풍전등화의 위급함을 맞이할 때가 많았다. 대야성이 함락되고 사위와 딸이 죽었다. 유신이 비담의 난을 진압하고 승만공주가 진덕여왕으로 즉위한 뒤에도 백제는 사력을 다해 달려들었다. 작년에 이어 올해도 백제는 파상적인 공세를 취해왔다. 유신이 용전(勇戰)하여 잘 막아주고 있다 해도 근본적인 해결책이 되지는 못했다. 의자왕과 자신 둘 중의 하나가 죽든 항복하든, 사생결단이 나야 끝나는 싸움이었다. 수백 년간 두 나라의 싸움이 최근 몇 년 동안만큼 치열한 적은 없었다. 춘추는 딸 고타소가 죽고 난 뒤 의자왕과는 이 세상에서 한 지붕을 이고 살 수 없다고 다짐했다. 춘추는 고구려로, 왜국으로 다니며 더욱 그날의 결의를 다졌음을 떠올렸다.

당나라와 고구려도 마찬가지였다. 당나라는 해마다 군사를 일으켜 고구려를 공격했다. 이세민은 고구려 들판에 사람이 다니지 못할 때까지 공격하겠다고 다짐했다고 한다. 그는 고구려가 지쳐서 항복하거나 스스로 무너질 때를 기다리고 있다. 이 모든 게 수나라가 중국을 통일하여 하나의 나라가 되고, 이어서 당나라가 들어섰기 때문이다. 당나라 이세민은 고구려가 동방의 패자(霸者)임을 인정하려 들지 않았다. 지난번 연개소문에게 시해된 영류왕은 당나라와의 전쟁을 피하려 했다. 그런 이유로 영류왕은 당나라와의 친선에 최선을 다했다. 영류왕 자신이 직접 수나라의 군사를 막기 위해 평양성에서 싸워보았기 때문에, 대국과의 전쟁이 얼마나 고구려 백성들에게 큰 부담인지 잘 알고 있었다. 하지만 연개소문은 무모했다. 중국을 통일하고 이웃 여러 나라를 복속시킨 이세민이 힘자랑을 하고 싶을 때, 연개소문은 당나라에 반기를 들었다. 이세민은 20만 군사를 동원하여 고구려를 쳤다. 안시성에서 양만춘이 사력을 다해 성을 지켰기에 망정이지 아니면 평양성까지 위험할 뻔했다. 연개소문이 설연타를 배후에서 조종했다 하더라도 그게 언제까지 가능할까?

중국이 자기들끼리 분열되어있을 때 신라를 비롯한 동방의 세 나라는 세 나라였기에 수백 년 동안 현상을 유지하면서 서로 버틸 수가 있었다. 백제가 강하면 고구려와 신라가 힘을 합쳤고 고구려가 강하면 백제와 신라가 힘을 합쳤다. 솥이 다리가 세 개라 안정적으로 버티는 것처럼 동방의 세 나라도 그렇게 힘의 균형을 맞추고 살았다. 중국 북쪽에 위나라가 망하고 제나라와 주나라가 잠시 명멸하고는 수나라에 이어 당나라가 중국 전체의 주인으로 들어섰다.

그 이후 중국과 동방은 완전히 새로운 세상으로 접어들었다. 이미 고구려와 당나라는 철천지원수가 되었다. 신라와 백제도 그렇다.

그렇다면 답은 하나다. 신라가 당나라와 한 편이 되어야 산다. 여기에 왜국을 끌어들여야 한다. 고구려와 백제가 당나라에 대항해 합종(合從)을 하면, 신라는 당나라와 왜국과 연횡(連橫)을 해야 한다. 연횡책이야말로 신라의 유일한 살길이다. 신라는 연횡에 국운(國運)이 달려있다. 아니라면 도대체 무슨 방법으로 고구려와 백제의 합종에 맞선단 말인가.

춘추는 복잡한 계산을 하며 유형의 안내로 당나라 궁성에 도착했다. 이세민은 김춘추를 보자마자 그의 풍채와 용모에 감탄하며 먼저 말했다.

"그대가 바로 춘추공이시군요. 내가 그대가 보통 사람이 아님을 알았으나 오늘 보니 더욱 그러하오. 먼 길 오시느라 수고가 많으셨소. 그래 중국에 오셨으니 제일 먼저 무엇을 하고 싶소?"

"폐하, 대국의 환영이 이토록 융숭하니 황송하기 그지없습니다. 대국에 왔으니 조금이라도 더 견문을 넓혀야 나중에 후회가 없겠지요. 일찍이 저의 아비가 공자님을 공경하여 저의 이름을 춘추로 지었나이다. 저는 유학을 숭상한 지 오래라 일각이라도 아껴서 국학(國學)에 나아가 석전(釋奠)과 강론(講論)에 참관하고 싶사옵니다. 허락을 청하옵니다."

"오호, 그래요. 춘추공이 대단하시오. 유학에 관심이 이렇게도 많으니 어찌 신라의 앞날이 어두울 수가 있겠소? 그래, 마침 오늘이 석전이 있는 날이오. 어서 가서 공자님을 비롯한 성현께 올리는 제사에 참관하시오. 강론이야 나중에 참관하도록 하고. 우리는 한가할 때 다시 만나면 되오."

이세민은 춘추가 유학에 관심을 표방하자 매우 기뻐했다. 자신 역시 당나라의 통치 원리를 유학에서 찾고자 했기 때문이었다. 이세민은 신라에 왕이 있다 해도 춘추가 실질적인 신라 왕이란 사실을 잘 알고 있었다. 춘추의 유학 운운(云云)이 아부임을 모르지는 않으나, 그 아부가 격식과 수준이 있어 충분히 존중할 만했다. 춘추란 이름이 좀 우스꽝스럽기는 하지만 역사를 공부하자는 뜻을 담고 있으니 기특하기까지 하다. 그는 돌궐이나 토번의 왕들과는 완전히 다르다. 중국의 문자를 읽고 해독하는 자였다. 공자께서 아침에 도를 들으면 저녁에 죽어도 좋다고 했지만, 경륜이나 지혜가 있는 자를 만나면 그 또한 즐겁기 마련이다.

이세민은 기분이 좋아져서 자신이 직접 지은 글 두 편과 새롭게 막 편찬을 끝낸 진나라의 역사서인 진서(晉書)[53]를 춘추에게 주었다. 중국에서는 새롭게 왕조가 들어서면 전 왕조의 역사서를 편찬하는 전통이 있었다. 마침 진서 편찬이 끝났기에 이를 내려주었다. 춘추는 대단히 기뻐하며 책과 시편을 받았다.

춘추는 이세민의 환심을 사고 싶기도 했지만, 그보다는 본인 스스로가 석전과 강론에 관심이 매우 많았다. 강국이 되기 위해서는 당나라처럼 유학을 융성시켜 인재를 양성해야 한다. 유학을 가르치는 학교도 설립해야 한다. 그런 생각에 당나라 임금 이세민에게 국학에 나아가 배우기를 청했다. 이세민도 매우 기뻐하며 자신이 지은 시를 주었으니 첫 대면은 성공적이다. 춘추는 첫 만남, 첫인상이 얼마나 중요한지 잘 알고 있었다. 남녀도 그러할진대 국가 정상 간의 만남은 더욱 그러했다.

두 나라의 정상이 처음 만나는 바로 그 찰나, 두 기세(氣勢)가 힘을 뿜

---

53) 『진서(晉書)』는 당 태종 이세민이 칙명을 내려 편찬한 정사(正史)로, 서진(西晉, 265-316년)과 동진(東晉, 317-420년) 시대의 역사를 기록했다. 『진서』 편찬 작업은 646년에 시작되어 648년에 완성되었다. 당 태종은 친히 일부 논찬(論贊)을 집필하기도 했다.

어 허공에서 승부를 겨룬다. 어느 나라의 정상이 만나도 그렇다. 이세민
도 김춘추도 상대가 호락호락하지 않음을 서로서로 금방 알아차렸다.
용호상박(龍虎相搏)에 호형호제(呼兄呼弟)였다. 하지만 현실적으로 이세
민은 가진 자이며 춘추는 얻으려는 자다. 가진 자는 비굴한 자에게 베풀
지 않는다. 가진 자는 뜻이 통하면서도 자신에게도 도움이 되는 자에게
도움을 준다. 그게 바로 상호 의기투합이다. 의기(意氣)가 합쳐지면 다
른 일은 그냥 풀리게 마련이다.

    며칠이 지난 뒤 신라 사신 김춘추를 환영하는 연회가 궁중에서 열렸
다. 연회가 무르익자 이세민은 춘추를 가까이 불러 금과 비단을 매우 후
하게 내려주고 말했다. 인사말과 같은 의례적으로 주고받는 말은 양쪽
의 역관이 통역하였지만, 중요한 내용은 필담으로 오갔다.

    "공은 마음에 무엇을 품고 있소? 무엇이든지 숨기지 말고 말해보시오."
    "폐하께 무엇을 숨기겠나이까? 신라는 바다 건너 모퉁이에 치우쳐있
어 대국의 문물을 받아들여야 살아갈 수 있습니다. 백성들이야 부처님
에게 의지하면서 산다고 하지만 통치는 유학이 근간이온데, 어디에서
유학을 배우겠습니까? 신라는 많은 학생을 대국으로 보내 배워야 하옵
니다. 하오나 백제는 강하고 교활하여 대국을 감언으로 속이면서 여러
차례 신라의 강역을 침범하였습니다. 더욱이 지금의 왕이 즉위한 이후
에는 승냥이 떼처럼 달려들어 신라의 백성들이 하루도 편하게 잠들지
못하였나이다. 폐하께서 군사를 빌려주어 백제의 흉악함을 도려내지
않으면 신라의 백성들은 모두 그들의 종이 되어 바다 건너 대국에 이르
지도 못하옵니다."

이세민은 김춘추가 당연히 군사를 청할 줄 알고 있었다. 몇 년 전에도 자신은 신라를 구원할 세 가지 계책을 신라 사신에게 말한 바 있었다. 고구려를 치느냐, 백제를 치느냐, 신라에 자신의 친척을 보내 왕으로 삼느냐 하는 세 가지 계책이었다. 그렇게 말하면서도 이세민은 첫 번째 계책만으로도 신라의 고민을 해결할 수 있다고 자신했다. 하지만 자신이 3년 전 20만 군사로 친정(親征)을 했으면서도 고구려를 굴복시키지 못했다. 자신이 직접 나서서 군사를 동원한 이래 처음 겪는 참담한 실패였다. 안시성 하나 때문만은 아니었다.

고구려는 겨울이 몹시 혹독해서 겨울이 오기 전에 정벌을 끝내야 했다. 하지만 전선이 길어 무작정 진격했다간 군량을 보급할 길이 막연해진다. 고구려 정벌이 어려운 이유는 바로 그 때문이었다. 고구려는 요동에 성을 쌓아 첫 번째 방어선을 치고 압록수 일대에도 방어선을 구축해 놓았다. 마지막 방어는 평양성이었다. 그 세 방어선을 돌파하자면 시간이 너무 많이 걸린다. 성공적으로 두 방어선을 돌파하여도 그때는 이미 겨울이다. 적진 깊숙하게 들어가니 군량 보급이 어렵다.

반면 고구려는 여러 산성에 백성과 군사를 모으고 군량을 비축했다. 당나라 병사들은 백성과 군량이 없는 빈 들판으로만 진격해야 하니 군량을 모두 멀리서 조달해야 했다. 우마가 필요하고 군량 조달에 따로 병사들이 지원에 나서야만 했다. 고구려는 그런 사정을 충분히 이용해 기습과 매복을 일삼으니 원정에 나서는 군대가 이기기 힘들었다. 지금까지 수나라나 당나라가 고구려 원정에 실패한 원인이 바로 그 때문이다. 긴 보급선을 거쳐, 고구려군의 기습을 피해 군량 조달에 성공하면, 살을 에는 고구려 벌판의 겨울 추위가 찾아왔다.

그렇다면 다른 방법을 찾아야 한다. 을사년 고구려 원정 실패 후 후방을 위협하던 설연타는 철저히 짓밟았다. 지난해는 여기저기를 공격해 고구려가 정신 못 차리게 했다. 올해는 육군이 아닌 수군을 보내는 전략을 짰다. 며칠 전에는 고구려 역산(易山)에 상륙한 수군 장수 고신감(古神感)의 보고가 도착했다. 고신감은 고구려 깊숙이 들어가 압록수 하구에 정박했다고 했다. 고신감은 고구려군의 기습에 대비하여 매복하고 있다가 1만 고구려군을 물리쳤다며 본진의 도착을 기다린다고 했다. 곧 설만철(薛萬徹)이 3만 수군을 이끌고 역산으로 상륙한다는 보고를 받았다. 이들이 분전(奮戰)한다 해도 고구려의 숨통을 완전히 끊어놓지는 못할 게 틀림없다. 오래전 한나라 때 무제도 조선을 정벌하기 위해 누선장군(樓舡將軍) 양복(楊僕)의 수군을 동원해 바다를 건너 평양을 바로 공격했다.

고구려는 이세민 자신이 지금까지 처음 대하는 군사 강국이었다. 아무리 그렇다 해도 당나라가 매년 공격하니 고구려는 기진맥진, 백성들의 곡성이 온 나라를 뒤흔들 건 당연한 이치다. 그렇다고 오래 끌 수는 없다. 자신의 위신 문제다. 당나라 조정에는 이미 내년에 30만 대군을 일으켜 고구려를 완전히 정벌하겠다고 공표를 했다. 고구려의 숨통을 딱 끊어야 한다. 평양성에 바로 칼을 디밀어야 한다. 바로 그 순간에 자신이 친정(親征)하여 당나라 황제 이세민의 권능을, 천하에서 유일한 하늘의 대리자인 자신의 위대함을 온 세상에 떨쳐야 한다. 그러기 위해서는 한무제처럼 수군을 동원해야 한다.

"나의 병사들이 지금 고구려에서 무도한 자들을 혼내고 있소. 지난 6월부터 큰 배도 만들고 군량도 비축하고 있으니 내년에는 완전히 고구려의 숨통을 끊어놓을 작정이오."

"폐하, 소신이 흉중에 있는 한마디 말을 더 올려도 되겠나이까?"

"그렇게 하시오. 그대가 얼마나 먼 길을 왔소? 하고 싶은 말은 다 하고 가시오."

"일전에 폐하께서 내려주신 진서(晉書)를 읽었습니다. 진서 열전에 고구려가 빠져있었지요. 그 서책을 보고 폐하께서 얼마나 고구려를 멸하고 싶은지 알 수 있었습니다. 고구려는 세상에 없는 나라가 되어야지요."

"하하하, 내 흉중을 들여다보는 듯하오. 바로 눈치를 채셨소이다. 내가 고구려 열전을 빼라 했소. 그 흉악한 연개소문을 책에다 남길 수는 없지."

"고구려는 겨울이 길고 추위가 혹독하기에 속전(速戰)으로 대처함이 옳다고 여깁니다. 과거 수나라는 머나먼 길을 진격해 왔기에 군사들이 평양에 이르렀을 때는 얼어 죽고 굶어 죽은 군사가 태반이었습니다. 그것이 어찌 용병(用兵)이라 하겠사옵니까? 신의 어리석은 생각으로는 한 대의 군사는 먼저 백제를 치고 북으로 나아가고, 또 한 대의 군사는 평양을 기습한다면 어찌 대국의 병마가 뜻을 이루지 못하겠나이까?"

"하하하, 정말로 하고 싶은 말을 다 하는구료. 우리 병사가 바다 건너 백제를 먼저 치고 그 병사가 북상한다, 흠, 그것도 좋은 계책이오. 하나 우리가 바로 평양으로 대군을 보내는 게 더 좋지 않겠소? 나는 그렇게 하려는 계획을 세웠소만."

"폐하의 신출귀몰한 용병술에 어찌 토를 달겠습니까만, 감히 한마디만 보태면 지난번 폐하께서 고구려를 혼내주실 때 신라에 군기(軍期)를 보내어 고구려를 치라고 하셨습니다. 우리 신라는 대장군 유신이 5만 군을 이끌고 북상하였습니다. 하지만 그 틈을 노려 승냥이 같은 백제군이 서라벌을 노리고 쳐들어와서, 유신이 황급히 군사를 돌렸나이다. 더군다나 고구려와 백제는 요즘 더욱 가깝게 지내는지라 무슨 흉계를 꾸밀지 알지 못하옵니다."

당나라 임금 이세민은 춘추의 말을 듣고 깊이 생각했다. 내년에 20만 정도의 수군으로 고구려를 덮친다. 압록수로 일부를 보내고 평양성으로도 보내 협공으로 고구려의 숨통을 끊는다. 이게 기본 계획이어서 큰 군선을 수백 척 건조하고 있다. 오호도(烏胡島)에 군량도 비축 중이다. 그러할진대 마침 김춘추가 찾아와 백제를 정벌해 달라고 한다. 세상일은 어떻게 변할지 모르며 용병은 더욱 그렇다. 용병이야말로 변화의 모든 가능성을 염두에 두어야 한다. 지난번처럼 안시성이란 의외의 복병을 만나지 말란 법은 없다. 그렇다면 백제로 수군을 먼저 보내 남북 양쪽에서 고구려 평양성을 협공한다? 그렇게 하면 신라군을 동원하여 군량을 조달시킬 수도 있다. 생각보다 평양성 함락이 늦어지면 군량 조달이 가장 큰 문제다. 그때 신라의 군량을 군사들에게 먹일 수 있다면, 고구려 정벌은 쉬워진다. 수군은 평양성으로 가나 백제로 가나 서해를 가로질러 가야 하니 큰 차이는 없다. 백제로 가서 더 유리하다면 백제로 가야 한다. 어쩌면 김춘추는 당나라가 신라의 군사와 군량이 필요할 때 딱 맞추어 찾아왔다. 약한 백제부터 제압하고 다음에 신라를 활용하면 고구려 정벌이 훨씬 용이하다는 말을 하러 나에게 왔다. 김춘추는 세 치 혀로 나를 설득하러 왔다. 하지만 틀린 말이 아니다. 그의 말이 옳다.

"수군이 바다를 건너 먼저 백제를 치자? 좋은 계책이오."
"그 계책은 폐하께서 지난번에 저희 신라 사신에게 알려준 계책입니다."

"그랬지. 내가 말한 세 가지 계책 중 하나였지."

"하옵고 그 계책은 한 무제가 수군을 평양으로 보내 조선을 멸할 때 사용했던 계책이기도 합니다."

"그래? 춘추공이 그것까지 알고 있단 말이요? 양복의 고사까지?"

"서책을 조금 보았을 뿐입니다."

"허허, 춘추공께서 사마천의 서책을 다 꿰뚫고 있구만요. 대단하오이다. 변방 조그만 나라의 왕족이라기에, 내 가볍게 생각했더니, 그게 아니었구려."

"황공하옵니다. 하지만 어찌 사마천의 서책을 모르고 고사(古事)를 안다고 하겠습니까? 칭찬은 거두어주십시오. 심히 부끄럽습니다."

"허허, 내 춘추공이 대단히 마음에 드오. 그대의 나라가 없다면 내 붙잡아서 나의 말벗을 삼고 싶소."

"저도 폐하의 곁에 머물고 싶나이다."

"하하, 고맙소. 그래, 신라군이 사력을 다하여 군사를 일으키면 그 수는 얼마나 되오?"

"족히 5만은 되옵니다."

이세민도 신라군이 고구려 정벌군을 편성한다면 그 정도 규모라 예상했다. 저번처럼 5만이 남쪽에서 고구려로 진격한다면 고구려 정벌에 큰 도움이 된다. 게다가 신라군은 스스로 군량을 짊어지고 오는 군대가 아닌가.

"좋소이다. 그렇게 하겠소. 당나라가 군사를 내어 먼저 백제를 치도록 하겠소. 한 20만을 보낼까? 신라는 당나라가 고구려를 칠 때 군량을 대고 군사를 움직여야 하오. 아시겠소?"

"저와 신라의 백성들은 온 힘을 다하겠습니다. 명을 내리시면 군기(軍期)에 맞추겠습니다. 다만 한 가지만 약조를 해주셔야 제가 신라에 돌아가 저의 임금께 말씀드릴 수가 있나이다."

"약조를? 그래 어떤 약조가 필요한가?"

"당나라와 같은 대국의 영토는 광대하여 물자가 넘쳐나지만, 저희 신라는 온통 산지라 궁벽하고 협소하기 짝이 없사옵니다. 대국이 고구려를 멸한 후 평양성 이남은 우리 임금이 다스릴 땅으로 몫을 정해주시면, 신라는 대대손손 폐하의 은덕에 감읍하겠사옵니다."

"평양성 이남은 신라가 다스리겠다?"

"그러하옵니다."

이세민은 순간 갈등했다. 고구려와 백제를 정벌한 다음 고구려, 백제, 신라를 통괄하는 안동도호부를 설치하여 당나라가 직접 통치할 생각이었다. 서쪽에 안서도호부를 둔 것처럼, 고구려 평양에 안동도호부를 둔다. 안동도호부 관할에 몇 개의 도독부를 설치할 계획이었다. 하지만 김춘추에게 그 계획을 말한다면, 신라는 돌아설 게 분명하다. 그다음에 신라는 고구려든 백제든 어느 나라와도 타협할 게 틀림없다. 고구려와 백제와 신라가 합심하여 버틴다면 고구려 정벌은 더 어려워진다. 불가능할지도 모른다. 당나라는 땅이 넓다. 말만 잘 듣는다면, 땅은 문제가 아니다. 신라야 유순한 나라이니 그깟 궁벽한 조그만 땅덩어리 정도야 떼주어도 상관없다. 중요한 건 고구려의 멸망이다. 자신에게 항거한 나라는 끝장을 보아야 한다. 망해야 한다. 그렇게 해야 만백성을 다스리는 황제다. 하늘의 아들 천자(天子)다.

"좋소. 그리하겠소. 내가 두 나라를 평정하면 평양 이남과 백제 땅은 모두 신라에 주어 길이 편안하게 하겠소."[54]

"감사하옵니다. 하옵고 왜국도 당나라에 학생들을 보내 유학과 불교를 배우고자 합니다. 허락해 주시옵소서."

"그대가 왜국에도 다녀왔소?"

"그러하옵니다."

"그대의 생각을 알겠소. 왜국을 신라 쪽에 묶어두려 하는구려."

"그렇습니다."

"잘하셨소. 역시 춘추공은 듣던 대로 식견이 대단하오. 하하하."

"그리고 이번 기회에 신라의 관복도 당나라의 격식대로 입고자 하옵니다."

"그래? 참 좋은 생각이오. 그렇게 하시오. 모름지기 당나라에서 많이 배워 나라를 튼튼히 하겠다는 의미가 아니오. 내가 도와드리겠소."

이렇게 하여 당나라 임금 이세민과 신라 사신 김춘추 간에 백제와 고구려 정벌, 아울러 국경 구획에 관한 대체적인 합의가 이루어졌다. 춘추가 왕은 아니라 하더라도 전권을 가지고 있었기에 당나라 임금도 허심탄회하게 협약을 마무리했다. 이세민은 김춘추와의 만남이 아주 흡족했는지 진기한 옷을 내리고 춘추의 아들 문왕에게도 벼슬을 내렸다. 춘추도 매우 흡족했지만, 기쁨을 순정하게 드러낼 수만은 없었다.

며칠이 지나 춘추가 신라로 떠날 때 이세민은 직접 환송연을 열어 극진히 대접하였다. 춘추는 아들 문왕의 숙위(宿衛)를 청했다. 숙위는 원

---

54) 我平定兩國, 平壤已南百濟土地, 並乞你新羅 永爲安逸『삼국사기』, 답설인귀서(答薛仁貴書)

래 임금을 호위하는 친위대였으나 당나라가 문호를 개방하면서 숙위는 신라와 같은 우호적인 나라의 유력 자제들이 당나라 장안에 머물게 하는 방편으로 활용되었다. 이들은 본국과 당나라의 연락 업무를 전담하는 역할을 하였다. 춘추는 아직 어린 문왕을 이국만리에 두고 가는 게 걱정이 되었으나 당나라 말을 잘하는 수행원을 두고 가니 큰 염려는 하지 않았다.

김춘추는 산동(山東) 내주(萊州)에서 귀국하는 사신 선(船)에 탔다. 뿌듯했다. 마음에 품고 있었던 세 가지 모두 춘추의 뜻대로 되었다. 당나라 임금은 백제를 치기 위한 군사를 보내기로 했다. 무려 20만 대군이다. 게다가 평양 이남의 영토에 대한 보장을 받았다. 무엇보다 이건 엄청난 약조였다. 대대손손 신라가 편안하게 살 수 있는 약조였다. 일개 필부도 아닌 당나라 임금이 직접 말한 약조였다. 임금의 말은 뒤집을 수가 없다. 춘추는 당나라 임금과 나눈 필담이 적힌 종이를 들여다보고 또 들여다보았다. 我平定兩國 平壤已南百濟土地 並乞你新羅 永爲安逸. 아평 정양국 평양이남백제토지 병기니신라 영위안일. 내가 두 나라를 평정하면 평양 이남과 백제 토지는 신라에 주어 길이 편안하게 하겠노라. 춘추는 한문으로도 소리 내어 읽어보고 신라말로도 읽어보았다. 읽어보고 또 읽어보았다. 이토록 기쁜 약조는 없었다. 이 약조만 지켜진다면 신라는 자손만대까지 편안하게 살 수 있다. 그러니 어찌 기쁘지 아니하겠는가. 게다가 왜국과의 친선도 약속받았다.

배는 당나라 내주에서 순풍을 받고 서해를 가로질렀다. 덕물도[55]로

갔다가 당항진으로 갈 예정이었다. 그게 당나라에서 신라로 가는 가장 빠른 길이었다. 하루가 지나자 동으로 멀리 덕물도가 보였다. 바로 그때였다. 고구려 군선(軍船) 세 척이 갑자기 북쪽 바다에서 나타났다. 춘추가 탄 평선보다 훨씬 빠른 고구려 군선이었다.

고구려 수군이 춘추의 배가 온다는 정보를 미리 입수했음이 분명했다. 그렇다면 춘추를 죽이러 오는 배다. 춘추를 죽이러 고구려 군선이 기다리고 있었음이 틀림없었다. 잡히면 바로 죽는다. 춘추는 절체절명의 순간임을 직감했다. 천지신명이 신라를 버리는가? 천지신명이시여, 신라를 버리시나이까?

인명은 재천이다. 하늘이 아직은 자신을 살려두어야 했다. 지금 죽이려면 차라리 자신을 세상에 내지 말아야 했다. 춘추는 침착해지려 애를 썼다.

신라의 사신 선은 비상시를 대비하여 고물에 작은 배를 싣고 다녔다. 사공들은 재빨리 고구려 수군이 보지 못하는 방향으로 작은 배를 바다에 내렸다. 작은 배는 돛과 노가 있는 쾌선(快船)이었다.

춘추의 수행원 중에 춘추처럼 풍채가 좋은 온군해(溫君解)라는 자가 있었다. 온군해는 춘추에게 말했다.

"나리, 저와 옷을 바꿔 입고 어서 달아나소서."
"내가 살자고 어찌 너를 사지에 밀어넣겠느냐? 그럴 수는 없다."
"나리, 아닙니다. 제가 죽어 나리를 살릴 수 있다면 백 번이라도 마다하겠습니까? 나리가 살아야 신라가 삽니다. 어서 옷을 벗으소서."

춘추는 하는 수없이 얼른 옷을 바꿔입었다. 온군해는 춘추의 높은 모자도 썼다. 작별 인사도 없이 춘추는 급히 작은 배로 옮겨탔다. 당나라 임금과 나눈 필담 종이 뭉치만 품에 넣고 몸만 내렸다. 사공 서너 명도 함께 내렸다. 멀리 덕물도에 있던 신라 수군도 고구려 군선이 나타나자 낌새가 이상했는지 군선 다섯 척을 출발시켜 사신 선 쪽으로 보냈다. 쾌선의 사공들은 필사적으로 노를 젓기 시작했다. 고구려 군선이 사신 선에 다가왔을 때 쾌선은 이미 사신 선에서 한참을 벗어나 있었다. 사신 선에 배를 붙인 고구려 수군은 배를 건너와 온군해를 잡았다. 그들은 다짜고짜 온군해를 죽이고 목을 잘랐다. 그들의 목표는 오로지 춘추의 목이었다. 고구려 병사들은 온군해의 목을 취한 뒤 자신들 배로 건너가 북쪽 바다로 황급히 사라졌다. 신라의 군선이 다가오고 있었기 때문이다.

그 무렵 춘추의 쾌선은 신라의 군선에 다가갈 수 있었다. 한참이 지난 다음 사신 선이 덕물도 항으로 들어왔다. 온군해는 피가 낭자한 시신으로 변해 있었다. 춘추는 목 없는 온군해의 몸통을 부여안고 통곡을 했다. 그 모습을 보고 눈물을 흘리지 않는 자가 없었다. 춘추가 하늘을 보고 울부짖으며 말했다.

"얼마나 많은 사람이 더 죽어야 이 싸움이 끝이 납니까? 하늘이시여, 대답하소서. 대답하소서."

춘추가 서라벌에 도착하자 진덕여왕도 온군해의 죽음을 슬퍼하며 그를 대아찬(大阿湌)에 추증하고 아내와 자식에게는 토지를 내렸다. 대아찬은 평민이 오를 수 없는 진골에게만 수여하는 관등이었다. 온군해는 죽어서 비로소 진골이 되었다. 온군해의 아들이 그 혜택을 입었다.

17

　서라벌 남산에는 진달래가 만발하였다. 남산 우지암(亐知巖)에 신라의 원로대신인 상대등 알천공(閼川公), 임종공(林宗公), 술종공(述宗公), 호림공(虎林公), 염장공(廉長公), 유신공(庾信公)이 모였다. 알천공이 모이라 했다. 알천공에게 청을 넣은 장본인은 유신이었다. 상대등 알천공이 말을 꺼냈다.

　"남산의 진달래는 올해도 만발했구려. 이 늙은이는 늙기만 하는데."

　임종공이 받아서 말했다.

　"알천공은 아직도 호랑이를 맨손으로 때려잡으실 완력이신데, 무슨 말씀인가요."
　"허허, 임종공. 젊었을 땐 그랬지요. 하지만 나도 늙었습니다. 자, 오늘 제가 여기 우리 신라의 원로대신을 모이자고 했습니다. 다 아시다시피 우리 폐하께서 오래 살지는 못하십니다. 불충 같지만 우리가 미리 준비해야지요."

호림공이 받아서 말했다. 호림공은 자장율사의 아버지이기도 했다.

"준비하다니요? 만약 폐하께서 돌아가신다면 장례야 궁에서 알아서 할 텐데요."
"호림공, 그 말이 아닙니다. 폐하의 자식이 없으니, 누구를 왕으로 세웁니까? 하루라도 왕의 지리는 비워둘 수가 없으니 말이요."
"알천공, 그런 말씀이셨군요. 폐하께서 위중하십니까?"
"그렇소. 어의는 열흘을 버티지 못할 거라고 했소."

염장공이 다른 사람의 눈치를 보면서 말했다.

"그것 큰일이군요. 그럼 다음 왕은 우리 진골 귀족 중에서 가장 원로인 상대등께서 하시는 게……"

염장공의 말이 끝나기도 전에 알천공은 유신의 눈치를 보았다. 유신의 안광(眼光)이 무서울 정도로 빛나고 있었다. 알천공이 얼른 염장공의 말을 자르며 말했다.

"그 무슨 말씀을 하시는 게요. 나는 이미 늙었소. 대사를 감당할 그릇이 아니오."

술종공이 나서서 말했다.

"우리가 그냥 편하게 말합시다. 춘추공 외에 누가 다음 왕이 될 수 있겠소? 폐위되었다고는 하지만 진지왕의 손자이고, 진평대왕의 외손이 아니오. 게다가 춘추공이 동분서주하면서 얼마나 나라를 위해 애를 쓰셨소? 고구려도 그렇고 지난번 당나라 다녀올 때는 사지(死地)의 입구에서 겨우 살아나오질 않았소. 백제와 고구려가 호시탐탐 우리 신라를 노리고 있소. 여기 유신장군이 없었더라면, 이 서라벌도 무사하지도 못했을 거요. 그럼 답이 나오질 않소? 백제와 고구려를 물리치기 위해서는 당나라와 친해야 하고, 또 유신장군과 뜻이 맞아야 하니 그렇게 보면 다음 임금은 춘추공밖에 더 있소? 아니 그렇습니까?"

모두 고개를 끄덕였다. 알천공이 마무리했다.

"나도 그렇게 생각하오. 유신공의 생각은 어떻소?"

유신은 그제야 눈빛을 아래로 내리고 대답했다.

"여러 원로 대신의 말씀이 옳은 게지요. 감사할 따름입니다."

김유신은 남산에서 내려와 말을 타고 춘추의 집으로 갔다. 춘추는 종이에 무엇을 쓰고 있다가 유신을 맞이했다.

"춘추공, 우지암에서 결정하였소. 폐하가 위독하니 알천공을 졸라 우지암 회의를 하자고 했습니다. 춘추공으로 합의를 했습니다."
"나로 합의를 했다…… 하지만 지난번 비담의 난 같은 난리가 일어나서는 절대로 안 됩니다."

"못 박아두려고 미리 합의했지요. 지금은 내가 있는 한 아무도 군사를 동원할 수 없습니다."

"내가 고민이 많습니다. 젊었을 땐 왕이 되고자 하는 마음이 많았습니다. 유신공도 아시다시피 하나하나 단계를 밟아 여기까지 오질 않았습니까? 하지만 당장 눈앞에 옥좌가 보이니 오히려 걱정이 많습니다. 합의할 줄 알고 있었지만, 기다리고 있으려니 심사가 복잡하기만 했습니다. 마음을 차분하게 가라앉히려고 당나라에 숙위로 가 있는 둘째 인문(仁問)에게 편지를 쓰고 있었습니다."

"인문이 당나라에 간 지가 3년쯤 되었지요?"

"그렇습니다. 딱 3년이 되었습니다. 셋째 문왕과 교대해서 3년이나 있었는데, 지난번 편지를 보니 서라벌 생각이 나는 모양이에요. 다른 아이는 보낼 만하지 않고. 1, 2년만 더 참으라고 해야지요. 왜국에서 온 고향현리 편에 편지를 당나라로 보내야지요. 참 고향현리가 서라벌에 왔습니다. 아시지요?"

"알고 있습니다."

"그가 당나라로 가는 왜국 유학생들을 인솔해서 왔지요. 인문에게 왜국 사신 일행이 가면 당나라 임금을 알현하는 일도 주선하라고 썼습니다."

"그렇군요. 춘추공도 대단하십니다. 왜국에 보통 정성을 들이지 않으십니다."

춘추가 당나라에 사신으로 다녀온 다음 해인 기유년[56] 신라는 왜국

---

56) 649년

에 김다수(金多遂)를 사신으로 보냈다. 김춘추가 당나라와 왜국의 가교 역할을 하여, 앞으로 왜국도 당나라에 사신과 유학생을 파견해도 좋다는 허락을 전달하기 위함이었다. 춘추도 왜국이 신라와 가깝게 지낸다고 해도 당장 두 나라가 군사동맹까지 맺는다고 생각하지 않았다.

나라 간의 정세는 각국의 이익에 따라 어떻게 변할지 모른다. 그때를 대비해 미리 공을 들여야 했다. 왜국은 신라 사신의 말을 듣고 몇 년 준비하여 계축년[57] 배 두 척에 2백 41명의 유학생을 당나라로 보냈다. 모두 신라를 거쳐 갔다. 바로 작년의 일이었다. 올해 갑인년[58]에 들어서자마자 고향현리(高向玄理)가 또 유학생을 인솔하여 신라로 왔다. 고향현리는 수나라와 당나라에 32년이나 머물다가 신라를 거쳐 왜국으로 돌아갔다. 사신으로 와서는 춘추를 안내하여 왜국으로 돌아간 자였다. 그가 소아씨를 척결하는 정변의 배후에 있었다. 춘추는 현리를 반갑게 맞이했다. 하지만 개혁을 위해 의욕에 불타던 과거의 그 현리가 아니었다. 현리는 지치고 병들어 있었다. 현리는 차라리 당나라로 돌아가고 싶다고, 다시는 왜국으로 돌아가지 않겠다고 말했다. 현리는 그간 왜국에서 일어난 변화를 춘추에게 말해주었다.

신라와 왜국은 서로 우호관계를 잘 이어가다가 3년 전인 신해년[59]에 크게 틀어졌다. 신라의 사신 지만(知萬)이 당나라 옷을 입고 나타났다고 왜국에서 트집을 잡았다. 신라는 김춘추가 당나라에 다녀온 이후 관리들의 옷을 모두 당나라식으로 바꾸었다. 당나라에 군사를 요청하는 명분을 가지기 위함이었지만, 관원들을 구분하고 통솔하기도 좋았다. 하

---

57) 653년
58) 654년
59) 651년

지만 왜국에서는 아직 당나라와 정식으로 관계가 복원되지 아니하였기에 당나라 사람을 들여놓을 수 없다고 억지를 부렸다. 사신 지만이 당나라 사람이 아니라, 신라가 당나라 복식을 채용했다고 하여도 왜국 관원은 막무가내여서 도무지 대화가 통하지 않았다. 지만은 왜국 궁성으로 가지도 못하고 축자에서 돌아오고 말았다. 현리는 그게 모두 백제 의자왕의 이간책이라고 설명해주었다.

정변으로 백제와 가깝게 지냈던 소아씨 가문이 멸족한 뒤로 의자왕은 거의 해마다 사신을 보내 신라를 비난하고 왜국을 꼬드겼다. 백제는 수백 년간 왜국과 밀접하게 지냈기에 혈족으로도 가까웠다. 귀족 중에는 백제계가 아주 많았다. 의자왕의 영향력은 여전히 대단했다. 의자왕은 당나라가 고구려와 백제를 멸한 다음 신라와 손을 잡고 왜국을 정벌한다고 했다. 백제가 망하면 다음은 바로 왜국이다. 신라는 사실 당나라나 마찬가지다. 복식을 봐라. 똑같이 입지 않았느냐? 이렇게 설득했다. 의자왕의 계략은 제대로 먹혀들었다. 의자왕은 효덕왕을 무시하고 중대형태자와 접촉했다. 효덕왕은 중대형태자의 외삼촌으로 본디 권력 기반이 약했다. 의자왕이 제공한 금은 세공품과 불상과 같은 희귀한 물품은 중대형태자의 위세에 큰 도움이 되었다. 의자왕은 중대형태자뿐 아니라 그의 신임을 받는 신하들에게도 옻칠 장 같은 백제의 화려한 수공예품을 보냈다. 중대형태자와 그의 측근들은 완전히 백제 쪽으로 돌아섰다. 신라에 호의적이었던 효덕왕은 중대형태자를 제어하지 못했다. 군사를 움직이는 쪽은 중대형태자였다.

마침내 의자왕과 중대형태자는 계축년[60] 전과 같은 우호관계를 복원하기로 약속했다. 그러면서도 중대형태자는 당나라와 유학생을 보낸다

---

60) 653년

든지 하는 실질적인 도움은 신라를 통해 받았다.

현리의 설명을 듣기 전에도 김춘추는 왜국이 이중책을 쓰고 있음을 감지하고 있었다. 왜국은 당과 고구려와 신라와 백제, 어느 나라와도 척을 지지 않으면서 그때그때 백제와 신라에게 필요한 것을 받아 챙겼다. 김춘추는 얄밉기는 하지만 속는 줄 알면서도 왜국에게 우호적으로 대했다. 김춘추는 왜국이 어느 편에도 치우치지 않고 최소한 신라와 백제의 중간에 머물러 있기를 바랐다. 춘추의 진짜 속셈은 바로 그것이었다.

"유신공, 왜국이 우리의 뒤통수를 치지 않기를 바랄 뿐이요."

"나도 그렇게 생각했습니다."

"당나라 임금 이세민이, 돌아가시고 태종이라 한다지요. 당 태종이 내가 당나라를 다녀온 다음 해 4월에 북망산천으로 떠났지요. 당 태종은 유언으로 고구려 정벌은 하지 말라고 했습니다."

"나도 그 말을 들었는데, 그게 어떤 뜻일까요?"

"어떤 뜻이라니요?"

"그러니까 그 해에 30만 병사를 동원하려고 하지 않았습니까? 그걸 취소하라는 말인지, 아니면 앞으로 영구히 고구려를 정벌하지 말라는 뜻인지……"

"그거야 당연히 그해 계획되어 있었던 정벌을 취소하라는 말입니다. 장례도 있고 하니, 어차피 병사를 일으키지는 못하지요. 그러나 가만히 있을 당나라가 아닙니다. 그때 우리가 당 태종이 죽고 얼마나 실망했습니까? 그가 20만 대군을 백제로 보내 고구려보다 먼저 정벌한다고 약조하지 않았습니까?"

"실망이 이만저만이 아니었지요. 하지만 어쩌겠습니까? 기다려야지요."

"올해가 당 태종이 죽은 지 5년째입니다. 아들 이치(李治)가 우리 법민이보다 두 살인가 아래입니다. 스물여섯입니다. 이치의 자리가 안정되었으니, 곧 뭔가를 한다고 봐야겠지요. 혈기도 있는 나이구요. 그럼 무엇을 하겠습니까? 아들은 아버지가 못다 한 것을 이루려고 합니다. 어느 아들이나 그렇습니다."

"그렇습니다. 이치가 가만히 있지 않겠군요. 당나라가 병사를 일으키겠군요."

"유신공, 지금 당나라는 요서에 있는 거란에 더욱 공을 들였습니다. 거란이 당나라 쪽이냐, 고구려 편이냐에 따라 전세가 완전히 달라집니다."

"그렇겠지요. 거란이 당나라 쪽으로 완전히 돌아섰다고 합니까?"

"그렇습니다. 고구려는 거란과 말갈을 다 거느리고 있어야 당나라에 맞설 수 있습니다. 그러니 그쪽에서 뭔가가 일어날 분위기입니다."

"그러면 고구려가 먼저 공격을 할 수도 있겠군요."

"그렇지요, 유신공. 지켜보면 알겠지요. 내가 당나라에 다녀온 그 이듬해 백제가 또 쳐들어왔지 않습니까?"

춘추가 당나라에 다녀온 다음해인 기유년[61] 8월 백제는 수만의 병사를 일으켜 백제 북쪽 국경을 공격했다. 백제 장군 은상(殷相)은 석토성((石吐城)[62]을 비롯 일곱 성을 순식간에 점령했다. 석토성을 빼앗기면 당항성의 배후와 교통로가 위험해진다. 백제는 서해를 통한 당나라와 신라의 교류가 심히 불쾌했다. 심지어는 왜국 유학생이나 사절마저도 신라의 길을 통해 당나라에 오갔기에 대단히 분개했다. 의자왕은 도살성

---

61) 649년
62) 충북 진천군 일대로 추정.

(道薩城)에서 서해 당항성으로 가는 신라의 중부 교통로를 차단하고자 했다. 유신이 진춘(陳春), 죽지(竹旨), 천존(天存)장군을 데리고 막았지만, 처음에는 중과부적이었다. 유신은 구원군이 오는 것처럼 백제군을 기만하여 도살성 아래 전투에서 백제군 1만여 명을 살상하는 전과를 올렸다. 하지만 빼앗긴 성은 되찾지 못했다.

춘추는 당 태종이 막 죽은 다음이라, 태종과의 약속이라며 당나라에 군사를 내어 백제를 치자고 차마 조를 수가 없었다. 대신 사신을 보내 백제가 얼마나 흉악무도한지를 일러바쳤다. 당나라로서도 선왕(先王)이 한 약속이 있는지라 모른 채 가만히 있을 수는 없었다. 당나라 임금 이치는 신해년[63] 당나라에 온 백제 사신에게 국서를 주어 분명히 말했다. 백제가 빼앗은 땅을 신라에게 돌려주면, 신라는 포로로 잡은 병사를 돌려준다, 그러니 서로 평화협상을 해라. 만약 백제가 말을 듣지 않는다면 고구려가 백제를 돕지 못하게 한다, 만약 나아가 고구려도 말을 듣지 않으면 거란을 시켜 고구려로 쳐들어가게 한다고 했다. 그러니 백제 의자왕은 깊게 주도면밀하게 계획을 세워 절대 후회하지 않기를 바란다고 했다.

이듬해인 임자년[64] 정월 의자왕은 사신을 당나라에 보냈다. 백제는 당나라 말을 들으려고 하는데 신라가 중상모략한다고 강변했다. 하지만 당나라의 태도는 변하지 않았다. 의자왕은 당나라를 다녀온 사신의 보고를 받고 대단히 불쾌하여 당나라와의 교류를 중단하기로 결정했다. 그 기세등등했던 태종도 고구려를 어찌하지 못했다. 하물며 애송이 아들 이치가 뭘 하겠느냐. 직접 군사를 일으키겠다는 말도 아니고 거란을 시켜 고구려를 친다? 연개소문이 웃겠다, 이 어린 녀석아, 라고 의자

---

[63] 651년
[64] 652년

왕은 생각했다.

대신 고구려와 왜국과의 우호는 중요했다. 의자왕은 먼저 고구려에 사신을 보냈다. 당나라에서 온 국서 내용 중에, 당나라가 거란을 시켜 고구려를 공격한다는 내용이 있으니, 조심하라고 했다. 의자왕은 김춘추가 당나라에 공을 들인만큼 자신은 왜국에 공을 들였다. 어떻게든 김춘추의 공든 탑을 무너뜨려야 했다. 의자왕이 왜국에 아들 부여풍을 보내니 그 효과는 바로 나타났다. 왜국은 신라와의 교류를 끊고 백제와 다시 전통적인 관계를 복원하기로 했다. 하지만 그렇다 해도 왜국은 그런 결정을 신라에 알리지 않았다. 왜국과의 외교에서는 의자왕이 김춘추를 이긴 셈이 되었다.

"유신공, 백제는 지난 패전 이후로는 잠잠합니다. 당나라도, 백제도 다 조용합니다. 나는 너무 불안합니다. 지금은 큰바람이 불기 전에 잔잔한 날 같습니다. 곧 큰바람이 일어나겠지요. 어디에서 바람이 일어날지는 모릅니다. 당나라에서? 고구려나 백제에서? 하여간 어디에서든 큰바람이 불긴 붑니다. 천하의 판세는 결정되었습니다. 당나라와 신라가 한 편이고 고구려와 백제가 한 편입니다. 다만."

"다만?

"거란과 왜국은 확실하지는 않습니다."

"확실하지 않다니요? 춘추공."

"거란이 당나라 쪽에 붙은 것 같기는 하지만 아직은 모르지요. 왜국도 마찬가지입니다. 왜국은 가만히 있습니다."

"그렇군요. 왜국이 무슨 일을 내겠습니까? 내가 왜국 병사 정도는 쳐부술 수 있습니다."

"그렇지요. 유신공은 그러할 겁니다. 하지만 백제와 왜국이 힘을 합친다고 생각해 보십시오."

"에이, 설마. 왜국이 그렇게까지 하려구요."

"모르는 일입니다. 왜국이 낙수나 동해로 병사를 보내고 백제가 압량이나 상주로 동시에 들어온다고 생각해 보십시오. 또 고구려가 북에서 밀고 온다면요?"

"그렇군요. 그러면 나로서도 어렵습니다."

"유신공, 기우(杞憂)일지도 모르지요. 아니 기우가 틀림없습니다."

"춘추공의 말이 옳습니다. 왕은 그 모두를 염두에 두어야지요. 그래야지요."

"유신공, 하필 이때 하늘은 나에게 왕이 되라고 합니다. 유신공, 하필 이때 신라는 나에게 왕이 되라고 합니다."

그때였다. 궁에서 나온 시종이 급히 춘추와 유신을 찾았다. 월성에서 진덕여왕이 돌아가셨으니 어서 입궁하라는 전갈이었다.

진덕여왕이 운명했다. 갑인년[65] 3월의 일이었다. 급히 화백회의가 열렸다. 왕의 후사가 없었고 미리 정해놓은 태자도 없었으니 왕을 추대해야 했다. 상대등 알천공이 누가 왕으로 적합할지 추천을 하라고 했다. 누군가가 나서서 말했다.

"왕을 모시는 일은 중요하고도 중요한 일입니다. 하지만 급하게 처리할 일이 아닙니다. 알천공이 상대등이시니 당장은 섭정을 하시면서 차

---

65) 654년

분한 논의를 거쳐 왕을 정해야 합니다."

그 말에 좌중이 상당히 술렁거리면서 시끄러워졌다. 알천공이 나서서 말을 했다.

"어허, 조용히 하시오. 왕이란 자리는 하루도 비워둘 수 없소. 어찌 섭정이 대신한단 말이오. 그건 아니 될 말이요. 또한 나는 늙었습니다. 덕행도 없지요. 지금 덕망이 높고 언행이 중한 분으로는 춘추공만 한 이가 없습니다. 실로 세상에서 뛰어난 분입니다. 춘추공이 어떻겠소?"

알천공의 말에 모두 찬성했다. 이미 대세를 모르는 자는 거의 없었다.

"춘추공을 모십시다."

춘추는 일어서서 세 번을 거듭 사양했다. 네 번째로 알천공이 부탁했다. 그제야 춘추는 알천공의 추대를 받아들였다.
진지왕과 진평왕의 손자이자 김용춘과 천명공주의 아들 김춘추가 마침내 신라의 왕이 되었다. 그의 나이 50세였다.

18

갑인년 3월, 춘추가 왕위에 올랐다. 할아버지는 진지왕이고 아버지는 용춘이다. 어머니 천명부인은 진평왕의 딸이었다. 왕비 문명(文明)부인은 김서현의 딸이자 김유신의 누이였다. 진덕여왕이 운명을 달리하자, 알천공이 춘추를 왕으로 천거했다. 춘추는 세 번을 사양하다가 마지못해 왕위에 올랐다.

춘추가 왕위에 오르니 신라의 기강이 바로잡혔다. 춘추의 아들은 아홉이나 되는 데다가, 장남인 법민을 비롯한 서너 명은 이미 장성하였다. 그 아들의 외삼촌이 김유신이었다. 한 나라에서 후계 구도가 확실하고 군사력이 그 후계자를 뒷받침할 때 권력은 확실한 중심을 잡는다. 춘추는 원로 귀족인 알천을 은퇴시키고 금강(金剛)을 상대등으로 삼았다.

춘추는 왕이 되어서도 당나라와 고구려, 백제와 왜국의 동향에 촉각을 곤두세우고 있었다. 김유신의 동생 김흠순이 여러 나라의 소식을 취합해서 왕과 유신에게 알려주었다. 김흠순은 진덕왕 때부터 하던 일을 계속했다. 춘추는 흠순에게 여러 보고를 받으면서도 당나라의 소식은 직접 챙겼다. 춘추는 아들 인문이 당나라 장안에 숙위(宿衛)로 가 있었기에 발 빠르게 당나라 소식을 접할 수 있었다. 그만큼 당나라가 중요했다.

해가 바뀌어 을묘년[66]에 들어서면서 춘추의 둘째 아들 인문은 새해 안부와 함께 당나라 소식을 전해왔다.

작년 초에 고구려 군사가 요서의 거란 지역을 공격했다. 당나라가 거란을 동원해 고구려를 공격하려는 계획을 백제가 고구려에 일러바쳤기 때문이었다. 당나라가 국서를 통해 엄포를 놓았던 내용이 오히려 당나라에 거꾸로 돌아온 셈이 되었다. 당의 장수 신문릉(辛文陵)은 고구려군을 막다가 패하여 사지에 몰렸다. 당나라는 급히 구원군으로 설인귀(薛仁貴)를 보냈다. 설인귀가 전세를 역전시켜 고구려군이 패주하였다. 고구려는 다시 10월에 장수 안고(安固)를 그 지역으로 보내 거란의 여러 부족을 복종시켰다. 이에 당나라에 귀부한 거란 장수 이굴가(李窟哥)가 나서서 안고를 막아냈다. 고구려는 이에 굴하지 않고 당나라가 잠잠한 틈을 타서 서돌궐과 그 너머에 있는 강국(康國)에 사신을 파견했다.

서돌궐은 당 태종이 살아있을 때는 당나라에 복종하였다. 당 태종이 죽자 신해년[67] 서돌궐의 족장 아사나하로가 서돌궐의 전체 왕이라 스스로 선언하며 당나라에 반기를 들었다. 그후에도 아사나하로의 위세는 계속되었다. 당나라는 그를 완전히 제압하지 못했다. 고구려는 당 태종이 고구려에 원정했을 때 설연타와 연합하여 당나라의 뒤통수를 쳤듯이 이번에도 무언가 일을 꾸미고 있음이 틀림없다. 당나라도 고구려의 낌새를 이미 알고 있다. 고구려가 거란과 서돌궐과 연대를 강화하려고 기를 쓰고 있었다.

인문이 보낸 편지에는 이러한 내용이 적혀있었다. 편지 말미에는 작

---

66) 655년
67) 651년

년 갑인년[68]에 당나라 임금 이치가 왜국 사신에게 신라에 군사를 보내 고구려와 백제의 침공을 막으라고 하는 조서를 주었다고도 적혀있었다.

춘추는 편지를 보고 바로 김유신을 궁으로 불렀다.

"유신공, 심상치 않습니다."

"폐하, 무엇이 말입니까?"

"당 태종이 죽고 지난 4, 5년간 고구려와 당나라 사이는 잠잠했습니다. 백제도 지난 도살성 싸움 이후 잠잠하구요. 허나."

"허나?"

"고구려가 요서로 쳐들어갔습니다. 당나라는 받아쳤구요. 나는 고구려가 요서만 노린다고 보지 않습니다."

"그럼 우리 북쪽 변경도?"

"그렇습니다. 올해가 안시성 싸움이 일어난 지 딱 10년입니다. 당나라가 해마다 고구려를 괴롭혔다고 하나 태종이 죽고 난 뒤에 조용했습니다. 하지만 마냥 조용했던 건 아니지요. 거란을 움직이고 있었지요. 고구려가 낌새를 치고 선수를 쳤지요. 고구려도 안시성 싸움 이후 10년 동안 상처를 많이 회복했습니다. 나는 고구려가 우리 쪽으로 쳐들어오지 않을까 불안합니다. 백제도 마찬가지입니다."

"폐하, 소장이 더욱 경계를 강화하겠습니다. 각 지역 산성을 보수하고 군량도 충분히 확보해놓겠습니다."

"당나라 임금이 왜국에게 신라를 도울 군사를 보내라는 조서를 내렸다고도 합니다. 하나 왜국이 말을 듣지는 않을 게 분명합니다. 최소한 왜국이 신라에 쳐들어오지는 않겠지요."

---

68) 654년

춘추와 유신이 걱정한 지 열흘도 지나지 않아서 일이 터졌다. 고구려가 말갈병과 함께 북쪽 변경으로 쳐들어왔다. 을묘년[69] 정월의 일이었다. 김유신은 황급하게 진주(眞珠), 진춘(陳春), 죽지(竹旨), 천존(天存) 등의 장군을 각 전선으로 보냈다. 동해안 북쪽의 성들이 파상적인 말갈과 고구려의 공세에 하나둘 점령을 당했다. 그럼에도 신라로서는 북쪽 전선에 군사력을 더 집중할 수가 없었다.

임금 춘추는 급하게 당나라에 구원을 요청했다. 자신이 걱정했던 일이 현실로 다가오자 춘추는 밤잠을 이룰 수가 없었다. 춘추는 신라의 모든 장정에 대한 동원령을 내려놓고 군사 훈련을 지시했다. 고구려와 백제의 협공에는 신라의 모든 장정이 정예병이 되는 수밖에 없다. 대장군 유신은 서쪽의 백제에 대비했다. 백제와 신라의 국경은 개 이빨처럼 서로 맞물려 있기도 하려니와 국경이 서해부터 중부 지방을 지나 남해에 이르기까지 무척 길었다. 국경이 길면 공격하는 백제는 유리하고, 방어하는 신라로서는 매우 불리했다. 아니나 다를까, 신라군이 북쪽 방어를 위해 북으로 움직이자, 백제군이 양산 조천성(助川城)[70]으로 쳐들어왔다. 조천성은 관산성과 진성 사이에 있는 성으로 여기가 뚫리면 상주와 일선군으로 백제군이 바로 들어올 수 있다.

신라는 군사로 내보낼 수 있는 장정은 거의 모두가 전쟁터로 나가야만 할 상황이 되었다. 그래도 병력이 모자라 승병까지 동원해야 했다.

조천성이 위험해지자 신라는 승병을 동원해 조천성으로 급히 지원군을 보냈다. 하지만 지원군은 조천성 아래 벌판에서 백제군의 매복에 걸려 몰살당할 위기에 빠졌다. 이때 원래 승려였던 취도(驟徒)라는 삼천당(三千幢) 소속 병졸은 깃발이 휘날리고 북소리가 난무하는 혼전 속에서

---

69) 655년
70) 현재의 충북 영동 양상군에 있었던 성으로 추정.

적진으로 용감히 돌진했다. 취도는 서너 명의 백제군을 죽이고 자신도 전사하였다. 취도의 분전으로 신라군은 몰살을 면하고 겨우 후퇴했다. 결국, 조천성은 백제군에게 빼앗기고 말았다.

그 사이 고구려군과 말갈군은 북쪽 변경을 노도와 같이 휩쓸어 신라의 성 수십 개를 순식간에 점령했다. 동해안은 하슬라 북쪽까지 고구려에게 내주고 말았다. 유신이 젊은 시절 점령했던 낭비성과 그 앞에 새로 쌓은 매초성도 빼앗겨버렸다. 그나마 칠중성을 두고 두 나라의 군사가 공방을 거듭하고 있었다.

유신은 전장 전체를 지휘해야 했으므로 발을 빼서 고구려 전선으로 달려갈 수가 없었다. 만약 고구려와 백제 두 나라의 군사에 의해 신라의 한수 지역이 관통당하면 신라는 치명적이다. 양쪽의 군사가 각개 격파로 고구려와 백제에 괴멸당할 수 있기 때문이었다. 진퇴양난(進退兩難)이었다. 유신은 이러지도 저러지도 못하고 있었다.

당나라로 들어간 신라 사신이 다급함을 호소하자 당 조정에서도 재빨리 움직였다. 신라의 요청이 있기도 했지만, 당나라도 거란을 선동질하는 고구려를 그냥 두고 있을 수도 없었다. 당나라 대신 장손무기는 고구려의 국경 요동과 가장 가깝게 있는 영주(營州)에 급보를 보내 고구려를 치게 했다. 영주는 요하 부근에 있어 강만 건너면 고구려 요동이었다. 3월에 영주 도독 정명진(程名振)과 좌위중랑장 소정방(蘇定方)이 급하게 군사를 몰아 고구려로 출발했다. 5월에는 신성(新城) 부근 벌판에서 고구려 군대와 일전을 벌였다.

고구려 군사가 당군의 유인책에 말려 성문을 열고 싸우러 나갔다가 1천여 명의 사상자를 내고 성으로 후퇴했다. 고구려군은 성문을 굳게 닫고 지키기만 했다. 당나라 군대는 신성의 외성과 촌락에 불을 지르고 철수했다. 당나라 군대의 재빠른 공격으로 인해 신라를 공격했던 고구려와 말갈군이 더는 진군하지 않았다. 고구려도 평양으로 들어올지도 모르는 당나라 수군이 두려웠기에 신라를 침공했던 군사를 회군해 평양성 수비를 보강했다.

고구려 군사가 돌아가자 유신은 조천성 반격을 계획했다. 중부 지방에서 밀리면 북쪽도 함께 위험해지기 때문이었다. 유신이 출정하려 하자 춘추가 유신을 궁으로 불렀다.

"유신공, 수고가 많소이다."

"폐하, 소장이 분하고 원통합니다. 동분서주로 움직였으나 북쪽 변경의 성을 고구려에게 내주고 말았습니다. 옛날 진흥대왕이 넓혔던 땅을 도로 빼앗기고 하슬라까지 내려오게 되었습니다. 다 소장의 잘못입니다. 조천성마저 백제에게 빼앗겼으니, 우선 조천성 일대를 다시 찾아오고자 합니다. 모두 33개의 성을 빼앗겼습니다."

"아니오, 유신공. 장군이 있어 이나마 우리 변경을 막아내고 있소. 내가 장군을 부른 건 세 가지를 상의하기 위해서요."

"말씀하십시오."

"내가 당나라에 갔을 때 당나라 태종과 담판을 했습니다. 이듬해 백제를 치기로 말입니다. 하지만 당 태종이 죽는 바람에 그 약속은 지켜지지 못했지요. 장례가 끝나고 당나라 새 임금이 자리를 잡으면 기회를 봐서 다시 백제를 치자고 할 생각이었습니다."

"그러셨지요."

"하지만 당나라 새 왕은 아직 어리고 미숙합니다. 왕의 외삼촌 장손무기가 정사를 도맡고 있다고 합니다. 장손무기가 원래부터 고구려 정벌에 뜻이 없었습니다. 군사를 움직일 생각이 없는 거지요. 내가 참으로 답답합니다. 하나 장손무기가 가만히 있으니 고구려도 준동하고 또 여러 변방에서 반란이 일어날 조짐이 보이는가 봅니다. 아직 확실치는 않지만, 당나라 조정에 뭔가 변화가 일어나고 있는 듯합니다. 그래서 내가 당나라에 있는 인문에게 좀 더 확실한 변화가 일어나면 귀국하라고 하였습니다. 백제와 고구려가 호시탐탐 우리를 노리고 있으니 당최 조마조마하여 살 수는 없는 노릇입니다. 만약 당나라가 도와주지 않으면 신라 단독이라도 백제와 사생결단(死生決斷)을 내야 합니다. 유신공도 반대하지는 않으시지요?"

"반대라니오. 명만 내리시면 목숨을 다하겠습니다."

"고맙소. 그러나 그전에 당나라를 계속 설득하고 재촉해야 합니다. 인문의 편지를 보면, 혹 편지가 당나라 조정의 손에 들어갈까 봐 자세히 말하지 못하는 뭔가가 있는 눈치입니다. 적당한 시기에 인문을 서라벌로 불러 대책을 마련하겠습니다."

"그렇게 하시지요. 두 번째는 무엇이옵니까?"

"이번에 내 사위 흠운을 데리고 가십시오. 대감(大監)으로 삼아 선봉에 세우십시오."

"아니, 아니 됩니다. 어찌 폐하의 사위를 선봉에 세운단 말입니까? 혹시라도 무슨 일이 있으면…… 소장이 아는데, 흠운이 소년 시절 화랑 문노(文努)의 문하에 있질 않았습니까? 그때 흠운이 반드시 나라에 공을 세우고 이름을 남기겠다 했다고 합니다. 그런데 선봉을 세우라구요?"

"유신공, 유신공도 지난날 낭비성 싸움에서 선봉을 서서 싸우지 않으셨습니까? 지금 돌출한 가문만이 아니라 일개 초개(草芥) 같은 수행 스님마저도 용감히 싸우다 죽습니다. 이럴수록 왕가가 모범을 보여야 합니다. 살고 죽고는 하늘이 정합니다."

"알겠습니다."

"셋째도 말씀드리지요. 유신공이 홀로된 지 벌써 오래가 아닙니까? 아무리 전쟁터를 떠돈다 해도 지어미가 있어야 몸을 돌보지 않습니까? 그렇게 홀로 계시면 아니 됩니다. 그래서 말인데……"

"폐하, 쑥스럽습니다. 어찌 저의 일을 가지고 논하십니까? 제 나이 딱 예순입니다. 환갑이지요. 지금 새장가를 가겠습니까? 이대로 살아야지요."

"무슨 말씀을 하십니까? 유신공은 신라의 대들보입니다. 마침 왕후가 걱정하여 어서 혼사를 하자고 합니다. 이번 출정을 다녀오면 혼사를 진행하겠습니다. 그러니 모른 척하고 따라 주셔야 합니다."

"무슨 말씀을 하시는지 알 수가 없습니다."

"내 딸 지소(智炤)가 혼기가 되었습니다. 왕후가 오라버니에게 시집을 보내겠다고 결심을 굳힌 듯합니다. 사양하면 안 됩니다."

"아니, 어찌 지소를 나의 아내로 삼는단 말입니까? 아니 됩니다."

"어허, 유신공. 왕의 명이오. 나의 사위가 싫은 거요? 그렇게 알고 물러가시오."

김유신은 황망했지만 당장 급한 불부터 꺼야 했다. 유신은 흠운을 선봉으로 삼고, 1만의 보기병 대장으로는 무예가 출중한 보용나(寶用那)를 임명하여 양산으로 출정했다. 김유신은 조천성이 보이는 곳에 진을 치고 선봉 부대는 진영을 쌓았다. 흠운은 왕의 사위라는 티를 전혀 내지 않았다. 그는 병사들과 비바람을 맞으며 같이 자고 같이 먹었다. 조천성을 공격할 공성기를 제작하여 공격 준비를 마친 날이었다. 모두 곤히 자는 새벽에 백제군의 기습이 시작되었다. 김유신도 전혀 예측하지 못할 만큼 백제군은 그림자처럼 어둠을 타고 움직였다. 백제군은 은밀히 신라군의 보루 밑까지 진격해있었다. 동 트기 전에 이미 백제군 수천이 보루 위로 성큼 들어섰다. 보루의 신라군 선발은 정신 차릴 겨를도 없이 백제군에 의해 도륙이 되었다. 기세가 오른 백제군이 보루 아래 평지에 있던 신라군 진영으로 노도와 같이 밀려들었다. 군세에 밀리면 신라군은 끝장이었다. 이때 흠운이 말을 타고 장창을 비껴들었다. 바로 적진으로 돌진할 참이었다. 흠운의 부하인 전지(詮知)가 흠운을 말리면서 말했다.

"장군, 아직 어두워 피아(彼我)가 분간도 되지 않소. 장군이 죽어도 누가 장군을 알아보겠소. 장군은 대왕의 사위요. 만약 장군이 죽으면 백제의 자랑거리이자 신라의 크나큰 치욕이요. 참으셔야 합니다."

"아니다. 전체가 위험한데 어찌 선봉이 가만히 있겠는가? 나를 말리지 말라."

말을 마치자 흠운은 적진을 뚫고 나아가, 적 서너 명을 해치우고 힘이 다해 죽었다. 중과부적이었다. 그를 구출하기 위해 뒤따랐던 장수 예파(穢破)와 적득(狄得)도 함께 죽었다. 날이 밝고 그들이 전사하였다는 말을 들은 보기당주(步騎幢主) 보용나(寶用那)도 적진을 향해 돌진했다. 그를 본 보기병이 전열을 가다듬고 일제히 백제 진영으로 쳐들어갔다. 전세는 간신히 역전되었다. 신라군은 조천성을 겨우 다시 찾았다.

신라군의 희생이 컸다. 보용나도 전사하고 말았다. 백제군은 신라왕의 사위가 전사했다는 말을 듣고 급히 남은 군사를 돌려 도망쳤다. 김유신이 복수를 맹세하고 죽기 살기로 덤비면 승산이 없었기 때문이었다.

김유신은 만신창이가 되어 서라벌로 돌아왔다. 20년 이상을 전장에서 싸워왔건만 이번 전투만큼 힘든 싸움이 없었다. 고구려와 백제는 점점 강군이 되었다. 이번처럼 양쪽에서 동시에 협공하면 신라가 버틸 방법이 없음을 직감했다. 더군다나 이번에는 임금의 사위마저 죽었다. 근본적인 대책을 마련하지 않으면 신라는 망한다. 시간문제다. 자신의 나이도 한 갑자를 돌아 육십이 되었다. 힘으로 싸울 나이도 지나버렸다. 김유신은 죽은 장수들의 시신을 운구하여 서라벌로 돌아오면서 깊은 생각에 잠겼다. 신라는 어디로 가야 하는가.

서라벌 사람들은 흠운과 예파와 적득과 보용나의 용맹함을 기리기 위해 양산가(陽山歌)라는 노래를 지어 불렀다. 그들은 양산가를 들으며 울기도 하고 새삼 전의를 다지기도 했다.

을묘년[71] 10월 김유신은 김춘추와 문명부인 사이에 난 딸 지소와 혼인을 했다. 문명부인의 아명은 문희로 김유신의 누이동생이었다. 유신은 조카딸과 결혼한 셈이 되었다. 왕의 사위가 되었다. 신라 왕가에서 삼촌과의 결혼은 흔하게 이루어진 일이어서 그다지 놀랄 일은 아니지만 둘의 나이 차가 많기는 했다. 하지만 유신은 신랑 구실을 잘했다. 지소는 혼인하자마자 바로 아이를 잉태하였다.

---

71) 655년

19

이듬해 병진년[72] 봄이 지나자 당나라에 숙위로 있던 김인문이 서라 벌로 돌아왔다. 춘추는 당나라에 갔을 때 셋째 아들 문왕을 데리고 가서 당나라에 숙위로 머물게 했다. 숙위는 당나라 임금의 권위를 높이기 위 해 구성한 제도로 김인문처럼 변방 나라의 자제들에게도 직책이 부여 되었다. 숙위는 당나라의 각종 정보를 모아 자신의 나라에 전달하고, 자 신의 나라에 필요한 사항을 당나라 조정에 전달하는 역할을 했다.

문왕은 장안 생활이 불편하고 서라벌이 그리워 조금 있다가 돌아오 고 말았다. 춘추는 문왕 대신 언변이 좋은 둘째 인문을 숙위로 보냈다. 인문은 5년을 숙위로 있었다. 그는 당나라 말과 음식과 문물에도 익숙 해졌다. 말이 통하자 인문은 당나라 조정의 여러 대소신료들과 친분을 맺으며 신라의 사신 역할을 제대로 했다. 바람이 불지 않는 데가 없듯 이, 어느 나라라도 사람과 익숙해지면 사람 사이의 경계는 허물어지게 마련이다. 인문은 신라의 왕자라는 신분으로 인해 오히려 당나라에서 도 요직의 사람들을 만나 많은 이야기를 들을 수 있었다. 친화력이 있는

---

72) 656년

인문의 성격이 또한 당나라의 여러 사람과 교류하게 했다. 인문은 장자나 노자 같은 서적도 여러 번 읽어 교양이 깊었다. 글씨도 잘 쓰고 노래도 잘 불러 당나라의 문신들이 특히 그를 좋아했다. 그들은 인문의 식견과 도량을 칭찬하면서 그와의 만남을 즐겼다. 그들과의 교류가 깊어지면서 인문은 당나라 왕실과 조정의 특이한 사항을 정리하여 춘추에게 보고할 준비를 늘 하고 있었다.

당나라 임금의 배려로 잠깐 귀국한 적은 있었지만, 인문이 편안하게 서라벌로 돌아온 건 실로 5년 만이었다. 23세 때 당으로 가서 28세가 되어 돌아왔으니 인문도 실로 감개무량했다. 춘추는 인문을 보자마자 울면서 말했다. 춘추는 정이 많은 아버지였다.

"너를 머나먼 타국에 보내놓고 늘 내 마음이 편치 못했다. 아무리 대국이라 해도 앉으면 바늘방석이요, 걸으면 살얼음판이었음을 내가 잘 안다. 당나라 음식이 아무리 기름지다 해도 어찌 어미의 손맛이 들어간 서라벌 밥상만 하겠느냐. 부모 형제 그리움이 어느 하루인들 없었겠느냐?"

인문은 눈물을 흘리며 대답했다.

"아버님께서 이토록 알아주시니, 제가 어찌 힘들고 어렵다 하겠습니까? 저는 저의 본분을 다할 뿐이옵니다."

"그래, 고맙다. 작년에 너의 형 법민을 태자로 정했다. 너도 잘 알겠지? 형제간의 싸움이 얼마나 나라를 힘들게 하는지를. 다행히 법민도 너도 셋째 문왕이도 모두 우애로우니 내 근심이 없다."

"저는 아버님과 형님이 계시니 따라만 가면 됩니다. 오히려 얼마나 다행인지 모릅니다. 제가 당나라에 한 5년 있으니 당나라 말도 통하고 하여 좀 보이는 게 있습니다. 당나라는 형제들끼리 싸움 때문에 큰 곤욕을 치렀습니다. 결국 첫째 부인 장손씨의 셋째 아들 이치(李治)가 임금이 되었습니다만, 당나라 왕실에는 피비린내가 진동했습니다. 그런데 또 그런 일이 일어났습니다."

"그런 일이라니?"

"아버님, 사실은 제가 그 일을 말씀드리려고 일부러 귀국하였습니다. 대장군과 형님이 함께 계신 자리에서 긴하게 말씀드리려고 합니다."

"그래? 그럼 유신공을 내전으로 들라 하겠다."

김인문은 임금과 태자와 대장군을 모시고 당나라에서 벌어진 일을 말하기 시작했다.

당 태종 생전에 이치가 외삼촌 장손무기의 강력한 지원으로 태자로 옹립되었다. 새롭게 당나라 임금이 된 이치는 신라 태자 김법민보다 두 살이 어렸고 김인문보다는 한 살이 많았다. 이치가 임금이 되자 장손무기가 나라의 대소사를 관장했다. 장손무기는 전쟁보다는 화평한 방식으로 변방의 나라들과 관계 맺기를 바랐다. 장손무기는 고구려가 쉽게 정벌하기 힘든 나라임을 잘 알고 있었다. 태종이 살았을 때 장손무기는 늘 고구려와의 전쟁에 신중함을 보였다. 태종이 죽으면서 유언으로 당장 고구려 정벌을 하지 말라고 했다. 장손무기는 태종의 유언을 받들면서 임금 이치를 보필하는 데 전력을 다했다. 정작 문제는 다른 데서 터졌다.

이치는 태자 시절 아버지 태종을 간호하던 무조(武照)라는 아버지 후궁을 몇 번 본 일이 있었다. 이치와 무조는 서로 대화한 적은 없다 해도

인상 깊은 눈길을 주고받았다. 태종이 죽고 난 뒤 무조는 절로 보내졌다. 왕의 사후에 자식이 없거나 왕의 총애를 받지 못한 후궁들은 비구니로 일생을 살아야 했다. 그게 당나라의 법도였다. 무조는 왕실의 절인 감업사(感業寺)의 비구니가 되었다.

이치는 왕이 된 다음 해인 경술년[73] 여름 분향차 감업사에 들렀다. 우연히 무조를 보고 눈길이 오고 갔던 옛일을 떠올렸다. 이치의 눈길을 느낀 무조가 오히려 과감했다. 그녀는 바로 네 살 아래인 임금 이치에게 사랑한다는 내용의 시를 지어 전했다. 붉은 그대의 옷이 푸르게 보일 만큼 어지러워요, 나의 초췌한 몰골은 그리움 때문이랍니다, 날마다 흘린 눈물 믿기지 않으신다면, 상자 열어 눈물 젖은 내 치마를 보아주세요.[74] 무조의 시를 보고 감동한 임금 이치는 그녀를 궁으로 바로 데리고 들어갔다. 여덟 살 때 어머니를 여의고 치열한 왕위 다툼의 가시밭길에서 살아온 이치에게 무조는 어머니의 품이자 연인의 황홀경이었다. 이치는 무조에게 바로 빠져들기 시작했다.

황후 왕(王)씨는 그때까지 임금의 사랑을 독차지하고 있던 숙비(淑妃) 소(蕭)씨를 임금에게서 떼어놓기 위해 무조를 활용하기로 했다. 황후 왕씨의 도움으로 무조는 소의(昭儀)에 봉해지고, 곧이어 아들 이홍(李弘)을 출산했다. 아들을 낳고 난 뒤 무조와 왕씨는 서로 협력하여 임금 이치에게 숙비 소씨를 모함했다. 숙비 소씨가 축출된 다음 무조는 갑인년[75]에 첫딸 안정공주를 출산했다. 하지만 안정공주는 곧 죽었다. 질식사였다. 무조는 자기가 잠깐 자리를 비운 사이에 황후 왕씨가 질투에 눈이 멀어 공주를 죽였다고 임금 이치에게 눈물로 하소연했다.

---

73) 650년
74) 如意娘, 看朱成碧思紛紛 憔悴支離爲憶君 不信此來長下淚 開箱驗取石榴裙
75) 654년

"아니 어찌 그런 일이 일어났단 말이냐? 황후가 죽였다고? 도저히 믿기지 않는다."

김인문의 이야기를 듣다가 워낙 패륜적인 내용이라 김춘추가 놀라서 말했다.

"아버님, 저도 믿기지 않습니다. 바로 재작년의 일입니다. 황후가 죽이지 않았고, 무조가 제 딸을 죽이고 나서는 황후에게 뒤집어씌웠다고 하는 소문도 장안에 파다하게 퍼져있습니다."

김유신이 옆에서 거들었다.

"아니, 어미가 자기 딸을 죽였단 말이야?"
"모두 쉬쉬하지만, 사실이 무엇인지는 누구도 알지 못합니다."
"그래서 어떻게 되었느냐?"

이치는 무조의 호소에도 설마설마하면서 왕씨를 두둔하였다. 이치의 외삼촌이자 실권자인 장손무기가 왕씨를 보호했다. 하지만 사건은 엉뚱하게 전개되었다.
부정한 일을 하다가 장손무기에게 발각되어 좌천당하게 된 이의부 (李義府)라는 관리가 있었다. 이 자는 자신이 살아남기 위해 장손무기에게 고양이의 발톱을 들이댔다. 당나라 임금 이치는 내심 무조를 황후로 세우고 싶어 했다. 이의부는 임금의 마음을 읽었다. 이의부는 무조의 후원을 기대하고 장손무기의 잘못과 황후의 폐위를 주장하는 상소를 올렸다. 무조는 이의부의 신호를 바로 알아차리고 재빨리 행동에 나섰다. 무조는 관료 중에 심복으로 삼을 만한 사람을 찾았다. 무조는 학식은 있지만 음험하고 간사하다는 평이 있는 허경종(許敬宗)을 낙점했다. 허경종과 이의부의 가세로 판세가 완전히 뒤집혔다. 장손무기 등 여러 원로대신의 반대가 두려워 엉거주춤하고 있던 임금 이치는 왕씨를 폐하고 무조를 황후로 세웠다. 이를 당나라 조정에서는 폐왕입무(廢王立武)라 했다. 을묘년[76] 10월의 일이었다.

황후가 된 무조는 사건의 진상을 파악한다며 왕씨와 소씨를 심문했다. 고문이 지나쳐서 두 여자의 팔과 다리를 자르고 술통에 담가버렸다. 얼마 지나지 않아 두 여자는 숨을 거두었다. 유신이 듣다가 화가 나서 말했다.

"아니, 인간이 어찌 그리 악독하단 말이냐? 도저히 믿어지지 않는다. 팔과 다리를 잘라 술통에 담그다니. 그게 인간이 할 짓이냐?"

"삼촌, 저도 그렇습니다. 하지만 그런 일이 실제 벌어졌습니다. 그 이후로 무조가 무서워 아무도 무조에게 반대 못 하게 되었습니다. 그게 목적이었지요. 사실은…… 그것보다는 더 중요한 일이 있습니다. 그래서 아버님께 보고드리고자 왔습니다."

김춘추가 말했다.

"그래? 그것이 무엇이냐?"

"네, 아버님. 장손무기는 허수아비가 되고 말았습니다. 더는 그가 당

---

76) 655년

나라 국정을 끌고 가지 않습니다. 그를 대신해 이의부는 중서령(中書令), 허경종은 시중(侍中)이 되니 당나라의 모든 일은 그 두 사람이 좌지우지합니다. 그들은 무조의 사주를 받아 태자마저 바꿔버렸습니다. 원래 태자는 이충(李忠)인데, 올해 열세 살이지요. 이충을 폐하고 무조의 아들 이홍(李弘)을 태자로 삼았습니다. 허경종은 태자 빈객(賓客)을 겸하게 되었구요."

"이홍은 몇 살이더냐?"

"네 살이지요."

"그렇다면 당나라는 태자 이홍의 스승인 허경종, 중서령인 이의부가 이끌고 나가겠구나. 그들은 어떤 사람이냐?"

"자세히는 알 수 없으나 이의부는 경박하기 짝이 없고 허경종은 음험하기에 적수가 없다고 합니다. 둘 다 뇌물에 약하고 여색에 취약하다는 소문이 파다합니다."

"뇌물과 여색이라, 그럼 오히려 다루기 쉬운 인물들이 아니냐."

김유신이 거들었다.

"내가 생각하기로는 늘 음험함이 경박함을 이긴다. 의인이 아닌 자가 둘 있으면 다툼이 일어나게 되어있으니, 이의부와 허경종 사이가 벌어지는 건 시간 문제다. 태자 빈객 허경종이 당나라 관부(官府)를 이끌어 나가겠구나."

"그렇습니다, 삼촌. 장안에서도 다들 그렇게 생각합니다. 벌써 허경종에게 줄을 대려고 하는 사람들로 인해 허경종 집 앞은 문전성시(門前

成市)라 하지요. 그리고 오래전부터 고구려를 공략하자고 주장해왔던 이적(李勣)이란 자는 그동안 장손무기의 그늘에 있었지만 이번에 허경종과 가까워졌다 합니다."

이적이 허경종과 가까워졌다는 말을 듣고는 김춘추가 반색하며 말을 이었다.

"이적, 그자는 장군이다. 선왕 태종이 못다 한 일을 하고 싶은 게지. 잘 되었다. 아주 잘되었다."

"저도 그렇게 생각합니다. 이적은 당 태종이 고구려를 정벌할 때 총관을 지냈기에 누구보다도 고구려를 정벌하고 싶어합니다. 더군다나 이적은 임금 이치가 왕씨를 폐하고 무씨를 왕후로 세울 때, 이치가 어떻게 하면 좋겠냐고 묻자, 그것은 임금의 집안일이니 임금 마음대로 하면 된다고 했다고 합니다. 그 일로 해서 무후와 허경종이 그를 좋아한다고 합니다."

"그렇구나, 잘 되었다. 이적은 당나라 군대의 원로야. 이적이 그렇다면 우리 신라로서는 너무나 좋은 기회가 온다."

"그렇습니다. 이적과 허경종이 가까워졌으니 좋아졌습니다."

"그렇지. 이적과 허경종은 나라 밖의 일로 사람들의 시선을 끌려고 하겠지. 선왕도 이루지 못한 고구려 정벌에 성공한다면 새 임금의 엄청난 공적이다, 무황후로서도 해볼 만한 일이야. 자신들의 공도 되고 말이야. 분명 고구려 정벌을 계획하겠지. 다만 그들은 아직도 바로 고구려 직공책(直攻策)을 염두에 두고 있을지도 몰라. 그걸 바꾸어야 한다."

김유신도 김춘추에게 보고할 사항이 있다면서 말을 이었다.

"폐하, 요즘 백제가 좀 이상해졌습니다."
"백제가 이상해지다니요?"
"작년 가을에 조천성을 다시 뺏으러 갔을 때의 일입니다."

유신은 작년의 조천성 전투는 떠올리기도 싫었다. 조천성을 되찾았다고는 하나 신라의 희생이 너무 컸다. 하지만 냉정하게 생각하면 대야성주 품석이 백제에 항복하다가 죽은 이후 실추된 왕가의 체면을 김흠운이 완전히 살려주었다. 왕의 사위가 목숨을 아끼지 않고 적진을 뚫으려 하다가 장렬하게 죽었다. 이제 왕은 누구에게도 나라에 대한 충성을 강요할 수 있게 되었다. 김흠운이 흘린 피의 대가였다.

유신이 조천성을 우여곡절 끝에 되찾고 난 직후였다. 조천성으로 조미압(租未押)이란 자가 김유신을 찾아왔다. 조미압은 오래전 김유신이 데리고 있던 하급 장수였다. 조미압은 당항성 인근 부산(夫山) 현령으로 있다가 백제군에게 포로가 되었다. 조미압은 백제로 잡혀가서 좌평 임자(任子)의 종이 되었다. 조미압이 워낙 일을 열심히 하고 성실했다. 임자는 조미압을 신뢰하여 그에게 집안의 대소사를 맡겼으며 출입도 자유롭게 허락했다. 그러자 때가 왔다고 생각한 그는 조천성 전투가 벌어지자 며칠을 걸어 걸어 김유신을 찾아왔다. 드디어 탈출에 성공하여 그가 그리던 신라의 품에 다시 안겼다.

유신은 그가 너무 반가웠고, 또 고마웠지만, 임자의 종이라는 말을 듣고는 생각을 바꾸었다. 유신은 그를 설득했다. 임자는 백제의 좌평으로 국사를 맡은 사람이다. 그러니 신라를 위해 다시 돌아가 좌평 임자와 유신을 잇는 역할을 해달라고 했다. 조미압은 유신의 밀명을 받고 말하기를 자신에게 어리석다고 하지 않고 중요한 일을 맡기니, 비록 운이 다해 죽더라도 기쁘다고 하며 다시 백제 임자에게 돌아갔다. 임자가 갑자기 사라졌다가 나타난 그에게 어디를 갔다 왔느냐고 물었다. 조미압은 이왕에 백제의 백성이 되었으니 나라의 풍습을 알기 위해 이십 일 동안 이곳저곳을 다녔다고 했다. 임자는 의심이 들었지만, 짐짓 모른 체했다. 수일이 지나고 조용할 때 조미압은 임자에게 김유신을 만나고 왔던 사실을 이실직고했다. 임자는 조미압의 말을 듣고 가타부타 말이 없이 지내다가 몇 달이 지나서 조미압을 불러 다시 김유신이 무슨 말을 했는지 물었다. 조미압은 임자가 갈등하다가 미끼를 물었다고 생각했다.

조미압은 유신이 서로 의탁하자고 한 말을 임자에게 그대로 전해주었다. 아울러 나라의 흥망은 알 수 없으니, 만약 신라가 망하면 유신이 임자에게 의탁하고, 백제가 망하면 임자가 유신에게 의탁하면 좋겠다는 유신의 말을 전했다. 임자는 조미압에게 신라로 돌아가 김유신에게 알았다는 말을 하라고 했다. 그 길로 조미압은 김유신에게 와서 임자의 말을 전하고, 백제의 여러 사정을 알려주었다.

"조미압이라는 자가 나에게 해준 말입니다. 백제에서도 변고가 있었다고 했습니다."

"유신공, 백제에 변고가 일어났다는 이야기는 들었습니다. 태자를 바꾸었다지요."

"그렇습니다. 작년에 태자를 바꾸고 한바탕 난리를 쳤는데 올해는 성충이란 자를 옥에 가두어 백제에서는 여러 뜻있는 신하들이 한탄한다고 합니다."

지난해 백제의 사택왕후가 죽었다. 의자왕은 사택왕후와 사사건건 대립했던 은고(恩古)부인을 왕후로 삼는 한편, 사택씨 가문을 축출했다. 이에 불만을 가진 왕자와 공주, 그리고 내신좌평을 비롯한 40여의 신하들을 남쪽 섬으로 귀양보냈다. 아울러 의자왕은 사택씨와 내신좌평의 재산마저 몰수해버렸다. 새로 왕후가 된 은고부인의 입김이 크게 작용한 결과였다. 의자왕은 나아가 태자를 부여융(扶餘隆)에서 은고의 아들인 부여효(扶餘孝)로 바꾸고, 몰수한 재산을 전용하여 태자궁을 수리하였다.

의자왕도 나이 예순에 접어들면서 여러 좌평과 같은 측근들을 신임하는 정치에서 벗어나고 있었다. 은고왕후는 왕의 삶을 국사(國事)와 전쟁에서 빼내어 더욱 재미있고 풍요롭게 해주고 싶었다. 왕후는 왕에게 가무를 즐기며 향락과 음주도 즐기라고 했다. 의자왕은 평생을 그렇게 살아온 사람이 아니었지만, 즐기다 보니 그것보다 즐거운 일은 없었다.

의자왕은 한편으로 아버지 무왕이 못다 이룬 꿈을 이루고 싶었다. 의자왕은 자신의 여러 아들을 등용하여 정사를 돌보게 했다. 믿을 건 핏줄밖에 없다는 생각이 나이가 들면서 더욱 강해졌다. 이에 귀족의 대표격인 좌평 성충(成忠)이 왕에게 간언했다. 경험 많은 신하들을 내치지 말고 중용하여야 한다는 주장이었다. 의자왕은 노하여 그를 옥에 가두어버렸다. 성충도 고집을 굽히지 않고 옥에서 음식을 멀리하며 왕의 각성을 촉구했다. 왕의 고집에 신하가 이길 수는 없는 법이다. 결국, 고집불통 성충은 옥에서 굶어 죽었다. 죽기 전에 성충은 앞으로 전쟁은 피할 수 없으니 당나라의 침입에 꼭 대비하여야 한다는 편지를 남겼다.

유신이 조미압에게 전해들은 백제의 정세에 대한 보고를 마치자 임금이 유신공에게 말했다.

"당나라의 침입에 대비하라 했다고?"

"그렇답니다."

"성충이라는 자가 말은 바로 했네요. 우리에게도 그게 답이 아니오? 당나라를 더욱 졸라야 하겠습니다. 당나라도 선왕의 약속이라고 하면 분명 무시하지는 않을 거요."

"폐하, 소장의 생각도 그렇습니다. 당나라 군사 힘을 빌려야 합니다. 작년에 우리가 서른 개의 성을 빼앗겼습니다. 이렇게 가다가는 현재의 변경을 유지하기도 어렵습니다."

"그렇소, 유신공, 결단을 내리겠습니다. 죽느냐 죽이느냐, 그 싸움입니다."

"폐하, 군사들을 더욱 다독이고 준비를 철저히 하겠습니다. 하오나 인문을 바로 당나라로 보내지는 마옵소서. 신이 압량으로 데리고 가서 심신을 달래고 휴식도 취하게 하고 그러겠습니다. 5년 동안 얼마나 고생을 했습니까?"

"그렇게 하지요. 인문이 5년이나 고생하였으니 7월에는 셋째 문왕을 당으로 보내도록 하지요. 문왕이 다녀오려면 반년은 걸릴 테니 그동안 인문은 서라벌에서 좀 쉬다가 압량으로 가라. 압량주총관(押梁州摠管)으로 임명하겠다. 마침 장산성(獐山城) 쌓는 중이니 그 일을 감독하라."

태자 법민이 말했다.

"아버님, 인문은 그냥 쉬게 두시지요? 장산성은 거의 다 쌓았습니다.

형제끼리 회포도 풀어야 합니다. 오랜만에 만났으니까요."

임금이 말했다.

"좋은 생각이다만, 한 열흘만 있다가 떠나거라. 그런 일도 해보아야
한다. 그래야 백성들의 삶을 알게 된다. 그리고 무엇보다 그냥 식읍을
내릴 수는 없다."

인문이 말했다.

"명을 받들겠습니다."

장산성 쌓는 일이 끝나자 임금은 둘째 아들 인문에게 장산성 인근에
식읍 3백 호를 내렸다. 인문은 신라에서 충분히 쉰 다음 해가 바뀌어 셋
째 문왕이 돌아오자 다시 당나라로 가야 했다. 춘추는 떠나는 인문을 불
러 당부했다.

"인문아, 너를 또 머나먼 타국 땅으로 보내는구나. 아비의 마음은 안
타깝기 그지없다."
"폐하, 소자가 어찌 폐하의 마음을 모르겠나이까? 저는 저만의 충효
의 길이 있어 다행이라는 생각을 늘 하고 있습니다."
"그래, 고맙구나. 한 가지 알아두어야 한다. 왜국이 몇 년 전에 백제
와 우호를 약속하면서도 우리에게도 웃는 낯으로 대하고 있다. 그게 다
꿍꿍이속이 있다. 당나라와 우리를 염탐하려는 게 분명하다. 며칠 전에

는 왜국에서 지달(智達)이라는 승려와 몇몇 사람을 보내서 신라 사신이 당나라로 가는 편에 당나라로 데려가 달라고 했지만, 나는 거절하고 그들을 왜국으로 바로 돌려보냈다. 내가 왜 그랬는지 알겠느냐?"

"짐작은 하고 있습니다. 백제가 당나라에 사신을 보내지 못하니 왜국을 통해 당나라 소식을 알고 싶은 겁니다. 왜국도 뭔가 소식이 궁금하겠지요."

"그렇다. 그놈들은 웃는 낯을 하고 있지만 간자임이 분명하다. 지금부터 왜국도 각별히 조심해야 한다. 혹 당나라에서 이미 들어가 있는 왜국이나 백제의 간자가 움직일 수 있다. 대개 승려일 테니 접근조차 허락하면 아니 된다. 이제부터 너는 당나라 관부를 설득하여 백제 선공책(先攻策)을 그들에게 주입해야 한다. 기벌포로 들어와서 백제 사비성을 바로 노려야 한다고도 해라. 왜 그러한지는 너도 알겠지? 병법에 능통한 이적(李勣)을 움직여야 한다. 그게 상책이다."

"명심하겠습니다."

"너에게 신라의 명운이 달렸다. 떠나거라."

김인문은 당나라 장안에 도착하자 면밀하게 당나라 관부와 군부의 정세를 관찰하기 시작했다.

정사년[77] 당나라 군부는 서돌궐의 아사나하로(阿史那賀魯)의 정벌에 여념이 없었다. 아사나하로는 당 태종이 죽고 장손무기와 같은 온건파가 당나라 관부를 장악한 틈을 타 서돌궐에서 세력을 규합해 당나라에 반기를 들었다. 당에서는 몇 번 정벌을 단행했으나 아사나하로는 당나라 군대를 잘 피해다니며 여전히 세력을 유지하고 있었다. 더군다나 서

---

77) 657년

돌궐은 더 서쪽에 있는 석국(石國)이나 강국(康國)[78]과도 교통하고 있었다. 당나라가 아사나하로를 그냥 둘 수 없었던 이유 중의 하나는 고구려 연개소문이 이들에게 사신까지 파견하면서 당나라 북방을 동서로 위협했기 때문이었다. 당나라는 북동과 북서 방어를 위해서 아사나하로와 연개소문과의 연결고리를 끊어야만 했다. 아사나하로를 그냥 두었다가는 장차 연개소문과 연계하여 무슨 일을 벌일지 몰랐기에 당나라로서는 큰 화근임이 분명했다.

서돌궐 정벌은 당나라 지휘관들의 손발이 맞지 않아 연이어 실패를 거듭했다. 자존심이 상한 당나라는 특단의 대책으로 노장(老將) 소정방을 행군대총관으로 임명했다. 소정방은 설인귀(薛仁貴) 등을 부하 장수로 데려가서 신속한 공격을 통해 당나라 군대보다 군사가 몇 배나 많은 서돌궐을 제압했다. 소정방은 기병을 이용한 빠른 전격전을 구사하면서도 따로 보병 장창 부대를 운용, 적의 기병을 무력화시켰다. 아울러 적의 분열을 노리는 이간책으로 아사나하로를 제압했다. 당나라의 이간책으로 부하들이 배신하자 아사나하로는 고립되어 사면초가(四面楚歌)의 신세가 되었다. 아사나하로는 결국 소정방에게 투항했다. 소정방은 아사나하로를 생포하여 무오년[79] 2월 보무당당하게 장안으로 개선했다. 이로써 당나라는 7년간의 서돌궐 반란을 제압하고 마침내 군사력의 여유를 가질 수 있게 되었다.

김인문은 그 무렵 이적(李勣)을 장안의 집으로 초대했다. 이적은 당 태종의 측근으로 개국 공신이었다. 당 태종은 죽기 직전에 그를 머나먼

---

78) 석국은 오늘날의 우즈베키스탄 동부의 페르가나 분지 혹은 소그드 지역에 있었던 유목국가. 강국은 오늘날 카자흐스탄 동남부에 있었던 유목국가.
79) 658년

서쪽의 궁벽진 땅 첩주(疊州) 도독으로 임명했다. 당 태종은 아들 이치에게 자신이 죽기 전에 이적을 멀리 내보낼 테니, 자신이 죽으면 바로 장안으로 불러 중용하라고 했다. 이적은 우직한 사람이라 그러면 절대 임금을 배신하지 않는다고 말했다. 첩주 도독을 통보받은 이적은 황당했지만 불평없이 짐을 싸서 임지로 떠났다. 가는 도중에 당 태종이 서거했다. 새 임금 이치는 이적을 재상 자리인 동중서문하(同中書門下)에 임명했다. 이적은 감읍하면서 장안으로 돌아왔다.

이적이 동중서문하라 해도 장손무기가 실권을 잡고 있을 때는 당나라 조정에서 존재감이 없었다. 이적은 전쟁을 반대하는 장손무기에 대해 은근한 반발심을 가지고 있었다. 임금 이치가 이적 자신에게 왕씨 폐위에 관해 물었을 때, 그것은 가정의 일이니 알아서 하라고 대답한 이유도 장손무기에 반발해서였다. 무조가 황후가 되면서 장손무기가 몰락하자 임금 이치는 병사에 관한 일은 이적의 의견을 따랐다.

김인문이 당나라 서울 장안에 산 지도 벌써 7년이 지났다. 인문은 당나라 관부 주요 인사와의 만남을 이어나가는 데 손색이 없을 정도의 저택을 마련하여, 자주 당나라 사람들을 초대하여 친분을 쌓았다. 이적의 나이 예순넷, 스물아홉인 인문에게는 그가 아버지뻘이지만, 인문은 빈객 접대의 예를 다해 정성껏 그를 맞이했다. 신라의 인삼을 넣어 인삼향을 가득 올린 인삼주 몇 잔이 돌자 이적은 마음이 풀어져 인문에게 먼저 말하기 시작했다.

"내 나이 예순넷입니다. 얼마 안 살았는가 했는데, 돌아서니 백발이 성성합니다."

"무슨 말씀을 그리하십니까? 아직 푸른 소나무처럼 정정하십니다."

"허허, 아닙니다. 늙었습니다. 하여 선왕이 남기신 유업을 살아생전에 꼭 마치고 싶습니다. 이번에 소정방장군이 골치 아팠던 서돌궐을 제압하고 아사나하로를 사로잡아 왔단 말입니다. 이제 고구려 차례입니다. 고구려를 정벌해야지요."

"그렇게 말씀하시니 제가 편하게 다 말씀드리겠습니다. 선왕께서 예전에 동방을 안정시키는 세 가지 계책을 말씀하셨습니다. 그중의 하나가 수군으로 백제를 공격하는 계책이었습니다."

"그렇지요. 나도 기억이 납니다. 육로로 고구려를 제압한다, 수로로 백제를 제압한다. 또 하나는 그 뭐더라."

"선왕의 친척을 보내 임금을 바꾼다고 하셨지요. 그때 신라의 임금은 여자였습니다."

"맞아, 그랬지요. 여자라 업신여김을 받으니 그렇게 하자고 하였지요. 하나 지금은 공의 아버님이 신라의 임금이니 해당이 없지요."

"그렇습니다. 당장 고구려를 평정하려면 대장군께서는 어떤 계책을 내시겠습니까?"

"선왕이 돌아가시기 직전까지 우리 당나라는 수륙 양면의 공격을 준비하고 있었습니다. 육로로만 요하를 건너 여러 성을 제압하고 나아가는 건 어렵습니다. 그 때문에 육로로 보내는 병사는 치중대 없이 가볍게 하여 평양으로 신속히 이동하게 하고 수군이 거점을 확보해 군량을 공급하게 해야지요. 지난번에 만들어놓은 배 중 쓸만한 배는 수리해서 쓰고 또 여러 곳에서 새로 건조를 해야 합니다. 육로와 수로로 평양성을 바로 쳐들어간다 그 말입니다."

"대장군께 제가 한 말씀 올립니다. 평생을 전장을 누빈 대장군의 지략에 어찌 토를 달겠습니까만, 선왕의 책략 하나를 재고함이 어떨까 합니다. 바로 백제 선공책입니다. 백제를 먼저 치고 그 기세를 몰아 북상하면 두 가지 이점이 있습니다."

"두 가지 이점이라…… 그게 무엇이오?"

"첫째 군량 수급이 좀 더 원활해집니다. 신라가 비축해둔 군량을 활용할 수 있게 되겠지요. 둘째 신라군이 후방을 지원할 수 있습니다. 우리 신라군과 고구려군은 수십 년을 싸워왔습니다. 지난번 선왕께서 친정하셨을 때도 신라군은 북상했습니다. 평양성 바로 앞에까지 갔다가 백제가 후방을 기습하는 바람에 눈물을 머금고 군사를 물렸습니다."

"그 일은 잘 알고 있습니다. 공의 말씀도 사리에 맞는 말이오. 백제를 먼저 쳐서 후방의 근심을 없애고 군량을 쌓아둔 다음 평양을 도모하면…… 좋은 계책입니다."

"그렇습니다. 그럼 신라군도 모두 달려들 수가 있습니다."

"그렇군요. 백제 선공책이라, 내 이를 염두에 두겠소이다. 폐하께 그렇게 상주하도록 하지요. 그렇게 하자면 얼른 생각해도 두 가지가 필요하오."

"두 가지요?"

"기밀과 속전(速戰)이오."

"기밀과 속전?"

"그렇소. 병법의 기본은 적을 속이는 데 있소. 고구려와 백제를 속여야 한다는 말이오. 성동격서가 병법의 기본이요. 고구려에게는 당나라가 고구려 서북을 치는 듯이 보이게 하고, 백제에게는 고구려를 치는 듯이 보이게 해야 하오. 하지만 이게 오래가면 다 소용이 없소. 속전속결로 백제를 제압해야 합니다. 전쟁이 길어져 고구려가 구원군을 보내면 어찌하겠소? 자칫 당나라 군대가 백제 땅에서 고립될 수도 있소. 속전으로 끝내려면 사비성으로 바로 쳐들어가 의자왕을 바로 잡아야 하오."

인문은 이적의 말에 큰 감명을 받았다. 평생을 전장에서 보낸 노장군의 경륜이 담긴 말이었다. 인문은 일어나서 이적에게 큰절을 올렸다.

"대장군께 크게 배웁니다."

이적은 갑작스러운 인문의 행동에 놀라면서도 적이 만족했다. 나이가 들어도 치하와 칭찬에는 늘 약한 법이다. 더군다나 인문이 선물로 준 신라 인삼이 그를 더욱 흐뭇하게 했다. 나이가 들어 기력을 보강하는 데는 신라 인삼만 한 명약이 당나라에도 없었기 때문이었다.

이적은 이튿날 허경종에게 고구려 정벌과 백제 선공책을 제시했다. 허경종은 시중 벼슬에다가 뇌물사건으로 좌천된 이의부를 대신하여 중서령까지 겸하니 당나라 임금 이치와 늘 마주하여 국정을 입안할 수 있게 되었다. 허경종은 이적의 건의를 임금에게 아뢰고 재가를 얻었다. 이치도 선왕의 유업이라고 하니 마다할 이유가 없었다.

허경종과 이적은 혹 기밀이 샐까 봐 인문에게도 통지하지 않고 비밀리에 작전을 수행했다. 우선 6월에 영주도독 정명진과 설인귀를 보내고구려의 서북방 변경인 적봉진(赤烽鎮)을 공격하게 했다. 고구려는 장군 두방루(豆方婁)에게 3만 군사를 주어 이를 방어했다. 두방루 기병의 완강한 저항에 부딪히자 설인귀는 거란병을 동원하여 고구려 군사를 겨우 막아내고 재빨리 영주로 돌아왔다. 두방루도 이들을 추격하지 않았다. 이적은 정명진과 설인귀에게 고구려 영내로 깊숙이 들어가지 말

고 치고빠지는 식의 공격을 당부했기에, 이들은 주어진 명령을 잘 수행
했다.

이듬해인 기미년[80]에도 3월에 당나라는 장수 글필하력(契苾何力)을
보내 요동을 공격했다. 글필하력이 요동을 공략하러 출정했다는 소식
을 듣고 김인문은 이적을 다시 집으로 초대를 했다.

"대장군, 인삼의 효험은 좀 보셨습니까?"

"대단한 명약이외다. 모두 산에서 캔다고 하셨소?"

"그렇습니다. 깊은 산에서도 아주 귀해 가끔 발견되는 귀물이지요.
조금 더 마련해두었습니다."

"하하, 감사하오. 그것 때문에 날 오라고 하지는 않았을 텐데. 하하하."

"지난번 저에게 기밀에 대해 말씀을 주시지 않았습니까? 글필하력이
요동으로 출정했다는 소식을 듣고, 역시 기밀이 잘 지켜지고 있다고 생
각했습니다. 저도 모르고 있으니 말입니다."

"하하하, 눈치를 채셨군요. 일부러 공에게 말을 안 하려고 한 건 아니
고, 확실하지 않아서 말을 안 했으니 부디 섭섭하게 생각하지 마시오."

"섭섭할 리가 있겠습니까? 저는 지난해도 짐작은 했었지만, 이번에
글필하력이 요동으로 출전했다는 말을 듣고 병법의 기본이 성동격서라
는 대장군의 말씀을 기억해냈습니다. 또한 신라에서 인삼을 가지고 온
심부름꾼이 저에게 보고하더군요. 산동 내주(萊州)에 군선이 많이 보인
다구요. 수백 척이 넘는다고 하지요."

"하하하, 역시 신라의 왕자님입니다. 내가 다 말해드리리다. 기본적

---

80) 659년

인 고구려 공략책은 작년에 황제 폐하께서 재가하셨습니다. 하지만 서
해를 건너되 평양으로 가느냐, 백제로 가느냐는 정하지 않았습니다. 하
지만 올해 들어 중서령 허경종과 내가 백제 선공책으로 확정을 했습니
다. 시기는 내년 봄입니다."

"내년 봄이라구요?"

"그렇습니다. 소정방을 행군대총관으로 보내기로 하였습니다. 당나
라 각지에서 전선을 만들어 올해 안으로 내주로 도착시키라고 했습니
다. 2천 척이 될 겁니다."

"2천 척이라구요?"

인문은 깜짝 놀라 벌떡 일어서서 말했다. 이적은 네가 그럴 줄 알았
다는 듯이 엷은 미소를 지으며 차분한 음성으로 말했다.

"그렇소. 15만 정도의 군사를 보낼 거요. 일거에 백제를 멸하고 내친
김에 평양성까지 가야지요. 이 정도 군사가 바다를 건너기는 중국의 역
대 어느 왕조도 해보지 않았던 거요."

김인문은 이적의 말을 듣자마자 심장이 두근거리기 시작했다. 아버
님이 11년 전에 당나라에 와서 당 태종을 만나 제시한 백제 선공책이
드디어 실현을 눈앞에 두고 있다. 내년 봄이라지 않는가. 내년 봄이다.
내년 봄이면 수백 년간 이어졌던 백제와의 싸움도 끝이다. 아버님은 얼
마나 기뻐하실까.

"중요한 건 기밀이고 기만이요. 지금 요동 공격은 맛보기이고, 올가

을에 한 번 더 병력을 보강해서 요동에 보낼 거요. 그렇게 하여 고구려 주력군을 서북에 붙들어두어야 하오. 고구려는 당나라가 내주에 군선을 모으면, 요동의 비사성이나 압록수, 평양의 패수 쪽으로 군량을 조달하려고 한다고 짐작할 거요. 지금까지는 그래 왔으니까.”

“그렇습니다, 대장군. 백제나 고구려는 당이 직접 백제의 사비성을 칠 거라고는 꿈에도 생각 못 하고 있을 겁니다.”

“그러니 공도 조심해야 하오. 백제나 고구려, 하물며 왜국에도 기밀이 새어나가면 곤란합니다. 아울러 공도 우리에게 해주어야 할 게 있소.”

“무엇이든지 말씀해주십시오.”

“2천 척의 대선단이 바다를 건너야 하오. 경험 많은 신라의 도사공이 뱃길을 안내해야 하오. 공이 그들을 지휘해서 함께 백제로 가야겠지요. 물론, 신라군과 군기(軍期) 약속도 해야 하고, 할 일이 많을 거요.”

“철저히 준비해서 차질이 없도록 하겠습니다.”

“절대, 기밀이 중요하오.”

김인문은 편지로 아버지 김춘추에게 백제 선공책이 결정되었다는 사연을 쓸 수는 없었다. 자칫 지난번 아버지가 신라로 돌아가다가 고구려 수군에게 잡힐 뻔한 아슬아슬한 상황이 올 수도 있다. 당으로 온 신라 사신에게 구두로 필요사항을 말하고 신라로 전달하게 했다. 철저한 기밀도 당부했다.

가을걷이가 끝나고 11월이 되니 당나라 각지에서 만들어진 군선 2천 척이 산동 내주의 바다로 모여들었다. 내주는 산동의 서해 쪽 끝이 아니라 만(灣) 안으로 깊숙이 들어온 지역이었다. 큰바람이 와도 배가 안전하게 정박하고 입출항할 수 있었다. 북으로 터진 넓은 바다에는 많은 배를 수용할 수 있었다. 내주에 비축된 군량과 각종 공성기를 적재하는 데도 시간이 걸렸다. 군선 준비가 마무리되자 당나라 조정은 소정방을 신구도총관으로 임명해 백제로 떠날 군대를 편성하기 시작했다. 내주에서 산동반도의 동쪽 끝 지점인 성산(成山)에 모여 서해를 건너야 했다. 내주에서 성산까지의 거리나 성산에서 신라 덕물도까지의 거리는 비슷했다.

당나라 군부는 이때 다시 한번 고구려 요동으로 쳐들어가기로 했다. 시늉만 하는 게 아니라 본격적인 공격이었다. 11월 글필하력이 양건방(梁建方)과 설인귀를 대동하고 요하를 넘었다. 이들은 요동성을 공략하는 듯하다가 개모성 방향으로 군사를 돌렸다. 고구려 장군 온사문(溫沙門)이 3만 병력으로 글필하력을 막아섰다. 횡산(橫山) 부근에서 두 나라 군대는 치열한 싸움을 벌였으나 우열을 가리기 힘들었다. 벌판에서 싸움이 계속되면서 온사문이 불리해지자 온사문은 성으로 들어가 성문을 닫고 굳게 지켰다. 워낙 추울 때라 당나라 군대도 바로 철수했다.

백제를 평정할 대장군인 대총관으로 임명된 소정방은 또 하나의 임무를 맡았다. 토번의 지원을 받아 총령(蔥嶺) 서쪽에서 대대로 살던 도만(都曼)이 서돌궐 쪽에서 반란을 일으켰기 때문이었다. 소정방은 백제 원정을 준비도 못 하고 서돌궐 지역의 반란을 제압하러 떠났다. 소정방의 전략은 비슷했다. 기병으로 전격전을 감행했다. 소정방의 전략은 성공했다. 그는 도만을 사로잡아 경신년[81] 1월 낙양으로 돌아왔다. 대장군 소정방은 3월이 되어서야 백제 원정군에 투입되어 백제를 공략할 본

---

81) 660년

격적인 작전을 짜고 여러 가지 준비를 시작했다.

당나라 군부는 백제와 고구려에 기밀이 샐까 매우 우려했다. 마침 그 전 해인 기미년[82] 윤 10월에 낙양에 도착한 왜국 사신 석포(石布) 일행의 귀국을 막고 당나라에 억류시키기까지 했다. 그들이 백제의 사주를 받은 간자인지도 몰랐다. 그렇지 않다고 해도 왜국이 알게 되면 반드시 백제에 귀띔해줄 게 뻔했기 때문이었다.

신라에서도 당나라 원정군에 맞추어 군사편제를 다시 짜서 준비해야 했다. 당나라 사정에 밝고 당나라 말도 잘하는 아찬 진주(眞珠)를 병부령으로 임명해 당나라와의 협력에 대비했다. 경신년 정월에는 상대등 금강이 사망했기에 김유신을 상대등으로 임명했다. 임금 춘추가 김유신을 상대등으로 임명한 이유는 두 가지였다. 첫째, 대장군을 상대등으로 임명해 나라 전체를 전시 체제로 바꾼다는 의미였다. 둘째는 임금의 군대 장악력을 확실히 하여 혹시라도 모를 반발이나 잡음을 애초부터 차단하기 위해서였다.

상대등 유신은 임금 춘추의 절대적 지지하에 대당(大幢), 귀당(貴幢), 서당(誓幢), 낭당(郎幢) 등의 각 중앙 군단뿐만 아니라 상주정, 하주정, 남천정 등 각 지방 군단, 공성 무기 등을 담당하는 사설당(四設幢), 수군(水軍) 등의 군사 조직을 점검하고 각 군단의 장수를 임명했다. 또한 한수와 서해를 오갈 수 있는 1백여 척의 전투 군선을 새로 건조하여 서해 쪽의 수전(水戰)에도 대비하였다.

---

82) 659년

20

출정이었다. 드디어 출정이었다. 백제를 향한 출정이었다. 경신년[83]
5월 26일 상대등이자 신라군 대장군 김유신은 임금 춘추를 호위하여
서라벌을 떠났다. 왕을 호위하는 시위대 병사 2백여 명, 신라군의 정예
병이자 김유신이 직접 지휘하는 대당(大幢) 병사 5천, 귀당(貴幢), 낭당
(郎幢), 서당(誓幢), 사설당(四設幢) 등 서라벌의 중앙 군사 등을 해서 2만
5천의 병사였다. 2만 5천에 달하는 여러 지방 군단 병사는 각 지역에서
합류할 예정이었다. 강물이 흘러가면서 하류로 가면 갈수록 여러 지천
이 합쳐 큰 강이 되듯이, 백제 원정군도 사비성에 닿을 때쯤 되면 도도
한 대하(大河)가 될 터였다.

김유신의 나이 65세, 전투에 나서기는 늙었다. 늙어도 호랑이는 호
랑이였다. 유신은 백제 정벌을 자신의 힘으로 마무리하고 싶었다. 평생
을 백제와 싸웠다. 어떻게든 전쟁의 고리를 끊어내야 했다. 신라의 백성
들도, 심지어 백제의 백성들도 전쟁만 하고 살 수는 없는 노릇이었다.
아이들이 살아갈 미래는 평화로워야 했다.

---

83) 660년

새로 맞이한 아내 지소가 낳은 아이 원술(元述)이 갓 네 살이었다. 아버지라 부르며 품에 안기는 아이를 안아 올렸을 때, 뺨에 맞닿은 포동포동한 아이 뺨의 감촉이 생각났다. 이 아이까지 전쟁터에 나서게 해서는 아니 되었다. 유신은 아이를 안고 어르는 자신이 스스로 겸연쩍었다.

"허허, 아비가 아니라 할아비로구나, 허허허."

그러고도 원술 아래로 아이가 줄줄이 생겨났다. 임금 춘추도 유신을 놀렸다.

"유신공, 그 참, 내 사위 노릇을 열심히 하십니다."
"면목이 없습니다. 늙은이 주제에. 그 참."
"하하, 유신공이야 다 잘하시니까…… 하하."

그렇게 농담을 주고받던 게 석 달 전이었다.

그 무렵 당나라에서 사신이 왔다. 소정방이 당나라 내주(萊州)[84]에서 보낸 연락군관이었다. 6월 10일경에 당나라의 병사 13만이 덕물도(德物島)[85]에 도착할 예정이니 준비 후에 마중을 나오라는 통보였다. 임금은 유신과 상의하여 남천정(南川停)[86]으로 대군을 움직이기로 작정하고, 당나라 말에 능통한 문천(文泉)장군을 불렀다. 유신이 문천장군에게 지시했다.

---

84) 현재의 중국 산동성[山東省] 라이저우시[萊州市]
85) 현재의 인천광역시 덕적도. 경기만에 있다.
86) 현재의 경기도 이천시 지역에 있던 신라의 군단

"문천장군, 지금 바로 당나라 내주로 가야겠소. 행군대총관 소정방이 내주에 3월에 도착하여 출정을 준비한다고 하오. 내주에서 군비(軍備)를 마치면 산동 가장 동쪽 성산[87]으로 이동하여 6월 초에 출발한다고 하오. 성산에서 덕물도까지 서해 뱃길을 잘 아는 문천장군이 가서 당나라 군사들을 인도하여 오시오. 인문왕자님도 함께 오신다고 하니 잘 모시고 와야 하오. 덕물도에 도착하면, 장군은 지체없이 남천정으로 오시오. 자세한 사항은 좌군대장 김흠순장군에게 듣고 한 치도 어김없이 군기(軍期)를 맞추도록 하시오."

문천을 보내고 유신은 병부령 진주, 흠순, 품일, 천존 등 여러 군단 지휘관급 장수들을 궁으로 불러 회의를 시작했다.

"폐하께서 지난 임인년[88]에 대야성이 함락되고 눈에서 피눈물이 흘러내렸음을 장군들도 잘 알지요? 백제군이 얼마나 우리를 괴롭혔소? 신라와 백제, 두 나라가 개 이빨같이 국경을 맞대고 얼마나 피를 흘렸소. 수백 년간 서로 물고 뜯으며 흘린 두 나라 백성의 붉은 피가 산천을 뒤덮고 강물을 적시었소. 이제 삼한에서 전쟁을 끝내야 하오. 전쟁을 끝내려면 우리가 사비를 함락해야 하오. 다행히 당나라에서 군사를 빌려주니 하늘이 내린 절체절명의 기회요. 삼한 싸움의 끝이 보이니, 장군들은 충심으로 최선을 다해주어야 하오."

유신의 말을 들은 여러 장수도 함께 결의와 전의를 다졌다. 유신이 구체적으로 말하기 시작했다.

---

87) 중국 산둥반도 동쪽 끝 지점. 한반도와 가장 가까운 곳이다.
88) 642년

"당나라 소정방장군과 머리를 맞대어보아야 알겠으나, 소정방은 급소를 바로 찌르는 장군이오. 그자가 돌궐을 제압한 싸움을 보면 다 그렇소. 여러 방면으로 쳐들어갈 듯하다가 가장 가까운 길을 선택해 적의 목숨을 한 방에 끊는다오. 그렇다면 소정방은 수군으로 사비성에 이르는 가장 가까운 길을 선택할 게 틀림없소. 우리는 반대편으로 접근하여 적의 숨통을 끊어야 하오. 그러기 위해서는 우리도 적을 속여야 하겠지. 병법에 말하기를 전쟁이란 적을 속이는 것이오. 속임수란 말이지. 쳐들어갈 듯하다가 안 쳐들어가고, 안 쳐들어갈 만한 곳을 찾아 쳐들어가야지. 백제는 정예병만 6만이 넘소. 당나라 13만 대군이 온다고 하나, 수군과 치중병을 제외하고 전투에 투입할 수 있는 정예병은 채 5만이 안될 거요. 우리가 당나라와 합쳐 10만, 백제가 6만이면 오히려 성에서 지키는 백제가 유리하오. 여러 장군도 당나라 대군을 안시성에서 막아 싸운 고구려 양만춘장군의 분전(奮戰)은 잘 알 거요. 2만이 15만 대군을 막아냈소. 그 이유는…… 이유는 알고 미리 대비하여 지켰기 때문이요. 당나라의 이간책도 통하지 않았소. 여러 장군도 알다시피 전쟁은 병사가 많다고 이기는 게 아니오. 얼마나 적을 잘 속이고, 급소를 바로 찌르는가가 승패를 좌우하오. 폐하께서 병사를 직접 위무하니 병사들의 사기는 높기만 하오. 당나라 소정방이 뛰어난 장수라고는 하나 우리나라의 지형지물을 모르기에, 내가 인문 왕자님 편에 두 나라 군사의 진격과 운용에 대해 언질을 주었소. 아마도 소정방은 나의 계책을 따를 거요."

모두 숨을 죽이고 김유신의 말을 경청했다.

"우리는 폐하를 모시고 대당, 서당, 낭당이 출정해야 하오. 각 지방에 있는 여러 군단은 주둔지 부근을 폐하가 지날 때 합류하도록 하시오. 하주정 병사들은 압량[89]에서, 상주정 병사들은 상주에서 합류하여 삼년산성으로 갑니다. 삼년산성에서 서당, 낭당과 사설당은 머물고 대당만 남천정으로 갑니다. 남천정으로 비열홀정(比列忽停)[90]과 하서정(河西停)[91] 병사들이 모이도록 해야 합니다. 그러면 대군이 남천정에 집결하는 거지요. 이렇게 하는 이유는 세 가지요. 첫째, 서라벌에서 시작하여 폐하가 북으로 나아갈수록 여러 군단이 집결하여 군사가 많아지니, 폐하께서 군사들을 사열하게 됩니다. 폐하께서 군사들을 격려하고 어루만지니 군사들의 사기가 하늘을 찌르게 될 거요. 둘째, 백제에서는 대군이 북상하니 우리가 고구려를 공격한다고 오판하게 해야 하오. 예전에는 백제가 허를 찔러 오히려 남쪽 변방을 기습했소. 그때 내가 수곡성까지 점령했다가 허겁지겁 남으로 군사를 돌린 건 폐하가 계신 서라벌이 불안했기 때문이요. 하지만 이번에는 폐하께서 서라벌에 계시지 않을 거요. 우리 군사가 북상하면 아마도 백제는 우리의 북쪽 우회 공격을 대비하여 군사를 북쪽에 배치하겠지. 그럼 우리는 군사를 남으로 돌려 바로 사비를 쳐들어갈 거요. 셋째, 당나라 군사가 덕물도로 올 거니, 만약 바로 상륙하면 당항성 인근이요. 그렇다면 우리 군사와 합쳐서 백제의 북쪽 변경, 가령 임존성(任存城)[92]으로 진격한다고 생각하겠지. 이것 역시 백제를 속이기 위함이요."

병부령 진주장군이 말했다.

---

89) 경북 경산시
90) 강원도 북부지역에 있었던 신라의 군단
91) 현재의 강원도 남부 지역 강릉 일대에 있었던 신라의 군단
92) 충남 예산군 대흥면의 봉수산성(鳳首山城)으로 추정.

"그럼 최종적으로 어디로 들어갑니까?"

김유신이 웃으면서 말했다.

"그건 나도 모르오. 지금은 정할 수가 없소. 알다시피 전쟁이란 살아서 움직이는 뱀이오. 어디로 미끄러져 들어올지 알 수가 없소. 유인해서 적이 오면 그곳을 피해 약한 곳으로 들어가고, 오지 않으면 바로 그곳을 뚫고 들어가야 하오. 소정방의 군사와도 협력해야 하오. 그러니 지금으로서는 남천정으로 출발하며, 각 전선마다 우리 군을 전방 배치하여 백제가 우리 군사들이 어디로 들어갈지 짐작을 못 하게 해야 하오. 남쪽 대야성 방면에서도 군사를 백제 쪽으로 접근시켜야 하오. 백제군이 한 곳에 집중하지 못하게 해야 합니다. 백제군이 사비성 방어에 몰리지 않도록 여러 지역으로 공격하는 모습을 보여주어야 한단 말이오. 다들 아시겠소?"

5월 26일 서라벌에서 백제 원정군이 출발했다. 어가를 모신 김유신 군대의 행렬은 일정한 속도로 행군했다. 압량에서 하주정(下州停) 병사 4천이 합류했다. 태자 법민도 어가를 수행했다. 주력군은 낙수를 건너 추풍령을 넘어 금돌성(金堗城)[93]을 지나 삼년산성에 이르렀다. 장마는 끝났다 해도 무더위가 기승을 부렸다. 하루 사십 리 정도의 행군 속도였다. 유신의 대군이 지나는 길목마다 주요한 성에는 이미 군량미가 잔뜩 쌓여있었다. 군사들의 행군은 한결 수월했다. 겨울의 추위보다는 여름의 더위가 오히려 병사들이 견디기에는 좋았다.

---

93) 현재의 경상북도 상주시 모동면의 백화산고성(白華山古城)으로 추정.

5만에 이르는 모든 병사가 한수 가까이 있는 남천정까지 북상할 이유는 없었다. 5만은 신라가 동원할 수 있는 총 병력 10만의 딱 절반이었다. 백제 원정군 외에도 고구려의 남침 등 만약을 대비해 방어군 5만은 남겨두어야 하는 상황이었다.

원정군 중에서 하주정, 상주정 등의 지방 군사와 귀당, 낭당, 서당, 사설당의 각 중앙 군단 중 일부 군단은 금돌성과 삼년산성에 머물렀다. 병사들의 체력을 아끼고 임금을 모신 시위대와 사자금당 그리고 김유신의 주력군인 대당 병사들만 상당현(上黨縣)과 금물노군(今勿奴郡)과 개차산군(皆次山郡)[94]을 지나 남천정까지 행군했다. 남천정에는 3천에 이르는 남천정 병사 외에도 한산정(漢山停), 우수정(牛首停), 하서정(河西停)[95] 등 각 북방 군단 1만 5천이 고구려의 침입에 대비한 병사를 제외하고는 이미 소집되어 있었다. 남천정에 집결한 병사만 해도 2만 5천이 넘었다. 백제와 고구려의 첩자들은 남천정에 대군이 집결하고 있다는 소식을 본국에 이미 보내고 있을 터였다.

임금 춘추는 당나라의 군사가 백제를 공격하기 위해 서해를 건너오고 있다는 사실이 실감이 나지 않았다. 남천정이 가까워지자 춘추는 초조해지기 시작했다. 과연 당나라 군사는 약속대로 서해를 건넜을까? 당나라 임금의 마음이 변해서 별안간 백제 행군을 뒤집지는 않을까? 서해로 태풍이 불어 혹 대선단이 바다에 수장되지는 않을까? 별의별 생각이 다 들어 춘추의 머리를 어지럽혔다.

고타소가 비명에 간 뒤부터 당나라의 병사를 빌려 백제를 치기 위해

---

94) 상당현은 충북 청주시, 금물노군은 충북 진천 일대, 개차산군은 경기도 안성 일대로 추정한다.
95) 한산정은 현재의 서울 일대, 우수정은 강원도 춘천 일대, 하서정은 강원도 강릉 일대에 주둔했던 신라의 군단으로 각각 추정.

얼마나 절치부심했던가. 자신이 당 태종에게 그렇게 요청했지만, 그것이 현실이 되리라고는 자신도 확신할 수 없었다. 진인사대천명(盡人事待天命)이라 했던가. 사람은 정성을 다하고 하늘의 뜻을 기다릴 수밖에.

"대장군, 이게 꿈은 아니겠지요? 소정방이 오는 건 확실하겠지요?"

"폐하, 마음을 놓으시옵소서. 틀림없습니다. 소장도 믿기지 않습니다만 틀림없습니다."

"그렇겠지요? 그래도 되겠지요?"

"그렇습니다, 폐하. 지금쯤은 소정방에게 보낸 문천장군이 남천정에 도착했을지도 모르겠습니다."

푹푹 찌는 더위였다. 아침 일찍 행군을 시작해 정오 무렵부터 서너 시간은 휴식을 취했다. 차라리 시원한 소나기라도 한줄기 지나가면 병사들의 열기를 식히련만, 작열하는 태양은 인정머리 없이 사람과 마소를 달구었다. 그렇다고 행군 속도를 늦출 수는 없었다. 강한 군대는 행군에서 나온다. 그것은 젊은 시절부터 김유신의 믿음이기도 했다.

하루만 더 행군하면 남천정이었다. 그때였다. 남천정 쪽에서 요란한 말발굽 소리가 났다. 남천정 깃발을 등 뒤에 달고 두 필의 말이 달려오고 있었다. 김유신은 순간적으로 짐작했다. 좋은 소식이다. 헐레벌떡 다가온 연락군관이 말에서 내려 김유신에게 예를 표했다. 임금 김춘추도 궁금증을 참지 못해 바로 다가왔다.

"무슨 일이냐?"

"남천정에 문천장군이 도착했습니다. 급히 대장군께 전하라고 하였

습니다."

"그래. 도착했구나. 소정방 소식도 들었느냐?"

"들었습니다, 대장군. 13만 병사가 덕물도에 6월 11일 모두 도착했다고 합니다."

"그래? 알았다. 수고했다. 목을 축이고 쉬어라."

연락군관의 말을 듣고 춘추도 유신도 그제야 한시름 놓았다. 아무리 온다고 약속했다 해도 실제로 와야 오는 법이다.

"폐하, 이제 되었습니다. 폐하의 평생의 꿈이 이루어지게 되었습니다."

"그렇구려, 대장군. 천재일우(千載一遇)의 기회가 왔습니다. 하늘이 준 기회가 왔단 말이오."

임금의 어가와 김유신의 군대는 6월 18일 오전 남천정에 도착했다. 남천정에 도착해 있던 문천장군이 임금 춘추에게 보고했다. 4선단으로 나눈 소정방의 당나라 군대는 6월 5일부터 8일까지 매일 1개 선단이 성산에서 출항했다. 1선단이 6월 8일 덕물도에 도착했다. 6월 11일에 4선단이 도착하여 전체 선단이 덕물도와 인근 섬에 도착하여 정박하고 있다고 했다.

"그래, 날씨는 좋았더냐?"

"무더웠습니다만 바다는 잔잔해서 아무 일도 없이 무사히 잘 도착하였습니다."

"그래 배는 몇 척이고 군사는 몇이더냐?"

"군사는 12만 2천 7백 11인이고, 배는 1천 9백 척이라 하옵니다."

"그렇구나. 대단하다, 대단해. 과연 약속대로 13만이구나. 13만 병사에 배가 2천 척에 이르는구나. 이런 대군이 삼한 땅에 나타난 적은 일찍이 없었다. 내 평생의 소원이 이루어지는도다. 그렇지 않소? 대장군."

만면에 희색을 띤 춘추는 옆에 시립한 유신에게 물었다.

"그러하옵니다. 이제까지 동방의 역사에 이런 적은 없었사옵니다. 감축드립니다."

"그래, 고맙소. 대장군."

이번에는 유신이 문천에게 물었다.

"소정방장군은 잘 왔느냐?"

"잘 왔습니다. 4선단을 이끌고 11일 덕물도에 도착했습니다. 소장에게 한시를 아껴 도착 소식을 폐하께 상주하라 하였습니다. 아울러 대장군을 빨리 만나야 한다고도 하셨습니다."

"그렇지. 그렇겠지. 나를 만나야 군기(軍期)를 짜지. 왕자님도 잘 오셨겠지?"

"그렇습니다. 인문왕자님도 소정방장군과 함께 도착했습니다."

그 말을 듣고 춘추가 바로 말했다.

"대장군, 서라벌에서 남천정까지 행군하시느라 수고가 많으셨소. 하지만 바로 덕물도로 출발하시겠소?"

"아무렴요. 가겠습니다. 몸이 부서지더라도 달려가야지요. 술천성으로 가서 배를 타고 가면 늦어도 3일이면 덕물도에 도착합니다."

임금 춘추는 태자 법민, 대장군 유신, 병부령 진주, 장군 천존(天存)에게 소정방을 맞이하러 떠나도록 명했다. 법민과 유신 등 신라군 수뇌부 일행은 대당 병사로 편성된 대당 군사 일부의 경호를 받으며 바로 술천성 포구로 출발했다. 술천성 포구는 한수 중류에 위치하며, 남천정에서는 반나절 거리였다. 김유신은 사전에 새로 건조한 1백여 척의 전선에 수병 9천여 명을 술천성 포구에 배치해 놓고 대기하게 했었다.

이튿날 아침 태자 법민과 김유신 등 신라군 수뇌부는 술천성 포구에서 배에 승선했다. 한수의 흐름을 타고 배는 미끄러지듯이 한수 하류로 나아가 갑비고차진을 돌아 덕물도에 이르렀다. 신라 함선 1백여 척도 함께 도착했다. 6월 21일[96]의 아침의 일이었다.

그 무렵 임금 춘추도 대군을 이끌고 남천정을 떠나 남진하기 시작했다. 소정방과 작전을 짠 뒤 태자 법민과 대장군 유신은 당항성 포구로 돌아와 육로로 행군하여 금물노군에서 임금의 대군과 합류하기로 약정했기 때문이었다.

덕물도 앞바다에 도착한 법민과 유신은 2천 척의 함대가 덕물도를 중심으로 바다 가득히 들어서서 정박한 광경을 두 눈으로 보았다. 장관이었다. 2천여 척의 배가 바다 위에 도열해 있는 광경은 백제군이 본다면 보는 것만으로도 전의를 상실할 만큼의 어마어마한 위용이었다. 한

---

96) 경신년(660년) 6월 21일

수의 술천성에 정박했던 신라 수군 1백여 척도 장관이었지만, 당나라 수군의 군세(軍勢)에 비할 수는 없었다. 당나라 함대는 덕물도 주변 여러 섬과 섬 사이에 일정한 간격을 두고 질서정연하게 정박해 있었다. 일부 함대는 당항성 포구 일대까지 전진 배치되어 있었다.

법민과 유신은 당나라 군대의 실상을 보면서 반가우면서도 한편으로는 섬뜩했다. 이 군사가 아군이기에 망정이지, 만약 적이라면 신라인 모두가 죽음을 불사하는 처절한 항전을 해야 한다. 그렇게는 되지 않아야 했다.

태자 법민과 유신 등 신라군의 수뇌부가 소정방이 탄 대장선에 막 올라섰을 때였다. 대장선에 있던 누군가가 바로 다가서며 큰 소리로 태자 법민을 불렀다.

"형님, 형님, 드디어 오셨군요."

춘추의 둘째 아들 인문이었다.

"오, 인문이로구나. 그래 얼마나 고생이 많았느냐. 네가 아버님께 크나큰 힘이 된다."
"형님, 어찌 그리 말씀하십니까? 당연히 제가 할 일입니다. 어서 오르셔서 소정방장군을 만나야지요. 외삼촌도, 아니 대장군께서도 함께 오르시지요."

태자 법민과 김유신 등 신라의 군 수뇌부가 배에 오르자 소정방이 영접했다. 소정방의 눈길은 자연스럽게 김유신에게 먼저 꽂혔다. 김유신 역시 소정방의 눈길을 피하지 않았다. 서로가 만나고 싶었던 상대였다. 신라와 당나라의 대장군 사이에서 잠시 눈길이 오갔다. 유신과 소정방은 보기만 해도 상대의 내공이 짐작이 갔다. 김유신이 65세, 소정방은 유신보다 세 살이 위인 68세였다. 그야말로 백전노장이었다. 두 나라 전쟁의 역사 자체였다. 소정방은 태자에게 예를 취한 뒤, 유신에게 말을 했다. 인문이 통역을 해주었다.

"장군의 명성은 당나라에도 자자하오이다. 오늘 여기서 뵙게 되니 반 갑소이다."

"무슨 과찬의 말씀이오. 나야 작은 나라의 용렬한 장수일 뿐이오. 오히려 장군이야말로 머나먼 서역까지 평정한 백전불패의 노장이 아니시오? 영광이외다."

"하하, 과찬이십니다. 유신장군의 명성이야 당나라까지도 잘 알려져 있다오. 우리 폐하께서도 칭찬이 자자하시오. 하하하."

화기애애한 분위기 속에서 당나라 군대와 신라군 수뇌부의 작전회의가 열렸다. 당나라군은 대장군 소정방과 유백영, 방효태, 풍사귀 등의 장수가, 신라군에서는 태자 법민과 대장군 김유신과 진주, 천존 등의 장수가 머리를 맞대었다. 신라 사정을 잘 아는 인문의 통역이 있기에 회의는 순조로웠다. 백제 공략의 기본적인 계획에 대해서는 이미 유신의 계책이 소정방에게 인문을 통해 전달되었다. 소정방은 그 계책이 아주 마음에 들었기에 별다른 이견이 없었다. 자신의 성향에도 잘 맞는 속전(速戰)의 계책이었기 때문이다. 유신과 소정방은 더 구체적으로 군기를 맞추고 작전을 짜기 시작했다.

소정방과 유신은 각각 기만책으로 적을 유인한 다음, 당나라군은 백강을 거슬러 오르고, 신라군도 적당한 곳을 돌파하여 7월 10일 사비성 남쪽 진구(津口)⁹⁷⁾에서 합류하기로 했다. 20일밖에 남지 않았다. 당나라의 유백영과 방효태장군과 신라의 진주장군은 너무 기간이 짧아, 서로 군기를 맞추지 못할까 걱정했다. 하지만 소정방과 유신의 생각은 달랐다. 시간이 많으면 아군보다는 백제군의 준비가 더 튼실해지기 마련이다. 속전속결이 두 장군의 공통된 생각이었다. 백제군이 진구가 사비 공략의 칼끝임을 알기 어려웠다. 신라의 주력군이 북상했기에 더욱 그렇다. 더군다나 아직은 13만의 당나라 대군의 존재도 알기 어려웠다. 육상 공격보다 해상 공격이 더욱 은밀한 기습이 가능했다. 하지만 며칠 내에 백제군도 당군과 신라군의 기습 공격을 파악할 게 분명했다. 백제군의 방어망이 견실해지기 전에 속전속결로 나가야 했다. 속도다. 두 나라 군사가 진구에 도착하여 전광석화같이 사비성을 공략해야 한다. 백제의 모든 전력이 사비로 들어오기 전에 전쟁을 끝내야 한다. 화살같이 빠른 속도가 이 전쟁의 승패를 좌우한다.

소정방이 마지막으로 김유신에게 말했다.

"진구에서 사비성까지는 하루거리요. 진구에 우리 군사가 무사히 상륙하면 이 싸움은 이기는 싸움이오. 하지만 우리 군사가 배에서 내릴 때 백제군이 나타나 훼방하면 큰 낭패를 볼 수도 있소. 그러니 신라군이 먼저 도착하여 진구를 장악하여주시오. 그렇게만 해주시면 사비성으로는 우리가 앞장서서 달려가겠소."

---

97) 현재의 부여 남쪽 강경 일대

김유신의 머릿속이 빠르게 회전했다. 20일 후면 백제군도 당나라 군대의 진구 상륙을 예상할 게 분명하다. 백제군은 필시 상륙을 저지하기 위해 방비할 게 틀림없다. 그 백제 군사와 신라군이 먼저 일전을 치르란 말이다. 편하게 상륙하여 정작 사비성을 함락하여 왕을 사로잡는 일에는 자신들이 공을 세우겠다는 말과 다름없다. 소정방의 속셈이 훤히 보였다. 하지만 그들은 먼 곳에서 온 원정군이라 들어주지 않을 수 없다. 공은 양보해도 좋다. 전쟁에만 이긴다면, 다 들어줄 수 있다. 이기면 결국은 다 신라 땅이다. 무엇을 들어주지 못하겠는가.

"그렇게 합시다. 우리가 진구에 먼저 도착해 손님 맞을 준비를 해놓겠습니다."

소정방은 흡족했다. 의례적으로 인사말을 했다.

"연회로 태자마마와 장군을 환영해야 하겠으나, 사비성 함락이 먼저이니, 사비성에서 의자왕을 사로잡고 회포를 풀기로 하지요."

태자 법민은 유신과 상의하여 진주와 천존은 당나라 병영에 남아있게 했다. 두 장군은 신라의 수군을 지휘하여 서해 해안을 거쳐 백강 입구에서 진구까지 당나라 군선을 안전하게 인도해야 했다.

20일의 시간밖에 남지 않았기에 태자 법민과 유신은 급히 10여 척의 호위 선박만 이끌고 당항성 포구로 향했다. 법민과 유신은 당항성 포구에서 하선하자 급하게 말을 타고 금물노군으로 행군했다. 기마병 호위 하의 기마 이동이어서 태자와 유신은 하루에 백 리를 나아갔다. 3일째가 되는 날 법민과 유신은 금물노군에서 임금의 본대에 합류했다. 임금 춘추는 눈이 빠지게 법민과 유신을 기다리고 있었다.

"오, 대장군, 수고가 많았소. 소정방과 어떻게 하기로 하였소?"

"각각 따로 용병하여 진구에서 합군하기로 하였습니다. 다음 달 10일입니다."

"그래? 그렇게 빨리? 시간이 없구먼."

"그렇습니다. 서둘러 행군을 시작해야겠습니다."

"그래 당나라 군대는 어떠하던가요?"

"위용이 대단했습니다. 공성 무기도 많은 듯했고, 군량도 넉 달 치를 싣고 왔다 합니다. 6월에 출발했으니 10월까지는 전쟁을 끝낼 요량으로 바다를 건넜다고 보입니다."

"10월? 그전에 전쟁이 끝나겠지요?"

"그래야 합니다. 오래 끌면 승산이 없습니다. 백제 5방군이 사비성으로 달려들면 오히려 우리가 포위될 수 있습니다, 폐하."

"그렇지. 빨리 끝내야지요. 소정방의 군사 중에 전투병은 얼마나 되던가요?"

"총 13만이라 해도 병사의 반은 노를 젓고, 배를 지키는 수군입니다. 군량을 나를 치중병도 상당한 숫자입니다. 우리 사설당처럼 공성 무기를 담당하는 군사도 많구요. 또 덕물도에서 진구까지 바닷길이 이어지니 그 길목 여기저기에 전선(戰船)을 배치하고 병사를 포진해 두어야지요. 사비성을 공격할 병사는 4, 5만입니다."

"그럼, 우리 원정군과 병사 숫자가 비슷하겠군요."

"그렇습니다, 폐하. 그리고 폐하께서도 짐작하시겠지만, 폐하께서는 시위대뿐만 아니라 사자금당의 호위를 받으며 금돌성에 계셔야 하옵니다."

"마음 같아서는 대장군과 함께 있고 싶소이다."

"아닙니다. 절대로 그러시면 아니 되옵니다. 태자 전하께서 저와 함께하십니다. 폐하께서는 금돌성에서 옥체를 보존하시고, 전황을 보고받으셔야 합니다. 금돌성은 삼년산성과 상주정에 둘러싸인 높은 산지라 천혜의 요새입니다. 사자금당 3천 병력이면 2, 3만 대군도 금돌성을 넘볼 수 없습니다. 어떤 일이 있어도 안전한 곳이 바로 금돌성입니다. 백제나 고구려군의 역습도, 혹 모를 당나라군의 배신도 다 막아낼 수 있습니다. 이럴 때를 대비하여 애를 써 축성해 놓았습니다. 불편함이 없도록 행궁도 이미 다 지어놓았구요. 또한 금돌성은 서라벌보다는 사비성과 훨씬 가깝습니다. 소장이 결정하지 못할 일이 있으면 바로 폐하께 여쭙기도 편리한 곳입니다. 폐하, 늦어도 두어 달 안에 끝내겠습니다. 저를 믿고 기다려주시옵소서."

"그래야겠지요. 대장군이 시키는 대로 하겠소이다. 하하하."

"그러셔야 하옵니다. 왕의 몸은 이미 왕의 몸이 아니옵니다. 여러 백성의 몸이지요."

"내 몸이 내 몸이 아니라…… 알겠소, 대장군. 내 자중해서 금돌성에서 승전보를 기다리겠소."

임금과 유신이 함께한 신라군은 금물노군에서 상당현을 지나 삼년산성에서 행군을 멈추었다. 춘추는 대군을 먼저 보내고 금돌성으로 가기로 했다. 대군을 보내기 전에 춘추는 삼년산성 행궁 앞마당에 김유신을 비롯한 신라군 장수를 한자리에 모았다.

"여러 장수에게 당부하오. 내가 20여 년 전 대야성이 함락될 때 굳은 맹세를 하였소. 하늘 아래 백제와 같이 살 수는 없다고 말이오. 그동안 우리 신라는 얼마나 백제의 공세에 시달렸는지 여러 장수가 더 잘 알 거요. 하늘이 우리에게 천재일우의 기회를 주었소. 당나라 13만 대군이 사비성으로 진격하고 있소. 백제를 멸하고 신라가 삼한 땅의 주인으로 우뚝 서야 할 때요. 용감히 싸운 자에게는 반드시 상을 줄 것이고, 비겁하게 도망가는 자에게는 반드시 벌을 줄 것이오. 삼한 땅의 마지막 전쟁이 되도록 모두 목숨을 바칠 각오를 하시오."

춘추의 말에 장수들은 모두 충성을 맹세했다. 신라군의 사기는 하늘을 찌르는 듯했다. 군사들은 스스로 보아도 대군의 위용이 대단했기에 대집단이 주는 안도감에 도취했다. 백제군을 반드시 이긴다는 자신감이 생겼다. 군사가 많으면 유리한 게 바로 그러한 자신감이었다. 춘추와 유신은 남천정까지의 행군을 통해 그 자신감을 군사들에게 심어주고 싶었다.

춘추는 삼년산성에서 대장군 유신에게 부월(斧鉞)을 내렸다. 부월은 출정군 대장군에게 군 통솔의 전권을 부여한다는 의미로 내리는 작은 도끼였다. 아울러 좌장군에 품일(品日), 우장군에 김흠순을 임명했다. 흠순은 유신의 아우라 한꺼번에 형제를 같은 전장에 투입하는 게 망설여졌지만, 유신이 그렇게 하기를 강력하게 원했다. 흠순이 백제와 고구려뿐만이 아니라 당나라나 왜국의 여러 정보를 관리하고 세작을 통제하고 있었기 때문이다. 신라와 당나라는 철저히 기밀을 유지했다. 흠순은 고구려와 왜국은 백제에서 어떤 일이 벌어지고 있는지 아직 알지 못하고 있다고 했다. 그들 나라가 알 때면 전쟁은 끝나있어야 한다. 흠순은 마침 왜국은 지방에서 반란이 일어나 제명여왕의 군사가 반란군과 교전 중이라고도 했다. 이것 역시 하늘이 돕는다고 춘추는 생각했다. 왜국을 신라에 끌어들이기 위해 자신이 그토록 노력했으나 거의 모두 수포가 되었다. 왜국이 아무리 당나라의 문물이 필요해도 오랜 세월 관계를 맺은 백제를 배반하기는 쉽지 않은 노릇이다. 왜국 왕가의 피에는 백제의 피가 섞여서 흐르니 어찌 그렇지 않겠는가. 그래, 왜국은 그냥 있어주기만 하면 된다. 고구려도 마찬가지다. 작년 기미년[98] 11월에 당나라 중랑장 설인귀가 고구려 서쪽 횡산(橫山)으로 쳐들어갔다. 고구려 장수 온사문(溫沙門)이 나와 싸웠지만, 온사문이 크게 패하고는 성으로 들어가버렸다. 그랬으니 고구려에서는 당나라 대군의 백제 공략을 꿈에도 생각하지 못한다. 아직까지 고구려군의 움직임이 전혀 없으니 지금까지는 기만술은 성공적이다. 백제는 철저히 고립되었다. 당나라와 신라군이 마지막 숨통을 끊으러 간다. 얼마 남지 않았다.

춘추는 삼년산성 남문 보루에 올랐다. 남으로 행군을 시작하는 유신의 원정군을 하염없이 바라보았다. 보무당당한 군사들이 끝도 없이 줄줄이 남으로 남으로 나아가기 시작했다. 춘추는 알고 있었다. 자신에게 남은 삶은 그다지 많지 않았다. 자신이 죽기 전에 필생의 업으로 이루고자 했던 일이었다. 필부의 삶이 아니라 신라의 왕이었기에 해야 하는 일이었다. 의자왕이 아니면 자신이, 둘 중의 하나는 누가 해도 해야 할 일이었다. 춘추가 조금 더 빨랐을 뿐이었다.

---

98) 659년

21

드디어 출항이었다. 태자 법민과 유신이 떠나고 난 뒤 소정방도 함대를 움직이기 시작했다. 당나라에서 덕물도로 올 때는 멀미로 고생했다. 닷새가 지나자 배의 흔들림에 적응이 되었다. 대부분의 병사도 마찬가지였다. 덕물도 연안은 파도가 심하지 않아 한결 편하게 지낼 수 있었다. 소정방은 평생을 초원이나 사막의 전쟁터에서 말을 달리며 지냈다. 배를 타고 이동한 건 평생 처음이었다.

성산을 지나 3일 만에 덕물도에 이르러 아침에 눈을 떴을 때 깜짝 놀랐다. 신선이 살 것 같은 깨끗하면서도 아름다운 섬의 풍경이 눈앞에 펼쳐져 있었다. 고운 모래가 10여 리 이상 넓게 이어진 해변도, 모래밭 뒤 송림 사이로 아름답게 핀 붉은 꽃도 처음 보았다. 누군가가 해당화(海棠花)라 알려주어 꽃 이름을 알게 되었다, 곧 생사가 갈리는 전쟁터로 출정할 터. 꽃 이름 하나 알아서 무엇하랴. 덕물도 앞에서부터 올망졸망한 섬들이 당항성 포구까지 이어지고 있었다.

2천여 척의 대선단이라 출항만 해도 3일이 걸렸다. 길고 긴 군선의 행렬이 산동 동쪽 끝 성산에서 덕물도까지 이어졌다. 당나라뿐만 아니라 그전의 한나라나 진나라 시대에도 2천 척에 이르는 대선단은 없었다. 중국은 대륙이 넓어 바다로 나가 싸울 일이 없었다. 역대 중국 왕조의 두려움의 대상은 언제나 흉노나 거란이나 돌궐이나 고구려나 토번 같은 말 달리면서 중국을 위협했던 유목 족속이었다. 바다 건너 백제나 신라, 왜국 등은 중국의 골칫거리가 아니었다. 문제는 고구려였다. 고구려는 중국에 고분고분하지 않았다. 수양제가 위협을 제거하려 했다. 하지만 수양제의 백만 대군은 흔적만 남기고 고구려에 녹아버렸다. 태종의 군대도 고구려 원정에서 승리했다 하나 사실은 실패나 마찬가지였다. 선왕(先王)께서는 안시성에서 발목이 잡혔다. 선왕께서 소정방 자신을 더 중용했더라면 어떻게 되었을까? 모를 일이다. 전쟁은 자신감으로만 되는 게 아니다. 소정방은 나이 예순을 넘고, 일흔을 바라보면서 새삼 전쟁의 어려움을 깨달았다.

선왕께서는 뒤늦게 군량 공급을 쉽게 하려고 수군 공격을 생각해 내셨다. 하지만 늦었다. 하늘은 선왕께 고구려를 선물하지 않으셨다. 그 남겨진 과업을 소정방이 해낸다. 자신, 소정방이 그 일을 해낸다. 자신을 중용하지 않으신 선왕께 지하에서라도 고구려를 보란듯이 바쳐야 한다. 신라왕 춘추가 백제 선공론을 끄집어내어 소정방을 도와주었다. 스스로가 생각해도 그게 답이었다. 백제를 정벌하고 그다음 양쪽에서 고구려를 치면 천하의 연개소문이라 하더라도 이번에는 빠져나갈 수 없다. 독 안에 든 쥐다. 그러자면 먼저 백제를 쳐야 한다. 백제를 치고 신라를 합병하여 완전히 삼한의 남쪽을 장악해야 한다. 그다음 삼한의 군사와 물자를 동원하고 당나라에서 동진하여 고구려를 친다. 그러면 선왕이 남긴 유업은 완성된다. 그 완성을 소정방 자신이 반드시 달성해야 한다. 폐하께서는 출정 직전에 자신을 불러 말씀하시지 않으셨던가.

"대장군, 이번에 가서 백제왕은 물론이거니와 신라왕도 잡아 오시오. 그 땅에 도독부를 두어 당나라가 직접 통치하겠소."

그렇게 하여 중국 역사상 처음으로 2천 척의 대선단이 꾸려졌다. 도무지 제압되지 않는 적, 고구려를 제압하기 위한 당나라의 새로운 전략이었다. 자신이 그 전략을 수행하러 먼저 백제를 치러 가고 있다.

소정방은 우군 장군 풍사귀(馮士貴), 좌군 방효태(龐孝泰), 중군 유백영(劉伯英)과 부총관인 김인문, 신라 파견군 장수인 진주와 천존을 불러 말했다.

"우군 풍사귀(馮士貴)장군은 당진(唐津) 안쪽에 있는 백제 수군을 공략하시오. 백제 수군을 완전히 제압하고 그쪽으로 상륙하여 내륙으로 진격하되 너무 깊숙하게 들어가지는 마시오. 장군의 첫째 임무는 백제 함대를 제압하고 이곳 덕물도에서 백강 입구까지 해상교통로를 완전히 장악하는 거요. 둘째 임무는 기만책이요. 상륙한 곳으로 우리 당나라의 본대가 공격하는 것처럼 보이게 해야 하오.

좌군 방효태장군은 백강 입구에서 진구까지 혹시 모를 백제군의 방어를 무력화해야 하오.

중군 유백영장군은 진구에 먼저 상륙하여 본대가 들어설 길을 확보하여야 하오. 그다음에 나의 본대가 사비성으로 진격할 거요. 부총관과 신라 병부령 진주는 내 옆에서 나를 보좌하시오. 천존장군은 풍사귀장군과 함께 움직여서 백제를 속여야 하오. 그럼 하루씩 시차를 두고 출발하시오."

풍사귀의 우군은 선단을 둘로 나누어 한 선단은 백제 수군의 본진이 있는 당진항으로 쳐들어갔다. 백제 수군은 풍사귀의 선단에 대적했으나 중과부적이었다. 손쉽게 백제 수군을 격파한 풍사귀는 백제 전선을 모두 불태우고 1만의 병력으로 벌수지현(伐首只縣)[99]에 상륙했다. 벌수지현에서 백제의 석두성(石頭城)[100]을 함락하고 군량 창고를 확보한 다음 남쪽 경계까지 진군했다. 백제군은 임존성으로 후퇴했다. 임존성은 백제 서북방을 방어하는 거점으로 인근 병력까지 합치면 1만여 병력이 당나라 군대의 침입에 대비하고 있었다.

풍사귀 우군의 나머지 선단은 덕물도에서 백강 하류에 이르기까지의 여러 포구의 백제 수군을 제압했다.

이어 출발한 방효태의 당나라 좌군은 백강 하류 기벌포로 먼저 향했다.

백제의 사비성에는 연신 각 지역으로부터 급보가 올라왔다. 김춘추와 유신이 이끄는 신라의 대군이 서라벌에서 출발하여 남천정에 이를 때까지 백제군도 신라군의 동향을 자세히 파악하고 있었다. 신라의 대군이 삼년산성을 넘을 때까지도 잔뜩 긴장하여 신라군의 동태를 예의 주시했다. 신라군이 금물노군을 지나 북상하자 긴장을 풀었다. 신라군이 고구려로 예봉이 향한다고 생각했기 때문이다. 사비성에서도 일선의 보고를 받고 대수롭지 않게 여겼다. 하지만 곧이어 사비성이 발칵 뒤집혔다. 당진에서 올라온 수군의 급보 때문이었다. 당나라의 엄청난 대군이 서해를 뒤덮고 있다는 보고였다. 보고를 받고 의자왕은 망연자실 말을 잊었다. 설마 당나라 군사가 바다를 건널 줄은 몰랐다. 의자왕은 겨우 정신을 차리고 좌평 의직(義直)장군에게 물었다.

---

99) 충남 당진시로 추정.
100) 충남 당진시 부근의 성으로 추정.

"그래 군사는 얼마나 된다더냐?"

"확실하게는 모르나 약 2천 척이라 합니다."

"뭐라 2천 척? 그럼 배 한 척에 백 명이 타면 2십만이 아니야? 그게 사실이냐? 그게 믿어지나? 잘못 본 게 아니야? 헛것을 본 게 아니냔 말이다."

"당나라 수군의 움직임을 파악할 수 있도록 급히 군관들을 보내겠습니다."

며칠이 지나 당진에서 또 보고가 올라왔다. 당나라 수군의 공격으로 백제의 수군 전선은 모두 불타고 석두성이 함락되었다고 했다. 이울러 서해안의 여러 포구에서도 당나라 수군의 공격으로 아군이 뭍으로 퇴각했다는 급보가 올라왔다. 서해의 모든 포구를 당나라 수군이 점령해버렸다. 아울러 신라의 대군도 금물노군에 집결했다는 급보가 들어왔다.

의자왕은 사비성 대당에서 회의를 열었다, 먼저 의직이 보고했다.

"당나라 군사가 당진으로 상륙했습니다. 총 병사는 얼마나 되는지는 아직은 알 수 없으나 적어도 5만 이상, 10만일 수도 있습니다. 신라군은 금물노군에 2, 3만의 대군이 집결해있고, 다른 변경에도 군사들이 대기해 있는 상태입니다. 총 병사는 5만으로 추정이 됩니다."

모두 아무런 말도 못 했다. 그럼 적어도 10만의 대군이 아니냐. 한참의 침묵 끝에 의자왕이 말했다.

"그래, 알았다. 그럼, 어디를 막아야 하느냐, 어떻게 해야 하느냐?"

의직이 먼저 대답했다.

"당나라 군사는 멀리 바다를 건너왔습니다. 물에 익숙하지 않은 군사라 몹시 지쳐있을 게 틀림없습니다. 그들이 당진에 상륙했다고 하니 회복하기 전에 급습해야 합니다. 당나라의 예봉을 꺾기만 하면 신라는 분명 겁을 먹을 게 틀림없습니다. 당나라 군사를 먼저 대적해야 합니다."

달솔 상영(常永)이 나서서 말하였다.

"의직장군은 당나라 군사가 어디로 올 것 같소?"

의직이 답했다.

"이미 당진에 상륙하지 않았습니까? 그길로 해서 임존성을 거쳐 사비로 온다고 봐야지요."

"허허, 의직장군은 단순하게 생각하고 있습니다. 배를 타고 오니 백강으로 들어올 수도 있지 않소. 당진 상륙은 미끼일 수도 있소. 배는 어디에도 댈 수 있으니 당나라 군대가 어디로 올지 알 수 없소. 그러니 당나라 군사는 공격로를 안 다음에 막고, 신라 군사에 먼저 대비해야 하오."

의직이 상영에게 다시 말했다.

"신라 군사도 어디로 올지 확실히 알 수 없습니다. 금물노군에서 임존성 쪽으로 와서 당나라 군사와 합군할 수도 있고, 아니면 웅진이나 탄현 쪽으로 올 수도 있습니다. 그쪽으로 군사를 보냈다가 신라 군사가 신속히 우회하여 사비성으로 진격하면 사비가 위험해집니다."

의직의 말이 끝나자 여러 신하와 장군들이 각기 자기 의견을 말하기 시작했다. 조정 안이 마치 여름날 밤 논 개구리 우는 소리 마냥 와글와글해졌다. 그만큼 갑작스러운 적의 침략이었다. 적의 주된 진격로를 짐작할 수 없었기에 의견들이 많을 수밖에 없었다. 의자왕이 대로하여 벌떡 일어섰다. 연로한 임금의 거동에 신하들은 모두 입을 닫았다. 임금이 말했다.

"흥수(興首)라면 어떻게 했을까?"

아무도 대답하지 않았다. 고마미지현(古馬彌知縣)[101]에 귀양 가 있는 흥수의 의견을 묻기에는 시간이 촉박했다. 의직이 말했다.

"급히 군관을 보내 의견을 묻도록 하겠습니다."

의자왕은 고개를 끄덕이며 말했다.

"지금 적의 공격 방향을 알 수가 없다. 어디로 들어올지 모르니 함부로 군사를 움직일 수도 없다. 의직장군이 현재 우리 군사의 배치 상황을 말해보라."

---

101) 전남 장흥군으로 추정.

"폐하, 사비성 주위에 2만의 군사가 있사옵니다. 서방 임존성에 7천, 북방 웅진성에 7천, 중방 고사성(古沙城)에 5천, 남방 구지하성(久知下城)에 5천, 동방 득안성(得安城)에 5천이 포진해있습니다. 그 외에도 군데군데 요소마다 1만여 병사가 더 있사옵니다."

"좋다. 우리 군사가 6만, 적의 군사가 10만이다. 적의 기습이고 어디로 들어올지는 모른다 하나 5방군과 중앙군 2만이 건재하다. 우리 군사들의 용맹함이면 해볼 만한 싸움이 아니냐. 모두 충심으로 싸워 사직을 보존하여야 한다. 우선 5방군 중에서 중방 고사성에 있는 병사는 기벌포 쪽으로 이동시켜 백강 입구를 방비하도록 하고 다른 군사들은 지금의 위치를 지키도록 하라. 각 방에 파발을 띄워 적의 침입에 대비하도록 하고 적의 움직임을 면밀히 감시하게 하라. 적의 공격로를 보아가며 신속하게 군사를 이동시킨다."

사흘이 지나 흥수에게 달려갔던 군관이 돌아와서 흥수의 말을 전했다.

"폐하, 흥수가 말하기를, 당나라 병사는 대군이고 규율이 엄한 강군이며 기마전술이 뛰어납니다. 더군다나 신라군이 있으니, 양쪽의 적을 맞아 넓은 들판에서 정면으로 싸우면 우리에게 승산이 없습니다. 기벌포(伎伐浦)와 탄현(炭峴)은 요충지이니 한 명이 한 자루의 창으로 만 명의 적을 물리칠 수 있습니다. 그곳을 지키어 당나라 병사가 백강으로 들어오지 못하게 하고, 신라 병사가 탄현을 넘지 못하게 해야 합니다. 만약 적이 들어오면 성문을 굳게 닫고 지키면서 저들의 군량이 떨어지고 지칠 때까지 기다려 공격하면 이길 수 있다고 하였습니다."

흥수의 말을 전해 들은 의직이 임금에게 말했다.

"흥수의 말은 틀리지 않으나 귀양 가 있는 터라 적군의 이동 사정을 자세히 알 수는 없습니다. 아군의 배치에 따라 적은 변화무쌍(變化無雙) 움직일 수 있고, 아군 역시 적의 진격에 따라 변화해야 하옵니다. 임존 성 쪽으로 들어오는가 했던 당나라군은 진격을 멈추고 있다 합니다. 당 나라군의 주력은 백강으로 오고 있습니다. 흥수의 말대로 기벌포 쪽 방 비를 더 굳게 해야 합니다. 만약 기벌포에서 아군이 돌파당한다면 우리 는 진구 주변에서 저지선을 쳐서 당나라 수군이 상륙하지 못하도록 해 야 합니다. 하나 신라 군사는 어디로 올지 아직은 모르옵니다. 지금 진 격 방향으로 보아서는 탄현으로도 올 수도 있고 그 아래 진내군으로 우 회해서 들어올 수도 있습니다. 어느 쪽으로 오든 계백장군이 있는 득안 성의 5천 군사로 막아내야 합니다."

임금이 말했다.

"5천 군사로 신라의 대군을 막아낼 수 있겠느냐? 사비성을 지키는 군 사를 더 보내는 게 좋지 않겠느냐?"
"계백장군은 용장이옵니다. 능히 지켜낼 수 있사옵니다. 하옵고 만일 을 대비하여 사비도성의 병사를 움직일 수는 없사옵니다. 남방 병사들 은 남쪽으로 우회할 수 있는 신라 병사에 대비해야 합니다."
"그런가? 나는 아무래도 불안하다. 차라리 5방의 군사들을 다 사비성 주변으로 집결하는 게 어떻겠는가?"

상영이 말했다.

"폐하, 그게 훨씬 위험할 듯하옵니다. 만약 당나라 군사에게 기벌포와 설사 진구까지 내준다고 하고, 신라 병사에게 황산까지 내준다 해도 사비 외곽의 석성과 나성에서 적을 막아내면 됩니다. 한 열흘만 막아내면 지방의 5방군이 각처에서 사비로 진격하여 도달합니다. 그러면 반드시 우리가 이깁니다."

"만약 그전에 사비성이 함락되면 어떻게 하느냐? 그게 두렵단 말이다. 사비성은 임존성이나 웅진성보다는 방어가 쉽지 않은 성이 아니냐?"

"폐하, 그렇기는 하오나 모두가 충성스러운 마음으로 죽기 살기로 막아내면 반드시 지킬 수 있사옵니다."

상영의 말에 신하 모두 엎드려 죽기 살기로 싸울 것을 맹세했다. 의자왕은 불안하였지만, 어쩔 도리가 없었다. 당나라가 기어코 수군까지 보내 공격할 줄은 몰랐다. 신라왕 춘추가 당 태종이 살아있을 때 당나라에 건너가고 하더니, 그 아들과 함께 술수를 부린 게 틀림없었다. 그게 아쉽고 원통했다. 하지만 어쩔 수 없었다. 의자왕은 고구려와 왜국에 급히 구원을 청하려고 하였지만, 상황이 너무 급했다. 일단 적의 예봉을 막고 구원 사절을 보내기로 했다. 우선 도성의 모든 장정을 징발하여 두 나라 군사의 공격에 대비했다.

그 무렵 유신의 신라군은 삼년산성을 출발하여 고시산군(古尸山郡)[102]으로 향했다. 삼년산성에서 대군을 보내고 난 뒤 임금 춘추는 시

---

102) 충북 옥천군 옥천읍으로 추정.

사국지 3

위대와 사자금당 군사의 호위를 받으면서 금돌성(今突城)[103]으로 들어갔다. 큰 전쟁에서 어떤 일이 일어날지 모르니 높은 산성에 꼭꼭 숨어있으면서 유사시를 대비하려는 계책이었다. 금돌성은 산성이라고는 하나 발 빠른 자는 하루에 삼년산성과 연락을 취할 수 있는 거리에 있었다. 서라벌보다는 전장의 보고를 받고 지시를 하는 데는 금돌성이 훨씬 유리했다. 전장에서의 일이야 김유신장군이 알아서 처리하겠지만, 워낙 큰 전쟁이라 임금이 아니면 결정하지 못할 일이 발생할 수도 있었다. 신라가 금돌성에 임금이 머물 수 있는 행궁을 미리 지어놓은 이유도 바로 그 때문이었다.

유신의 군사는 고시산군에 이르자 5만의 대군이 되었다. 여러 지류가 합쳐져 큰 강을 이루듯이 유신의 군사와 장수는 행군하면서 점점 불어났다. 가까운 거리에 있던 지방의 군사들이 속속 합류했다. 일찍이 유신이 이 정도의 대군을 한 전장에 투입한 적은 없었다. 유신이 보아도 신라 대군은 위용이 대단했다. 우장군 김흠순과 좌장군 품일에게 각각 1만의 병사를 이끌도록 했다.

유신은 탄현을 넘을지 아니면 남으로 더 진격하여 황산을 아예 우회할지 고민했다. 탄현으로 가고 싶었지만, 백제군의 매복이 두려웠다. 하지만 먼저 탄현으로 들어간 우군 척후대가 탄현에 백제군의 매복이 없음을 알려왔다. 유신은 탄현으로 결정했다. 탄현이야말로 삼년산성에서 사비성에 이르는 가장 가까운 길이면서 평탄한 길이었다. 백제군은 신라군이 어디로 들어올지 상황을 살피다가 매복의 시기를 놓쳤음이 틀림없다.

유신의 5만 군대가 탄현을 넘어 황산으로 나아갈 즈음 소정방의 당

---

103) 경상북도 상주시 모동면의 백화산고성(白華山古城)으로 추정.

나라 수군 본대도 백강 하구 기벌포에 이르렀다.

백강은 백제 사람들이 모든 강의 어른 혹은 형이라는 뜻으로 붙인 이름이었다. 가끔 백마강(白馬江)이라 할 때는 마한에서 으뜸가는 강이라는 뜻으로 사용하기도 했다. 백강 역시 한수와 마찬가지로 조수간만의 차이가 심했다. 들물 때는 바닷물이 역류하여 백강 중류까지 올라갔다. 날물 때는 하류로 내려오는 물살을 타면 빠르게 배를 보낼 수 있었다. 사비성 아래 진구까지 들물과 날물의 영향을 받았다. 조수간만의 차이가 심하다 보니 사리 때가 아니면 아무리 들물 때라도 기벌포 일대에서는 마른 땅에 하륙(下陸)하기가 어려웠다. 잘못하면 진창에 빠져 사람이나 짐승의 움직임에 제약이 많았다. 지형의 특성으로 인해 육지에서 지키는 쪽이 싸움에 훨씬 유리했다. 하륙 때 화살로 공격하고 살아남은 적이 육지로 올라설 때 창검부대가 맞서면 하륙하는 군사들을 쉽게 저지할 수 있는 이점이 있었다.

벡제 군사들은 기벌포 쪽 북단에 3천, 남단에 3천을 배치해 당나라 수군의 진격을 막기로 했다. 그들은 길목을 막고 있어 당나라 선단의 통행에 큰 위협이 되었다. 방효태가 이끄는 당나라 좌군이 그들을 제압하기 위해 양쪽으로 군사를 나누어 하륙하기 시작했다. 만조에 맞추어 하륙을 한다고는 하나 배가 수백 척이고 군사가 많다 보니 먼저 하륙하는 병사들은 백강의 펄에 빠질 수밖에 없었다. 펄의 진창을 돌파하기 위해 신라는 파견한 1백여 척의 배에 버들로 만든 깔개를 가득 싣고 있었다. 신라군은 이 버들 깔개를 하륙할 당나라 병사에게 나누어주었다. 하륙하는 당나라 군사들은 버들 깔개를 먼저 깔고 바닥으로 내려서니 진창에 빠지지 않고 빠르게 나아갈 수 있었다. 당나라 수군의 배 위에서는 궁수들이 활을 쏘면서 먼저 하륙하는 병사들을 엄호했다. 예상과는 달리 많은 병사가 동시에 내려서자 백제 병사들이 당황했다. 이윽고 압도적으로 많은 병사가 하선하여 진용을 갖추면서 밀어붙이자, 백제 병사들은 크게 힘을 쓰지 못하고 퇴각하기 시작했다. 그 뒤를 기마병까지 하선하여 추격하자 승패는 결정 났다. 방효태 군사의 대승이었다. 백사 군사들은 대부분 죽거나 사로잡히고 일부는 뿔뿔이 흩어져 내륙으로 도망갔다.

방효태가 기벌포를 장악하자 기벌포 밖 서해에서 대기하던 소정방의 본대가 일제히 백강으로 진입, 상류로 항해하기 시작하였다. 1천 척이 넘는 당나라 함대는 마침 들어오는 들물을 따라 신속하게 진구로 향했다. 당진과 서해 여러 포구와 기벌포에 있던 백제 수군의 전선은 모두 불타거나 침몰하여, 서해는 당나라와 신라 수군의 독무대가 되었다.

진구에 하륙하기만 하면 사비성까지는 하루 거리였다. 소정방은 김유신의 신라군이 진구를 막아설지도 모를 백제군을 모두 소탕하고 자신을 맞이하리라 예상했다. 김유신은 당연히 그럴 능력이 있는 장수로 보였다. 그렇다면 사비성을 깨고 의자왕을 사로잡는 일만 남았다. 그다음은 김유신을 제압하는 일이었다. 소정방은 황제 폐하께서 자신을 직접 불러 은밀히 하달한 분부를 되씹으면서 배 밖의 풍경을 구경했다. 전쟁이 아니라면 살고 싶을 정도로 아름다운 풍경이 배의 나아감에 따라 천천히 지나가고 있었다.

22

득안성의 계백장군은 급히 사비성으로 말을 달렸다. 계백은 말을 달리면서도 머릿속이 복잡했다. 유신의 신라군은 이미 탄현을 넘어섰다. 왕의 명이 떨어지기 전에 탄현을 막아야 했다. 그러나 자신이 탄현으로 들어갔음을 알고 김유신이 더 남쪽으로 우회했다면? 그것도 낭패였다.

기벌포의 패전 소식이 전해진 가운데 계백이 사비성에 도착했다. 의자왕을 비롯한 조정의 대소신료들이 계백의 입을 쳐다보기만 했다.

"폐하, 지금 막 유신의 대군이 탄현을 들어섰다 하옵니다."

"그래? 기어코 왔구나. 득안성의 병사들은 어떻게 하였느냐?"

"세 군데로 나누어 길목을 지키게 하였습니다. 적은 적어도 3만, 많게는 5만으로까지 보입니다. 5천의 병사로 막아내기는 어렵습니다. 급히 사비성 군사 5천을 황산으로 보내주소서."

"5천 군사를?"

"그렇습니다."

이때 의직이 나서서 말했다.

"계백장군, 지금 사비성에 있는 군사는 모두 2만 5천이오. 기벌포가 무너졌으니 최소 1만은 진구를 지켜야 하오, 1만은 석성과 나성을 지켜야지. 내성에도 최소 5천은 있어야 하오. 사비에서 빼낼 병력은 없소이다."

"의직장군, 기벌포가 무너졌다구요? 그럼 백강으로 올라올 게 아니오?"

"그렇소. 이제 적의 진격로는 명확해졌소이다. 당나라 군대는 진구로 하륙하고, 김유신도 황산을 노립니다. 황산을 거쳐 진구로 향할 거요. 진구에서 합군하여 석성을 넘어 사비성으로 들어올 거요."

"의직장군, 그렇다면 진구에서 합군을 못 하게 해야 합니다."

"그렇지요. 그러니 장군은 어서 황산으로 돌아가 지금의 병력으로 신라군의 길목을 막으시오. 내가 진구에서 당나라 군사의 하륙을 막겠소."

장군들의 이야기를 듣던 의자왕이 몸을 부들부들 떨면서 말했다.

"내가 부덕하고 하늘에 정성이 부족하여 나라가 풍전등화로구나. 내나이 예순다섯, 어렵고 어렵도다. 백제를 어이할꼬."

의자왕의 탄식에 태자 부여효(扶餘孝)가 나서서 말했다.

"그게 어찌 폐하의 잘못이란 말입니까? 폐하를 잘 모시지 못한 신들의 잘못입니다. 하나 우리 백제는 장수가 용맹하고 백성이 충성스럽습니다. 신이 이 국난을 꼭 이겨내겠습니다. 폐하께서는 옥체를 보존하시옵소서."

"오냐, 태자가 좋은 말을 했다. 태자가 여러 장군에게 임무를 맡겨라. 나는 어지럽기만 하구나."

의자왕의 명에 따라 태자 부여효가 말을 이었다.

"폐하께서 저리 상심이 크시니 폐하를 대신하여 여러 장군에게 명하오. 계백장군은 황산에서 신라군을 막아내시오. 의직장군은 진구에서 당나라 군대를 막아내도록 하시오. 상영장군은 날랜 장수 몇몇과 함께 황산으로 가서 계백장군을 도우도록 하시오. 의직장군은 지방의 각 병영 군사들을 사비성으로 출발하도록 군령을 내리시오. 5방의 군사들이 들어올 때까지 사비성에서 버텨야 합니다. 지방의 모든 군사만 들어오면 우리에게 승산이 있소."

부여효의 지시에 따라 여러 장수는 임무를 부여받고 임지로 향했다. 계백이 급했다, 말을 갈아타고 계백은 상영을 비롯한 몇몇 장수와 황급히 사비성을 벗어났다. 어서 본진으로 가야 했다. 신라 대군에 맞서기에는 턱없이 병력이 부족했지만, 계백으로서도 어쩔 수 없었다. 5천의 병사만 더 있어도 어찌 싸워볼 만하다. 하지만 도성에서 병사를 빼낼 수가 없다. 계백 휘하 득안성의 5천 병사로는 중과부적이었다. 더군다나 상대는 백전노장의 김유신이 아니던가. 하지만 어쩔 수 없다. 장수가 어찌 목숨을 중히 여기랴. 황산에서 죽을 운명이라면 황산에서 죽는다.

계백은 말을 달리며 생각에 잠겼다. 희망은 없다. 백제의 장수로 용감하게 싸우다 죽으면 그뿐이다. 전장에서의 죽음보다 더한 광영(光榮)이 어디 있으랴. 계백의 얼굴로 한줄기 눈물이 흘러내렸다. 눈물은 달리는 말이 일으키는 바람에 날려 금방 말랐다. 그런 다음 계백은 크게 웃었다. 그래, 한판 붙어보자. 죽을 때까지 싸워보자. 뒤따르던 상영을 비롯한 몇몇 장수들은 영문도 모른 채 계백의 호탕한 웃음소리를 들었다.

계백은 황산벌에 도착하자 군사들을 독려하여 김유신의 군사가 우회하거나 피하지 못할 곳에 진을 쳤다. 양쪽은 산이어서 각각 5백여 명의 병사로 진을 치고 중앙에 4천의 군사를 배치하였다. 산과 산 사이에 길목이 좁아 4천의 군사로도 충분히 김유신 군대를 가로막을 수 있었다. 여기서 시간을 끌어야 했다. 당나라 군대와 유신의 군대가 진구에서 합군하지 못하게 해야 한다. 유신이 진구로 가지 못하거나 늦게 가면 의직이 당나라 군대를 막아낼 수 있다. 자신은 사나흘만 버티면 된다. 의직이 진구에서 사나흘을 버티고, 사비성에서 한 닷새만 버티면 지방의 군사가 사비성으로 들어온다. 그러면 역으로 당과 신라의 병사를 포위하여 침략자들을 섬멸할 수 있다. 어쨌거나 끝까지 싸우다 자신은 죽어야 한다. 계백의 시체를 넘어가게 해야 한다. 그래야 신라 군사가 늦다.

7월 9일 아침 탄현을 지난 유신의 군대는 황산 들판에 질서정연하게 방진(方陣)을 펼친 계백의 군사를 발견했다. 유신은 우장군 김흠순, 좌장군 품일을 불러 마상에서 작전 회의를 했다. 먼저 유신이 말했다.

"진을 보니…… 계백은 죽자는 진을 쳤다. 좌우는 산이라 높지는 않아도 대군이 올라갈 수는 없다. 빠르게 돌파하자면 개천 따라 이어지는 중앙 한 길로 진격하는 수밖에 없다. 그 길에 계백이 주력군을 배치했다. 시간만 많으면 산으로 우회하여 배후를 급습하면 되지만, 그럴 수는 없다. 더군다나 내일이 소정방과 진구에서 합군하기로 약속한 날이다."

김흠순이 말했다.

"그렇습니다, 대장군. 산 위로 올라가서 전투를 벌이면 물론 이기겠지만 최소 내일은 되어야 완전히 점령할 겁니다. 중앙을 돌파해야 합니다."

품일도 말했다.

"적군은 5천 정도로 보입니다. 우리가 5만입니다. 좌우군이 번갈아 공격하면 적이 지칠 게 분명합니다. 한두 번의 공격이면 무너질 겁니다."

김유신이 말했다.

"옳다. 그대들의 의견을 따르겠다. 시간이 중요하다. 우리가 워낙 대군이라 시간이 많이 지체되었다. 계획보다 하루가 늦었다. 오늘이 9일이니 하루 만에 백제군을 돌파하여도 내일 진구에 도착이 어렵다. 희생이 있더라도 중앙을 돌파해야겠다. 하지만 중앙의 벌판이 좁아 우리가 병력이 많은 게 아무 의미가 없다. 그러니 우리는 순차적으로 번갈아 가며 계속 공격하여 저들이 지치게 해야 한다. 누가 먼저 공격하겠느냐?"

김흠순이 말했다.

"우군이 먼저 하겠습니다."

유신이 말했다.

"만약 적이 강하면 치고 빠져라. 우군 두 번, 좌군 두 번, 중군 두 번 이렇게 적이 무너질 때까지 순차적으로 공격한다. 적 5천은 계속 싸워야 하고 우리 군사 5만은 열에 한 번 싸우는 꼴이다. 어찌 이기지 못하겠는가?"

유신의 말이 끝나자마자 흠순은 우군으로 돌아가 우군 장수들에게 말했다.

"우리 우군이 선봉이다. 누가 먼저 공격을 하겠느냐?"

의광(義光)이 소리쳤다.

"제가 하겠습니다."
"오, 그래, 의광장군. 바로 공격하라."

의광은 휘하 병사들과 백제 진영으로 재빠르게 나아갔다. 백제군의 화살이 쏟아졌다. 이를 정면 돌파한 신라군이 나아가자 백제군이 완강하게 방어했다. 몇 백의 군사들이 뒤엉켜 혼전이 일어났다. 시간이 흐르자 신라군의 피해가 훨씬 컸다. 백제군의 방진은 창수와 검수가 겹겹이 배치되어 좀체 뚫리지 않았다. 기마병 역시 좌우에서 신라군을 막았다. 시간이 지나면서 처음 투입된 신라군 피해가 커지고 있었다. 백제군 진에 갇혀 신라군은 힘을 쓰지 못했다. 그대로 두었다가는 신라군이 백제군의 방진에 갇혀 전멸할 게 틀림없었다. 유신은 후방 높은 곳에서 전장을 바라보다가 긴급히 후퇴 지시를 내렸다. 후퇴를 알리는 나발소리가 긴급하게 울리자, 신라군은 재빨리 후퇴했다. 신라군이 퇴각하자 백제군 진영에서 크나큰 함성이 울렸다. 치명적이지는 않지만, 의광도 부상당했고, 많은 병사가 다쳤다. 죽은 병사도 수백 명이었다.

유신은 적장의 솜씨를 알아보았다. 계백이라고 했다. 의직과 함께 가장 조심해야 할 장수는 계백이라고 조미압이 말한 게 기억났다. 백제 좌평 임자(任子)로부터 들었다고 했다.

"그래, 드디어 만났구나. 계백이라."

유신은 아직도 자신의 피가 뜨겁게 끓고 있음을 느꼈다. 병사들의 움직임 하나하나는 장수의 조련에서 나온다. 병사를 조련시키고, 사기를 불어넣고, 적에 맞서 진을 짜는 그 모든 일이 장수의 용병술이다. 하지만 아직은 자신이 관여할 때가 아니다. 우군 장군의 일이다. 사사로이는 자신의 동생이라 해도 군대에서 사사로움은 아무 의미가 없다. 부자지간이라도 그럴진대 형제지간이라면 더욱 그렇다.

흠순은 우군 선봉이 맥없이 당하고 돌아오자 화가 났다. 하지만 용감하게 싸운 병사들을 욕할 수는 없었다. 형님 유신이 적절하게 퇴각 나발을 불어주어 그나마 피해가 적었다. 그러나 첫 전투에서 이렇게 형편없이 물러나니 5만 군사의 사기는 어찌 되는가. 흠순은 방법을 찾아야 했다. 작전대로라면 우군 2군을 다시 투입해야 했다. 경험 많고 용감한 의광이 여지없이 패배했으니 누구를 보내야 하나, 하고 흠순은 장수들을 둘러보았다. 모두 흠순의 시선을 외면하지 않고 마치 자신을 보내 달라

사국지 3

는 듯이 눈을 반짝였다. 흠순의 눈에는 유독 반굴(盤屈)이 눈에 들어왔다. 반굴은 흠순의 막내아들이었다. 막 장가를 들어 사내아이를 얻었다고 기뻐하며 출전했다. 자기 아들이 전쟁터에 없다면 모르지만, 아들이 있는데 어찌 다른 장수를 사지(死地)로 보낼 수 있으랴. 흠순의 목젖이 타들어갔다. 흠순이 아들에게 말했다.

"신하에게는 충성이 우선이고, 자식에게는 효도가 으뜸이다. 전장에서 위태로움을 보고 목숨을 바친다면 충과 효 두 가지를 모두 이룬다."

반굴은 아버지의 뜻을 알아차렸다. 한쪽 무릎을 꿇고 예를 표하며 말했다.

"삼가 명을 따르겠습니다."

반굴이 앞장서고 반굴을 따르는 병사들이 함성을 지르며 적진으로 돌격했다. 일진일퇴의 공방전이 한동안 지속되었다. 혼전을 거듭하다 돌격했던 신라군 진영에서 균열이 일어났다. 백제 진영에서 큰 함성이 났다. 반굴이 적병에 둘러싸여 힘껏 싸우다가 말에서 떨어졌다. 마침내 적의 창에 죽었다. 반굴이 죽자 살아남은 병사들은 전의를 상실하고 아군 진영으로 도망쳤다. 신라군의 두 번째 공격도 실패로 끝났다. 흠순은 가슴이 찢어질 듯했다. 한 나라의 장수됨이 이렇게 힘들다. 흠순은 슬퍼할 겨를도 없었다.

두 차례 우군의 공격이 실패했으니 바로 좌군이 공격에 나서야 했다. 좌장군 품일이 누구를 내보낼지 좌우를 둘러보자 바로 아들 관창(官狀)

이 앞으로 나섰다. 관창도 품일의 막내아들이었다. 품일은 일순 움찔했으나 이미 퍼질러진 물이었다. 품일은 다급하게 외쳤다.

"내 아들은 나이 겨우 열여섯이나 의지와 기백이 자못 용감하다. 능히 삼군(三軍)의 모범이 되어라."

창 한 자루를 비껴들고 갑옷 입힌 말을 탄 관창은 좌군 일진을 이끌고 백제 진영으로 달려갔다. 백제군은 연속되는 신라군의 돌진에도 방진을 유지하며 효과적으로 신라군의 공격을 막아내고 있었다. 적의 예봉을 막는 게 급선무였다. 관창이 방진을 돌파하기 위해 한가운데로 돌진하자 관창의 말이 백제군 장창병의 창에 나뒹굴었다. 이어 관창은 바로 포로가 되어 두 손이 묶이어 계백에게 끌려갔다.

계백이 투구를 벗겨보니 코밑으로는 아직 솜털이 보송보송한 아이였다. 아이마저도 전쟁터에서 이렇게 죽어가다니…… 계백의 마음은 쓰라렸다. 자신의 막내보다 어린아이였다. 계백은 관창을 말에 태워 신라 진영으로 향하게 하고 말에 채찍질을 가했다.

"다시는 오지 마라."

말은 관창을 태우고 순식간에 신라 진영에 도달했다.
관창은 돌진하자마자 바로 사로잡히어 돌아와서 분하고 창피했다. 관창은 아버지 품일에게 말했다.

"적진으로 들어가 장수를 죽이지도 못하고 깃발조차 빼앗지 못했습니다. 두려워서가 아니라, 말이 쓰러져서 그랬습니다. 다시 가게 해주십시오."

품일은 혹 만류했다가는 평생 불명예를 안고 살 아들의 미래가 더 두려웠다. 품일은 네 번째 돌격에도 관창을 앞장서게 했다. 관창은 물을 한 바가지 들이켜 갈증을 풀고 바로 군사들을 이끌고 돌진했다. 이번에는 백제군의 방진 여러 곳이 무너졌다. 관창은 분전하다가 백제 장수에 의해 칼을 맞고 쓰러져 다시 사로잡혔다. 이번에는 계백도 어쩔 수 없었다. 관창의 목을 베고, 목을 말에 달아 신라 진영으로 보내면서 말했다.

"어린아이까지 전장에 보내다니……"

계백은 황산벌에서의 전투가 끝났음을 직감했다. 10배나 많은 적이 백제보다 더 승리가 절실했다. 그러니 어찌 백제군이 승리하랴? 이럴 줄 알았으면 탄현에서 매복할 것을. 죽기를 각오했지만 10배의 적이라도 물리칠 수 있다 생각했다. 하지만 신라군은 훨씬 강했다. 아니 강하기보다 무모했다. 어린아이의 목숨마저도 아끼지 않는 군대를 어찌 이길 수가 있나. 목숨을 걸고 싸우는 게 전쟁이지만 김유신이 이렇게까지 나올 줄은 몰랐다. 섬뜩했다. 여기가 바로 계백이 묻힐 곳이로구나, 하고 계백은 혼자 중얼거렸다.

백제 진영에서 말 한 필에 실려 관창의 목이 오고 있었다. 그것을 본 신라 병사들의 가슴에 격분이 일기 시작했다. 우장군의 아들도 좌장군의 아들도 용감히 싸우다 죽었다. 병사들의 가슴에서 울컥하는 기운이 올라와 온몸이 뜨거워지기 시작했다. 그때였다. 길게 나발소리가 세 번 울려 퍼졌다. 공격 신호였다. 김유신은 다섯 번째로 중군 대당 중무장 보병 병력을 출병시켰다. 백제군은 이미 여러 방진(方陣)이 깨져있었고, 병사들의 부상도 많았다. 무엇보다 아침부터 백제군은 서너 시간을 계속 전투 상태에 있어 지칠 대로 지쳤다. 이때 중무장 대당 병력이 투입되니 백제군은 중앙부터 무너지기 시작했다. 방진은 앞의 적에는 강하지만 일단 무너지면 걷잡을 수 없이 무너진다. 한 시각이 지나자 승패는 결정되었다. 중군의 공격으로 백제 진영의 방진은 완전히 무너졌다, 죽은 병사도 부지기수였고 살아남은 군사들은 상처를 입고 포로가 되었다.

계백은 끝까지 싸우다 죽었다. 유신은 계백을 살리고 싶었다. 계백은 유신의 포로가 되기 싫어 더 열심히 싸웠다. 유신은 계백의 뜻을 존중하기로 했다. 신라군은 싸우고자 하는 백제 중군을 완전히 섬멸했다.

해가 질 무렵에 종일 계속되었던 전투가 끝났다. 백제 병사들 천여 명과 좌평 충상(忠常)과 상영(常永) 등 장수 20여 명은 항복했다. 유신은 계백의 시체를 찾아 가매장했다. 훗날 예를 차려 제사를 지내라 부하 장수들에게 단단히 일렀다.

23

7월 9일 아침부터 유신의 군대는 계백을 맞아 결전을 치르느라 하루가 지나버렸다. 전투가 끝나자 날이 저물었다. 유신의 군대는 야영에 들어갔다. 첫 전투에서 신라군은 승리했다고는 하나 피해도 막심했다. 무엇보다 우장군 김흠순의 아들 반굴과 좌장군 품일의 아들 관창이 전사했다. 열 손가락 깨물어 아프지 않은 손가락이 없다. 품일은 막내아들 관창을 눈에 넣어도 아깝지 않을 정도로 애지중지 사랑했다. 유신이나 여러 장수는 자식을 잃은 아비의 마음을 알기에 승리했다고는 하나 내내 마음이 무거웠다.

7월 10일 아침 유신은 진구로 방향을 잡고 행군을 시작했다. 늦었다. 황산에서 진구까지 대군의 이동 속도로는 이틀거리다. 아무리 부지런히 가도 하루 반이 걸린다. 소정방과의 약속은 10일이다. 행군 중에 김흠순이 유신에게 다가와 말 위에서 말했다.

"형님, 이상한 게 있습니다."

"뭐가 이상하냐."

"형님, 아니 대장군께서 일부러 하루나 이틀 정도 군기(軍期)를 늦추고 있다는 생각이 들어서요."

"무슨 소리? 보면 모르느냐. 우리는 전군이 열심히 행군하고 있다."

"제 눈엔 형님이 삼년산성에서부터 탄현으로 넘어올 때까지 하루나 이틀 정도는 시간을 단축할 수 있었다고 보입니다."

"계백이 그렇게 용감하게 가로막을 줄 누가 알았느냐. 계백으로 인해 하루가 지체되었을 뿐이다."

"하하, 제가 보기엔 그렇지 않습니다."

"우장군, 그렇다 하더라도 그런 말은 하지 마라. 우리는 최선을 다해서 진구를 향해 급히 행군하고 있을 뿐이다."

"네, 알겠습니다. 진구에도 백제군이 버티고 있을 테고, 만약 우리가 하루 이틀 먼저 황산에 도착했다면 황산과 진구의 적을 다 제압해야겠지요. 그럼 우리 신라군은 희생이 커지고, 당나라군은 사비성만 점령하면 되니."

"허허, 누가 듣겠다. 당나라군은 어디쯤 왔느냐?"

"지금쯤은 거의 진구에 도달했겠지요. 오늘 오후 들물 때 진구에 하륙할 예정이라 했습니다."

"진구까지 물이 들어오느냐?"

"그렇습니다. 백제의 의직장군이 일만 병사를 이끌고 진구와 석성을 지키고 있다는 보고를 받았습니다. 기벌포처럼 조수간만의 차이는 크지 않아도 하륙에는 상당한 어려움을 겪을 게 분명합니다."

"그렇겠지. 그렇다고 그걸 못 이겨내면 어찌 대국의 병사라 하겠는가? 소정방이 그 정도는 해결할 거야."

"역시 형님께서는 다 계산을……"

"글쎄, 아니라니까."

그 시각 소정방의 함대는 진구에 도착했다. 7월 10일이니 유신과 약속한 군기에 꼭 맞추었다. 진구 연안에는 김유신의 신라 군사 깃발이 펄럭여야 할 텐데, 무수한 백제군의 깃발밖에 보이질 않았다. 소정방은 화가 잔뜩 나서 진주를 불렀다.

"진주장군, 어떻게 된 거요? 지금쯤 유신의 신라군이 진구를 점령하기로 했잖소?"

"대장군이 군기를 어기는 분이 아니나, 군기를 어겼다면 만약, 소장의 짐작으로는 아마도 백제군과 격전 중이지 않을까 생각합니다. 당나라군이야 워낙 강군이어서 기벌포를 손쉽게 통과했지만, 신라군은 어디선가 백제군에 가로막혀 활로를 뚫고 있을지도 모릅니다."

"아니 그렇다고 군기를 어기면 장수라고 할 수 있나. 에잇, 대장군이라는 자가 말이야."

소정방은 난감했다. 그렇다고 여기서 마냥 기다리자니 대국 군대의 체면이 말이 아니었다. 백제 군사가 두려워 하륙도 못 하는 꼴이 아닌가. 소정방은 백전노장답게 지형을 살펴보다가 사비성 쪽으로 백강이 휘어지면서 야트막한 산이 있고, 그 산으로 석성이 이어져 있음을 알아냈다. 막무가내로 진구에 하륙하면 아군의 희생이 클 것은 자명한 이치다. 소정방은 중군 장수 유백영을 불러 말했다.

"유장군은 돌격에 능한 병사들을 데리고 오늘 밤 저 휘어진 쪽 산으로 하륙하여 석성을 장악하시오. 그럼 내일 아침 물때에 본진이 진구로 하륙하여 협공을 하겠소."

10일 밤늦게 유백영의 수천 당나라 군사가 석성 기슭 강안에 배를 대고 산을 기어올랐다. 그리 높은 산이 아니어서 유백영의 군사들은 날이 밝기 전에 거의 산에 오를 수 있었다. 그들은 날이 새기 무섭게 석성에 주둔하고 있는 백제군을 공격하면서 한편으로는 남쪽 진구 쪽으로 진출하여 벌판으로 내려왔다.

백제의 의직장군은 앞에 일천 척도 넘는 당나라 함대의 규모에 당황했다. 백전노장인 의직도 당나라가 이 정도 규모의 대군을 보내리라고는 생각지도 못했다. 의직은 이미 황산벌에서 계백장군이 싸우다 중과부적으로 패하고 생사를 모른다는 소식을 들었다. 계백의 품성으로 보아 전장에서 싸우다 죽었음이 틀림없다. 그렇다면 진구 바로 이곳이 자신의 무덤이 될 터였다. 의직은 넓게 펼쳐진 당나라 군사의 하륙을 막으려고 일자로 긴 연안을 따라 군사들을 세웠다. 당나라 군선의 수가 많다 보니 거의 20여 리에 걸쳐 병사를 길게 배치해야 했다. 당나라군은 하선하지 않고 기다리고 있었다. 그렇게 대치 상태에서 밤이 지나갔다.

당나라 군사는 이른 새벽부터 앞의 강이 아니라 사비성 쪽 석성에서 내려왔다. 야음을 타서 석성의 서쪽 강안에 하륙했음이 분명했다. 동시에 당나라 함대 여러 곳에서 병사들이 동시다발로 하륙을 시작했다. 의직의 군사는 혼비백산했다. 여기저기 백제의 일자 진이 무너지고 혼전이 벌어졌다. 의직은 군사들을 방진으로 다시 편성하고 당나라 군사와 최후의 결전을 펼쳤다. 하지만 중과부적이었다. 4, 5만의 병사가 모두 하륙하면서 백제군은 수세에 몰려 사상자가 엄청나게 발생했다. 부하 장수들이 의직에게 훗날을 기약하자고 했다. 의직은 그럴 수 없었다. 계백의 혼령을 외롭게 할 수는 없었다. 의직은 마지막까지 분전하다가 당나라 군사의 창에 찔려 숨을 거두었다. 의직이 죽자 백제의 일만 대군은 완전히 궤멸했다. 일부는 죽고 일부는 포로가 되었다. 상당수는 도망을 쳐서 훗날을 기약했다.

11일 정오 무렵이었다. 소정방의 군사는 진구 들판에서 백제군을 평정하고 전장을 정리하고 있었다. 배에서는 여러 공성 장비도 하륙하는 중이었다. 이때 멀리 서쪽 벌판에서 대군이 접근하고 있었다. 소정방이 유심히 대군을 바라보았다. 김유신의 신라군이었다. 신라 군대는 질서 정연하게 행군하여 소정방 쪽으로 다가왔다. 김유신이 신라군 지휘부와 함께 말을 달려 당나라 진영에 이르자 소정방은 다짜고짜 소리쳤다. 김인문이 옆에서 통역을 도와주었다.

"독군(督軍) 장수가 누구냐. 앞으로 나와라."

독군은 군대의 행군에서 군량을 공급하고 일정을 맞추는 장수를 말했다. 김유신의 부하 장수인 김문영(金文穎)이 앞으로 나섰다.

"소장이 독군입니다."

소정방은 잔뜩 화가 나서 큰 소리로 말했다.

"신라군은 군기를 맞추지 못했다. 내가 군령의 엄정함을 보여주겠다. 신라의 독군을 끌어내어 당장 목을 쳐라."

소정방의 말에 양쪽 지휘부가 갑자기 얼어붙은 듯 조용해졌다. 당나라 하급 장수 몇몇이 눈치를 보다가 앞으로 나서려는 순간, 김유신이 손을 칼집에 가져다 대며 말했다.

"그럴 수는 없다. 대장군이 황산의 싸움을 모르면서 약속 날짜에 늦었다고 독군의 죄를 묻는구나. 좋다. 나는 죄없이 치욕을 당할 수 없다. 먼저 당나라 군사와 일전을 치른 후에 백제를 치겠다."

김유신의 말이 떨어지기 무섭게 신라 장수들이 칼을 뽑아 들었다. 김인문이 당나라 장수들에게 통역했다. 말을 마치고 김유신은 한 손에 임금이 준 도끼를 번쩍 들었다. 다른 한 손으로 허리에 찬 보검을 뽑아 들려고 했다. 소정방의 부관 동보량(董寶亮)이 화들짝 놀라, 소정방에게 다가가 그의 발을 밟으며 귓속말로 말했다.

"장군, 지금 적을 눈앞에 두고 신라군과 싸우려 하십니까?"

소정방도 상황을 보니 김유신의 군사와 일전을 벌인다면 패한다고 할 수는 없지만, 승리를 장담하기도 어려웠다. 김유신은 만만한 장수가 아니다. 어쩌면 유신이 다 알고 늦게 왔는지도 모른다. 자신이나 유신이나 다 능구렁이가 아니냐. 독군 김문영의 목을 베면 김유신의 성정으로 보아 두 나라 군사는 당장 일전을 벌일 수밖에 없다. 그렇다고 이미 뱉은 말을 거두어들일 수도 없었다. 신라와 당나라 장수 수십 개의 눈이 소정방을 주시했다. 순간적으로 소정방의 등골이 써늘해졌다. 소정방은 움찔하면서 뒤돌아섰다.

김문영의 목을 벨 수는 없었다. 민망해진 소정방은 슬그머니 자리를 벗어나고 싶었다. 체면이 문제였다. 마침 그때 전령이 와서 전달 사항을 보고했다. 백제의 좌평 각가(覺伽)라는 자가 술과 고기와 함께 백제 태자 부여효의 글을 가지고 왔다고 했다. 소정방은 각가를 오라고 하고 편지를 받았다.

소정방은 잘되었다 싶어 연신 헛기침을 하면서 그 글을 읽어보았다. 군사를 물려달라고 애걸복걸하면서 그렇게 하면 당나라를 충심으로 섬기겠다는 뻔한 소리였다. 소정방은 각가에게 백제 임금이 성문을 열고 당장 항복하라는 말을 하고 돌려보냈다. 독군 김문영의 목을 벤다는 서슬은 슬그머니 사라지고 말았다. 김문영은 자신의 목을 만지면서 피식 웃었다.

그날 두 나라의 군사는 진구 들판에서 숙영했다. 우여곡절이 있었지만 두 나라 군사는 드디어 합군을 했다. 전투병만 해도 무려 10만에 이르는 대군이었다. 진구 들판에 병사와 말과 무기들이 가득 들어찼다. 두 나라 군대는 12일 소부리 들판을 지나 나성을 넘어 진격하기로 했다.

12일, 유신은 기분 좋은 아침을 맞았다. 신라군의 희생 없이 진구에서 당나라 군대와 합류했다. 사비성까지는 하루 거리다. 이 정도의 병력과 군의 사기면 하루 이틀이면 사비성을 함락시킬 수 있다. 두 나라 군사는 출정 준비를 끝내고 소정방의 출정 명령만 기다리고 있었다. 하지만 소정방이 도무지 막사에서 나오지 않았다.

　김유신이 무슨 일인지 알아보게 했다. 소정방은 막사 위로 아침부터 검은 새가 날아다니니 그게 무슨 징조인지 부하들에게 점을 치게 했다. 점괘는 흉(凶)으로 나왔다. 점쟁이가 말했다.

"대장군이 상할 괘입니다."

　이 말을 전해 들은 김유신이 소정방의 막사 앞으로 갔다. 새 한 마리가 여전히 소정방의 막사 위를 날고 있었다. 유신은 활을 가져오라 하고 활로 새를 쏘았다. 화살은 하늘로 날아올라 바로 새를 명중시켰다. 새는 소정방의 막사 위로 떨어졌다. 유신은 새가 떨어진 뒤 큰 소리로 말했다.

"전쟁터에서는 인마의 시신을 노리는 까마귀가 날게 마련이오. 내가 까마귀를 처치했으니 이제 염려 마시오."

　김유신의 말을 들은 소정방은 웃으며 자리에서 털고 일어났다. 어제의 분기도 풀리지 않고 해서 유신을 골탕 먹이려 점쟁이와 짜고 일부러 엄살을 부려보았다. 유신에게는 엄살도 계교도 통하지 않았다. 소정방은 호탕하게 웃고 바로 출정 지시를 내렸다.

"김유신은 명장이다. 나 아니면 당나라 어느 장수도 그를 당할 자는 없다."

　두 나라 군사는 네 길로 나누어 진군했다. 좌측 두 길은 당나라가, 우측 두 길은 신라 군사가 나아갔다. 두 나라 군사는 사비성의 외곽으로 남북으로 길게 연결된 나성에 다다랐다. 그때 남문이 열리더니 백제의 왕자와 좌평 6인이 술과 고기를 수레에 잔뜩 싣고 나타났다. 수레 뒤에는 수십 마리의 소도 함께였다. 왕자는 이름을 궁(躬)이라 하며 소정방에게 군사를 물리기만 하면 바로 항복하겠다고 했다. 소정방은 시간을 벌자는 백제의 계략임을 바로 알아챘다. 상대는 극한 위기에 몰려있다. 이럴 때일수록 몰아붙여야 했다. 여유를 주면 도망가거나 반격의 빌미를 제공하게 마련이다. 소정방은 평생의 전장에서 많은 경험을 했다. 백제 왕자 궁의 속을 훤히 들여다보고 있었다.

"백제 왕자는 돌아가시오. 가서 바로 왕에게 항복하라고 전하시오. 항복 아니면 죽음뿐이오."

소정방은 음식과 짐승도 돌려보냈다. 배부르면 예봉이 꺾인다. 나성의 성문이 닫히자 바로 공격이 시작되었다. 여러 곳에 동시다발적으로 운제가 놓이면서 병사들은 사다리로 성을 기어올랐다. 한 곳이 무너지자 연쇄적으로 백제군은 물러서기 시작했다. 그 틈을 놓치지 않고 대군이 한꺼번에 성벽을 넘었다. 성문이 열리자 신라와 당나라 군사가 사비성 안으로 노도와 같이 몰려 들어갔다. 죽거나 사로잡히지 않은 백제 병사와 백성들은 북쪽의 산성으로 들어갔다. 의자왕을 비롯한 왕가 사람도 궁에서 빠져나와 궁 바로 북쪽에 있는 산성으로 피신했다.

소정방과 유신은 산성을 완전히 포위했다. 사비성은 왕궁 남쪽으로 반듯한 길을 따라 여러 관청과 절들이 널찍하게 자리 잡고 있었다. 서쪽의 반은 백마강이 휘돌고 있어 당나라 군선은 백강에 포진하여 당나라 군사의 공격을 지원했다.

유신은 사비산성의 남쪽 산에 올라가 사비성 전체를 조망했다. 사비성의 동부는 제일 바깥에 석성, 중간에 나성, 안쪽에 산성을 쌓아 삼중 방어막을 형성했다. 만약 뭍으로만 진격했더라면, 이틀 만에 나성을 점령하고 산성 앞에 도달하지 못했다. 사비성은 반달 형태로 사비성 서쪽을 감싸고 흐르는 백강이 자연히 도성을 방어하고 있었다. 육로로 여기까지 진군하려면 여러 산성을 돌파해야 했기에 거의 불가능했을지도 모른다.

사비성은 수군이 진격하면 바로 뚫릴 수밖에 없는 성이었다. 백제는 북쪽과 동쪽 변경은 고구려와 신라의 공격에 대비하기 위해 여러 성을 쌓아 방어망을 견고히 갖추어놓았다. 하지만 백강을 거슬러 올라 공격하는 적을 염두에 두지는 않았다. 고구려나 신라의 수군이 백제 수군을 뚫고 백강을 거슬러 오른다? 어느 나라도 상상하기조차 어려웠다. 백제 조정은 당나라 수군이 바다를 건너 백제를 공격하리라고는 꿈에도 생각하지 못했다. 백강이 오히려 적군이 빠르게 사비성에 접근하는 탄탄대로가 된 셈이나 마찬가지였다. 믿었던 백강이 오히려 백제를 어렵게 했다. 수로가 육로보다 훨씬 빨리 군사를 이동시킬 수 있다. 군사들이 지치지도 않는다. 소정방은 의자왕을 빨리 사로잡아 단숨에 전쟁을 끝내려고 한다. 그다음 목적은 무엇일까? 유신은 소정방의 호탕한 웃음 속에 도사리고 있는 진의를 알아야 했다. 결코 만만한 상대가 아니었다.

12일 밤이 되었다. 사비산성은 완전히 포위되었다. 한여름이라 늦게 어둠이 찾아왔다. 어둠을 기다렸던 태자 효와 왕자 태(泰)가 아버지 의자왕을 알현했다. 이들은 둘 다 은고부인이 낳은 아들이었다. 태자 효가

사국지 3

말했다.

"폐하, 사비성은 절체절명의 위기입니다. 폐하께서 옥체를 보존하여
야 합니다. 폐하가 백제입니다."

"내가 죽으면 네가 백제다. 나는 살 만큼 살았다. 너는 웅진성으로 피
해라."

"어찌 소자에게 불효하라 하십니까? 그럴 수는 없습니다. 폐하가 가
셔야 합니다. 쾌선을 백강에 대기시켜놓았습니다. 어서 출발하소서."

이때 왕자 태가 말했다.

"폐하를 형님이 모셔야 합니다. 두 분이 같이 가셔야 합니다. 두 분만
무사하시면 백제는 살아납니다. 지방 군사들이 건재합니다. 제가 남아
서 죽음으로 사비성을 지키겠습니다. 어서 가시옵소서. 늦으면 뱃길마
저 막히옵니다."

"그래, 태의 말이 옳다. 태자와 내가 같이 가자. 왕후는 어디 있느냐?
빨리 움직이자. 이제 사비성에서는 태가 나를 대신하여 왕이다. 내가 여
러 사람에게 알리고 가야겠다."

태자 효가 말했다.

"폐하, 그렇게 하시면 아니 되옵니다. 큰 동요가 일어납니다. 몰래 빠
져나가야 하옵니다. 뒷일은 태에게 맡기시고 어서 가셔야 합니다."

"그렇습니다, 형님. 어서 모시도록 하세요."

"알았다. 반드시 살아있어야 한다, 태야."

"저의 목숨은 중요하지 않습니다. 어서 가세요."

13일 새벽 날이 밝기 전에 의자왕과 은고왕후, 그리고 태자 효는 몇 몇 시위 장수와 시종만 데리고 배를 탔다. 배는 어둠 속으로 사라져 강을 거슬러 올라갔다.

왕자 태는 날이 밝아오자, 사비성에 남은 왕족과 장수들을 장대(將臺)에 불러 모았다. 태자였으나 어머니 사택왕후가 죽고 난 뒤 폐 태자가 된 부여융을 비롯한 여러 왕자와 대좌평 천복(千福) 등 수십 인이 모였다. 태가 말했다.

"폐하께서는 간밤에 웅진성으로 떠나셨소. 폐하께서 우리 모두 힘을 합쳐 사비성을 지키라고 명하셨소. 아울러 적을 맞아 싸우려면 잠시라도 군령을 세워야 한다고 하시고 나를 지목하셨소. 이제부터 내 명령에 따라 일사불란하게 목숨을 다해 적을 방비하여야 하겠소. 다행히 우리 군창에는 몇 달은 버틸 군량이 있소. 모두 목숨을 바쳐 사비성을 지켜야 하오."

적의 대군이 성 아래 몰려와있다. 게다가 임금과 태자 모두 웅진성으로 몽진(蒙塵)하였기에 사비성 안 사람들의 불안감은 커져만 갔다. 대좌평 천복은 장대에서 벗어나 부여융에게 몰래 말했다.

"어찌 태자까지 따라갔단 말이오. 폐하께서 남든지 태자가 남든지 두 분 중 한 분은 남았어야지요?"

"나도 그렇게 생각합니다. 태가 어떻게 사비성을 보존할 수 있을지 걱정이 앞섭니다."

"차라리 사비성을 나가 목숨을 보전하여야 합니다. 훗날을 기약해야 합니다. 사비성이 풍비박산되면 개죽음입니다. 왕자님, 더 늦기 전에 성을 나가시죠."

한때 태자였던 융은 폐 태자가 된 뒤 수모를 견디며 살아왔다. 하나 사비성이 풍전등화인 마당에서 자신에게 말 한마디 없이 사라진 아버지 의자왕이 원망스러웠다. 태가 무엇을 한단 말인가. 차라리 자신을 불러 뒷일을 부탁한다고 하셨으면 목숨을 바쳐 사비성을 지켜낼 방책을 세웠다. 사비는 만만한 성이 아니었다. 하지만 아버지에 대한 원망이 그를 체념하게 했다.

"그럽시다. 성을 나가서 훗날을 기약합시다."

13일의 아침 해가 뜨고 있었다. 동쪽 햇살을 받으며 그들은 그길로 성을 빠져나와 신라군의 진영으로 가서 항복했다. 대장군 유신과 신라 태자 법민은 부여융이 제 발로 걸어와 항복했다는 소식을 듣고 말을 타고 달려갔다. 법민은 부여융을 보자마자 말 아래 꿇어앉히고 얼굴에 침을 뱉으며 말했다.

"네가 융이라고? 의자왕의 아들이라고? 너의 아비가 나의 누이를 죽여 사비성 옥중에 파묻었다. 내가 그 일로 20년 동안 얼마나 고통스럽게 지냈는지 아느냐? 오늘에야 너의 목숨이 내 손에 달렸구나."

김유신이 다가와서 슬그머니 태자를 말리며 말했다.

"너무 몰아치지 마소서."
"외숙부, 너무 분해서 그랬습니다. 아버님도 마찬가지일 겁니다."
"그렇다 해도 백제의 태자는 관여하지도 않은 일입니다."

융은 땅에 엎드린 채 가만히 있었다. 몸은 꼼짝도 할 수 없었지만, 융의 머리에는 후회가 가득 찼다. 차라리 끝까지 싸웠어야 했다. 적 한 명이라도 죽이고 적의 칼에 죽었어야 했다. 천복의 말을 듣고 항복하지 말았어야 했다. 무슨 영화를 보겠다고 항복했단 말이냐. 융의 가슴으로 회한(悔恨)이 소용돌이쳤다.

아침이 완전히 밝아오자 당나라와 신라의 군사들은 공격 준비를 시작했다. 운제가 성벽으로 모이고 돌을 날리는 공성기도 차츰 성벽 앞으로 모여들었다. 태는 군사를 독려하여 사비성을 방어하려 하였다. 임금이 웅진성으로 가버린 사실이 성안 백성들 사이에 퍼져나갔다. 또한 부여융과 천복이 성문을 빠져나갔다는 소문까지 돌았다. 사비성의 백성은 크게 동요했다. 누군가부터 하나둘 성벽 위에 밧줄을 걸고 성에서 탈출했다.
결국은 태가 감당할 수 없는 지경이 되었다, 성안에는 이미 싸울 만한 장수나 병사들이 5천도 남아 있지 않았다. 중과부적이었다. 태는 13일 정오 무렵 성문을 열고 항복했다.

24

13일 저녁 소정방은 김유신을 당나라 막사로 청했다.

"유신장군, 내 계획대로 3일 만에 사비성을 손에 넣었소. 하지만 신라 군사가 잘못한 게 있소."

"소정방장군, 무엇이 잘못이오? 알려주시구려."

"아니 그걸 몰라서 물으시오? 의자왕이 태자와 함께 도망치지 않았소? 그걸 못 막지 않았소?"

"소정방장군, 의자왕은 배를 타고 도망갔으니, 내가 잘못했다고는 할 수가 없소. 하지만 지금 누구의 잘못을 따질 때가 아니오. 백제의 지방군이 몰려오기 전에 웅진성을 함락시켜 꺼진 불씨가 살아나지 못하게 해야 할 때요."

"그렇기는 하오. 계책이 있소?"

"웅진성까지는 수로를 이용할 수 있으니, 당장 추격군을 보내야 하겠지요. 우리 신라 군사가 앞장서겠소. 하지만 당장 신라군에게는 탈 수 있는 군선이 없으니, 군선을 빌려주시오."

소정방은 바로 김유신의 말을 잘랐다.

"아니오. 그렇게 할 수는 없고 우리 당나라 군사가 먼저 가서 웅진성을 포위하겠소. 신라 군사는 육로로 와서 혹 모를 백제군 잔당의 공격을 막으면서 당나라 군사를 엄호하시오."

김유신은 소정방의 제안을 받아들일 수밖에 없었다. 당나라의 배였기에 소정방이 허락하지 않으면 어차피 배로 이동은 불가능할 터였다.

"그럼 그렇게 하겠소. 우리 신라군은 육로로 이동하겠소."

소정방은 그날 저녁 항복한 백제의 대좌평 천복을 은밀히 불렀다. 주안상을 차려놓고 천복과 무언가 밀담을 나누었다. 어느 정도의 밀담이 끝나자 소정방은 천복에게 마지막으로 말했다.

"백제의 풍경이 아름답기는 하지만, 어디 당나라만 하겠소이까? 대국에서 황제 폐하의 은덕을 입고 자손만대 영화를 누리며 살아야 하지 않겠소? 성공하면 내가 그대의 공을 바로 황제 폐하께 상주하겠소."

이튿날 아침 소정방은 유백영장군에게 2만 군사를 주어 3백여 척의 배에 나누어 타고 바로 웅진성을 치게 했다. 웅진으로 가는 배에는 대좌평 천복도 타고 있었다.

이틀 후인 16일 웅진성 앞 백강으로 당나라 수군의 배가 포진했다. 웅진성의 북쪽은 백강에 면해있었고, 서쪽은 가파른 절벽이라 접근조차 힘들었다. 동쪽과 남쪽 성벽으로 공격할 수밖에 없었다. 유백영은 요소요소에 군사를 배치해 혹시라도 의자왕이 빠져나갈 구멍을 완전히 차단했다. 사비성에서 항복한 백제인들을 심문하니 웅진성에는 7천 병력이 지키고 있다고 했다. 성주는 예식진(禰寔進)이었다.

사비성에 비해 웅진성은 공격하기가 훨씬 까다로웠다. 동쪽 성벽 일부와 남쪽 성벽 일부를 제외하고는 가파른 절벽이어서 보통의 방법으로는 접근하기조차 어려웠다. 유백영은 성을 둘러보면서 웅진성의 약점을 찾아보려 했다. 쉽게 공략할 지점은 보이지 않았다. 의자왕이 웅진성으로 피신한 이유가 있었다. 웅진성은 쉽게 함락할 수 있는 성이 아니었다. 그렇다고 마냥 시간을 끌다간 후방에서 백제군의 습격을 받을 수 있었다.

유백영은 사비성을 떠나던 날 소정방의 말을 기억해냈다.

웅진 성주 예식진은 원래 중국 사람이었다. 조조의 위나라를 배신하고 사마(司馬)씨가 세운 진(晉)나라가 흉노족의 침입으로 매우 어지러울 때가 있었다. 그때 예식진의 조상은 중국에서 백제로 건너와 웅진에 살면서 백제 사람이 되었다고 했다. 원래 중국 사람이니 그를 잘 구슬려 항복을 받아내라는 말이었다. 유백영은 소정방의 말을 바로 이해했다. 소정방은 이전에도 달콤한 말로 적의 장수를 꾀어내는 이간책을 많이 사용했다. 이간책이야말로 가장 효과적인 공략법이었다. 아군의 피해를 줄이면서 적장만 사로잡는 이간책을 두고 소정방은 모든 사람을 살리는 신묘한 계책이라 말했다. 그도 그럴 것이 적군도 아군도 죽지 않으니 신묘한 계책이긴 했다.

그날 밤 유백영은 대좌평 천복을 웅진성으로 들여보냈다. 천복은 백기를 들고 홀로 동문으로 접근하였다. 유백영은 천복에게 이틀의 말미를 주었다.

"이틀이오. 이틀 안에 결단을 내려야 한다고 전하시오."

천복은 동트기 전에 다시 동문을 빠져나와 유백영에게 왔다. 유백영이 물었다.

"어찌 되었소?"
"확실히는 모르나…… 소정방장군의 서신을 전해주었소. 당나라에 가서 대대손손 부귀영화를 누릴 수 있는 증표라고 말하기도 했고."
"다른 이들이 혹 눈치채지는 않았지요?"
"성주와 단둘이 이야기했습니다. 만약 누군가가 의심하면 백제의 지방 군사들 소식을 전해주러 왔다고 둘러대겠지요."

웅진 성주 예식진은 대좌평 천복이 다녀간 후 종일 고심에 고심을 거듭했다. 3백여 년 전 중국에서 자신의 조상이 왔다고는 하나 자신은 이미 백제 사람이다. 백제가 한성에서 고구려에 패하고 웅진으로 내려왔을 때부터는 백제 조정에 더욱 중용되어 예식진 가문은 대대로 아쉬움 없이 살았다. 모두 백제 왕실의 은덕이다. 죽음으로 임금을 섬겨야 한다. 국난을 당해 오도 가도 못하게 된 주군을 위해 죽음도 불사하고 싸워야 한다. 그게 바로 충신의 도리다.
당나라 대군에 의직과 계백이 참패하고 사비성마저 속절없이 무너졌다. 웅진성 홀로 버틸 수 있을까? 고작 7천 군사로 당나라와 신라의 10

만 대군을 막아낼 수 있을까? 예식진은 아무리 생각해도 도저히 승산이 없었다. 소정방은 편지에서 분명히 말했다. 고집을 피우다가 자신도 죽고 주군도 죽게 하면 충신이 아니라고. 대국에 머리를 조아리면, 임금도 살고 신하도 산다고. 군사와 백성들도 아무도 다치지 않는다고. 그게 주군을 위하는 길이고 백성을 위하는 길이라고 했다. 소정방은 자신은 속임수를 써서 성을 함락시키는 그런 졸장부가 아니라고도 했다. 대당 황제 폐하는 천하의 주인이어서 백제의 백성도 아낀다고도 했다. 그런데도 고집으로 버틴다면 처절한 죽음밖에는 없다고 했다. 진정한 충신은 자신의 임금을 살려놓고 본다고도 했다. 주군을 위한답시고 싸우다가 자신도 죽고 주군도 죽이면 그것이야말로 불충이라고도 했다.

편지를 가지고 온 대좌평 천복 역시 비슷한 말을 했다. 사비성의 부여융을 비롯한 모든 왕자, 대신이 이미 항복한 마당에 예식진이 임금을 지킨다고 해서 지켜질 리가 없다고 했다. 오히려 고집을 피우면 다 죽는다고 했다. 의자왕의 고집을 꺾어 항복하게 한 다음, 당나라로부터 군주의 안전을 보장받으라 했다. 그게 바로 참된 충신의 길이라고도 했다.

예식진은 하루 내내 고민하다가 저녁을 맞았다. 의자왕과 태자는 초조하게 행궁 밖에 나와서 성벽 위에 올라 적을 바라보다가 예식진을 찾았다. 왕은 어제 성 밖에서 사람이 들어왔다고 하는데 무슨 일이냐고 물어보았다. 예식진은 별일 아니라고, 성 외곽에 사는 백성이 적의 동태를 알려주러 왔었다고 둘러대었다.

그날 밤늦게, 예식진의 부관이 예식진을 몰래 찾았다. 태자 효가 예식진을 의심하여 여러 장수에게 어젯밤 성으로 들어온 사람이 누구이며, 성주와 무슨 말을 했는지 캐물었다고 했다. 예식진은 등에 식은땀이 났다. 혹 자신이 의심을 받아 당장 임금에게 목이 잘리지는 않겠지만,

만약 혹시라도 백제가 성을 지켜내고 이 전쟁에 승리한다면 자신은 그때 분명 목이 달아날 게 분명했다. 성이 당나라에 함락되어도 죽고, 전쟁에 이겨도 죽는다면, 자신이 택할 길은 하나밖에 없다. 예식진은 부관에게 상황을 설명했다. 7천 병력으로 10만 대군을 막아낼 수는 없다고 했다. 자신의 선택만이 임금과 자신과 부관과 군사와 백성을 살리는 길이라고 했다. 부관 장수는 예식진에게 충성을 맹세했다.

날이 새기가 무섭게 예식진은 웅진성 안 임금의 행궁을 포위하고 임금에게 다가갔다. 임금이 무슨 일이냐고 묻자, 예식진은 임금에게 당나라에 투항하자고 말했다.
의자왕의 불호령이 떨어졌다.

"예식진, 이놈, 그게 무슨 말이냐? 임금에게 항복하자고? 이런 불충한 놈 같으니. 누구 없느냐? 당장 저놈의 목을 쳐라."

의자왕의 말은 허공으로 날아갔다. 의자왕의 명을 듣는 팔다리가 없었다. 의자왕의 말이 떨어지자, 실제로는 예식진의 명을 받은 부관과 병사들이 달려들어 의자왕과 태자 효를 포박했다. 워낙 갑작스럽게 당하는 일이라 의자왕이나 태자 효는 얼떨결에 포박당했다. 소리를 지르고 몸부림을 쳐도 아무 소용이 없었다.

18일 아침 예식진은 자신의 임금 의자와 그의 아들 효를 포박하여 성문을 열고 항복했다. 유백영은 아무런 희생 없이 웅진성에 입성했다. 유백영은 한시도 지체 않고 의자왕과 태자 효, 그리고 성주 예식진 일행을 사비성으로 호송했다.

7백 년이나 이어졌던 백제의 왕이 하루아침에 당나라 군대의 포로가 되었다. 또한 사비성에 남아있었던 아들까지 포함해 모두 40여 명의 의자왕 아들이 거의 모두 포로가 되었다.

유신은 웅진성으로 향하다가 의자왕이 항복했다는 소식을 듣고 급히 사비성으로 돌아오면서 금돌성으로 파발을 보냈다. 임금 춘추는 유신의 보고를 받고 바로 사자금당의 호위를 받으며 출발하여 7월 29일 사비성에 당도했다.

8월 2일, 신라 임금 춘추는 사비성 궁궐에서 승전을 기념하는 큰 잔치를 벌이기로 했다. 당연히 이 잔치는 백제왕이 신라왕과 당나라 원정군 대장군에게 항복하는 의식으로 진행될 터였다. 신라 왕은 주연을 크게 베풀어 전쟁에서 힘껏 싸운 두 나라의 장수와 병사를 위로하였다. 임금과 소정방과 태자 법민과 김유신이 높은 마루 위에 앉고 의자왕과 아들들은 마루 아래 앉도록 했다. 소정방은 의자왕에게 명하여 임금 춘추와 자신에게 술을 따르게 했다.

늙은 의자왕이 무릎을 꿇고 적장 소정방과 신라 왕에게 술을 따랐다. 시립하여 그 광경을 보고 있던 백제의 여러 신하의 눈에는 피눈물이 흘러내렸다. 그들이 참고 내뱉지 못한 울음은 몸통 속에서 천둥소리가 되어 그들의 오장육부를 피멍 들게 하였다. 소정방은 익숙한 듯, 눈 깜짝하지 않고 술을 받아 마셨다. 춘추는 의자왕에게 시선을 보내지 않았다. 같은 시대에 태어나 적국의 왕이었기에 당하는 고통이자 설움이었다. 자칫 잘못했으면 처지가 얼마든지 뒤바뀔 수도 있었다. 대야성이 함락당하고 딸이 죽었을 땐 의자왕을 산 채로 갈아 마시고 싶었다. 하나 막상 의자왕을 꿇어앉히고 보니 왕의 자리가 허망하게 보였다. 춘추는 즐거움보다는 회한으로 먹먹했다. 의자왕의 처지가 가슴으로 와닿아 내내 불편했다.

불편한 연회가 끝나자 춘추는 사비성을 샅샅이 뒤져서 모척(毛尺)과 검일(黔日)을 잡아들였다. 모척과 검일은 처남 매부지간으로 검일의 아내가 대야성주 품석에게 겁탈당하자, 품석과 품석의 아내인 고타소를 죽게 했다. 품석은 그 자신의 악행 때문에 죽었건만, 신라 임금 춘추는 사비성을 함락시킨 승자였기에, 지난날의 잘잘못을 판단하고 단죄할 권리를 가지고 있었다. 춘추는 모척과 검일을 처형하기에 앞서 분노하며 말했다.

"하늘이 도우셔서 내가 너희 놈들을 잡았다. 내가 내 쓸개를 꺼내 씹는 심정으로 20년을 살았다. 검일, 너는 세 가지 죄를 지었다. 첫째, 모척과 짜고 군창에 불을 질러 대야성이 함락당하게 하였다. 둘째, 성주 품석과 내 딸 고타소를 죽게 하였다. 셋째, 나라를 배반하고 적과 함께 신라를 공격하였다. 이래도 살기를 바라느냐?"

춘추의 말이 끝나기가 무섭게 모척의 목이 달아났다. 검일은 사지를 찢는 형벌을 당했다. 시신은 강물에 버려졌다.

잔치가 끝나자 소정방은 한결 기분이 좋아졌다. 부하 장수들이 자신의 무훈을 찬양하면서 큰 비석을 세워 자손만대에 길이 빛나도록 해야 한다고 부추겼기 때문이다. 아부인 줄 알면서도 소정방은 기분이 좋았다. 소정방은 사비성을 둘러보다 큰 절에서 아름다우면서도 위엄있게 서 있는 석탑을 발견했다. 바로 당나라 군대의 문서 기록을 담당하는 문한(文翰) 하수량(賀遂亮)을 불러 비문을 지어 한쪽에 새겨넣으라고 지시했다.

"새로 돌을 깎으면 긴 시간이 걸린다. 어디서 크고 평평한 돌을 구하겠느냐? 이 탑이 좋다. 이 탑에다가 새겨넣어라."

소정방은 비석에 새길 글에 대해 의논한다는 이유로 여러 장군을 정림사로 불렀다. 신라 장수들은 들어오지 못하게 하고 소정방은 부하 장수들에게 신라 정벌을 말했다.

"제장(諸將)은 모르고 있었겠지만, 황제께서 나를 백제로 보낼 때 특별히 말씀하셨소이다. 백제를 정벌한 뒤에 바로 신라까지 정벌하라고 말이오. 지금 신라 왕이 사비성에 들어와 있소. 탑에 글씨를 새겨넣는 일이야 열흘이면 끝나니 8월 15일 대당평백제국비(大唐平百濟國碑)가 완성될 때, 신라왕과 김유신을 여기로 초대해 한꺼번에 붙잡는 게 어떻겠소?"

유백영이 말했다.

"그게 가능할까요? 김유신이 보통 장군이 아닌데 호위를 허술하게 할 리가 없습니다. 만약 자칫하다가는 우리가 역으로 당할 수도 있습니다."

"그렇다고 황제의 명을 어길 수는 없지 않소. 사비성 왕궁 쪽에도 병사를 배치하고 우리 외곽 진영 군사를 전부 동원하면 신라 군사가 다 달려들어도 우리가 충분히 승산이 있소."

풍사귀와 방효태도 선뜻 찬성하지 않았다. 신라군의 코앞에서 왕을 사로잡다가 일이 잘못되면 어떤 일이 터질지 알 수 없었기 때문이다. 그렇다고 황제의 명을 내세운 소정방의 말을 대놓고 거역할 수도 없었다.

며칠 후 소정방은 김인문에게 8월 15일 대당평백제국비를 제막하니 임금과 대장군 김유신 등이 꼭 참석하여 달라고 했다. 김인문은 그러겠다고 하고 신라 진영에 가서 아버지 춘추에게 소정방의 말을 전했다. 김유신과 김흠순과 진주와 품일도 배석한 자리였다. 인문이 말했다.

"폐하, 아무래도 이상합니다. 갑자기 비석 제막식을 한다고 합니다. 군사들의 배치도 좀 수상해졌습니다. 소정방이나 다른 장군들의 표정에 살기가 느껴집니다."

김흠순도 말했다.

"소장도 그렇게 생각합니다. 저들이 우리를 공격하려는 게 아닐까요? 의자왕을 사로잡았으니 폐하까지 노리는 게 아닐까 합니다. 저들은 돌궐의 왕을 사로잡을 때도 그랬습니다. 예전에 당 태종의 친척을 보내 왕으로 삼는다는 계책을 내지 않았습니까? 그게 단순한 말이 아닙니다. 그 말이 다 본심입니다."

김유신이 말했다.

"열 중에 아홉이 아니고 하나에 해당한다 해도, 조심해야 합니다. 아예 폐하께서는 병이 들었다는 핑계를 대고 삼년산성으로 가시지요?"

태자 법민이 말했다.

"아예 우리 병사에게 백제 병사 옷을 입혀 당나라 병영을 공격하지요. 싸움이 벌어질 때 신라가 백제 병사를 공격하는 척하면서 소정방을 사로잡는 거지요."

김유신이 말했다.

"좋소이다. 아주 마음에 듭니다. 폐하, 태자전하의 말대로 하소서."

임금 춘추가 말했다.

"당나라 소정방이 나의 요청으로 백제를 평정하였는데, 도리어 그들에게 위해를 가한다면 장차 하늘이 우리를 도와주겠소?"

김유신이 말했다.

"폐하, 개는 주인을 두려워하지만, 다리를 밟으면 주인이라도 무는 법입니다. 저들이 우리를 공격하는 게 확실하다면 어찌 우리가 가만히 있겠습니까? 대왕께서는 허락하소서."

"그들이 우리를 공격한다는 확실한 물증이 없지 않소. 아예 화근을 없애 버리니만큼은 못한 계책이오. 내가 먼저 삼년산성으로 가겠소. 병이 나서 요양하러 간다면 뭐라 하겠소. 내가 사라지면 공격하지 못할 거요. 다음에는 태자와 대장군이 판단하시오."

임금이 서둘러 삼년산성으로 떠나자, 소정방도 이상함을 느꼈다. 소정방은 배에서 한동안 같이 지낸 병부령 진주장군을 불렀다. 진주는 소정방에게 가기 전에 김유신에게 가서, 소정방이 자신을 찾는다고 말했다. 유신은 진주에게 말했다.

"잘되었소. 소정방이 장군을 떠보려 할 거요. 왜 임금이 삼년산성으로 갔는지 묻겠지. 그러면 안 아프지만 갔다고 하시오. 무슨 말씀인지 아시겠소?"

진주가 소정방을 만나자 소정방은 김유신의 예측대로 왕의 안부를 물었다. 혹시 병이 나서 갔으면 용한 의원을 데리고 왔으니, 치료를 해 주겠다고도 했다. 진주는 유신의 말대로 왕이 아프지 않다고 말했다. 소정방이 물었다.

"아니, 그럼 왜 가셨나이까?"
"소장도 확실히는 모르나 백제 잔병들이 사비성으로 몰려들기 전에 몸을 피한다고 하셨나이다."
"백제 잔병이?"

"그렇소이다. 임존성 쪽에는 상당히 많은 백제 군사가 있다 하더이다."

"아니 그게 무슨 말이요. 그깟 패잔병이 얼마나 된다고. 내가 가서 확 쓸어버리고 오리다. 그럼 돌아오시겠지요?"

"그러실 겁니다."

소정방은 화가 났다. 핑계는 백제 잔병을 대었지만, 자신들이 공격하려는 낌새를 눈치채고 도망간 게 틀림없다. 처음에 신라 왕이 사비성에 들어온 8월 2일 그날, 다짜고짜 왕과 김유신을 잡았어야 했다. 때를 놓쳤다. 하지만 자신이 임존성의 백제 잔병을 섬멸하고 난 뒤 다시 신라 왕을 오라고 하면, 오지 않을 명분은 사라진다. 그때를 노리는 수밖에 없다.

8월 15일, 소정방은 자기들끼리 절 마당에 모여 비석 제막을 했다. 비석에 자신의 전공을 잔뜩 자랑했지만 그리 즐겁지는 못했다. 비석이라는 미끼만 남고 고기는 사라져버렸다.

백제 들판에 가을걷이가 시작되면서 여기저기서 당나라 군사들의 노략질이 시작되었다. 또한 정신을 차린 백제의 지방 군사들의 반격도 본격화했다. 두시원악(豆尸原嶽)[104]에서는 좌평 정무(正武)가, 임존성에는 복신(福信)과 도침(道琛)이, 웅진에서는 여자진(餘自進)이 각각 군사를 일으켰다. 그들이 연계하여 언제 사비성으로 몰려올지 몰랐다.

소정방은 정예병 2만을 뽑아 가장 강하다는 임존성을 치러 갔다. 임존성만 제압하면 나머지는 겁을 먹고 항복할 게 분명했다.

당나라 2만 군사가 임존성에 이르러 공격을 시작했다. 소정방은 백

---

104) 정확히 알 수 없으나 현재의 충남 금산으로 추정. 충남 청양이라는 설도 있다.

제군 섬멸을 자신했다. 하지만 임존성의 백제군은 강했다. 여기저기서 모인 백제군 군사가 2만에 육박했고, 지세 또한 험해서 도저히 이길 수가 없었다. 성을 쌓고 목책에 의지해서 방어하는 백제군은 소정방도 처음 보는 강한 군대였다. 소정방은 당황하기 시작했다. 특히 백제군 장수 흑치상지(黑齒常之)는 대단한 장수였다. 그의 활약으로 소정방의 당나라 군사는 몇 차례 전투에서 패했다.

백제군이 소정방과 김유신의 군사에 맞서 처음으로 승리한 전투였다. 흑치상지는 원래 백제군 장수였다가 소정방이 진구에 상륙할 때 불가항력으로 당나라 군대의 포로가 되었다. 이후 탈출하여 임존성으로 와서 자청하여 복신의 부하 장수가 되었다. 흑치상지가 복신에게 귀의하자 흩어져 있던 수많은 병사가 그를 따라 복신에게 왔다. 복신도 그렇지만 흑치상지의 조상도 오래전에는 왕족이었다. 오래전에 흑치 땅을 나라로부터 받은 후에 성도 흑치로 바꾸었다. 복신은 최고 벼슬인 좌평까지 승급할 수 있었다. 흑치 집안은 두 번째 벼슬인 달솔까지 허용되었다. 흑치상지는 타고난 장수였다. 복신 휘하의 7척 장신의 서른 살 젊은 장수 흑치상지의 활약으로 백제군이 승리했다는 소식은 곧 백제 땅 전역으로 빠르게 알려졌다.

소정방은 임존성의 백제군, 특히 흑치상지를 상대하면서 자신이 의자왕을 단숨에 사로잡은 것은 천운(天運)이었음을 새삼 깨달았다. 하늘이 자신을 도왔다. 소정방은 하늘의 운이 다하기 전에 백제를 떠나야겠다고 마음먹고 26일 급히 사비성으로 군사를 돌렸다. 신라 왕을 사로잡으려고 시간을 지체했다가는, 잡아놓은 의자왕마저 다시 백제군에게 내줄지도 모른다는 생각이 들었다.

사비성으로 돌아온 소정방은 본격적인 철수 준비를 시작했다. 그냥 무작정 돌아갈 수는 없었다. 당나라 군사가 정벌하였으니 이곳은 당나라 땅이어야 했다. 하지만 신라 왕도 그렇게 생각할까? 혹 백제 땅을 욕심낼 수 있다. 그 욕심을 아예 차단해야 했다.

소정방은 신라 진영으로 가서 황제의 명으로 철수하게 되었다고 말했다. 백제 정벌에 큰 공을 세운 유신과 인문과 양도(良圖) 세 사람에게 포상하겠노라고 했다. 양도는 장수이면서 당나라 말에 익숙해 양쪽 진영의 소통에 기여했다. 소정방은 유신에게 말했다.

"폐하께서는 황송하게도 나에게 빼앗은 백제 땅을 재량껏 처리하라고 하셨소. 이번 전쟁에 특히 공이 많은 세 분에게 백제 땅을 식읍으로 나누어줄까 하오."

소정방이 빼앗은 땅을 식읍으로 나누어준다고 하자 김유신은 깜짝 놀랐다. 빼앗은 땅은 신라 임금의 땅이지, 어찌 당나라 임금의 땅인가? 소정방이 빼앗은 백제 땅을 식읍으로 나누어준다고 함은 이 땅은 당나라 땅이니, 신라의 임금은 언감생심 자기의 땅이라고 생각도 하지 말라는 뜻이었다. 이 땅의 처분은 당나라 임금의 명을 받은 소정방이 하니, 그 땅의 소유권은 당나라에 있음을 분명히 밝히려는 계책이었다. 김유신은 바로 소정방의 의도를 파악했다. 하지만 그 문제로 소정방과 시비를 벌일 이유는 없었다. 어차피 소정방은 떠나고 신라는 남게 되어있다. 상당 기간 당나라 군사가 백제 땅에 머물겠지만 언젠가는 떠날 게 틀림없다. 그럼 자연스럽게 모두 신라 땅이 된다. 김유신이 말했다.

"소장군이 군사를 거느리고 와서 우리 폐하의 소망에 부응하고 적을 물리쳤습니다. 그리하여 저의 폐하와 우리 백성들이 모두 기뻐합니다. 이 모두 신라의 신하와 백성들이 바라고 바라던 일이었습니다. 모두가 공이 많은데 어찌 세 사람만 땅을 받겠습니까? 이는 의로운 일이 아니니 받을 수 없습니다."

소정방은 김유신이 당연히 거절하리라 예측했지만, 단칼에 거절하는 김유신을 좋아하는 마음이 생겼다. 저 장수는 오로지 자기 임금에게만 충성한다. 대국 당나라에도 김유신에게 버금가는 장수는 없다. 있다면 오직 자신뿐이다. 소정방은 김유신을 다시 만날 것 같다는 예감이 들었다. 적이 아닌 우군으로 만날 수 있다면 좋으련만, 그것은 알 수 없는 일이었다.

소정방은 백제를 떠나기 전에 백제를 당나라의 땅으로 편입하는 작업을 진행했다. 백제는 본래 5부, 37군, 2백 성, 76만 호였다. 소정방은 낭장 유인원(劉仁願)과 군사 1만을 남겨 사비성을 지키게 하였다. 신라도 다섯째 왕자 김인태와 병사 7천을 남겼다. 소정방은 웅진(熊津), 마한(馬韓), 동명(東明), 금련(金漣), 덕안(德安) 등 5개의 도독부(都督府)를 나누어 다스리겠다는 기본 계획을 짰다. 자신의 후임으로 좌위낭장(左衛郎將) 왕문도(王文度)를 추천했다.

왕문도는 몇 년 전 돌궐 정벌 때 소정방의 상관이었다. 그는 매우 잔인해서 정복한 땅의 백성들을 혹독하게 다루었고, 많은 사람을 처형했다. 소정방의 공을 시기하여 엉뚱한 군사 운용을 하여 공을 세우기를 탐했다. 훗날 이 같은 사실이 밝혀지며 왕문도는 삭탈관직되었다. 소정방이 백제 원정군 대장군으로 임명되자 왕문도는 소정방을 찾아가 자기 잘못을 고개 숙여 사과했다. 특별히 두둑한 뇌물까지 바쳤다. 이에 소정방은 왕문도 같은 소인배라면 오히려 사나운 백제 잔적 제압에 적임자라 생각했다. 한편으로 소정방은 왕문도가 백제 잔적을 효과적으로 제압하지 못해야 자신의 공적이 더 빛난다고도 생각했다. 당나라와 신라군은 사비성과 웅진성만 겨우 점령한 상태였으니, 왕문도의 할 일은 많았다.

9월 3일, 소정방은 부랴부랴 사비성을 떠났다. 소정방의 백제 원정은 채 석 달이 걸리지 않았다. 넉 달 치 군량을 싣고 왔으므로, 여유 있게 원정을 끝내고 돌아가는 길이었다. 당나라 군대는 의자왕과 태자 효, 왕자 태, 융, 연(演) 등 여러 왕자와 신하 93명, 백성 1만 2천을 포로로 잡아갔다.

백제의 임금 의자왕이 당나라 포로가 되어 사비성을 떠난다는 소식이 알려지자, 백제의 백성들은 사비성으로 모여들었다. 화들짝 놀란 소정방은 백성들을 창칼로 위협하여 강제로 해산했다. 슬픔을 참지 못한 백성들은 사비성 남쪽 백강 기슭에 있는 남당산에 모여들었다. 백강이 잘 보이는 나지막한 산이었다. 수많은 당나라의 군선이 지나고, 이어 의자왕이 탄 배가 지나가자 남당산에 있던 백제의 백성들은 모두 부복(仆伏)하여 땅을 치며 통곡했다. 그날 이후 백제 백성들은 의자왕을 잠시라도 머물게 하려고 백성들이 기다리던 산이라 하여 남당산을 유왕산(留王山)[105]이라 고쳐 불렀다. 해마다 그날이면 사람들이 모여 왕을 기리며 슬픔을 노래했다.

---

105) 충남 부여에 있는 산

김인문과 유돈(儒敦)과 중지(中知) 등의 신라 조정의 문관도 소정방과 함께 당나라로 갔다. 소정방이 사비성을 떠날 무렵, 임무를 교대하는 왕문도가 사비성에 도착했다. 길이 어긋나 그들이 만나지는 못했다.

소정방이 백제로부터 철수한 지 두어 달이 지난 11월 1일, 당나라 조정은 낙양에서 백제 정벌을 기념하는 성대한 연회를 열었다. 소정방은 당나라 낙양에서 의자왕을 비롯한 백제 포로를 임금에게 바쳤다. 잡은 포로를 임금에게 바친다고 하여 그 연회를 헌부례(獻 俘禮)라 하였다. 헌부례에서 의자왕은 다시 한번 꿇어앉아 당나라 임금에게 술을 올렸다. 당나라 임금이 소정방에게 말했다.

"어찌하여 바로 신라를 치지 않았소?"

소정방이 대답했다.

"신라는 임금이 어질고 장수들은 충성으로 나라를 섬깁니다. 사졸들은 장수를 부형처럼 따릅니다. 비록 작은 나라라 하지만 쉽게 도모할 수가 없었나이다. 용서해주소서."

당나라 임금은 그 자리에서 의자왕을 비롯한 백제 포로들을 석방하고 당나라 백성 자격을 부여했다. 의자왕을 붙잡는 데 큰 공을 세운 예식진은 당나라 좌위위대장군(左威衛大將軍)에 임명되었다.[106]

헌부례를 구경한 왜국 사신도 있었다. 왜국 사신 석포 일행은 이전

---

106) 예식진은 그후 12년을 더 살고, 서기 672년 58세로 죽어 당나라 고관대작이 묻히는 장안 고양원(高陽原)에 묻혔다.

해에 당나라에 왔다가 기밀 유출을 우려한 당나라 군부에 의해 장안에 억류되어있었다. 그들은 백제가 항복한 이후인 9월 12일에야 비로소 풀려났다. 그들은 11일 1일 낙양 헌부례에 참석하여 의자왕의 항복을 직접 목격했다. 당나라 군부는 왜국 사신에게도 백제왕의 항복 장면을 의도적으로 보여줌으로써 당나라의 힘을 왜국에 과시하고자 했다.

의자왕은 헌부례 이후 딱 열흘 만에 숨을 거두었다. 그가 당나라 임금의 백성으로 산 날은 마지막의 딱 열흘뿐이었다. 그는 죽을지언정 누구의 신하로 열흘 이상은 살지 못하는 팔자였다. 아들들과 옛 신하들이 모여 곡진한 슬픔으로 그를 장사지냈다. 낙양(洛陽) 땅 북쪽에 있는 북망산에 그를 묻었다. 의자왕은 망한 나라의 왕이었으므로 죽어서 시호도 얻지 못했다. 사람들은 그를 살아생전의 이름 그대로 백제의 마지막 임금 의자왕이라 불렀다.

25

끝이 끝이 아니었다. 산 너머에 또 산이 있었다. 의자왕이 부하의 배신으로 당나라에 끌려갔어도 전쟁은 끝나지 않았다. 신라 임금 춘추는 그 점을 잘 알고 있었다. 사비성과 웅진성을 제외한 곳의 백제는 여전히 백제였다. 게다가 당나라라는 믿을 수 없는 적이, 백제보다 훨씬 강한 적이 하나 더 있는 형국이었다.

신라 임금 춘추는 소정방이 떠난 이후 삼년산성으로 갔다. 당나라에서 소정방을 대신하여 왕문도(王文度)를 웅진 도독으로 임명하고 의례를 거행한다는 통보를 했기 때문이다. 당나라에서는 1만의 당나라 병사가 주둔한 사비성에서 의례를 거행하자고 했다.

김유신은 불안했다. 사비성에서는 임금에게 위해를 가할지도 모른다. 김유신은 임금 춘추의 와병을 핑계로 왕문도에게 삼년산성에서 의례를 치르자고 고집했다. 소정방이 귀국하고 난 뒤 새로 웅진 도독으로 임명된 왕문도는 의외로 쉽게 삼년산성으로 오겠다고 했다. 신라군의 요새인 삼년산성은 워낙 소문이 나서 당나라 장수들도 보고 싶어 하는 성이었다. 유신은 오히려 웅진 도독이 보아야 좋다고 생각했다. 직접 삼년산성을 보면 아무리 공성 무기를 잘 갖춘 당나라 군사라 하더라도 성은 난공불락임을 깨닫게 된다. 유신은 그것을 알려주고 싶었다. 삼년산성에는 백제를 정벌하러 갔던 대당을 비롯한 신라의 병사 4만이 대기하고 있었다. 그 위용을 보면 아무리 당나라 도독이라 해도 주눅이 들기 마련이라 유신은 생각했다.

왕문도가 삼년산성에 도착하자 임금 춘추는 동쪽에, 왕문도는 서쪽에 섰다. 유신을 비롯한 신라의 장군들은 대단히 기분이 나빴다. 의례를 할 때 임금은 북쪽에 신하는 남쪽에 위치해야 한다. 그게 당나라든 신라든 어느 나라에도 통하는 관례다. 하지만 왕문도는, 신라왕과 웅진 도독은 군신 관계가 아니라 다 같은 당나라 황제의 신하라고 주장했다. 다만 서열로 따지면 춘추가 위라고 볼 수 있기에 신라왕이 동쪽에 서고, 자신은 서쪽에 서겠다고 했다. 태자 법민이 받아들일 수 없다고 하였으나, 임금 춘추가 왕문도가 주장하는 격식대로 의식을 진행하게 했다.

흡족해진 왕문도는 당나라 임금의 조서를 잔뜩 거들먹거리며 읽었다. 이어 당나라 임금의 예물을 전달하다가 별안간 나무둥치처럼 쓰러졌다. 사지가 굳어지더니 곧 숨을 쉬지 않았다. 너무나 갑작스러운 일이었다. 모두가 깜짝 놀라 우왕좌왕했다. 의례는 아수라장이 되었다. 뒤늦게 달려온 신라의 어의는 진심통(眞心痛)이라 진단하며 자신이 옆에 있었어도 손쓸 도리가 없었다고 했다. 갑자기 심장이 멈추어 죽는 병이었다. 경신년[107] 9월 28일의 일이었다.

임금 춘추가 오히려 몹시 당황했다. 멀쩡한 사람이 갑자기 죽었기에 당나라에서 오해하거나 억측을 할 수도 있는 상황이었다. 왕문도에게

---

107) 660년

아무런 위해를 가하지 않았음은 왕문도의 당나라 수행원들도 다 보았기에 증명할 수 있다. 하지만 이 일이 빌미가 되어 무슨 일이 벌어질지 몰랐다. 당나라가 왕문도의 죽음을 핑계 대고 신라를 공격하겠다면 충분히 할 수 있는 일이었다. 신라가 웅진 도독을 죽였다고 억지를 부리며 군사를 보내 신라를 치겠다면 대책이 없다. 엉뚱한 일로 인해 신라가 당나라에 책잡히는 일이 일어나면 곤란했다. 당나라의 본색을 알기에 춘추도 유신도 왕문도의 죽음이 불안하기만 했다.

춘추는 강수(强首)를 불렀다. 춘추가 즉위하였을 때 당나라의 축하 조서 일부가 해독되지 않아 모든 문관이 쩔쩔매자, 강수가 앞으로 나서면서 조서의 뜻을 명쾌하게 풀이했다. 그날 이후로 춘추는 강수를 총애하여 늘 자신을 수행하게 했다. 강수의 원래 이름은 우두(牛頭)였으나 그의 두상이 짱구였으므로 춘추는 강수선생(强首先生)이라는 별칭을 내려주었다. 강수는 곧 그의 새로운 이름이 되었다. 그날 이후로 당나라와 주고받는 신라의 중요한 국서는 모두 강수가 작성했다. 그의 해박한 지식과 문장력은 당나라와의 관계를 한결 매끄럽게 했다.

"강수 선생, 이를 어찌해야 하오? 당나라에서 오해가 없도록 글을 잘 써서 보내도록 하시오."

강수는 왕문도의 죽음에 곡진한 애도를 표하며, 자초지종을 당나라에 알렸다.

임존성 싸움에서 복신이 이끄는 백제군이 당나라 군사를 물리쳤다는 소식과 1만 병사만 남기고 소정방의 당나라 군대가 철수했다는 소식이 백제 전역에 거의 동시에 알려졌다. 각 지역의 백제군은 임금이 붙들려 간 충격에서 벗어나 서서히 움직이기 시작했다. 복신의 무리에 모인 병사가 3만에 이르렀다. 또한 웅진성 부근의 병사와 두시원악의 정무(正武)가 이끄는 병사들도 합류했다. 이들은 망한 나라를 다시 일으켜 세우며 끊어진 대통을 잇는다[108]는 기치를 내세워 사비성으로 진군하고자 했다.

군사가 많아지면서 복신이 자연스럽게 전체의 지도자로 부상했다. 복신은 대통을 잇는 게 무엇보다 중요함을 알고 왜국에 사신 귀지(貴智)를 급히 보냈다. 귀지는 흑치상지가 소정방과 싸우다 사로잡은 당나라 포로 1백여 명을 왜국에 데려갔다. 당나라 포로는 백제 부흥군이 용감하게 싸우고 있다는 증표였다. 귀지는 10월에 왜국에 도착하여 제명여왕에게 말했다.

"왕이시여, 당나라 군대가 기습해서 우리 임금을 순식간에 잡아갔습니다. 하지만 백제 사람들은 다시 힘을 모아 나라를 잇고자 하옵니다. 왜국에 와 있는 풍왕자님과 구원군을 보내주소서."

제명여왕이 말했다.

"지난달에 백제의 달솔과 각종(覺從)이라는 중이 우리나라에 급히 도망쳐왔다. 달솔은 오는 도중에 죽어버렸고, 각종이 나에게 와서 이르기를 당나라와 신라가 쳐들어와 왕이 붙잡혀갔다고 했다. 복신이 무기가

---

108) 흥망계절(興亡繼絶): 망한 나라를 흥하게 하고 끊어진 대를 잇는다.

다 떨어져도 용감히 싸우고 있다는 말까지 전했다. 이후에 내가 도대체 백제에서 무슨 일이 일어났는지 자세히 몰라 몹시 궁금하던 차였다. 좀 더 자세히 말하거라."

귀지는 제명여왕에게 당나라 13만 대군과 신라의 5만 대군이 갑자기 양 갈래로 쳐들어와 도성이 함락되고 웅진성으로 피신했던 임금과 태자가 포로가 되어 당나라로 간 과정을 이야기해주었다.

제명여왕은 귀지의 말을 듣고 대단히 놀랐다. 그녀는 당나라 13만 대군이 2천 척의 배에 나누어 타고 백제에 나타나 전광석화처럼 움직여 의자왕을 사로잡아갔다는 대목에서 경악했다. 2천 척에 13만 대군이라니! 일찍이 듣도 보도 못한 상상 이상의 규모였다. 여왕은 두려워졌다. 당나라 군대가 서해를 건너와 의자왕을 잡아갔다면, 왜국에도 오지 말라는 법은 없다. 당나라의 13만 대군이 왜국에 나타난다면, 왜국도 분명 쑥대밭이 된다. 자신도 의자왕과 같이 포로로 잡혀갈지도 모른다. 게다가 당나라 군대는 그 일을 불과 두어 달 만에 끝내고 돌아갔다. 제명여왕은 대책을 마련해야 했다. 사신과 함께 온 1백여 명의 당나라 포로는 제명여왕에게 현실감을 더했다. 백제의 수난은 먼 나라의 이야기도 남의 나라 이야기도 아니었다. 왜국도 백제처럼 언제든지, 가까운 시일 내에 당할 수 있었다.

제명여왕은 경각심을 가지는 데 그치지 않았다. 무엇인가 현실적인 대책을 마련하고자 했다. 제명여왕은 백제로 보낼 구원군을 편성하고 군수품과 군량을 마련하기 시작했다. 본인 스스로 위급한 전시임을 천명했다. 바닷가가 가까운 난파궁(難波宮)[109]으로 행차하여, 분위기를 쇄

---

109) 일본 오사카 시내에 있는 성

사국지 3

신하고 전쟁 준비에 박차를 가하기 시작했다.

복신이 지휘하는 백제군은 9월 23일 사비성으로 진격했다. 사비성을 포위하고 먼저 취약한 사비성의 남쪽을 공격했다. 사비성에는 당나라 군사 1만, 신라 군사 7천의 나당 연합군이 지키고 있었다. 백제군은 석성을 넘어 나성으로 진격했다. 당나라 장수 유인원과 신라의 다섯째 왕자 김인태가 성을 지키고 있었으나 기세등등한 백제군의 공격에 바로 수세에 몰렸다. 백제군 일부가 야음을 틈타 나성을 넘어, 당나라 군대에 갇힌 백제 포로를 구출해 갔다. 백제군의 포위 공격에 사비성은 풍전등화의 위기를 맞이했다.

백제군은 임금이 잡혀간 분풀이라도 하듯 용감히 싸웠다. 사다리차를 세우고 땅굴을 파 사비성을 공략하면서 포차로는 연신 돌을 날렸다. 또한 성곽에 선 병사들을 향해서는 비가 내리듯 화살을 쏘아댔다. 공격은 며칠 밤낮없이 계속되었다. 사비성을 잘 아는 백제 병사 몇 명이 야음을 틈타 성안으로 잠입해 군량 창고에 불을 질렀다. 신라와 당나라 연합군은 몹시 당황했다. 적의 공격도 사납기 짝이 없는데, 엎친 데 덮친 격으로 군량 창고에 불이 나 군량의 대부분이 불타버렸다. 병사들의 사기는 완전히 땅에 떨어졌다. 구원군이 오지 않으면 사비성의 함락은 시간문제였다. 백제군은 나성 밖 남쪽에 목책을 두르고 진을 친 뒤 줄기차게 사비성을 공격했다.

사비성의 나당군이 포위되어 사투를 벌이고 있다는 소식이 전해지자 10월 9일 임금 춘추가 직접 군사를 이끌었다. 무엇보다 군량이 고갈되어 견디기 힘들다는 전갈에 신라군은 서둘렀다. 신라군은 황산벌을 거쳐 사비성 남쪽에 이르기까지 백제군 본거지인 이례성(尒禮城)을 비롯

20여 개 성을 쳐서 백제군을 몰아냈다.

　유신은 왕문도가 죽고 난 뒤에 과로가 겹쳤는지 풍병이 왔다. 흠순이 급히 유신을 호위하여 서라벌로 돌아간 다음의 일이었다. 춘추는 김유신의 안위를 매우 걱정했다. 그가 군신 간의 관계를 넘어 평생의 동지이자 친구였기에 더욱 그랬다.

　신라군은 10월 30일에 사비성 남쪽 목책에 이르러 사비성을 포위하고 있던 백제군을 격파했다. 이어 황급하게 군량부터 사비성으로 보냈다. 이 싸움에서 백제군 1천 5백여 명의 목을 베었다. 그제야 사비성에 갇혀있던 나당 연합군은 한숨을 돌렸다. 내친김에 신라군은 사비성 주위의 여러 성을 공략했다. 백강의 여울을 건너 7일의 전투 끝에 7백여 명의 목을 베고 왕흥사잠성(王興寺岑城)을 장악했다. 왕흥사잠성은 사비성을 백강 건너편에서 마주 보고 있는 성이라 왕흥사잠성을 점령하니 사비성 방어가 한결 쉬워졌다.

　춘추가 직접 군사를 이끌고 나서야 겨우 사비성 포위를 풀고 백제군을 물리쳤다. 백제군을 완전히 제압하지 못했기에 불씨는 여전히 남아 있었다. 백제군은 사비성 주변에서 잠시 물러났을 뿐이었다.

　당나라 장수 유인원은 백제군의 포위 공격에 몹시 당황했다. 때마침 나타난 신라 군사의 도움이 없었으면, 머나먼 이국 오랑캐 땅에서 굶주린 아수라가 될 뻔했다. 아니면 백제군에게 당해 목없는 귀신이 될 수도 있었다. 유인원은 위급한 순간을 생각하니 모골이 송연했다.

　임금 춘추는 사비성으로 들어가 유인원을 격려했다. 유인원은 감격했다. 춘추가 굳이 유인원을 격려한 이유는 바로 왕문도의 죽음 때문이기도 했다. 유인원은 자신을 포함한 1만 당나라 군대의 포위를 풀어준 신라군에게 감읍했다. 유인원은 신라 군사에 의해 사비성의 당나라 군사가 구출되었으며, 왕문도가 병사했다는 사실을 당나라 조정에 서신으로 알리겠다고 약속했다. 유인원의 보고와 강수의 해명이 제대로 먹혔는지 당나라에서는 왕문도의 죽음을 크게 문제시하지 않았다.

그 무렵이었다. 고구려가 북쪽 변경의 칠중성을 공격해왔다. 춘추는 마음이 급해졌다. 백제의 남은 적들도 우려되었지만, 더 큰 위협은 고구려의 공격이었다. 김유신이 곁에 없으니 의논할 수가 없어 더 답답했다. 춘추는 김유신의 안위도 걱정되고 해서 서라벌로 돌아가야겠다고 마음먹었다. 병사들도 서라벌을 떠나온 지 오래였다. 신라군도 재정비가 필요했다. 병사들은 피로했고 말들은 야위었다. 춘추는 군사 일부만 사비성에 남겨두고 주력은 삼년산성으로 이동시키는 한편 자신은 서라벌로 향했다.

서라벌로 가는 도중에 춘추는 칠중성 성주 필부(匹夫)가 전사하고 칠중성이 함락되었다는 급보를 받았다. 칠중성의 필부는 사력을 다해 고구려군을 막았다고 했다. 고구려 군사의 포위 공격이 20여 일이 지나자, 고구려군도 지쳐서 물러나려 했다. 하지만 칠중성 안에 비삽(比歃)이라는 자가 성 밖으로 사람을 보냈다. 성에는 군량이 떨어져 얼마 버틸 수가 없으니 조금만 더 공격하면 성은 항복할 거라고 말했다. 그는 원래 고구려의 유민으로 신라에 거짓 항복을 하여 칠중성에 살고 있었다. 이후 순간순간 고구려군에게 중요한 동향을 보고하고 있었다. 고구려군은 다시 전열을 정비하여 공격을 개시했다. 이상함을 느낀 필부는 비삽이 고구려와 내통한 증거를 겨우 찾아냈다. 필부는 단칼에 비삽의 목을 베어 성 밖으로 던지고 군사를 더욱 독려하고 싸웠다.

고구려군이 재차 공격하자 마침 북으로 불던 바람이 남으로 방향을 바꾸었다. 고구려군은 화공으로 성을 공격했다. 성은 불타고 연기가 피어올라 피아(彼我)를 구분하기 힘든 아수라장이 되었다. 이에 고구려군이 성으로 몰려드니 필부는 상간(上干), 본숙(本宿), 모지(謀支), 미제(美齊) 등과 함께 끝까지 맞섰다. 하지만 비 오듯이 날아오는 화살에 그들의 몸이 뚫리고 피가 터졌다. 흘린 피가 그들의 발꿈치까지 적시니 그들은 마침내 통나무처럼 쓰러져 죽었다.

겨우 살아 도망친 병사로부터 그 소식을 접한 춘추는 꺽꺽 울었다. 대야성에서 죽은 딸이 생각나서 울기도 했지만, 칠중성으로 구원군을 보내주지 못한 것이 더 슬펐다. 모두 자신의 책임처럼 여겨졌다. 다만 고구려군이 칠중성에 머물며 더는 남진하지 않았다. 다행이라면 다행이었다.

11월 22일, 임금 춘추는 마침내 서라벌로 돌아왔다. 5월 26일, 김유신과 함께 대군을 이끌고 서라벌을 떠났으니 거의 7개월 만이었다. 춘추는 월성에 복귀하자마자 백제와의 전쟁에서 공을 세운 여러 명에게 관작을 차등 있게 나누어주고 백제에서 항복한 충상과 상영 등의 장수들에게도 관등과 직위를 주는 등 여러 조처를 했다.

상대등 김유신은 풍병이 왔지만 가벼웠다. 치료를 잘해 거의 후유증이 없었기에 동생 흠순과 함께 바로 입궁하여 임금 춘추를 뵈었다. 마침 태자 법민도 배석하고 있었다.

"폐하, 소신의 불충을 용서하소서. 끝까지 군사를 이끌지 못했나이다."

"아니요, 유신공. 그대의 병이 이 정도였기에 얼마나 다행인지 모르겠소. 하늘이 우리 신라를 돕습니다."

"황공하옵니다, 폐하."

임금 춘추는 유신의 손을 잡았다. 춘추의 손이 유난히 뜨거웠다. 임금이 말했다.

"내가 두 장군에게 말합니다. 아직 전쟁은 끝나지 않았소. 백제의 잔당들은 여전하고, 고구려는 우리의 칠중성을 공격해서 함락시켰소. 신라는 어떻게 해야 하오?"

김유신이 동생 흠순에게 눈짓으로 말하라 신호를 보냈다. 흠순이 말했다.

"여러 보고를 종합하여 말씀드립니다. 먼저 당나라는 소정방장군을 비롯한 여러 장수들이 수륙으로 고구려를 공략하겠지요. 올해부터 준비하고 있었으니, 아마도 내년 봄이면 고구려 원정을 시작하겠지요. 또한 백제의 잔당 중에 복신이라는 자가 왜국에 구원병을 요청했습니다. 구원병만이 아니라 왜국에 있는 왕자까지 보내달라고 하였답니다."

김유신이 말했다.

"그럼, 새로운 왕을 세운다는 뜻이냐?"

"그렇습니다. 의자왕의 아들이니 새 왕으로 옹립하겠지요. 이들은 망한 나라를 다시 일으켜 세우며 끊어진 대통을 잇는다고 하고 있습니다."

"뭐 끊어진 대통을 잇는다고?"

"그렇습니다."

"그럼 우리 신라가 했던 일은 말짱 헛일인데 그렇게 놔둘 수는 없지."

"왜왕은 어떤 식으로든 백제 잔당을 도울 겁니다. 순망치한(脣亡齒寒)이라고 백제가 없으면 자기네들이 당장 당나라나 우리 신라의 공격을 받을 수도 있다고 염려할 테니까요."

임금이 말했다.

"그렇소. 그렇다고 그들에게 사신을 보내 신라는 침략하지 않는다고 말해봐야 오히려 더욱 의심을 살 게 분명하오."

흠순이 말했다.

"그렇습니다. 아마도 내년에는 당나라에서 분명 사신을 보내 고구려를 공격하라 요청하겠지요. 틀림없습니다. 왜국에서도 군사를 보낼 가능성이 많구요."

김유신이 말했다.

"그럼 우리 신라가 취할 방법은 하나밖에 없습니다. 백제의 잔당을 섬멸하면서 당나라의 요구에 적당히 협조하여야 합니다. 아마도 내년에 당나라는 백제 의자왕을 사로잡은 여세를 몰아 고구려를 몰아세울 겁니다."

임금이 말했다.

"유신공, 이제 내 평생의 소원을 절반은 이루었소. 이 모두가 유신공 덕분이오. 대야성이 함락되고 내 딸이 죽었을 때 내가 의자왕과는 한 하늘에 살지 않겠다고 맹세했소. 하지만 세월이 흐르면서 사사로운 복수에 그쳐서는 안 된다고 생각하게 되었소. 우리 삼한 땅에 백제와 신라가 함께 터전을 잡은 지가 7백 년이 다 되어가오. 그동안 서로 입술과 이가 되어 북방의 시린 바람을 맞을 때도 있었소. 우리 신라가 약하고 고구려가 강성할 때는 그랬지. 그러나 대부분의 세월 동안 백제는 신라의 철천지원수(徹天之怨讐)였소. 신라도 그렇고 백제도 그렇고 얼마나 많은 사람이 죽어 나갔소? 서로 죽이고 죽기를 반복한 세월이었소. 그 원혼들이 쌓여 삼한 땅은 시신이 덕지덕지 쌓여있는 피의 땅이 되었소. 관산 싸움 때는 백제의 왕이 죽기까지 했소. 우리 신라도 너무나 많은 목숨이 죽었단 말이요. 지난 황산벌 싸움에서는 적장 계백도 죽었지만, 흠순장군의 아들 반굴도 죽었소. 품일장군의 아들 관창도 죽었지. 관창이 겨우 열여섯 살이오. 아직 어린애가 아니오. 이 얼마나 슬픈 일이오. 삼한 땅에서 전쟁이 끝나려면 백제든, 신라든 누구 하나가 이겨야 하오. 끝없이 반복되는 전쟁과 살상을 끝내려면 그 방법밖엔 없단 말이오. 악업의 고리를 끊어야 한단 말이오."

"그렇습니다, 폐하. 신라와 백제와 고구려는 악업의 고리를 잘라야 합니다. 그것만이 백성이 편히 살 수 있는 길입니다."

"그렇소. 당나라는 곧 고구려로 쳐들어갈 게 분명하오. 당나라는 원래 백제는 안중에도 없었소. 소정방이 대군으로 서해를 건너 전쟁을 했으니, 당나라는 한 번으로 그치지 않을 게 분명하오. 백제는 연습이었지. 이제 고구려가 남은 거지요. 그때가 되면 지난번 유신공이 수곡성을 점령했을 때처럼 우리 신라 군사를 동원하라고 하겠지요."

"그렇습니다. 지난번과 다른 조건도 있습니다. 당나라 병력이 사비성에 있으니, 그들부터 끌어올리겠지요. 그렇다면 우리에게 더욱 좋은 일입니다."

"바로 그거요. 우리는 잔당을 물리치고 백제 백성을 완전히 신라 백성으로 바꾸어야 합니다. 그 기회가 올 거요."

"그렇습니다. 이 모두가 폐하의 계책대로입니다. 당나라에 공을 들여 연횡에 성공했습니다. 어찌 폐하의 원모심려(遠謀深慮)라 아니하겠습니까?"

"그렇소, 하지만 이제 공이나 나나 늙고 병들어, 하늘의 부름을 받을 때가 얼마 남지 않았소. 혹 내가 먼저 죽더라도 공이 내 아들 법민을 잘 이끌어 삼한일통으로 나아가주시오. 그게 내 마지막 소원이요."

"폐하, 어쩌자고 그런 말씀을 하십니까? 이 늙은이가 먼저 죽겠지요. 폐하께서 직접 이끄셔야지요."

"아니오, 유신공이 그렇게 해주셔야 합니다. 삼한일통은 유신공의 손에 달려있습니다."

"폐하, 어찌 소신이 폐하의 뜻을 모르겠습니까? 저는 분골쇄신(粉骨碎身)하여 폐하의 뜻을 받들겠습니다. 하나 소신의 앞에 가신다는 말씀은 말아주옵소서."

이들의 이야기를 바로 옆에서 들으며 뜨거운 눈물을 흘리는 이가 있었다. 바로 춘추의 장남이자 신라의 태자 김법민이었다. 법민은 아버지와 외숙부, 이 두 분이 신라의 두 기둥임을 잘 알고 있었다. 둘이 있어 신라가 여기까지 왔다. 고구려와 백제와 신라, 세 나라 중 가장 약한 신라가 여기까지 왔다. 법민은 털썩 무릎을 꿇었다. 태자가 갑자기 꿇어앉으니, 세 사람이 놀라 태자를 바라보았다.

"아버님, 외숙부님, 돌아가신다는 말씀은 다시는 말아주옵소서. 그러지 않으면 소자는 일어나지 않겠나이다."

법민이 눈물을 흘리자, 두 사람의 말은 끝났다. 춘추가 아들을 보면서 말했다.

"그래, 그렇구나. 앞으로는 너의 일이로구나. 우린 이미 늙었다."
"아버님, 무슨 말씀을 그리하십니까?"
"마침, 잘되었다. 내가 태자에게 다짐을 받아야겠다. 내가 평생을 노력해서 당나라 군사를 빌려 백제를 쳤다. 하지만 백제의 잔당은 여전하다. 지난날을 돌이켜보면 백제는 고구려에게 위례성을 빼앗기고 남진하여 나라를 되살렸다. 왜국이 어떻게 나올지도 모른다. 아마도 구원군을 보내겠지. 부여풍을 왕으로 내세워 끊어진 대통을 잇는다고 할 거야. 틀림없어. 부여풍은 의자왕의 아들이니 틀린 말도 아니야. 만약 백제가 다시 살아난다면 지금까지 우리 신라가 한 일은 다 허사로 돌아간다. 이번에 반드시 백제를 없애야 해. 그것만이 우리 신라가 살길이야. 신라와 백제는 같은 하늘 아래에서 같이 살 수가 없다. 죽이지 않으면 죽는다.

고구려 역시 칠중성에 만족할 리가 만무하다. 또한…… 멀리보면 당나라가 어찌 변할지도 모른다. 의자왕이 잡혀갔다고 해서 삼한의 전쟁이 끝나지 않았다. 전쟁은 이제부터 시작이다. 내가 못다 하면 태자가 이어서 해야 할 일이다. 큰 뜻을 가지고 흔들림 없이…… 흔들림 없이 나아가야 한다. 기둥이 흔들리면 나라가 흔들린다. 알겠느냐?"

"명심하겠습니다, 아버님. 각골난망(刻骨難忘), 아버님의 말씀을 가슴 깊이 새기겠습니다. 평생을 가슴 졸이며 사셨지요. 어찌 소자가 모르겠습니까?"

태자의 다짐을 듣고서야 춘추의 안색이 좋아졌다. 유신 역시 흐뭇한 표정으로 태자를 바라보았다. 그래, 태자가 있지. 태자가 있어. 태자의 세상이 올 거야. 암, 오고 말고. 유신은 그렇게 생각하며 입가에 미소를 지었다.

아주 오래전 춘추의 옷고름을 꿰맸다고 해서 태어난 아이였다. 그 아이가 자라 마침내 신라의 태자가 되었다. 앞으로는 태자의 세상이었다.

(4권에 계속)